I0611192

Ruggero Pesce

Coccole e pallottole

MNAMON

Capitolo I

Martedì, 7 novembre

Daniela Donati cercò nella sua piccola *trousse* di lamé dorato il pacchetto di Marlboro light, ne estrasse due sigarette, una per sé ed una per l'amica Marisa Giordano, che le stava seduta accanto, poi offrì il pacchetto a Sebastiano ed a Mario, seduti ai posti anteriori della BMW, affinché si servissero anche loro.

– Grazie, ma puoi anche tenertele – le disse Sebastiano, che occupava il posto del guidatore – sono troppo leggere per me. Dovessi fumare quella roba sarei costretto ad accendere una nuova sigaretta col mozzicone di quella appena fumata. Alla fine ne fumerei tre pacchetti al giorno.

– Già, lui fuma solo Gitanes, come un vero *macho* – lo sfotté Mario, seduto al suo fianco.

Erano fermi da più di cinque minuti al passaggio a livello della stretta strada che da Vinzaglio porta alla ss. dei Cairoli, che congiunge Vercelli a Pavia, ed erano tutti in ghingheri perché diretti alla discoteca "Le Rotonde" di Garlasco.

Sebastiano Lupi e Mario Cavallero, entrambi di Vercelli, erano passati per lo stesso passaggio a livello appena mezz'ora prima, quando erano andati a prelevare le due ragazze che dividevano un appartamento di tre camere in una palazzina di tre piani in centro di Vinzaglio, e anche allora avevano dovuto aspettare dieci minuti prima che si alzassero le sbarre.

– Bisogna volersi male per scegliere di abitare in un buco come Vinzaglio. – disse provocatoriamente Mario – Dovessi abitarci io, mi sembrerebbe di abitare nel buco del culo della Padania...

– Sentilo l'abitante di una metropoli! – gli rispose piccata Daniela – Io però, se potessi disporre del tuo favoloso stipendio di bancario, non mi sarei trovata un monolocale alla frazione Cappuccini di Vercelli. Stipendio oltretutto largamente immeritato: settecentomila lire al mese per non fare un beato cazzo di niente.

– Ma vuoi mettere la responsabilità che si ha quando si maneggia il denaro degli altri. Dovesse esserci qualche ammanco, la differenza dovrei ripagarla di tasca mia.

– Non ti lamenterai mica del tuo lavoro? – volle intervenire Sebastiano – perché sennò ti propongo subito di cambiarlo col mio. Mi piacerebbe proprio vedere come te la caveresti a fare il meccanico-carrozziere… respirare vernici nebulizzate, smontare sospensioni, saldare lamiere… avere sempre le mani sporche e screpolate; e lui si lamenta perché maneggia del denaro… ma maneggiati l'uccello!

Le due ragazze risero della battuta, anche se banale e profferita probabilmente per introdurre l'argomento, anche se con alcune ore di anticipo rispetto al programma della serata, quindi Daniela abbassò il finestrino e gettò fuori il mozzicone, intanto disse sbuffando:

– Uffa! Tutti i giorni è sempre la stessa storia. Ogni mattina devo aspettare dieci minuti prima che si alzino le sbarre, e sulla mia Escort non ho neppure l'autoradio.

– Non ti lagnare. – provò a consolarla Marisa – Io l'avevo e me l'hanno rubata. Ci ho rimesso anche il vetro della mia Corsa che avevo parcheggiato sul piazzale del supermercato dove lavoro. Meno male che almeno il vetro non mi è venuto a costare nulla perché me l'ha sostituito Sebastiano, gratis – e fece una carezza sulla nuca del carrozziere, che si girò e le chiese:

– Dato che abitate insieme, perché non viaggiate anche insieme? Oltretutto risparmiereste benzina.

– Perché dovrei alzarmi due ore prima – rispose Daniela.

– Non tutte hanno il culo di cominciare il lavoro alle 9 – aggiunse malignamente Marisa.

– Cos'hai da ridire sul culo di Daniela. È forse la più bella cosa che ci sia a Vinzaglio… – la difese Mario.

– Dopo le tette di Marisa! – pontificò Sebastiano, poi avvertì – Ecco, vedo in lontananza il treno che arriva.

Il convoglio in avvicinamento era composto da un vecchio locomotore e da quattro carrozze, di cui due erano dei reperti di archeologia ferroviaria, ricordando quelle delle tradotte della prima guerra mondiale, senza scompartimenti, con sei sportelli per lato e coi sedili di legno. Avvisò con un fischio prolungato del suo arrivo, perché il macchinista sapeva che sulle strade di campagna come quella, era abitudine dei ciclisti locali passare sotto le sbarre per non attendere il passaggio del treno, quindi transitò sferragliando davanti all'unica automobile in attesa, con la fiancata illuminata dai suoi fari.

Quelli nella BMW poterono costatare che, come al solito, il treno viaggiava pressoché vuoto, essendo visibili solo pochi passeggeri per vagone; quand'ecco che, dalla carrozza di coda, una di quelle del tipo più vecchio, una delle porte centrali si aprì e un passeggero si proiettò fuori.

Per quanto la velocità del treno non fosse superiore 70 km/h, era tuttavia eccessiva per poter scendere impunemente da esso, soprattutto non avendo avuto l'accortezza di scendere sul predellino inferiore e quindi saltare nella direzione di marcia, in modo da diminuire quanto possibile l'inerzia del proprio corpo; così il passeggero, appena toccato terra, cadde rotolando per alcuni metri fino ad arrestarsi contro la struttura in ferro che reggeva le sbarre. Nell'urto, violentissimo, l'incauto passeggero si ruppe l'osso del collo, e giacque scomposto illuminato dai fari della BMW.

◊

I quattro malavitosi della banda di Michele Sorrentino, associata con la mafia colombiana e specializzata nella distribuzione all'ingrosso di sostanze stupefacenti nell'intera provincia di Vercelli, uscirono guardinghi dal capannone abbandonato ove avevano appena concluso la vendita di una partita di cocaina ad una banda di malviventi di Mortara, e salirono sulla Mercedes con cui erano arrivati quel pomeriggio.

Domenico Scalise, il vice-capobanda, diede la borsa di tela a tracolla, contenente i 300 milioni di lire della transazione, a Gennaro Episcopo, un guardaspalle, e si mise alla guida dell'auto; Cosimo

Boriello, l'altro guardaspalle, e Vincenzo Scarenzi, un "quadro" dell'organizzazione, si sedettero sul sedile posteriore e si accertarono che quelli della banda che aveva acquistato la cocaina non li seguissero. Solo quando la Mercedes partì sgommando in direzione del centro di Mortara si allentò la tensione, ed i quattro riposero le armi di cui erano dotati. Vincenzo accese una sigaretta per sé ed una per Domenico, intanto gli diceva:
– Proprio non mi sono piaciuti quei brutti ceffi cui abbiamo venduto la coca. Il loro capo sembrava uscito da un film di *gangster* e gli altri erano un'accolita di tagliagole e di drogati; hai fatto bene a non farli venire a comprare la coca nel nostro deposito a Vercelli ed a voler portargliela noi.
– Certamente! Altrimenti avrebbero scoperto l'ubicazione del deposito, i dispositivi di sicurezza, la consistenza delle nostre scorte; saremmo stati costretti a triplicare la sorveglianza per far fronte ad un eventuale tentativo di furto. Meno gente è al corrente dei nostri affari, e meglio è per tutti noi – rispose Domenico togliendosi la sigaretta dalle labbra e restando così con una mano impegnata proprio in un momento in cui la guida ne richiedeva due.
Erano infatti giunti ben dentro la città, ed avevano imboccato uno stretto e tortuoso sottopasso della ferrovia – senza dubbio progettato da un cagnaccio di geometra parente del Sindaco in carica all'epoca – ad una velocità eccessiva per l'andamento della strada. Il fatto poi di manovrare il volante con una mano sola aveva fatto sì che Domenico fosse del tutto impreparato a far fronte ad una situazione imprevista, come quella di trovarsi davanti un triciclo Apecar che procedeva lentamente; così, per evitare di tamponarlo, Domenico frenò in piena curva. L'auto sbandò sulla destra, urtò violentemente contro un cordolo, rimbalzò in testacoda in mezzo alla strada e venne investita da un furgone Bedford che procedeva in senso contrario. Pochi istanti dopo una Fiat Uno condotta da una anziana signora colpì la coda della Mercedes posta di traverso sulla carreggiata, distruggendone l'intera parte posteriore.

Il traffico in entrambe le direzioni si bloccò subito e lunghe file di auto si formarono, ma per fortuna gli occupanti della Mercedes se la cavarono con pochi danni: solo qualche ammaccatura, un gran male al collo causato dai ripetuti colpi di frusta e soprattutto un grosso spavento. Sia il conducente del furgone, sia l'anziana signora sulla Fiat, si ferirono invece gravemente e rimasero doloranti e sanguinanti incastrati nei loro posti di guida.

Appena riuscì ad uscire dall'auto fracassata, facendo forza sulla portiera deformata, Domenico si rese subito conto della situazione in cui erano venuti a trovarsi, con ambulanze, carri attrezzi, vigili urbani e chissà chi altri che sarebbero giunti quanto prima. La polizia, per esempio, avrebbe potuto facilmente ficcanasare e trovare il denaro nella borsa di tela e le armi che avevano con sé, per cui emanò precise direttive agli altri componenti della banda:
– Io mi fermo qui ad occuparmi della polizia che arriverà fra breve, voialtri raccattate le vostre armi e la borsa col denaro e raggiungete Vercelli in treno. La stazione è poco oltre l'uscita del sottopasso. Penso che sarò occupato per un paio d'ore. Telefonerò a Michele quando avrò finito, così che qualcuno possa venire a prendermi con la Volvo, oppure, meglio ancora, tornerò a Vercelli col carro attrezzi che trasporterà il rottame. E ragazzi, mi raccomando, non perdete di vista la borsa col denaro. Adesso andate, ché sta arrivando gente.

I tre si affrettarono ad allontanarsi, risalirono la teoria di auto imbottigliate sotto l'occhio di guidatori furibondi, forse perché consapevoli delle difficoltà che si sarebbero incontrate per districare l'ingorgo in tempi brevi, e poco dopo raggiunsero la stazione ferroviaria, ove fecero i biglietti e li obliterarono.

Dopo mezz'ora di attesa giunse il treno per Vercelli che aspettavano: una vecchia locomotiva con quattro vagoni che avevano visto giorni migliori. Salirono sull'ultima carrozza, vecchia di almeno cinquant'anni, perché non aveva scompartimenti e si poteva controllare l'intero spazio, permettendo di individuare subito chiunque fosse salito nelle stazioni intermedie o fosse entrato dal passaggio di intercomunicazione con la carrozza che la precedeva. La carrozza era occupata da una coppia di giovani che limonavano sfacciatamente sui sedili in fondo, e i tre compari si accomodarono a metà vagone su sedili contrapposti; Vincenzo e Gennaro si sedettero rivolti verso il fondo, a tener d'occhio la coppia di giovani arrapati, Cosimo rivolto verso il passaggio di intercomunicazione. Quest'ultimo aveva presso di sé la borsa col denaro.

◊

Gaspare Piscitelli, il capo della banda di malavitosi di Mortara, aveva assistito in posizione defilata alla transazione avvenuta nel capannone, aveva sorvegliato la fase di saggiatura della coca ed aveva seguito attentamente quella di pesatura, quindi, soddisfatto, aveva consegnato ai narcotrafficanti la borsa di tela col denaro in pagamento dell'acquisto fatto, cercando di nascondere la grande preoccupazione che lo assillava. Infatti Gaspare non aveva i 300 milioni richiesti per concludere l'affare ed era stato costretto a ricorrere a banconote da 100.000 lire false che si era procurato da un falsario di Acerra. Erano falsi perfetti, sia come carta, sia come stampa, forse le sovrastampe e la numerazione non erano il massimo se si fosse osservata la banconota con molta attenzione e sapendo cosa cercare, ma Gaspare, volendola collaudare, era riuscito a farla accettare a molte persone avvezze a maneggiare banconote di quella taglia, che erano poi una minoranza di coloro cui la banconota si poteva spacciare.

Era forse questo il motivo per cui Gaspare aveva accettato, senza mercanteggiare troppo, di comprare per 24.000 lire (buone) ogni banconota da 100.000 falsa; ed era tanto sicuro del suo prodotto da non aver neppure collocato, in testa alle mazzette di banconote false, delle banconote buone atte a superare eventuali controlli. Forse aveva agito così perché non voleva che la controparte potesse effettuare dei comodi raffronti, o forse era stato solo per taccagneria, non volendo far lievitare ulteriormente il costo di ogni banconota falsa, fatto sta che le banconote superarono il sommario controllo effettuato durante la transazione, traguardando controluce le banconote nella penombra del capannone abbandonato. Proprio quello era stato il motivo per cui aveva chiesto che la transazione avvenisse a Mortara e non a Vercelli: non aveva infatti alcuna intenzione di fare un'irruzione in un magazzino sorvegliato da guardie armate, per cui, quando la controparte aveva accettato di effettuare la consegna, aveva fissato l'appuntamento in un posto che fosse il più buio possibile, compatibilmente con la necessità di non destare sospetti.

Gaspare era però avido: aver speso 72 milioni (buoni) per l'acquisto della coca gli pareva uno scialo e poco gli importava se 300 milioni in cocaina, una volta che essa fosse stata tagliata e smerciata al dettaglio, gli avrebbero fruttato un miliardo e mezzo; Gaspare voleva recuperare anche l'investimento iniziale ed aveva incaricato i suoi uomini di seguire i narcotrafficanti quando essi si fossero allontanati ad affare concluso, e di rapinarli del denaro ricevuto nella transazione alla prima occasione propizia. Se necessario, aveva detto loro, fateli fuori pure tutti, così non dovremo neppure guardarci le spalle in futuro, per evitare vendette ed altri guai.

Con quel mandato, non appena la Mercedes dei narcotrafficanti uscì dall'area del capannone, quattro tagliagole della banda Piscitelli: il russo Andreij, il partenopeo Pasquale, il rumeno Lupescu ed il tedesco Gunther, a bordo di un Range Rover, partirono al suo inseguimento. Erano tutti pesantemente armati con pistole e mitragliette e, nonostante dovessero affrontare un pari numero di avversari, erano convinti di poterne avere facilmente ragione contando sull'effetto sorpresa e su un maggior volume di fuoco.

Il Range Rover si tenne a debita distanza dalla Mercedes, in modo da lasciare alcuni veicoli fra le due auto, così che quando quest'ultima ebbe l'incidente nel sottopasso, il Rover poté arrestarsi in tempo per non essere coinvolto, ma rimanendo anch'esso imbottigliato nella coda che si era formata.

Andreij vide uscire gli occupanti della Mercedes costatando che non avevano subito eccessivi danni, li vide confabulare fra loro e prendere vari oggetti dall'auto incidentata, quindi vide che tre di loro, fra cui quello recante la borsa di tela, si allontanavano a piedi, mentre uno, verosimilmente il guidatore, restava presso l'auto per rispondere dell'accaduto alle autorità che sarebbero presto intervenute.

Andreij pensò che i tre forse potevano tornare a Vercelli in treno, o forse potevano noleggiare un'altra auto, o forse potevano farsi venire a prendere da qualcun altro della banda, ma in ogni caso non doveva perdere di vista la borsa col denaro, per cui ordinò agli altri tre compari di seguirli senza farsi notare ed alla prima occasione propizia di rapinarli; quanto a lui, non appena uscito da quell'ingorgo, li avrebbe aspettati sul piazzale della stazione di Vercelli.

Pasquale, Lupescu e Gunther si misero a seguire i narcotrafficanti con rapidità ma senza dare nell'occhio, sorpassarono il guidatore accanto al rottame della Mercedes senza farsi notare, fingendo di essere intervenuti per soccorrere gli altri feriti, quindi emersero dalla parte opposta del sottopasso mantenendosi ad una cinquantina di metri dai tre col denaro; li videro entrare in stazione, consultare l'orario delle partenze, fare il biglietto ed obliterarlo nell'apposita macchinetta, quindi li videro uscire dall'atrio della stazione, avviarsi al binario giusto ed attendere l'arrivo del treno. Pasquale e gli altri entrarono anch'essi nell'atrio della stazione e ripeterono le mosse fatte dagli altri, ma invece di attendere sul marciapiede preferirono sorvegliarli dalla sala d'aspetto.

Attesero una ventina di minuti, poi arrivò il treno: un convoglio composto da un vecchio locomotore e da quattro carrozze malandate, le due di coda addirittura risalenti alla prima guerra mondiale. Pasquale vide i tre che stava seguendo salire sulla carrozza di coda, pertanto con Gunther e Lupescu salì sull'altra carrozza antidiluviana, in modo da poter controllare facilmente l'intero spazio. Sul treno non salì nessun altro passeggero e dopo alcuni minuti passò il capotreno a controllare i loro biglietti, poi lo videro ripassare dopo aver controllato i tre saliti sull'ultima carrozza, e quindi tornare nel suo scompartimento riservato in testa al treno.

Intanto stava diventando buio. Il treno fece tappa a Robbio, ove alcuni passeggeri salirono sulle carrozze a scompartimenti più moderne, ed a Palestro, ove scesero alcune donne. Appena ripartito, Pasquale fece cenno ai due compari di muoversi, ed armi in pugno attraversarono il passaggio a soffietto che collegava la loro carrozza con quella di coda.

Cosimo, che teneva costantemente d'occhio la porta di intercomunicazione, riconobbe subito, nei tre brutti ceffi che entravano, i tagliagole che avevano acquistato la coca non più di un'ora prima, gridò ai compagni del pericolo ed estrasse una pistola automatica; nel contempo i nuovi arrivati avevano aperto il fuoco contro di lui, ma mancando il bersaglio.

Al grido di allarme di Cosimo ed ai primi spari, Vincenzo aveva estratto la sua pistola, si era girato sul sedile ed aveva risposto al fuoco riparandosi dietro allo schienale di legno; anche Gennaro si era riparato dietro allo schienale, ma quando aveva provato ad estrarre la sua arma, essa si era impigliata nella fodera del giubbotto che indossava, e nel dimenarsi per districarla uscì dal riparo di quel tanto da esporre la testa. Un proiettile gli asportò un pezzo di orecchio, Gennaro cacciò un urlo e si rannicchiò sul pavimento. Intanto lo scontro a fuoco si faceva violentissimo: Cosimo riuscì a colpire a morte Lupescu e Gunther, ma poi venne centrato da un colpo in piena fronte e cadde prima addosso a Vincenzo, per poi scivolare sul pavimento.

Vincenzo si rese conto che Gennaro era un peso morto nello scontro a fuoco e, volendo mettere al sicuro il denaro, in qualsiasi modo si fosse conclusa la sparatoria, e paventando il fatto che potesse intervenire qualcuno attirato dal rumore degli spari, ordinò a Gennaro di prendere la borsa, di saltare giù dal treno e di raggiungere a piedi la stazione di Vercelli seguendo il binario per pochi chilometri; lui, se fosse sopravvissuto, l'avrebbe raggiunto in stazione. Gennaro prese la borsa, aprì la porta mantenendosi il più chino possibile, fece in tempo di vedere, alla luce dei fari di un'auto, che si trovava presso un passaggio a livello, quindi si fiondò fuori dalla carrozza, ed appena toccato terra cominciò a rotolare fino ad urtare violentemente contro una struttura metallica; nell'urto si spezzò il collo e morì.

Vincenzo aveva appena fatto a tempo a vedere Gennaro saltare giù dal treno illuminato dai fari di un'auto, evidentemente ferma ad un passaggio a livello, quindi si era sporto a lato dello schienale ed aveva sparato contro Pasquale che, pensando di essere l'unico sopravvissuto, stava avvicinandosi nel corridoio per prendere la borsa col denaro. Pasquale, colpito da tre proiettili, uno allo stomaco e due al torace, lasciò cadere l'arma e crollò a terra.

Vincenzo, conscio di essere l'unico ancora vivo, pensò di dover scendere dal treno prima che sopraggiungesse qualcuno, inoltre intendeva raggiungere quanto prima Gennaro, che era saltato giù dal treno neppure un minuto prima e non poteva essere più distante di un chilometro. Si affacciò dalla porta, rimasta aperta a sbandierare, e scese sul predellino inferiore; vedeva il terreno debolmente illuminato dalla luce dei finestrini scorrere sotto di sé ad una velocità che non ritenne eccessiva, oltretutto gli sembrava che il treno stesse rallentando, quindi prese lo slancio e saltò dabbasso. L'atterraggio fu meno rovinoso di quello di Gennaro, tuttavia non completamente indolore, infatti Vincenzo prese una storta alla caviglia su cui era atterrato, poi cadde a terra lungo e disteso scorticandosi mani e ginocchia, e ristette qualche istante steso a bocconi tutto dolorante. Si rialzò e si avviò zoppicando verso il passaggio a livello per incontrare Gennaro, che doveva procedere verso di lui con la borsa col denaro.

Capitolo II

Martedì, 7 novembre

All'interno della BMW assistettero con sgomento al salto di un passeggero da un treno in corsa (guarda cosa va a fare uno per evitare il controllore, aveva pensato Mario) lo videro rotolare appena toccato terra (ecco un vero pirla che non sa scendere dai veicoli in movimento, aveva pensato Sebastiano) e schiantarsi contro la struttura metallica che reggeva le sbarre (Marisa e Daniela emisero un grido soffocato). Poi scesero tutti dall'auto e si avvicinarono al corpo esanime per controllarne lo stato; intanto le sbarre del passaggio a livello si rialzarono.

Marisa, appena visto che l'uomo sembrava morto, rientrò in auto dicendo che i morti le facevano impressione; Daniela, nell'avvicinarsi al corpo, inciampò in una borsa di tela caduta a poca distanza da esso, istintivamente se la mise a tracolla per avere le mani libere, sentì Mario e Sebastiano confermare che l'uomo era effettivamente morto, poi ebbe un brivido e decise che non valeva la pena prendere dell'altro freddo, per cui rientrò in auto.

– Dove hai trovato quella borsa? – chiese Marisa.

– Ci sono inciampata, doveva appartenere al morto.

– E tu l'hai presa? Cosa contiene?

– Beh, avevo proprio bisogno di una borsa come questa, ed a lui non servirà più di certo – intanto Daniela aveva aperto la borsa ed aveva visto le mazzette di banconote, ne aveva presa in mano una ed aveva passato il pollice sul dorso facendo frusciare le banconote.

– Uau! – esclamò Marisa – Ma quella è una mazzetta di banconote da 100.000 lire; dovrebbero essercene 100, per complessivi 10 milioni. Quante mazzette ci sono nella borsa?

Daniela frugò fra le mazzette col cuore che le batteva a mille, non voleva estrarle lì per contarle comodamente, non con i due ragazzi attorno, ma poté costatare che le mazzette erano impilate quattro per "piano" ed i piani erano... Daniela li contò facendo scorrere il dito sulle fascette...erano 6 o 7, forse 8, senza estrarre le mazzette non poteva essere sicura del loro numero, e poi potevano non essere tutte mazzette da 100.000 lire, quindi non poteva quantificare con esattezza l'entità del tesoro trovato.

– Conteremo il denaro quando saremo a casa. – rispose Daniela vedendo che Mario e Sebastiano si stavano avvicinando all'auto – E per quello che mi riguarda, la voglia di andare a ballare mi è passata. Cerca di cancellare dalla faccia quell'espressione di esultanza che hai, perché non voglio far sapere nulla ai ragazzi. –

– Fossi matta, tu piuttosto pensa ad una scusa buona per sganciarci da loro.

Frattanto Mario era entrato in auto per prendere il cellulare al fine di telefonare ai carabinieri ed avvisarli dell'accaduto, mentre Sebastiano, salito al posto di guida, cercava di farlo desistere dall'intento.

– Ti ripeto che dovremmo andarcene prima che arrivi qualcuno, potremmo sempre telefonare anonimamente dal primo bar che incontreremo per strada – disse Sebastiano.

– Ma che preoccupazione hai? Non abbiamo fatto nulla di male. Al massimo perderemo mezz'ora di tempo, poi, appena avremo raccontato quello che abbiamo visto, saremo liberi di andare a divertirci – ribatté Mario.

– Sai come sono fatti i carabinieri: cominceranno a chiederti le generalità, poi vorranno sapere cosa facevamo, dove eravamo diretti,se trasportavamo stupefacenti... magari vorranno vedere i documenti dell'auto...

– Beh, che male ci sarebbe? Basterà farglieli vedere.

– Ecco, proprio quello è il problema. La mia Punto aveva la batteria scarica, per cui mi sono fatto prestare quest'auto da un amico – mentì Sebastiano, che per far colpo sulle ragazze aveva usato l'auto di un cliente della carrozzeria senza avergli chiesto il permesso di usarla, anzi, aveva tardato a consegnargliela accampando una scusa proprio per aver modo di usarla quella sera.

– Embé? Basta spiegare il fatto e… – Mario fu interrotto dall'apparizione, a una decina di metri di distanza, di un uomo grande e grosso che avanzava zoppicando e che gridava di fermarsi agitando una pistola.

Sebastiano in un istante accese il motore, innestò la marcia e partì a razzo. L'uomo sbucato dalle tenebre gli sparò contro due colpi: uno trapassò la lamiera di una portiera e si conficcò nello schienale anteriore destro, l'altro infranse il lunotto posteriore e fece piovere sulle ragazze una miriade di schegge di vetro. La BMW si allontanò rapidamente dal passaggio a livello e sparì dalla vista del pistolero.

– Basta così! – gridò Daniela, spaventatissima, cercando di togliersi di dosso le schegge del lunotto – Per me la serata romantica finisce qui. Riportatemi a casa, ma senza ripassare da quel maledetto passaggio a livello. A Borgovercelli c'è un'altra stradina che ci permetterà di raggiungere Vinzaglio senza passare davanti a pistoleri pazzi.

– Anch'io ne ho abbastanza – le diede man forte Marisa – Mi spiace per la serata andata in vacca, ragazzi, ma cercate di capirci: prima il passeggero pirla che va a spatacciarsi contro un palo di ferro, poi un pistolero pazzo che ci spara addosso, poi la pioggia di schegge di vetro… Rimandiamo il divertimento ad un'altra occasione, oggi dev'essere un giorno "no".

– D'accordo, anch'io non sono più in vena di divertimenti; facciamo così: rimandiamo a domani sera, potremmo cenare insieme in un ristorantino romantico. Questa volta però useremo la mia auto – disse Mario con una vena di sarcasmo.

Sebastiano non raccolse la provocazione, preoccupato come non mai per i danni alla BMW, ed intento a trovare una scusa buona per procrastinare ancora la consegna dell'auto al legittimo proprietario. Le ragazze accettarono il programma per il giorno successivo, ma si raccomandarono di trovare un ristorante che non si dovesse raggiungere attraversando passaggi a livello.

◊

Vincenzo aveva percorso gli 800 metri che lo separavano dal passaggio a livello zoppicando vistosamente: la caviglia gli doleva ad ogni passo, le mani e le ginocchia escoriate gli bruciavano, avrebbe voluto, se non disinfettare, almeno ripulire le ferite, ma soprattutto era preoccupato per non aver incontrato Gennaro, e si affacciò nella mente il sospetto che il compare se la fosse squagliata col denaro. Ormai era quasi arrivato al passaggio a livello, c'era una macchina in sosta, nonostante le sbarre fossero alzate, i cui fari illuminavano due uomini chini su qualcosa. Vincenzo estrasse la pistola e si avvicinò più cautamente, mentre i due uomini si sollevarono e si avviarono alla macchina parlottando fra loro, ma non potevano averlo visto, faceva troppo buio, evidentemente stavano per andarsene, e lui non poteva permetterlo.

Allungò il passo, nonostante le fitte alla caviglia, vide un corpo accartocciato contro la struttura metallica che reggeva una sbarra del passaggio a livello e riconobbe in esso il suo compare Gennaro, non ebbe tempo di cercare la borsa di tela, né di recuperare la calibro 38 dal corpo a terra, più importante era bloccare i due uomini che nel frattempo erano entrati in auto, quindi gridò:

– Fermi! Scendete subito altrimenti sparo!

Ma nessuno obbedì all'intimazione; anzi, la BMW partì a razzo allontanandosi nella notte.

Vincenzo gli sparò contro due colpi, vide che uno aveva mandato in frantumi il lunotto, avrebbe volentieri continuato a spararle contro, ma aveva vuotato il caricatore. Riuscì appena a leggere alcuni numeri della targa prima che l'auto, forse una BMW nera, si allontanasse troppo: VC 58 1xxx.

Vincenzo ripeté più volte i numeri appena letti per meglio memorizzarli, poi tornò al corpo di Gennaro, gli tolse il portafogli coi documenti per ritardarne il riconoscimento e si impossessò della suo revolver calibro 38, poi si guardò attorno alla ricerca della borsa di tela, anche se con scarse speranze di trovarla al buio. Dopo alcuni minuti, scoraggiato, decise di lasciar perdere, convinto che la borsa l'avessero presa i due tizi della BMW. In fin dei conti, pensava il *gangster*, se uno dovesse fracassarmi il lunotto dell'auto, io mi fermerei per dargli il fatto suo, mica me la squaglierei a tutta birra.

Procedette per alcuni minuti in direzione di un tratto di strada illuminato, un cartello lo avvisò che stava entrando nella frazione Torrione di Vinzaglio e sperò di trovare un bar col telefono, dato che il suo cellulare l'aveva perso quand'era saltato giù dal treno. Attraversò l'intera frazione senza incontrare anima viva finché, persa la speranza di trovare qualcosa di aperto, incocciò in una pizzeria. Entrò e telefonò a Michele Sorrentino, raccontandogli l'accaduto dal principio: dalla vendita di coca andata a buon fine, all'incidente che aveva bloccato Domenico a Mortara, allo scontro a fuoco sul treno, alla morte di Cosimo e di Gennaro, ai due tizi con la BMW che si erano sicuramente impossessati del denaro, poi chiese cosa fare.

– Fammi capire bene, Vincenzo, tu dici che sei sicuro che chi vi ha attaccati sul treno faceva parte della stessa banda cui avevate venduto la coca.

– Proprio così, capo, li ho guardati bene in faccia durante la transazione, ed anche Cosimo ha fatto altrettanto; per fortuna, altrimenti non sarebbe riuscito a riconoscerli appena sono entrati nella carrozza in cui eravamo. –

– E sei proprio sicuro che quelli della BMW hanno trovato la borsa col denaro?

– Sicuro no, capo, ma attorno al corpo di Gennaro non l'ho trovata, anche se era molto buio ed io ero senza pila. Quando ho sparato e le ho fracassato il lunotto, la BMW non si è fermata. Ho anche colpito la carrozzeria, forse in una portiera, poi sono rimasto senza proiettili; ma sono sicuro dei numeri di targa che le ho dato.

– Va bene, ci penserò io a far rintracciare il proprietario. Tu aspetta lì che ti mando un picciotto a prenderti con la Jaguar, poi passerai per la stazione di Vercelli per vedere cosa succede. Ci sarà un sacco di poliziotti attorno a quel treno.

Vincenzo riattaccò ed andò in bagno a ripulirsi ed a disinfettare le ferite, poi mangiò la pizza che aveva ordinato e finì proprio quando entrava nel locale il picciotto che era venuto a prenderlo.

Insieme si recarono alla stazione di Vercelli e trovarono che il piazzale antistante era invaso da macchine della polizia, dei carabinieri e da ambulanze. Su una di queste, due infermieri stavano caricando il corpo di un ferito, mentre un terzo paramedico li accompagnava reggendo su di lui un flacone di soluzione fisiologica; poi l'ambulanza partì a sirene spiegate. Numerosi giornalisti e fotografi si mescolavano col viavai di poliziotti e di infermieri e coi molti sfaccendati che stavano curiosando.

Dopo mezz'ora la folla cominciò a diradarsi, un'ambulanza portò via i morti, le auto della polizia si allontanarono, i giornalisti ed i fotografi tornarono alle loro incombenze, ed i curiosi trovarono qualcosa di meglio da fare. Fu allora che Vincenzo notò che a sorvegliare discretamente quanto avveniva in stazione c'era anche un Range Rover con a bordo un tipo dalle sembianze note. Avvisò il picciotto di quello che si accingeva fare ed uscì per avvicinarsi e guardare bene in faccia il tipo sospetto; il picciotto lo seguì con la pistola in pugno.

Andreij li vide arrivare, non riconobbe Vincenzo, ma vide l'arma impugnata dall'altro. Ritenne di non avere tempo di estrarre la sua arma per difendersi, per cui decise per una repentina fuga, mise in moto e partì sgommando, tentando di investire i due.

Vincenzo ed il picciotto evitarono facilmente di essere investiti, quindi aprirono il fuoco contro l'auto che si allontanava, che fu colpita da almeno quattro proiettili, quindi tornarono alla Jaguar e partirono all'inseguimento del Rover, ma alla prima rotonda ne persero le tracce. Poi ritennero più salutare allontanarsi il più possibile dal luogo della sparatoria e tornarono a rapporto da Michele Sorrentino.

Il capo era intento a parlare con Domenico Scalise ed aveva approvato la decisione di costui di rottamare la Mercedes per evitare che si potessero prendere impronte digitali nel suo interno, poi aveva ascoltato il resoconto della sparatoria avvenuta poco prima nel piazzale della stazione e si era preoccupato non poco:

– La Jaguar è stata senza dubbio vista da qualcuno presente sul piazzale o che era in stazione e che, appena uditi gli spari, ha prestato attenzione, per cui è da considerarsi "bruciata". Domenico, la porterai questa sera stessa dal nostro amico concessionario d'auto di Bellinzona, gli telefonerò subito per dirgli cosa deve fare e per aspettarti; alla Jaguar toglierai targhe e documenti e te li porterai dietro quando tornerai, ed al nostro amico dirai di farla immatricolare in Svizzera intestata all'altra nostra società. Lui intanto avrà caricato su un carro attrezzi un rottame recente color argento, quindi tornerai a Vercelli con una berlina di lusso dall'aspetto completamente diverso e scorterai il carro attrezzi dal nostro amico sfasciacarrozze; a lui lascerai le targhe ed i documenti della Jaguar, compilerai il modulo per la sua demolizione, e gli farai demolire il rottame. Fai attenzione alle date, tutto deve essere accaduto prima di lunedì, e gli dirai che per domani mattina il rottame dovrà finire nella pressa.

Cazzo! La giornata di oggi ci è costata finora300 milioni in contanti, una Mercedes ed una Jaguar alla quale ero particolarmente affezionato. Voglio la pelle di quel bastardo del Range Rover, e voglio recuperare anche i 300 milioni. Ragazzi, datevi una mossa!

◊

Domenico Scalise, nel sottopasso di Mortara, aveva per più di un'ora risposto alle domande delle forze dell'ordine che erano intervenute, aveva sottoscritto il verbale coi vigili urbani, aveva compilato vari documenti relativi all'assicurazione per la responsabilità civile, aveva negato di avere responsabilità dirette nell'incidente in quanto una sospensione anteriore si era rotta improvvisamente. La polizia aveva controllato i documenti dell'auto e la sua patente di guida, aveva misurato il tasso alcoolico del suo sangue, aveva esaminato lo stato dei pneumatici e verificato che il bollo di circolazione fosse esposto sul parabrezza, poi si era dedicata alla ricerca di testimoni, naturalmente non trovandone nessuno.

Nel frattempo i vigili del fuoco avevano forzato l'apertura delle portiere del Bedford e della Fiat ed avevano estratto i conducenti dagli abitacoli, quindi due ambulanze avevano portato i feriti in ospedale. Poi intervennero tre carri attrezzi che caricarono, non senza difficoltà stante gli spazi ristretti del luogo, i rottami dei veicoli incidentati, e solo dopo un'altra mezz'ora Domenico poté partire per Vercelli. Erano quasi le 20.30 quando arrivò da uno sfasciacarrozze affiliato alla malavita e lo incaricò di demolire completamente il veicolo entro il giorno successivo.

Per la verità, in un primo tempo Domenico avrebbe voluto portare l'auto da un meccanico-carrozziere per farla riparare, ma quando aveva telefonato al Sorrentino era venuto a sapere della sparatoria sul treno, che solo Vincenzo era sopravvissuto e che il denaro era scomparso. A Vercelli poi, passando davanti alla stazione, aveva visto il bailamme di macchine della polizia e di ambulanze, ed aveva deciso di rottamare l'auto per evitare che qualche scrupoloso poliziotto collegasse l'incidente nel sottopasso di Mortara con la sparatoria sul treno, e magari andasse a cercare conferme esaminando le impronte digitali rinvenute nell'auto con quelle di Cosimo, morto nella sparatoria, o con quelle di Gennaro, morto nel saltare giù dal treno. Lo scrupolo era forse eccessivo, dato il livello della polizia locale, ma d'altra parte anche far riparare l'auto sarebbe venuto a costare uno sproposito, così aveva detto allo sfasciacarrozze:

– Antonio, ti lascio questo rottame, recupera pure il motore e quant'altro, ma le lamiere ed ogni oggetto su cui possono esserci delle impronte digitali dei passeggeri debbono sparire entro domani.

– Stia tranquillo, don Domenico, tolto il motore, la pompa dell'acqua e poche altre parti, il resto lo farò schiacciare dalla pressa. Ne uscirà un cubo metallico compatto di 60 centimetri di lato, e voglio proprio vedere la polizia cercare delle impronte in quella massa metallica.

Curiosamente in quel momento anche Andreij era da un meccanico-carrozziere – anch'esso non proprio uno stinco di santo – col Range Rover sforacchiato di proiettili, lo incaricò di far sparire ogni traccia e, paventando di essere stato notato durante la sparatoria nel piazzale della stazione, e non poteva essere altrimenti, di riverniciare l'auto di un altro colore; tutto doveva essere fatto entro l'indomani.

– Dovrò fare i salti mortali e lavorare tutta la notte per sistemare la carrozzeria e verniciare l'esterno, Andreij, per verniciare anche l'interno avrò bisogno di più tempo – aveva detto il carrozziere.

– Allora lascia perdere l'interno, mi basta che sia pronta per domani sera – quindi telefonò ad un picciotto per farsi venire a prendere e tornare a Mortara.

◊

Daniela e Marisa erano nel loro appartamento di Vinzaglio e sedevano con aria al contempo sbigottita ed esultante attorno al tavolo della cucina, su cui erano impilate 30 mazzette di banconote da 100.000 lire. Avevano appena finito di controllare che ogni mazzetta contenesse 100 banconote, ed il pensiero che le banconote potessero essere false non le aveva neppure sfiorate.

– Trecento milioni! Yuppi! Siamo ricche! Ti rendi conto? Niente più levatacce al mattino, angosce ogni volta che si accende una spia rossa sul cruscotto dell'auto o quando riceviamo una bolletta della Telecom, da oggi non dovremo neppure chiedere quanto costa un vestitino che vogliamo acquistare… – disse Marisa che non stava più nella pelle dalla gioia.

– Hai più che ragione, tanto che potrei continuare l'elenco all'infinito: niente più vacanze in quel cesso di pensione di Rimini, niente più soprabiti fuori moda, niente più pranzi al McDonald's… Però dobbiamo fare attenzione, perché 300 milioni sono parecchi sì, ma non ci basteranno per sempre, soprattutto se dovessimo migliorare il nostro tenore di vita – considerò con molto buon senso Daniela.

– Okay! Ma io voglio continuare a lavorare, non sarei capace di passare l'intera giornata a non fare un beato cazzo di niente; solo che vorrei fare qualcosa di più gratificante, e soprattutto che renda di più dei quattro soldi marci che guadagno al supermercato. –

– Anch'io! Sono stufa di dover leccare il culo delle vecchie baga-sce che, quando provano un vestito, pretendono di trasformar-si in strafiche, e che, quando si accorgono che non ci riescono, danno la colpa a me che non so trovarle il vestito giusto. Voglio anch'io cambiare lavoro, ma non vorrei neppure mettere in piedi un'attività troppo impegnativa che mi sottraesse tutto il tempo libero. Potremmo mettere su un'attività insieme, così potremmo darci il cambio per quanto riguarda i riposi, o per andare in va-canza; d'accordo andiamo d'accordo, quando siamo assieme ci divertiamo un mondo, e non abbiamo mai scopato col ragazzo dell'altra...

– Ci mancherebbe altro! – la interruppe Marisa ridendo – rimor-chi sempre dei tipi ben strani; come Sebastiano per esempio: pen-so che abbia usato la BMW di un cliente per far colpo su di noi, perché è ammutolito per tutto il tempo pensando a come fare per aggiustare l'auto senza che il cliente possa accorgersi che gliela aveva danneggiata. Pensa che quando ci ha riaccompagnate qui, non ha neppure perorato la richiesta di Mario di salire con noi per il bicchiere della staffa e magari per la ciulatina di rito. Comun-que hai ragione circa il fare qualcosa insieme; a me piacerebbe gestire un bar particolare...

– Oh no! Un bar per culattoni proprio no!

– Non "particolare" in quel senso; pensavo a un *wine-bar* o a un *topless-bar*...

– ...con pista per spettacoli di spogliarello, palo della *lap-dance, privée* per rapide sveltine... – volle completare Daniela – Già lo vedo chiuso dalle autorità per sfruttamento della prostituzione. Comunque mi piace l'idea, io ci sto. Dove ti piacerebbe aprirlo? – – A Vercelli, oppure a Novara, in ogni caso in provincia: i provin-ciali sono abbastanza ricchi, e basta fargli vedere una mezza tetta per farli scialare a tutto spiano.

– Domani, anzi oggi stesso, visto che è quasi l'una, andrò un po' in giro ad informarmi su che occasioni ci sono – si propose Daniela.

– Allora non andrai a lavorare?

– No! Col lavoro ho chiuso. Domattina, per prima cosa, mi licenzierò dalla *boutique*. Voglio proprio godermi la faccia di quella baldracca della padrona.

– Allora penso che mi licenzierò anch'io, anzi starò a casa senza avvertirli fin quando saranno costretti a licenziarmi, così non potranno trattenersi i giorni di paga per mancato preavviso. Poi andrò a fare un giro di negozi per togliermi qualche sfizio. Ti va di festeggiare con un bicchiere di spumante?

– Vado subito a prendere la bottiglia in frigo – disse Daniela alzandosi per prendere bottiglia e bicchieri, poi, mentre armeggiava per togliere il tappo, aggiunse – Cosa ce ne facciamo di tutto questo denaro? Non possiamo tenerlo qui in casa, dovremmo investirlo, sennò l'inflazione ce lo mangerà a poco a poco, ed io non capisco niente di investimenti.

Intanto aveva fatto saltare il tappo e un geiser di spuma era fuoruscito dalla bottiglia e allagato il tavolo con le mazzette, poi aveva riempito due calici, facendoli traboccare, ed infine, felice, aveva brindato con l'amica:

– Ad un nuovo inizio ed alla nostra felicità.

– Cin cin, alla nostra salute – fece eco Marisa.

Dopo aver vuotato i bicchieri li riempirono ancora, intanto continuarono a fare progetti.

– Domani andremo alla Cassa di Risparmio di Vercelli, dove lavora Mario, ed affitteremo una cassetta di sicurezza per metterci gran parte di questo denaro, poi apriremo un conto corrente e ci verseremo 3 o 400 mila lire a testa, quindi farai un po' di moine a Mario, gli farai vedere una tetta, e ci faremo dire il modo migliore per investire il nostro tesoretto, ma senza fargli sapere a quanto ammonta – stabilì Marisa.

– Okay! Ma non sono sicura che Mario, dopo avermi visto le tette, possa mantenersi lucido abbastanza da consigliarci al meglio. – quindi si alzò, tolse dalle pile di banconote quelle bagnate, che mise da parte ad asciugare, e mise il grosso del malloppo in una pentola da pesce che ritirò nel forno della cucina economica. Intanto Daniela riempiva ancora i bicchieri.

– Si sono bagnate 8 banconote. Domattina, quando saranno asciutte, ce le divideremo, così potremo soddisfare da subito qualche piccolo desiderio – disse Marisa mentre mandava giù il terzo bicchiere a stomaco vuoto.

– Non so se riuscirò a dormire questa notte,non dopo tutto quello che è successo – ed anche l'amica vuotò il suo bicchiere.

Ma il dubbio di Daniela si rivelò errato, perché appena a letto le due amiche piombarono a dormire come sassi.

Capitolo III

Mercoledì, 8 novembre

Daniela e Marisa si erano alzate più tardi del solito quella mattina, avevano poltrito a letto e si erano concesse una colazione golosa con cioccolata, spremute e biscotti. Avevano indugiato nel vestirsi, avevano stirato e si erano divise le banconote lasciate ad asciugare sul tavolo alla sera precedente, ed avevano messo nella borsa di tela quelle ritirate nella pentola da pesce nascosta nel forno, quindi erano andate in banca, alla sede centrale della CRV, ed avevano chiesto del signor Mario Cavallero. Costui le aveva fatte attendere un quarto d'ora ed erano le 10.30 passate quando le ricevette; ma quando vide di chi si trattava, si prodigò in mille scuse per averle fatte aspettare tanto.

– La signora cui vi siete rivolte, nel vedervi così belle e sexy, deve essersi ingelosita perché non mi ha detto che due splendide creature chiedevano di me, sennò mi sarei precipitato – disse in tono gigionesco cercando di metterci una pezza.

Marisa smise di fingere di avercela con lui e il suo viso si aprì in un sorriso accattivante, tanto che accavallò le gambe per permettergli di intravedere ampie porzioni di cosce, e rispose:

– Meno male. Temevo che non ti interessassi più, e stavo già pensando di rivolgermi ad un'altra banca; oltretutto la tua ha un parcheggio scomodissimo e strapieno: abbiamo parcheggiato in culo ai lupi per venire qui.

– Allora siete qui per questioni bancarie, non per il mio fascino padano. In ogni caso siate le benvenute – rispose Mario, con gli occhi fissi sulle cosce della ragazza.

– Vogliamo aprire un conto corrente insieme, poi vogliamo anche affittare una cassetta di sicurezza per ritirare le nostre gioie. – si intromise Daniela mostrando sotto il soprabito slacciato un golfino con una scollatura vertiginosa – Marisa ha insistito per rivolgerci alla tua banca, forse perché ritiene che avrà un trattamento di favore da parte tua, visto che è una settimana che glie la batti. – Mario avvampò, perché era soggetto ad arrossire facilmente, poi la guardò di sottecchi Marisa per cogliere una sua reazione, e notò che lei gli sorrideva compiacente, quindi farfugliò qualcosa che potesse abbracciare anche Daniela, avendone viste le tette, infine si immedesimò nella parte di efficiente impiegato di banca e proclamò la sua completa disponibilità ad accontentarle:

– Allora mettiamoci subito al lavoro: per primo apriamo il conto corrente. – Mario si alzò e prese da uno scaffale alle sue spalle una serie di moduli che pose sulla scrivania, poi, da un altro scaffale, prese un'altra serie di moduli che mise da parte, quindi, sedendosi alla scrivania, continuò – Vi fidate ben bene una dell'altra per avere un conto corrente ed una cassetta di sicurezza su cui ognuna di voi può operare all'insaputa dell'altra.

– Ci fidiamo ciecamente, e ci vogliamo troppo bene per derubarci a vicenda; siamo donne, mica siamo uomini. – rispose beffardamente Marisa facendo una carezza sulla guancia dell'amica.

– E poi ognuna di noi ha un conto personale presso altre banche, su cui versiamo gli stipendi che percepiamo, da cui attingiamo per le spese personali ecc.; questo conto lo vogliamo aprire per l'attività che intendiamo intraprendere insieme. – volle spiegare Daniela.

– Di che attività si tratta? – chiese Mario curioso – Intanto datemi la carta d'identità, il codice fiscale, un recapito ed i vostri numeri del telefono, sia quello fisso che quello dei vostri cellulari.

– Hai capito il furbacchione che tattica usa per ottenere i numeri di telefono delle belle ragazze; in quante te l'hanno comunicato il mese scorso? – lo sfotté Marisa – Quanto all'attività comune che vogliamo intraprendere te la diremo nei prossimi giorni, prima dobbiamo informarci su un sacco di cose, e sarai tu a dircele, che sei del mestiere; magari a cominciare da questa sera a cena.

– Sempre che tu non voglia andare in bianco e voglia invece concludere la serata in bellezza – provocò Daniela.

Mario arrossì ancora e si isolò per compilare i moduli, fece firmare alle ragazze alcuni documenti, chiese loro di depositare un campione della loro firma, ed infine chiese quanto volevano depositare sul conto che stavano aprendo:

– Non c'è la necessità di effettuare un deposito minimo per aprire un conto, ma se farete un versamento troppo modesto correrete facilmente il rischio di finire "in rosso", e allora vi verrebbero addebitati interessi passivi esagerati; se non dovete fare grosse spese, vi consiglio di versare 7 od 800 mila lire, l'equivalente dei vostri stipendi. Se mi date dei contanti potrete uscire di qui ognuna con un *carnet* di assegni, perché ve li preparerò io stesso, ma potete anche darmi assegni delle vostre banche,anche se in tal caso dovrete attendere dai 5 ai 7 giorni per avere i *carnet*.

Le due ragazze si guardarono e si capirono al volo: entrambe avevano pensato di aprire il conto con una piccola parte del denaro contenuto nella borsa di tela che avevano con sé, ma non volevano che Mario vedesse cosa conteneva la borsa, e neppure potevano staccare degli assegni dai loro conti personali, perché sapevano che essi erano pressoché asciutti, se non addirittura in rosso; per cui dissero che versavano 400 mila lire ciascuna in contanti – tanto, nella camera blindata delle cassette di sicurezza, avrebbero potuto ricostituire la scorta fatta quando avevano tenuto per sé le banconote asciugate – quindi armeggiarono con le loro borsette ed estrassero dai portafogli le 8 banconote da 100.000 lire ormai perfettamente asciutte e stirate, ma di aspetto comunque "vissuto". Mario le prese, insieme ai moduli che aveva compilato, poi fece le fotocopie dei documenti d'identità delle ragazze, quindi compilò una ricevuta per un versamento di 800.000 lire che diede a Marisa dicendole:

– Vado dabbasso ad aprire il conto corrente ed a preparare due *carnet* di 10 assegni, ne avrò per una decina di minuti, voi aspettate qui, se lo gradite vi faccio portare un caffè; poi vi accompagnerò nel sotterraneo…

– …ove ci toglierai le mutandine e ce lo troncherai nel… – suggerì Daniela, facendo avvampare ancora Mario.

– ...dove ci sono le cassette di sicurezza, così che possiate depositare in perfetta solitudine le vostre cose. Vi farò avere anche un "castelletto" di una ventina di milioni, così avrete il credito sufficiente per avviare l'attività che volete iniziare, ma usatelo con parsimonia, perché l'interesse passivo sul castelletto è piuttosto elevato; lo dico contro l'interesse della banca.

– Uau! Grazie del pensiero. Non osavo chiedertelo, e grazie pure per il caffè, che gradiamo entrambe. Cosa posso fare per ricambiare? – chiese Marisa.

– Un pompino no, è troppo poco; ma forse una rude sodomizzazione... – propose Daniela, facendo arrossire Mario per la quarta volta.

Costui si fiondò fuori dall'ufficio mentre le ragazze, rimaste sole all'interno, si scambiavano un "cinque".

– Mi hai fatto fare la parte della troia – finse di lamentarsi Marisa – ma d'altra parte ha funzionato alla grande.

Mario intanto aveva consegnato ad un cassiere i moduli compilati in precedenza, il denaro del versamento e le fotocopie dei documenti d'identità, dicendo che si riferivano ad un nuovo conto corrente per il quale avrebbe provveduto lui stesso a timbrare gli assegni di due *carnet*.

Il cassiere esaminò le fotocopie e quando Mario gli comunicò quale numero progressivo aveva assegnato a quel conto, così che potesse procedere a registrare il versamento, gli disse:

– Scommetto che se invece di due strafiche trentenni fossero state due baldracche di sessant'anni, non ti saresti dato tanto da fare, e le avresti rifilate a noi, poveri *peones* – intanto aveva ritirato le banconote nella cassa, insieme alle altre già contenute in essa, senza prestare molta attenzione a quello che stava facendo.

– Proprio così! – rispose Mario con compiacimento, mentre smanettava sulla macchinetta timbratrice.

Quand'ebbe finito tornò in ufficio e consegnò i *carnet* di assegni alle ragazze, che li ritirarono nelle borsette e si apprestarono a seguire Mario nel sotterraneo. Daniela però volle mantenere alta la pressione sul bancario e gli disse:

– Il caffè della vostra macchinetta faceva schifo, sapeva di cone-grina. Temo che stasera, quando Marisa ti farà un pompino, l'uc-cello potrebbe corrodersi.

Marisa le diede uno spintone e le sibilò dietro qualcosa; Mario, per mascherare un accenno di erezione che si stava manifestando, disse che le avrebbe precedute per far strada. Scesero nel sotter-raneo, Mario le presentò all'addetto alle cassette di sicurezza, che le registrò e che diede loro la chiave che avrebbero poi tenuto, quindi disse che le lasciava in buone mani e che sarebbe tornato in ufficio. Marisa lo ringraziò ancora, poi si avvicinò sorridendo-gli e gli sussurrò che si sarebbero rivisti per andare a cena. Mario confermò sottovoce che sarebbe passato a prenderle con Sebastia-no alle 19.30, poi diede un rapido bacetto sulla guancia di Marisa e rivolse un banale e timido "arrivederci" a Daniela, che non si accontentò e volle anch'ella essere baciata, ma sulle labbra. Mario eseguì, sotto lo sguardo divertito dell'addetto alle cassette di sicu-rezza, quindi se ne andò prima che si notasse l'evidente erezione che lo imbarazzava.

Aperta la cassetta di sicurezza, l'addetto lasciò sole le ragazze di-cendo loro di chiamarlo quando avessero finito, e queste travasa-rono in essa il denaro contenuto nella borsa. La cassetta però si rivelò non essere sufficientemente capiente per contenerlo tutto, così che due mazzette rimasero fuori e vennero ritirate nelle bor-sette delle ragazze. Quando uscirono dalla banca era quasi l'una e sul loro viso si poteva facilmente scorgere un'espressione di esul-tanza.

– Ti rendi conto che questa mattina avevamo progettato di fare acquisti per 3 o 400.000 lire e invece ci troviamo in tasca 10 milioni per toglierci ogni sfizio? – costatò Marisa.

– Beh, il destino ha voluto così, noi la buona volontà ce l'avevamo messa. Vuol dire che ti invito a pranzo, così potremo decidere con calma cosa fare nel pomeriggio – rispose Daniela, quindi si avvia-rono a piedi verso il miglior ristorante di Vercelli.

Pranzarono divinamente con una dozzina di assaggini di pie-tanze squisite, ma, in previsione della cena in programma quella sera, non esagerarono nella quantità e neppure nel bere. Il proposito iniziale di scialare con una frenesia di acquisti fu saggiamente accantonato, e le due amiche stabilirono un programma minimale per il pomeriggio.

– Allora siamo d'accordo: niente spese pazze, niente che dia nell'occhio, niente che possa attirare l'attenzione su di noi; perché quei 300 milioni saranno ben stati di qualcuno, che farà di tutto per riprenderseli. – aveva detto Daniela – Escludo che possano essere appartenuti a quel pirla saltato giù dal treno, non ho mai sentito di milionari che viaggiano su treni accelerati; inoltre il fatto che poco dopo un pistolero pazzo ci ha sparato contro, mi ha fatto pensare che probabilmente voleva impedirci di allontanarci perché convinto che avevamo preso la borsa col denaro.

– Concordo pienamente. Anch'io ho pensato la stessa cosa. Il pirla che è saltato giù dal treno non poteva essere che un malvivente, forse un narcotrafficante che aveva appena venduto una partita di coca, e il pistolero voleva impossessarsi del ricavato della vendita. Ricordami di comprare un giornale, che magari hanno riportato la notizia.

Alle 14.30 le due amiche chiesero il conto – 46.000 lire – e Daniela pagò con una delle banconote da 100.000 della sua mazzetta, dicendo al cameriere di darle solo 50.000 lire di resto e di tenere per sé la rimanenza. Il cameriere, stupito per la mancia superiore a quelle che riceveva di solito, non accennò minimamente a controllare l'autenticità della banconota.

Uscite dal ristorante le due amiche acquistarono il giornale La Stampa e videro che esso dava ampio spazio agli avvenimenti della sera precedente, sia in prima pagina, sia in quelle interne dedicate a Vercelli, poi cercarono un bar per leggere tranquillamente gli articoli che un paio di giornalisti avevano scritto sulle sparatorie avvenute la sera precedente.

Vennero così a sapere dello scontro a fuoco fra malviventi avvenuto sul treno, e della successiva sparatoria avvenuta sul piazzale della stazione, ma non si faceva cenno alla sparatoria avvenuta al passaggio a livello in cui erano state coinvolte; si faceva il nome di tre malviventi morti e di quello ferito, ma non di quello trovato spiaccicato contro il montante delle sbarre del passaggio a livello, anzi, la morte di costui era trattata in un breve articolo a parte e non era stata connessa con le sparatorie avvenute, ma era stata attribuita ad un incidente o ad un'imprudenza. Era menzionato un grosso fuoristrada dalle linee squadrate ed una elegante berlina straniera, e si sosteneva che erano i veicoli di due bande concorrenti di malfattori. Non era citata nessuna BMW e nessuna borsa di tela, ma ampio spazio veniva dato alle armi impiegate: pistole automatiche, revolver, mitragliette. C'era una lunga intervista ai due ragazzi testimoni della sparatoria sul treno, un'altra, più breve, a due sfaccendati che si trovavano nel piazzale della stazione al momento della sparatoria, poi c'era un'intervista al capotreno, una ad un paramedico, una ad un poliziotto della Polfer, una ad un capitano dei carabinieri, una ad un pensionato che abitualmente usava quel treno per recarsi dalla sorella.

Le dichiarazioni delle autorità variavano dallo stupore che fatti del genere potessero avvenire in una provincia della Padania, all'indignazione che si fossero accolti tanti stranieri – e fra questi andavano conteggiati anche i terroni – che poi si rivelavano essere dei delinquenti, dalla stigmatizzazione della ferocia dei criminali, alla esecrazione per la diffusione delle armi. Si riportava con particolare risalto quanto dichiarato dal Questore: che le indagini sarebbero state condotte a 360°, che 150 uomini, fra poliziotti, carabinieri, e quanti altri, avrebbero lavorato ventre a terra e di comune accordo, che gli inquirenti non avrebbero guardato in faccia a nessuno, che lui personalmente non si sarebbe data requie fin tanto che i colpevoli non fossero stati assicurati alla giustizia.

Si facevano generiche ipotesi sul motivo delle sparatorie, ma era anche vero che gli articoli erano stati scritti quando le sparatorie si erano appena svolte perché si potessero fare supposizioni attendibili o vi potessero già essere delle certezze sul perché dei fatti accaduti.

– Uffa! – esclamò Marisa – è un'ora che leggo e ancora non ho capito perché è successo quel che è successo e come possiamo essere coinvolte.

– Siamo coinvolte perché abbiamo preso il denaro, anche se nessuno lo sa, tranne il pistolero pazzo che lo sospetta. Temo che il pistolero faccia parte di una banda di *gangster* che si metterà quanto prima a dar la caccia alla borsa col denaro, pertanto dobbiamo stare il più possibile alla larga da lui, e non dovremo neppure essere sfiorate dalle ricerche fatte dalla banda.

– Giustissimo! E cosa ti proponi fare di conseguenza?

– Non dobbiamo far sapere in giro di esserci arricchite di colpo. Quanto fatto finora, il versamento in banca, il pranzo in un locale elegante, rientra ancora nella norma, ma dobbiamo stare attente ad ogni spesa che possa essere giudicata eccessiva; dovremmo mantenere il nostro lavoro almeno fin quando si saranno calmate le acque... e sa Dio quanto mi costa dover tornare in *boutique* dopo aver deciso di andarmene. Al limite cercherò di farmi licenziare, come vuoi fare tu.

– Però un salto in un negozio di *lingerie* per comprare qualcosa di decente, anzi di indecente, dovrò farlo; stasera non posso far vedere a Mario dei *collant* smagliati e delle mutande da cresimanda, gli si affloscerebbe l'uccello.

– Non credo, neppure se ti presentassi a lui indossando i mutandoni della nonna; comunque andiamoci, che anch'io ho bisogno di qualcosa di sexy da mettere.

Due ore dopo le due ragazze uscirono da un negozio di *lingerie* cariche di pacchetti. Avevano comprato di tutto: dalle sottovesti trasparenti ai reggiseni di pizzo, dalle mutandine microscopiche ai *collant* di ogni disegno e colore. Avevano fatto acquisti per quasi 200.000 lire a testa ed avevano saldato il conto con 4 banconote da 100.000 tolte dalle mazzette. Poi erano andate a casa a prepararsi per la serata.

Anche la titolare del negozio era tanto soddisfatta di aver acquisito due nuove clienti facoltose, da aver ritirato in cassa le banconote senza controllarle.

◊

La riunione plenaria delle forze di pubblica sicurezza che inda-
gavano sui tragici episodi avvenuti il giorno precedente sul treno
accelerato proveniente da Pavia, ebbe luogo presso una sala della
questura di Vercelli alle ore 18, in modo che il Questore e gli inquirenti della polizia e dei carabinieri potessero successivamente
tenere una conferenza stampa ed essere intervistati in tempo per
apparire nel TG1 delle 20. All'uopo era già stato predisposto un
grosso cartellone con le foto dei banditi protagonisti dello scontro
a fuoco, e con la scritta a caratteri cubitali "OPERAZIONE OK
CORRAL" che doveva fare da sfondo per gli intervistati, ma che
presentava alcuni riquadri ancora desolatamente vuoti di fotografie.
Per tutta la giornata erano affluite nel quartier generale della
Questura, allestito appositamente, le informazioni raccolte dai
numerosi corpi di polizia e dai funzionari dei molti uffici che
partecipavano alle indagini: polizia ferroviaria, polizia di stato,
polizia stradale, DIA, RIS, carabinieri, antimafia, antidroga, vigili
urbani,casellario giudiziario, anagrafe, ecc., ed alle 18, appunto, il
commissario Vito Cantalamessa, a capotavola di un lungo banco
attorno al quale si stringevano venti inquirenti, prese la parola
per fare il punto della situazione:
– Signori, per prima cosa facciamo un riepilogo di quanto accaduto. Interrompetemi pure per eventuali domande o precisazioni,
così potremo procedere compiutamente prima di affrontare gli
argomenti successivi.
Ieri, attorno alle 19, poco prima di giungere nella stazione di Vercelli proveniente da Pavia, una coppia di ragazzi si sono presentati al capotreno in evidente stato di *shock*, e gli hanno riferito
che sull'ultima carrozza avevano assistito ad una sparatoria che
aveva lasciato a terra quattro persone, e che una, o forse due altre
persone, sono saltate giù dal treno in corsa. Il capotreno è corso a
verificare, e dato che il treno stava già entrando in stazione a Vercelli, ha telefonato alla Polfer per identificare e magari trattenere i

passeggeri che sarebbero scesi. Ha anche richiesto la presenza di ambulanze perché uno dei caduti era ferito gravemente ed aveva perso molto sangue.

La Polfer ha intercettato e identificato i passeggeri scesi, una decina fra uomini e donne, ma non può escludere che qualcuno possa esserle sfuggito per essere sceso dalla parte opposta al marciapiede. I ragazzi che hanno denunciato l'accaduto, quando si sono rimessi, hanno detto che dopo la stazione di Palestro si sono affacciati nella carrozza tre persone che hanno aperto il fuoco contro altre tre sedute a metà carrozza, a meno di 7 o 8 metri da dov'erano seduti loro, e queste hanno risposto al fuoco. I ragazzi si sono appiattiti sui sedili con addosso una fifa blu e non hanno visto più niente; quando è finita la sparatoria e sono corsi a cercare il capotreno, hanno notato che lo sportello in corrispondenza dei posti occupati dai tre seduti vicini a loro era spalancato. Hanno anche detto che costoro erano saliti a Mortara, ma intenti com'erano a pomiciare, non hanno saputo fornire una descrizione esauriente delle loro fisionomie.

Per nostra comodità chiamiamo "gruppo A" i tre seduti nella carrozza dei ragazzi, e "gruppo B" i tre provenienti dalla carrozza che la precedeva; il gruppo A ha perso un uomo, quello trovato con un foro di proiettile in fronte, il gruppo B è stato pressoché sterminato perché ha avuto due morti ed un ferito grave. Entrambi i gruppi erano saliti a Mortara, i morti avevano addosso i biglietti con l'orario dell'obliterazione, quelli del gruppo A hanno obliterato alle 18.10, quelli del gruppo B dieci minuti dopo. Da ciò possiamo dedurre che il gruppo B ha seguito il gruppo A in attesa del momento opportuno per sterminarlo, viste le armi di cui era dotato: due mitragliette e tre pistole.

Il ferito, Pasquale Caccamo, partenopeo, 40 anni, con una fedina penale da far paura, non ha potuto ancora essere interrogato e probabilmente non sarà possibile farlo neppure nei prossimi giorni, poiché è in coma farmacologico; i morti del gruppo B sono Luigi Lupescu, romeno ma naturalizzato casertano, 30 anni, precedenti per spaccio di stupefacenti, e Gunther Plotz, tedesco, 31 anni, attendiamo che la Kriminalpolizei ci faccia avere i precedenti. Tutti i componenti del gruppo B abitavano in un *résidence* di Mortara, ove dividevano due appartamenti; stiamo indagando sugli altri sette affittuari di appartamenti del *résidence*.

Per quanto riguarda il morto del gruppo A, egli era Cosimo Boriello, di Molfetta, 33 anni, precedenti per spaccio di stupefacenti e detenzione di armi da guerra. È interessante notare che i proiettili che hanno steso il Lupescu e il Gunther sono stati sparati dalla Beretta del Boriello, mentre quelli che hanno ferito il Caccamo sono stati sparati da un'altra pistola di calibro 38, forse una Colt.

Nei posti ove erano seduti i tre del gruppo A c'erano troppe impronte per poter dare un nome agli altri due componenti, anche ammesso che fossero schedati, ma il nome di uno di loro ci è stato rivelato per altra via. Infatti alle 19.15 un automobilista che percorreva la strada Vinzaglio-Vercelli ha avvisato i carabinieri che c'era il cadavere di un uomo spiaccicato contro il montante che regge le sbarre di un passaggio a livello. Il cadavere aveva l'osso del collo spezzato, mancava di un orecchio staccato di fresco, probabilmente da un proiettile, ma soprattutto aveva in tasca un biglietto ferroviario acquistato a Mortara e obliterato alle 18.10. Dalle sue impronte digitali abbiamo scoperto la sua identità: si tratta di Gennaro Episcopo, di Torre del Greco, 42 anni e precedenti per truffa, traffico d'armi e favoreggiamento della prostituzione, residente in un appartamento di Vercelli, lo stesso ove abitava Cosimo Boriello.

Attorno alle ore 19 alcuni abitanti della frazione Torrione di Vinzaglio hanno sentito dei colpi di arma da fuoco che sembravano provenire dalla direzione del passaggio a livello. Oggi i carabinieri hanno setacciato la zona ed hanno rinvenuto dei bossoli di una pistola calibro 38, verosimilmente quella del terzo componente del gruppo A, anch'egli sceso dal treno in corsa, ma in modo più accorto di quanto fatto dall'Episcopo. Sui bossoli sono state rilevate solo impronte confuse che non hanno permesso di risalire a nessuno in particolare. Contro chi sono stati sparati i due colpi?

Mistero. Perché nessuno ha denunciato di essere stato fatto oggetto di tiro a segno? Altro mistero.

Alle 20.15 sul piazzale della stazione di Vercelli, dopo che polizia ed ambulanze avevano sgombrato il campo ed era rimasta solo la Polfer a presidiare la stazione, sono stati esplosi in rapida successione 7 colpi di pistola, poi si sono viste due automobili, un grosso fuoristrada squadrato ed una berlina straniera con ruote a raggi, partire di gran carriera a una decina di secondi uno dall'altra. Sul posto i carabinieri, nuovamente intervenuti, hanno trovato 7 bossoli, 5 di calibro 7,65 e 2 di calibro 38. Anche su questi bossoli non c'erano impronte utilizzabili, ma i due di calibro 38 non sono stati sparati dalla stessa arma che aveva fatto fuoco un'ora e un quarto prima al passaggio a livello della frazione Torrione di Vinzaglio.

Il commissario si interruppe per bere un bicchier d'acqua lasciando spazio ad alcune domande:

– Di che colore erano le due auto?

– Non sono molte le berline con le ruote a raggi, possibile che non si riesca ad individuarla, e lo stesso vale per il grosso fuoristrada squadrato.

– Non è stato possibile stabilire precisamente il colore dei veicoli perché l'illuminazione con lampade alogene del piazzale li altera notevolmente; tuttavia è da escludere che fossero bianche o comunque di colore chiaro. Quanto al tipo di berlina siamo propensi a credere che l'auto inseguitrice possa trattarsi di una Jaguar, mentre l'auto dei fuggitivi poteva essere di 5 o 6 modelli differenti, dato che i fuoristrada sono tutti grossi e squadrati.

Se non ci sono altre domande, dichiaro chiusa la riunione, anche perché sono atteso col Questore in sala stampa. Domattina alle 8 ci ritroveremo qui per distribuire gli incarichi della giornata. In libertà!

Capitolo IV

Mercoledì, 8 novembre
Alle 19.30 Mario e Sebastiano sonarono all'appartamento di Marisa e di Daniela per farle scendere dabbasso, e si accinsero ad aspettare i dieci minuti di prammatica fumando una sigaretta in piedi fuori dalla Lancia Delta di Mario, che non voleva che si fumasse nella sua auto. Mario era gasato come non mai, sia per essere stato sfiorato, seppure alla lontana, dagli avvenimenti della notte precedente di cui parlavano tutti i giornali, sia per come stavano evolvendo le cose con Marisa, che gli piaceva assai. Sebastiano invece era alquanto abbacchiato perché era stato licenziato in tronco per essersi impossessato di un'auto di un cliente ed avergliela danneggiata.
Prima di recarsi al lavoro, Sebastiano aveva visto che un'edicola esponeva una locandina che riportava a caratteri cubitali la notizia di una sparatoria avvenuta la sera precedente; aveva acquistato La Stampa e l'aveva scorsa, pensando che quanto accaduto sul piazzale della stazione gli forniva forse una valida scusa per giustificare il lunotto in frantumi ed il foro di proiettile nella portiera, nel caso il titolare della carrozzeria si fosse già accorto dei danni subiti dalla BMW. Purtroppo, quando arrivò in carrozzeria, non solo il titolare, signor Massimo Caruso, si era già accorto del danneggiamento, ma era anche presente il proprietario della BMW, venuto a sollecitare la consegna della sua auto, ed incazzato nero per averla trovata in quello stato.
A nulla era valsa la penosa difesa di Sebastiano, imperniata su una sorella che doveva essere accompagnata in ospedale, sulla sua Fiat Punto che aveva dato segni di malfunzionamento al carburatore proprio mentre transitava davanti alla carrozzeria, sulla decisione di trasbordare la sorella sulla BMW presa in prestito, ovviamente con l'intenzione di trattarla coi guanti, sull'essere stato costretto a fermarsi sul piazzale della stazione di Vercelli per-

ché la sorella minacciava di dover vomitare ed il cesso più vicino era proprio quello della stazione, sull'aver trovato l'auto danneggiata quando erano ritornati dal cesso, danni causati sicuramente dalla sparatoria di cui parlavano i giornali, sull'aver riportato la BMW in carrozzeria con l'intenzione di ripararla quanto prima, nell'essere tornato a casa con la Punto perché il carburatore si era sgorgato della benzina sporca che l'aveva intasato.

Proprio quando Sebastiano, durante la sua esposizione, aveva accennato alla benzina sporca, il padrone l'aveva licenziato in tronco, ed aveva aggiunto che avrebbe trattenuto dalle sue spettanze il costo di riparazione dell'auto. Il proprietario della BMW, da parte sua, aveva detto che non denunciava il titolare della carrozzeria per omessa custodia solo se gli fosse stata consegnata l'auto, perfettamente riparata e ripulita da vomito e da quant'altro, entro l'indomani e completamente gratis.

Mario era intento a risollevare il morale dell'amico quando uscirono le ragazze, stupende nelle loro *mise* e truccate come troie d'alto bordo. Dopo le scontate espressioni di gradimento per la loro bellezza, salirono in auto e si recarono a mangiare in un ristorante caratteristico di Robbio, senza transitare da nessun passaggio a livello, come preteso dalle ragazze e come promesso.

La cena fu forse meno romantica di quanto Mario si era aspettato, vuoi per l'umore a terra di Sebastiano a causa del licenziamento, vuoi per i mille commenti che si fecero sulla mattanza nella carrozza ferroviaria e sulla sparatoria avvenuta sul piazzale della stazione, vuoi per un'ombra di preoccupazione che talora sembrava assillare le ragazze; ma non mancarono anche momenti di allegra convivialità, di intriganti contatti delle gambe sotto il tavolo, di bacini inviati facendo la boccuccia, di affettuose carezze e finanche di birichine palpate.

Daniela cercò di rassicurare Sebastiano dicendogli di non preoccuparsi per il lavoro, ché un bravo carrozziere come lui non sarebbe rimasto disoccupato a lungo se si fosse dato un po' da fare; al limite, aveva aggiunto, siccome voleva avviare una qualche attività insieme a Marisa, se l'avesse desiderato avrebbe imbarcato anche lui nell'impresa.

– A cosa avete pensato per mettervi in proprio? – chiese Sebastiano.

– Non ne abbiamo ancora parlato di preciso, abbiamo deciso solo ieri di licenziarci dal nostro posto di lavoro, ed oggi avevamo mille cose da fare. A me piacerebbe rilevare un bar in centro, possibilmente a Vercelli, che possa anche fungere da *fast food* per la pletora di impiegati che hanno una pausa pranzo troppo breve o che non intendono ingozzarsi in trattoria per poi abbioccarsi nel pomeriggio; però se trovassimo l'occasione giusta nel posto adatto, non ci spiacerebbe affittare una vasta struttura vuota, magari un capannone, e trasformarlo in una sorta di *dancing-night club,* spartano – spiegò Daniela.

– Tanto a chi vuoi che interessi un arredamento elegante quando ci sono attorno tanti culi e tante tette da guardare; un bel banco-bar, trenta tavolini con panche e sedie, riscaldamento ad aria calda con condotte zigrinate in vista, un palco coi pali della *lap-dance,* un gabbia per la cubista, e poi tanti tubi Innocenti neri con le giunzioni d'ottone – spiegò Marisa.

– Ragazze, ma anche se spartana, la ristrutturazione del capannone vi verrà a costare ugualmente una barcata di soldi, ed altrettanto vi costerebbe quella di un bar in centro – avvisò Mario – Siete sicure di potervelo permettere con le liquidazioni che prenderete?

– Sì che potremo permettercelo se continuerai a farci credito – gli rispose Marisa esibendo un sorriso intrigante ed accarezzandogli amorevolmente la mano, mano che si portò poi alle labbra per deporvi un bacio.

– So che a San Pietro, a circa cinque chilometri da Novara in direzione di Biandrate, ci sono dei capannoni vuoti di varia metratura che la proprietà già da tempo sta cercando di vendere o di affittare. – disse Sebastiano – Oltretutto, siccome sono in una zona industriale, alla sera non c'è alcun problema di parcheggio, non ci sono troppi residenti a lamentarsi del rumore o dell'andirivieni di donnine che prevedo...

– Un puttanaio! Stanno progettando di mettere su un puttanaio, ed io le sto facilitando il compito facendole credito – si lamentò Mario, ma senza troppa convinzione.

– Dato che sei disoccupato, domani potremmo andare a vederne qualcuno – propose Marisa – così potrò rendermi conto meglio della zona, dell'accessibilità da varie direttrici stradali e delle possibili controindicazioni.

– Ricordati di fare anche qualche foto con una Polaroid – raccomandò Daniela – Le tue descrizioni sono in genere quanto mai sommarie. E che non vi venga in mente di infrattarvi da qualche parte in camporella.

Ad arrossire questa volta fu Sebastiano, poi costui chiese se andava bene ad entrambe se la mattina dopo fosse passato a prenderle alle 9.

– Io non vengo. – disse Daniela – Lavorerò in *boutique* ancora qualche tempo, sempre che riesca a resistere.

La cena si concluse alle 22. Mario chiese il conto (108.000 lire) e si apprestava a pagare, quando Daniela mise una banconota da 100.000 sul piattino del conto, dicendo che, visto che Sebastiano era rimasto senza lavoro, intendeva fare lei la parte che sarebbe spettata a lui. Dopo un lungo tira e molla a tre, alla fine si accordarono per dividere il conto in due fra Mario e Daniela: il primo lasciò sul piattino del conto 50.000 lire, la seconda vi mise una banconota da 100.000 lire, e successivamente intascò le 42.000 lire di resto. Nessuno aveva lasciato la mancia, ma nessuno si accorse della banconota falsa.

Il dopocena fu incandescente: a Vinzaglio, appena dentro l'appartamento delle ragazze, Mario e Sebastiano si misero in libertà togliendosi soprabiti e giacche, le due ragazze invece procedettero oltre e si tolsero il resto, fino a restare con indosso la fine e provocante *lingerie* che avevano acquistato nel pomeriggio. Passarono qualche minuto a giocherellare in soggiorno, con battute intriganti, palpate birichine e strusciamenti indecenti, poi le due coppie si ritirarono nelle camere da letto a proseguire la tenzone amorosa con più *privacy*.

La prestazione di Sebastiano, nonostante gli stimoli continuamente profusi da una Daniela scatenata, fu inferiore alle sue aspettative ed a quelle della ragazza, e si giustificò dicendole che era ancora teso per la perdita del lavoro; quella di Mario fu ritenuta appena sufficiente, stante la gamma di arti maliarde messe in campo da Marisa per risvegliare la libido del partner ogni qual volta essa sembrava appannarsi. Mario comunque ritenne di aver svolto bene il suo compito, e quando si soffermò a considerare di essere riuscito a scopare una strafica dall'insaziabile appetito sessuale qual era Marisa, fu pervaso da un senso di esultanza. Era molto attratto da quella ragazza, ed ora, avendola scopata dopo che per tutta la settimana l'aveva solo palpata e brancicata, sentiva di essersi innamorato di lei.

Erano quasi le due quando i due amici si rivestirono, salutarono le ragazze e tornarono nelle loro abitazioni a Vercelli. Le ragazze invece, nude com'erano, si ritrovarono sullo stesso lettone a commentare le prestazioni dei partner appena usciti, poi si coccolarono un po' perché non ancora del tutto sazie, e solo alle 3 e mezza si addormentarono una nelle braccia dell'altra.

◊

Quella sera in un attico di Vercelli, nello stesso palazzo a sei piani con gli appartamenti occupati da alcuni membri della banda Sorrentino, tre uomini erano seduti attorno ad un tavolo "fratino" in un ampio soggiorno lussuosamente arredato con mobili antichi. Uno era il padrone di casa, Michele Sorrentino, che vestiva una vestaglia verde di seta con ricami in filo dorato ed aveva davanti a sé una coppa di cristallo con un'abbondante dose di cognac; un altro era il suo vice Domenico Scalise, reduce da Bellinzona ove in un autosalone, il cui proprietario era affiliato alla mafia, aveva scambiato la Jaguar con la Citroën-Maserati con cui era tornato a Vercelli; il terzo uomo era Onofrio Currao, impiegato presso la Motorizzazione di Vercelli e foraggiato dal Sorrentino ogni volta che c'era bisogno della sua opera, che stava esaminando un lungo tabulato soffermandosi di tanto in tanto su qualche rigo per dar modo a Domenico di prendere appunti su un blocco note.

Quella mattina Michele lo aveva incaricato di fornirgli quanto prima il nominativo di tutti i proprietari di BMW targate VC581xxx, ed il Currao era intento a presentare il risultato della ricerca effettuata. Nel tabulato, su cui erano stampati i numeri di mille targhe, da VC581001 a VC581999, aveva evidenziato 182 righe riportanti marca e tipo del veicolo,nominativo, dati anagrafici e residenza del proprietario, oltre ad altre indicazioni di scarso interesse per i committenti, e stava commentando i dati forniti per rimarcare quanto fosse estesa la sua conoscenza del settore, al fine di far lievitare l'importo della mancia che avrebbe sicuramente ricevuto.

– Come potete costatare – spiegò Currao parlando con tono professorale – 182 BMW immatricolate su mille veicoli sembrano un'enormità, ma bisogna considerare che quella di Vercelli è una provincia ricca, soprattutto il Biellese, ove risiedono una gran parte dei proprietari; inoltre la BMW è una marca molto ambita sia da parte di giovani rampanti, sia da persone mature con la pretesa di apparire più giovanili…

– Vabbé, la ringrazio per la collaborazione, può andare. – lo liquidò il Sorrentino consegnandogli una busta con 50.000 lire, poi, rivolto a Domenico, gli ordinò – Accompagnalo alla porta e fai venire su Vincenzo.

Domenico eseguì, e pochi minuti dopo tornò con Vincenzo, che abitava nello stesso palazzo dividendo l'appartamento con altri della banda; il primo si sedette a fianco del capo, intento ad esaminare il tabulato, il secondo di fronte ai due, in attesa di ordini. Parlò per primo il Sorrentino:

– Delle 182 BMW immatricolate, 30 sono state cassate dal PRA per vari motivi, alcune sono state vendute all'estero, la gran parte è stata rottamata in seguito ad incidenti, per cui possiamo tranquillamente eliminare i proprietari dal novero dei sospetti.

– 50 auto sono aziendali, intestate a ditte che hanno sede in provincia di Vercelli, ma che possono essere state utilizzate da dipendenti o da piazzisti – disse Domenico dopo aver consultato gli appunti che aveva preso in precedenza.

– È vero, non si possono escludere a priori. Bisognerà fare prima una scrematura per escluderne una buona parte, per esempio agenti e piazzisti che ieri sera si trovavano in trasferta lontano da Vercelli; chissà se telefonando alle varie ditte ci diranno se qualche loro auto è stata danneggiata durante la sparatoria sul piazzale della stazione.

– Ottima idea! Non penso che vogliano rifiutare di fornire informazioni per telefono se si ponessero le domande giuste. Domattina me ne occuperò personalmente.

– Poi ci sono 80 auto i cui proprietari sono privati residenti in comuni distanti più di 25 km da Vinzaglio o da Vercelli, e per scremarne il numero dobbiamo usare un po' di immaginazione: quanti di loro erano a conoscenza di quella stradina così lontana dalla loro residenza? Sicuramente pochi; io, per esempio, abito da 20 anni a Vercelli e non ne conoscevo l'esistenza. Chi mai poteva trovarsi lontano da casa alle ore 19 di una fredda sera d'autunno, come minimo a mezz'ora da un bel piatto di minestrone fumante, ma probabilmente a un'ora o più? Cosa poteva mai farci uno di Alagna Valsesia in un posto in culo ai lupi come la frazione Torrione di Vinzaglio? Per cui cercheremo di restringere il numero dei sospetti telefonando a tutti, ma partendo dai più vicini. Te ne occuperai sempre tu, Domenico, perché Vincenzo dovrà occuparsi delle restanti 22 BMW, quelle di privati residenti in un raggio di 25 km dal luogo della sparatoria; che secondo me sono i maggiori indiziati.

– Telefonerò a tutti, capo – assicurò Vincenzo.

– No! Ci andrai di persona. Li interrogherai, gli esaminerai l'auto, e se incapperai nel bastardo che cerchiamo farai finta di niente e te ne andrai, ma ci avviserai subito e continuerai a sorvegliare che non se la batta.

I due subordinati assicurarono che l'indomani si sarebbero messi in moto, quindi salutarono e scesero nei loro appartamenti.

◊

Quella mattina anche Gaspare Piscitelli aveva riunito la banda, almeno per la parte che ne restava, nella sede di riserva di Vigevano, un *résidence* fuori città che era costretto a dividere con una mezza dozzina di *escort* che esercitavano in zona. La decisione di traslocare l'aveva presa a malincuore non appena Andreij, la sera prima, gli aveva fatto rapporto, ma gli era parsa una decisione obbligata stante il fatto che i suoi uomini si erano fatti ammazzare e catturare coi documenti in tasca. Erano riusciti a completare il trasloco di quanto poteva comprometterli per le 10, ma dall'appartamento occupato da Pasquale, da Gunther e da Lupescu, per fare più in fretta, avevano prelevato solo i loro cellulari, mentre il resto lo avevano lasciato lì, ché tanto i tre, essendo morti o moribondi, non potevano essere più compromessi di così.

Finito il trasloco, Gaspare aveva incaricato 'o Sfigato, un picciotto alle prime armi che voleva essere promosso al grado di "*gangster junior*", di sorvegliare la stanza ove era stato ricoverato Pasquale, ed alla prima occasione, dribblando la sorveglianza di infermiere e di eventuali piantoni delle forze dell'ordine, di eliminare il ferito per farlo tacere per sempre.

– Sarà il tuo esame di ammissione a pieno titolo nella banda – gli aveva assicurato Gaspare – avrai una piccola quota degli utili ed altre facilità che adesso sei costretto a comprare: auto aziendale, telefonino, puttane, abitazione… ma attento a fare un lavoro pulito se dovesse presentarsi l'occasione, senza lasciare tracce. Pasquale deve essere eliminato prima di poter essere interrogato.

– Sarà fatto, capo. – fece per andarsene, ma si arrestò sulla porta e chiese – In che ospedale è stato portato Pasquale?

– Eccheccazzo! Nell'unico di Vercelli. E dove sennò?

– Posso usare la sua BMW capo?

– 'Staminchia! La Panda, usa la Panda. E adesso vai prima che Pasquale si metta a cantare.

Poi si rivolse a 'o Malmostoso, un anziano delinquente in disarmo di cui si serviva per fargli guadagnare qualche spicciolo, e gli ordinò di andare a comprare tre pizze e tre birre.

– Fintanto che ci saremo organizzati per bene, mangeremo qui – aveva stabilito Gaspare.

– Non ho soldi, capo – reclamò 'o Malmostoso.

Gaspare cavò di tasca il portafogli, pescò una banconota da 100.000 e gliela diede, ma essendo soprappensiero, non si accorse di averla presa dal comparto ove teneva le banconote che usava come campione quando proponeva a spacciatori al dettaglio l'acquisto di banconote false.

Mentre aspettavano che il compare tornasse con le pizze, Gaspare ed Andreij si sedettero attorno ad un tavolo per esaminare la situazione.

– Finito di mangiare ci metteremo in moto per cercare di recuperare quei maledetti soldi – aveva stabilito Gaspare.

– Non ci converrebbe invece lasciar perdere quei soldi, che tanto sono falsi, e concentrarci sulla coca che abbiamo acquistato. Dobbiamo tagliarla, preparare le dosi... – obbiettò Andreij, ma venendo interrotto prima di finire di parlare.

– Pensi che possa accettare che una banda di narcotrafficanti stermini tre dei miei e passarla liscia? Inoltre quei soldi, anche se falsi, valgono 72 milioni, che non sono bruscolini. A tagliare la coca ed a preparare le dosi ci penserò io, e mi farò aiutare da 'o Minchione, da 'o Marocchino e da 'o Malmostoso. Tu sei incaricato di dare la caccia ai soldi; se vuoi, ti farai aiutare da qualcun altro, perché prima di sera dovrai anche ritirare il Range Rover riverniciato.

– Non pensi che sarebbe meglio aspettare che Yuri rientri dalla Russia per sentire anche il suo parere?

– Il suo parere su cosa?

– Per esempio sull'eliminazione di Pasquale, o sul continuare a dare la caccia ai soldi.

– Lascia in pace Yuri, che ha già le sue rogne con la mafia russa; finché non tornerà, il capo qui sono io, e voi obbedirete ai miei ordini.

– Okay – concordò Andreij poco convinto – per domani ti dirò come intendo muovermi, perché adesso come adesso non saprei da che parte partire; dammi il numero di telefono della persona che hai contattato per comprare la coca.

– L'ho perso, puttanalavacca! L'avevo scritto su un pezzo di carta che devo aver lasciato nella cabina telefonica che ho usato quando gli ho telefonato; non volevo che potessero rintracciarmi.

'O Malmostoso tornò un'ora dopo con le pizze ormai fredde, ed alle rimostranze di Gaspare rispose che si era perso nel centro di Vigevano ed aveva fatto alcuni giri a vuoto prima di trovare la strada giusta.

Capitolo V

Giovedì, 9 novembre
Carlo Cottafava, giornalista de La Stampa, non era affatto soddisfatto di quanto appreso nella conferenza stampa indetta dal Questore la sera precedente, e neppure dalle scarne indiscrezioni che era riuscito a raccogliere dai suoi confidenti della polizia e dei carabinieri, quelli cui ogni Natale faceva pervenire un cesto colmo di leccornie. Certo gli inquirenti avevano avuto a disposizione solo 24 ore per indagare, e di sicuro non avrebbero voluto divulgare alla stampa ed alla televisione i dettagli che era meglio tenere riservati; fatto sta che gli unici elementi interessanti che era riuscito ad ottenere dai suoi confidenti, e che non fosse già stato divulgato dal Questore, era che si pensava che una delle auto della sparatoria avvenuta sul piazzale della stazione fosse una Jaguar con le ruote a raggi, e che le due bande che si erano affrontate sul treno erano salite entrambe a Mortara. Nessuna ipotesi investigativa, nessun movente per le due sparatorie, niente di niente.
Carlo aveva passato gran parte della notte precedente a pensare al perché era successo quel che era successo, ed ora, nella tarda mattinata ed a mente fresca, ad alcune domande che si era fatto trovò delle risposte plausibili.
Quando mai si erano visti dei corrieri della droga usare un treno accelerato per percorrere una trentina di chilometri, quanti ne intercorrono fra Mortara e Vercelli. Forse per evitare di essere casualmente coinvolti in un incidente stradale, o di essere fermati dalla polizia per dei controlli? Certamente viaggiando in treno, vuoi per consegnare un quantitativo di stupefacenti, vuoi per tornare col denaro della vendita, si sarebbero corsi meno rischi.
Come considerazione era sicuramente valida, così come era ragionevole pensare che il quantitativo di droga trasportato fosse rilevante e tale da richiedere una scorta di tre pistoleri. Ma qual

era il gruppo "venditore" e quale quello "acquirente"? oppure, in un'altra ottica visuale, quale gruppo aveva la coca da vendere, o i soldi ricavati dalla vendita, e quale lo voleva rapinare? E soprattutto, quale dei due gruppi aveva avuto la peggio? I superstiti, sempre che ce ne fossero, dove erano finiti? Era propenso a pensare che il gruppo che aveva venduto la droga fosse quello salito sul treno per primo, perché l'altro gruppo non poteva che averlo seguito salendo sul treno per secondo ed attendendo il momento propizio per attuare la rapina. C'era anche la possibilità che non vi fosse stata alcuna vendita, e che il secondo gruppo avesse voluto rapinare una partita di droga trasportata da un gruppo di trafficanti. Meno probabile, ma pur sempre possibile, era il caso che si sia trattato di una pura e semplice rapina ad un portavalori scortato da guardie del corpo. Troppi dubbi e troppe domande senza risposte precise: doveva saperne di più a tutti i costi.

Carlo contattò l'informatore principale che aveva presso i carabinieri, il maresciallo Rocco Demaria, e lo invitò a pranzo in un ristorante di periferia. Costui nicchiò un po', accampando le scuse più improbabili, poi l'accenno ad un omaggio di peso superò le titubanze del graduato che si presentò puntuale all'appuntamento. Nel locale, tutt'altro che elegante ma in cui si mangiava benissimo, i due commensali si fecero uno squarcio allo stomaco per quanto si abbuffarono: affettati misti, agnolotti al brasato, fiorentina di 8 etti, tagliere coi formaggi, tiramisù, tutto innaffiato col Barbaresco, ed alla fine del pranzo Carlo venne a conoscere tutti i dettagli tenuti riservati delle sparatorie, lo stato delle indagini a quel momento, e il collegamento fra le sparatorie e l'uomo rinvenuto morto ad un passaggio a livello presso la frazione Torrione di Vinzaglio. In pratica in quel momento ne sapeva quanto polizia e carabinieri, e non vedeva l'ora di mettersi in caccia.

Liquidò il maresciallo Demaria con una busta contenente 50.000 lire, che questi intascò con *nonchalance*, poi, essendo le 15 passate, troppo presto per trasmettere un articolo in redazione, pensò di fare un salto al passaggio a livello in questione per farsi un'idea dei luoghi e per fare qualche domanda. Intanto, mentre guidava in direzione del Torrione, cercò di riordinare i pensieri alla luce delle nuove informazioni.

Il gruppo che aveva avuto la peggio nello scontro a fuoco sul treno era quello salito per secondo, ed evidentemente, dopo averlo seguito, intendeva rapinare il gruppo di narcotrafficanti. Siccome sulla carrozza ed al passaggio a livello erano morti due dei tre trafficanti, e poiché la Polfer aveva identificato i pochi passeggeri scesi a Vercelli e non aveva arrestato nessuno, il terzo trafficante doveva essere saltato giù dal treno prima di arrivare in stazione. È vero che avrebbe potuto arrivare in stazione e scendere dalla parte opposta a quella del marciapiede del binario d'arrivo, ma in tal caso sarebbe stato facilmente visto dalla Polfer stessa o da chiunque si fosse trovato sui marciapiedi di altri binari. No, si convinse Carlo, troppo rischioso, il narcotrafficante superstite doveva per forza essere saltato giù dal treno, e doveva avere con sé una borsa con la droga o col denaro, perché essa non era stata trovata sul treno.

Intanto era arrivato al passaggio a livello del Torrione, aveva parcheggiato la Citroën GS in una piazzola della stretta strada, e si era guardato un po' attorno per poter in seguito descrivere bene i luoghi, poi esaminò il montante delle sbarre, ancora sporco di sangue, contro cui era morto Giordano Episcopo. Anche sull'asfalto, sapendo cosa cercare, si notavano tracce di sangue distanziate fra loro ma convergenti fin contro il montante.

Il coglione è saltato giù male ed è ruzzolato sull'asfalto fin contro il montante, dove si è rotto il collo – aveva pensato Carlo – chissà se il bandito rimasto sul treno ha visto la triste fine che ha fatto il compare. Carlo si avviò sul sentiero che costeggia il binario cercando di immedesimarsi col bandito rimasto sul treno e guardando attentamente il terreno attorno a sé, non tanto dalla parte del binario, quanto dalla parte opposta, invasa da rovi e da erbacce. Percorse così 7 od 800 metri fin quando sul sentiero notò delle tracce, come se qualcuno fosse strisciato sul terreno; accentuò l'attenzione e rinvenne piccole tracce di sangue rappreso proprio in corrispondenza della strisciata.

Ecco, il terzo trafficante deve essere saltato dal treno proprio qui – pensò Carlo – e doveva essere impacciato da una borsa o da una sacca perché è caduto. Cercò fra i rovi con poca speranza finché notò qualcosa che luccicava,era un telefono cellulare. Lo raccolse col cuore in gola riempiendosi di spine e lo aprì: il quadro si accese segnalando che la batteria era quasi scarica, ma il cellulare era perfettamente funzionante. Tombola!

Carlo controllò la rubrica e sul *display* apparvero una serie di nomi incolonnati: Domenico, Michele, Rosy, Jessica, mamma, Rosalia… continuò con altri nomi, cercando quello dei suoi compari morti, Cosimo e Gennaro, ma non li trovò. Non era prudente per la banda trasportare droga o denaro avendo addosso dei cellulari, se qualcuno fosse finito nelle mani della polizia avrebbe svelato il nome degli altri componenti – aveva pensato Carlo – ma allora perché il superstite della sparatoria si era portato dietro il suo? Ci pensò un po' su, poi si diede una risposta: Forse perché era il comandante del gruppo, e se fosse stato così, allora fra gli altri nomi elencati dovevano esserci quelli dei capi di livello superiore, quelli cui riferire il buon andamento di un'operazione, o per riferire di contrattempi, o per mille altre cose. Certamente era altamente improbabile che il boss di un'organizzazione criminale si chiamasse Rosy o Jessica, forse costoro erano le pollastrelle che il capogruppo dei trafficanti si sbatteva, Rosalia no, quello, elencato dopo il nome della mamma, doveva essere il nome della sorella; era molto più probabile che il nome del boss supremo figurasse ai primi posti dell'elenco. Carlo pensò a come si era comportato lui quando aveva compilato l'elenco dei numeri più comunemente chiamati: il caporedattore, il vicecapo, un collega fotografo, un impiegato dell'amministrazione, il babbo, una signora con cui usciva ogni tanto, e poi tanti altri nomi che gli intasavano la limitata memoria del cellulare, pertanto si convinse che anche il narcotrafficante sopravvissuto avesse agito con un criterio analogo.

Carlo fu tentato di chiamare "Domenico", ma si trattenne: se gli avesse risposto "Sono Domenico, chi mi cerca?" mica poteva dirgli "Sono un giornalista de La Stampa, volevo sapere se lei è un narcotrafficante". No, prima di fare una mossa simile doveva saperne di più, per ora doveva cercare lì attorno perché la borsa col denaro, o con la coca, poteva essere finita fra i rovi. Cercò per alcuni minuti senza trovare nulla, poi tornò al passaggio a livello, ché stava diventando buio.

Qui si accorse che per terra, presso il montante delle sbarre, c'erano due cerchi fatti con un gessetto, probabilmente tracciati dai carabinieri per evidenziare sulle fotografie scattate il posto esatto ove si erano rinvenuti i bossoli. Quindi il narcotrafficante sopravvissuto ha sparato i colpi uditi da alcuni abitanti del Torrione da qui. – pensò Carlo – Perché è tornato verso il passaggio a livello? Forse perché aveva bisogno di telefonare e non ha trovato il cellulare che aveva con sé. Ma in tal caso sarebbe stato preferibile raggiungere la stazione di Vercelli, distante solo pochi chilometri, dribblare la polizia allontanandosi dal fascio di binari alla prima occasione, e telefonare dal primo bar appena arrivato nell'abitato; perché allora percorrere 7-800 metri nella direzione opposta, verso il nulla? Poi Carlo capì, ed esclamò, parlando a sé stesso:

– Ma è ovvio, voleva incontrarsi con Gennaro che era saltato giù dal treno proprio qui.

Poi continuò a pensare: forse durante la sparatoria il capobanda, volendo mettere al sicuro la borsa col denaro (o con la coca) e non conoscendo ancora l'esito dello scontro a fuoco, ha ordinato a Pasquale di prendere la borsa, di saltare giù dal treno e di raggiungere a piedi Vercelli. Ma perché darsi appuntamento a Vercelli, rischiando di essere presi dalla polizia, e non rimanere lì al passaggio a livello, nel buio e con nessun poliziotto nell'arco di molti chilometri? Facile. Perché a Vercelli li aspettava sicuramente il complice che li avrebbe riportati a dove la banda aveva il covo.

Carlo si chiese se per sicumera non stesse correndo troppo con le supposizioni, ma concluse di no: doveva per forza esserci qualcuno ad attendere la banda a Vercelli, perché non riusciva ad immaginare che tre narcotrafficanti con una borsa piena di soldi (o di droga) stessero mezz'ora fermi ad aspettare l'autobus e poi si sbarbassero una camminata di un chilometro per raggiungere il covo. Anzi, ad aspettare a Vercelli doveva esserci anche l'auto che doveva riportare l'altra banda a Mortara, o dovunque fosse il loro covo, perché mica potevano aspettare in stazione che un altro treno li riportasse a Mortara, sempre che ci fosse stato a quell'ora.

Era anche probabile che gli autisti delle due auto si siano riconosciuti o si siano insospettiti tanto che e ne è nata la sparatoria sul piazzale della stazione, ed a questa il narcotrafficante sopravvissuto aveva sicuramente partecipato, per la presenza, fra i bossoli rinvenuti sul posto, anche di alcuni identici a quelli rinvenuti sul treno. Carlo era esultante! Forse era riuscito a sopravanzare polizia e carabinieri in un'indagine epocale, almeno per il Vercellese, aveva già materiale sufficiente per uno *scoop*, ma prima di accingersi a scrivere il pezzo da inviare in redazione voleva avere delle conferme.

Intanto si era fatto buio da un pezzo e Carlo, per non stare al freddo, prima era salito in auto per fumare una sigaretta mentre continuava nelle sue elucubrazioni, quindi si era diretto lentamente verso la frazione Torrione, sapendo che stava ripercorrendo la strada fatta dal capogruppo dei trafficanti nella sua ricerca di un telefono. Notò che la frazione consisteva in una trentina di case e di cascine affacciate alla strada, quando, superata una stretta curva, vide l'insegna di un bar-pizzeria.

Parcheggiò ed entrò nel locale, un penetrante odore di pizza appena sfornata gli fece venire l'acquolina in bocca e decise di cenare lì, così avrebbe avuto modo di interrogare il personale con tutta calma. Nell'ampio salone c'erano pochi clienti: un gruppo di giovani non troppo chiassosi e tre coppie che flirtavano senza convinzione, forse per non far raffreddare le pizze che avevano davanti. Carlo si sedette ad un tavolino ed attese che qualcuno venisse a prendere l'ordinazione, intanto si guardò attorno per individuare chi fosse il titolare; quando l'ebbe individuato gli fece cenno di avvicinarsi e si qualificò come giornalista de La Stampa che stava svolgendo un'inchiesta sulle trattorie e le pizzerie ubicate nei piccolissimi comuni della Bassa Novarese e dintorni in tempi di ristagno economico; voleva chiedergli come se la pas-

sava, se avvertiva una diminuzione di clienti, se aveva dovuto diversificare l'offerta... insomma le solite cose. Concluse dicendo:
– Fra una quindicina di giorni potrà leggere l'articolo con alcune righe dedicate a questa pizzeria, che è ubicata nell'abitato più piccolo fra quelli che ho visitato.
Il titolare, ben contento che gli si facesse pubblicità gratuitamente, chiese intanto cosa poteva servirgli e passò l'ordinazione all'addetto che preparava le pizze, quindi si sedette e disegnò un quadro tragico della sua situazione economica:
– Quando ho aperto il locale una decina d'anni fa, a cena venivano clienti anche da lontano, ed ora, con quello che costa la benzina, vengono solo quelli che abitano in zona e prendono una pizza da asporto; a mezzogiorno una volta venivano molti operai a pranzare, soprattutto quando hanno costruito l'autostrada, ma ora che è finita sono spariti e vengono solo pochi braccianti ed i contoterzisti, sempre che non si siano portati la "schiscetta"; per fortuna ci sono i ragazzi, a quelli i soldi in tasca non mancano mai, dovrebbe vedere quanta birra riescono a scolarsi alla sera, fanno a gara a chi tracanna di più; fra un'ora li vedrà arrivare a frotte. – Intanto era arrivata la pizza, una Napoli con un po' troppo olio, che Carlo aveva divorato in fretta per non farla raffreddare, e mentre si abbuffava ascoltava i guai del pizzaiolo fingendo un vivo interessamento; quand'ebbe finito la pizza, invero molto buona, si arrischiò a porre la domanda chiave:
– Quindi il suo locale è frequentato soprattutto dalle solite facce, vede mai gente nuova venuta da Novara o da Vercelli? Magari qualche tipo strano che non aveva mai visto prima?
– Da Novara no, è troppo lontana; da Vercelli qualche volta viene qualcuno nuovo, ma dirle se è "strano"... sa, qui nella Bassa sono tutti un po' strani. Due sere fa, per esempio, più o meno a quest'ora, è entrato un tizio mai visto, ben vestito con un giubbotto di montone e colletto di pelliccia, ma tutto sporco di terra, con una tasca strappata ed i calzoni con uno "sbrego" alle ginocchia; sembrava fosse caduto e avesse strisciato per terra, infatti appena dentro ha chiesto di pulire e disinfettare le ferite ai palmi delle

mani ed alle ginocchia. Ovviamente l'ho accontentato, mi faceva pena, e per certo non era un barbone che voleva usarmi il cesso. Ha anche telefonato per farsi venire a prendere in auto, perché lui era venuto da chissadove a piedi, e mentre aspettava ha mangiato una pizza; ha preso una "prosciutto e funghi" ed era seduto proprio a questo tavolino. Appena finito di mangiarla è arrivato a prenderlo un terroncello alla guida di una Jaguar argentata con le ruote a raggi. Ormai solo i terroni possono permettersi un autista e una macchina di lusso, ma scommetto che lo paga in nero, che non gli versa i contributi, che non paga il bollo di circolazione, e che l'auto avrà il tagliando dell'assicurazione falso.

– Questo è poco ma sicuro. – confermò Carlo che non stava più nella pelle – Avrei ancora una domanda: il tizio che si è fermato a mangiare la pizza, aveva per caso con sé una borsa, o una sacca, o qualcosa di simile?

– No. È arrivato senza niente. Ne sono sicuro perché l'ho guardato bene quando è entrato: era tutto sporco e stracciato e temevo fosse un barbone.

– Bene! Beh, grazie delle informazioni, adesso è ora che me ne vada perché ho ancora da lavorare. Quanto le devo?

– Niente! Offre la casa. Per la stampa, questo ed altro.

Carlo non provò neppure a fingere di protestare, ringraziò e disse di non perdersi l'articolo che avrebbe scritto, quindi se ne andò esultante, non senza provare un briciolo di vergogna. Tornò a casa a scrivere il pezzo che avrebbe fatto molta più chiarezza sulle sparatorie di martedì, contenendo nomi, fatti e connessioni fra eventi apparentemente scollegati, ma non voleva rivelare tutto ciò che sapeva, il rinvenimento del cellulare del capobanda intendeva tenerlo per sé, e così pure il fatto che qualcuno, con tutta probabilità, aveva preso all'Episcopo una borsa piena di soldi o di coca; quelle informazioni le avrebbe usate per gli *scoop* successivi.

◊

Andreij e Gaspare erano in una stanza del *résidence* di Vigevano, il primo era reduce dall'aver recuperato dal carrozziere di fiducia il Range Rover riverniciato di rosso, il secondo era reduce da una serie di ingroppate con alcune coinquiline compiacenti; di fronte a loro stava 'o Sfigato che faceva rapporto su quanto fatto all'ospedale di Vercelli:

– Mi sono aggirato per tutto il pomeriggio...

– Perché hai aspettato a muoverti fino al pomeriggio? – lo interruppe Gaspare – Sei partito da qui poco dopo le 10, dove cazzo sei andato?

– A Mortara mi ha fermato la stradale e mi ha multato per uno stop bruciato e per le gomme lisce, lì ho perso mezz'ora; poi mi sono fermato per fare un prelievo al bancomat perché dopo aver pagato la multa ero rimasto senza soldi; poi, dato che era mezzogiorno passato, mi sono fermato a mangiare in trattoria. Sono arrivato all'ospedale di Vercelli che erano le tre...

– Alla faccia del pranzo leggero! Era tutto buono almeno? – lo interruppe con sarcasmo Gaspare.

– Una mezz'ora l'ho persa prima di trovare in che reparto avevano ricoverato Pasquale, ma quando ho provato ad entrarci, un'infermiera mi ha bloccato dicendomi che non era orario di visite. Ho provato a dirle che ero un parente, ma non c'è stato niente da fare: ho dovuto aspettare fino alle sei.

– Ma è incredibile! Ti sei fatto bloccare da un'infermiera! – esclamò Gaspare sul punto di esplodere.

– Alle sei sono entrato nel reparto, ma davanti alla sua camera c'era di guardia un carabiniere; ho aspettato che andasse a prendersi un caffè o che andasse al cesso, ma non si è mosso fino alle sette e mezza, quando ho dovuto andarmene perché era finito l'orario delle visite. Poi sono tornato qui, ma passando da Novara, per evitare di essere fermato ancora dalla stradale. Purtroppo però, a Cassolnovo sono stato multato dai carabinieri per...

– Basta così! Sei fuori! Non farti più vedere qui. – esplose Gaspare, poi, mentre il picciotto usciva mogio mogio, continuò borbottando – Con che cazzo di gente mi tocca lavorare... Ma neanche a

Paperopoli... – poi rivolto ad Andreij chiese – Tu almeno hai ritirato il Range Rover?

– Sì capo, il carrozziere ha fatto un buon lavoro, i fori dei proiettili sono stati stuccati e poi ha riverniciato l'esterno di rosso, che ben si accorda con le parti interne rimaste del nero originario.

– Bene! Domani andrai tu all'ospedale di Vercelli; tu almeno non ti farai bloccare da un'infermiera.

Andreij uscì ed andò a cenare in una trattoria sita presso il ponte sul Ticino, lungo la strada per Abbiategrasso, la trovò affollata di puttane che si sfamavano prima di affrontare il loro turno di notte, rifiutò cortesemente sfacciati tentativi di adescamento e mentre mangiava rimuginò a lungo sul nuovo ordine impartitogli dal capo, ordine che non condivideva per nulla e che non intendeva eseguire.

Tornò al *résidence ove* trovò lo Sfigato che lo aspettava all'ingresso e che voleva parlargli:

– Signor Andropov, per favore, trovi qualcosa da farmi fare, ho bisogno di soldi. Lo so che sono sfortunato e inesperto, ma se mi darà una mano ce la metterò tutta per non deluderla. Il signor Piscitelli non verrà mai a saperlo.

Andreij ci pensò un po' su mentre il picciotto attendeva speranzoso. Poco prima, mentre cenava, aveva cercato un modo per non ubbidire al crudele ordine di eliminare Pasquale alla prima occasione propizia, ma al contempo voleva fare in modo che Gaspare non si accorgesse che non stava eseguendo l'ordine. La stima e la fiducia di Andreij nel suo capo era ormai prossima a zero: già aveva avuto dei dubbi su di lui quando gli aveva ordinato di rapinare i narcotrafficanti di Vercelli dopo avergli rifilato 300 milioni falsi in cambio di una partita di coca autentica; poi, invece di far fruttare al massimo la coca ottenuta pagandola pochissimo, voleva perdere tempo per rintracciare il denaro falso, ma il coglione aveva perso il foglietto su cui aveva appuntato il numero di telefono che gli avrebbe dato l'unica possibilità di rintracciare il denaro, perché di certo non poteva recarsi a Vercelli e chiedere se c'era in città qualcuno che vendesse cocaina all'ingrosso; infine l'ordine crudele di eliminare Pasquale senza neppure sentirsi con Yuri, che era il vero capo della banda. "No! – aveva deciso Andreij parlando a sé stesso quando poco prima era uscito dalla trattoria – Per quello che mi riguarda ho chiuso con un capo pirla come Gaspare, ma per intanto è bene che lui non sappia delle mie intenzioni".

Ora la richiesta dello Sfigato gli aveva fatto intravedere una possibile soluzione del problema, ma voleva avere più tempo per sviluppare l'idea; in ogni caso, qualunque cosa avesse deciso di fare, avrebbe avuto bisogno di qualcuno che potesse aiutarlo, soprattutto se fosse costato poco, o da gettare in pasto a Gaspare se qualcosa fosse andata storta, quindi disse al picciotto, in spasmodica attesa di una risposta:

– Va bene, domani verrai con me, aspettami qui alle 7. Ti pagherò a giornata, e solo se non farai cazzate. Ora vai a casa.

Soddisfatto di avere una pedina con cui giocare, Andreij fece per salire nel suo miniappartamento per pensare in pace al piano di guerra appena intravisto, ma sulle scale fu intercettato da una *escort* che gli propose di movimentare un po' la serata. "Perché no – pensò il futuro ammutinato – dopo una bella ingroppata si ragiona meglio" ed accettò lo sfacciato invito rimorchiando la maliarda in camera.

Capitolo VI

Giovedì, 9 novembre
Erano le 19 quando Daniela entrò nell'appartamento di Vinzaglio alla fine di una giornata di lavoro in *boutique* particolarmente sgradevole, e trovò Sebastiano e Marisa intenti a sorbirsi un *drink* in soggiorno.
– Come è andata in negozio oggi? – chiese per provocare Marisa
– Cosa ti ha detto quella baldracca che ieri non ti sei presentata al lavoro, e che neppure l'hai avvisata?
– Ha detto che sono un'irresponsabile, che la prossima volta che dovesse succedere mi licenzierà in tronco, che senza il mio aiuto ha dovuto farsi il mazzo per far fronte da sola alle esigenze dei clienti, che i clienti che non volevano attendere se ne sono andati e chissà quanto ci avrà smenato... insomma è stata una giornata di merda perché abbiamo litigato per tutto il tempo, ma con la sua minaccia mi ha dato un'idea su come fare a farmi licenziare.
– intanto si era tolta il soprabito, si era versata anch'ella un *drink,* ed aveva baciato Sebastiano, poi gli aveva chiesto – Avete fatto i bravi voi due o avete passato il giorno a saltare la cavallina?
– E se così fosse? – rispose Marisa, in vena di provocazioni, poi tornò seria – Siamo andati in giro a vedere capannoni vuoti, ne avremo visti una mezza dozzina, ma alcuni erano in vendita, altri erano enormi, alcuni erano delle ex-stalle che puzzavano ancora di merda, ma ne abbiamo trovato uno che è un vero gioiello: su un lotto di 1200 m² completamente recintato c'è un grosso capannone ad arco di 600 m² con un gabbiotto esterno che funge da portineria e c'è una piccola palazzina con 4 appartamentini di 80 m² l'uno.
– Uau! Ma è enorme! – commentò Daniela – chissà cosa costerà affittarlo.
– L'omino che funge da custode e che ce l'ha fatto visitare ci ha detto che fino a sei mesi fa la proprietà voleva 3 milioni al mese,

ma ci ha consigliato di rivolgerci al geometra che successivamente è stato incaricato di affittarlo e di trattare l'importo con lui. Mi ha dato il suo nominativo ed il suo numero di telefono, e mi ha detto che fino a quel momento il capannone è stato visitato da pochissima gente.

– Marisa gli ha messo le tette praticamente sotto il naso per avere tutte queste informazioni. Abbiamo fatto parecchie fotografie sia del capannone che della palazzina – aggiunse Sebastiano – e poi potreste abitare in due miniappartamenti, che tanto mini non sono, e venir via da questo buco di paese. Volete vedere le foto? –

– Più tardi. Fra poco arriverà Mario a prenderci per uscire e devo ancora cambiarmi – disse Daniela entrando nella sua camera.

– Non voglio passare la sera a sentirgli dire che è un'idea balorda, che l'affitto del capannone è eccessivo, che per arredarlo spenderemo una fortuna, e che dopo neanche un mese saremo tutti denunciati per favoreggiamento della prostituzione. A Mario diremo il meno possibile, almeno finché non avrò parlato col geometra e non avrò trattato sul prezzo – disse Marisa a voce alta per farsi sentire dall'amica nell'altra camera.

– E, nel caso, non farti degli scrupoli e dagliela pure. – disse Daniela rientrando in soggiorno e mostrando una *mise* strepitosa – Anzi, dal geometra andremo insieme, così avrà da scegliere.

– E la *boutique?* – chiese Sebastiano – Verrai licenziata se farai alla proprietaria lo stesso scherzo di ieri.

– Che si fotta! E se mi licenzierà, mi farà solo un favore.

In quel mentre sonarono alla porta dabbasso: era Mario che li sollecitò a scendere, perché intendeva portarli a cena in un ristorante un po' lontano.

– Com'è andata la ricerca del capannone? – chiese appena vide uscire in istrada Marisa e l'amico – o avete passato la giornata a scopare in una squallida camera d'albergo? – poi, senza aspettare la risposta, salutò Daniela con un grosso bacio sulle labbra per far ingelosire l'amica.

– Ecco! Io a lottare a lungo con me stessa per resistere alla tentazione di dargliela, e lui, appena vede una strafica, la bacia appassionatamente. L'avessi saputo prima...

– Possiamo sempre scambiarci i partner, fa bene ogni tanto cambiare minestra, ringalluzzisce l'uccello – le rispose Daniela.

– A proposito di minestre, dove intendi portarci a cena? È proprio necessario fare tanta strada per mangiare? E faccio presente che io sono ancora senza soldi, non riesco a tenere il passo di voi benestanti – si lamentò Sebastiano.

Intanto erano saliti in auto ed erano partiti in direzione di Novara, Marisa raccontò succintamente a Mario delle ricerche fatte nel pomeriggio, intenzionata ad esaurire l'argomento, mentre dietro a loro Sebastiano e Daniela pomiciavano senza alcun ritegno.

– Allora non avete trovato ancora nulla che valesse la pena di affittare? – chiese Mario con sollievo.

– Un piccolo capannone ci sarebbe, ma dovremo telefonare a un geometra per sapere quanto vuole la proprietà per l'affitto, domani gli telefonerò e ti farò sapere.

A Novara si fermarono ad una pizzeria a fianco della quale si innalzava un monumento a forma di piramide alto una dozzina di metri, ed avendo notato che anche la pizzeria si chiamava Piramide, Daniela disse:

– Ma allora la piramide c'è davvero. Pensavo che il nome glielo aveva dato un pizzaiolo egiziano affetto da nostalgia.

– Ma con tutti i terroni che ci sono in circolazione, ti pare che possa portarti a mangiare da un pizzaiolo extracomunitario? – obbiettò Mario anche per sfottere Sebastiano, originario di Pescara – Questo è un posto storico: qui è stata combattuta una battaglia del Risorgimento... te la ricorderai perché l'hai sicuramente studiata a scuola... la "fatal Novara" ecc.; e nella piramide che hai visto sono raccolte le ossa dei soldati morti, pensa che ci sono migliaia di teschi.

– Che cosa macabra! Con la scusa di portarmi fuori a cena, mi porta a visitare un ossario. E poi si aspetta che dopocena gliela dia – osservò Marisa.

La pizza – prosciutto e funghi per i due amici, alla greca e Piramide per le ragazze – si rivelò superlativa, l'impepata di cozze anche, oltre ad essere molto intrigante, sia per le dita e le valve succhiate con voluttà, sia per le continue allusioni che il nome "cozza" richiamava. Marisa pretese di pagare per Sebastiano e, per semplificare i conti, alla fine pagò per tutti, naturalmente con una banconota da 100.000 lire, nonostante avesse nel portafogli il resto del pranzo fatto quel pomeriggio con Sebastiano in una trattoria di San Pietro, pagato con un'altra banconota da 100.000 falsa.

Poi andarono al cinema a vedere una cinecagata che voleva anticipare quelle natalizie, e questa volta fu Daniela a pagare per tutti con una banconota da 100.000, perché disse che era rimasta senza spiccioli e di voler far moneta. Mario, che aveva protestato, ma con poca energia, per essere stato espropriato del ruolo di cavaliere per ben due volte, disse alle ragazze che allora le avrebbe scarrozzate ovunque volessero, finanche a Capo Nord, purché continuassero a pagare loro le spese.

All'una tornarono a Vinzaglio, e nonostante la minaccia fatta poche ore prima, Marisa alla fine la diede a Mario con entusiasmo; anche Daniela si infilò nel suo lettone a grufolare con Sebastiano, fin quando, alle 2.30 passate, le ragazze camparono fuori casa i due amici, che avevano insinuato la proposta di restar lì a dormire.

– Neanche per sogno! – gli aveva detto Marisa fingendo di essere indignata – Ci rovinereste la reputazione se domattina dovessero vedervi uscire da nostro appartamento. E non importa se tu, Mario, per sbattermi ed arrivare in orario in banca, sarai costretto a dormire quattro ore per notte.

– Io però posso trattenermi; tanto Daniela ha detto che domani non andrà a lavorare.

– Assolutamente no! – escluse Daniela – Non voglio farmi vedere da nessuno appena alzata, prima di truccarmi e di mettermi in ghingheri. Per cui sciò! Pussa via! Ci rivedremo domani; passerò a prenderti verso le 10.

◊

Vincenzo e Domenico erano seduti su due scomode poltroncine nello studio di Michele Sorrentino, questi invece era seduto su una comoda poltrona ergonomica dietro una preziosa scrivania in legno intarsiato da qualche ebanista di fine Ottocento e stava consultando alcune carte, intanto Domenico gli sintetizzava quanto contenuto in esse, ovvero il risultato di una giornata di ricerche passata al telefono:

– Come puoi costatare, nessuna delle auto aziendali risulta essere stata danneggiata, men che mai da sparatorie, nessuna risulta mancante all'appello, e neppure essere stata affidata ad un dipendente perché, mi hanno spiegato, per risparmiare, non usano più mandare in giro dei piazzisti, bensì agenti di commercio che si muovono con auto proprie.

– Già, così oltre a risparmiare sul personale e sulle spese, aumentano la produttività di chi va in giro. – commentò Michele – È una furbata che dovremmo adottare anche noi.

– Per le auto di residenti ad una distanza superiore ai 25 km da Vinzaglio e da Vercelli è stato più difficile: avevo detto ai possessori di BMW che forse avevo danneggiato involontariamente la loro auto, che non ho potuto fermarmi perché avevo fretta, e che mi sono appuntato il numero di targa, ma prima di trovare da scrivere avevo dimenticato o confuso alcune cifre della targa. Qualcuno mi ha risposto che, alcuni giorni prima, gli avevano ammaccato l'auto in un parcheggio di Vercelli, altri hanno detto che l'auto gliela avevano rubata da tempo, altri ancora che avevano avuto un incidente una settimana prima e che l'auto era ancora in riparazione. Pochi sapevano dell'esistenza del paese di Vinzaglio, e pochissimi hanno detto di aver percorso, molto tempo fa, la stradina che porta al Torrione. Pertanto sono propenso a scartare tutte le 80 BMW di questo gruppo.

– Però fra quelle rubate potrebbe esserci proprio quella che cerchiamo – obbiettò Michele.

– È molto difficile, capo. Ma scusa: supponi che tu abbia appena rubato un'auto, cheffai? Al massimo ci fai un giro con la ragazza, ma poi la porti in officina per farla a pezzi, oppure la vendi ai polacchi, mica la usi per un mese nella stessa provincia in cui l'hai rubata girando con la targa di Vercelli.

– D'accordo, però controlliamo che abbiano fatto denuncia per furto. Tu, Vincenzo, hai già controllato qualche auto?

– Sì, sono stato da 6 proprietari che mi hanno detto di non aver subito danneggiamenti di sorta di recente, tutti mi hanno fatto anche controllare l'auto, ed esse non mostravano nessun segno di foro di proiettile riparato alla bell'e meglio; se martedì sera avessero portato l'auto col lunotto rotto e la carrozzeria sforacchiata, prima di ieri non si sarebbero messi al lavoro, e sicuramente per oggi non avrebbero finito la riparazione, dovendo procedere anche alla verniciatura della parte tamponata. Altri 4 proprietari, tutti agenti di commercio, erano in giro per l'Italia dalla giornata di lunedì, e sarebbero tornati venerdì o sabato; l'ho appreso parlando coi familiari. Penso che possiamo escludere anche loro.

– Certo! Con tutta la fica che possono trovare in giro gli agenti di commercio, non penso che vadano a cercarla proprio a Vinzaglio. Direi che siamo a buon punto, domani Domenico ti darà una mano per visitare gli altri 10 sospetti. – poi Michele si ricordò di una cosa importante – Cosimo e Gennaro avevano con sé i cellulari quando sono morti?

– No capo – rispose Vincenzo – gli avevo detto di lasciare qui i cellulari, solo io e Domenico avevamo i nostri, ed io ho perso il mio quando sono saltato giù dal treno, a 7 od 800 metri dal passaggio a livello. Non penso sia stato trovato, altrimenti ci avrebbe già fatto visita la polizia.

◊

Il commissario Cantalamessa non era molto soddisfatto di come procedevano le indagini. La perquisizione dei locali usati dai banditi morti sul treno, effettuata nella tarda mattinata, non aveva fornito alcunché di utile: quella dell'abitazione del Boriello, un monolocale del quartiere Isola, aveva rivelato una notevole raccolta di riviste pornografiche, una collezione di un centinaio di bottiglie e di lattine vuote di birra e una cesta colma di biancheria sporca, ma non erano state rinvenute armi né cellulari. Nell'appartamento che il Lupescu ed il Plotz dividevano, in un *résidence* di Mortara, si erano trovati i loro documenti di identità, un'imponente raccolta di fotografie pornografiche, cataloghi di armi e riviste filonaziste, due ceste di biancheria sporca ed un frigorifero pieno di lattine di birra e di salame da spalmare; anche in esso non c'erano cellulari di sorta. Nell'appartamento del ferito, Pasquale Caccamo, riconosciuto dai documenti che aveva addosso, oltre alle solite riviste pornografiche, si erano trovati alcuni libri sulla cabala ed una "Smorfia" per trarre dai sogni i numeri da giocare al lotto, 3 ferri da cavallo e una trentina fra corni rossi, zampe di coniglio ed altri amuleti portafortuna, ma nessun cellulare.

Almeno gli amuleti hanno protetto la vita del Caccamo – aveva pensato il commissario – dovrei tenere addosso anch'io qualche amuleto, e magari avrei più fortuna nelle indagini: dalle perquisizioni non è uscito un ragno dal buco.

Poi, nel pomeriggio, erano arrivate notizie dagli uomini che aveva spedito dalla Motorizzazione: di auto con le ruote a raggi: Bentley, Lotus, Aston Martin, Rolls Royce, MG, Triumph, Morgan e Jaguar, tutte di gran costo, in provincia di Vercelli ne erano state immatricolate 45 ed i proprietari erano concentrati soprattutto nel Biellese, ma, tolte quelle sportive, di berline con le ruote a raggi ne erano state immatricolate 12; allora si era chiesto telefonicamente ai proprietari di che colore fosse la loro auto e, dopo un controllo operato dai carabinieri, si erano scartate quelle di colore scuro, riducendo così il numero a due: una Jaguar color argento intestata ad una Società con sede a Bellinzona, in Svizzera, e una Bentley intestata ad una ditta che allestiva matrimoni per ricconi. Quest'ultima era stata visitata da due Gazzelle dei carabinieri giunte a sirena spiegata, ma il titolare aveva potuto dimostrare la completa estraneità della sua Bentley color panna alla sparatoria.

Invece, telefonando alla ditta di Bellinzona si era appreso che la domenica prima la Jaguar era uscita di strada in val Leventina e si era schiantata contro un albero; non era intervenuta la polizia, e la Jaguar era stata trasportata in un garage da un carro attrezzi, ma, non essendo conveniente ripararla ed essendo troppo costoso demolire il rottame in Svizzera, lo si era portato da uno sfascia-carrozze presso Vercelli, di cui si forniva il nominativo.

Tre gazzelle dei CC ed una volante della PS, alle 20, sono piombate dallo sfasciacarrozze che ha confermato di aver ricevuto il lunedì precedente una Jaguar conciata molto male, aveva recuperato il poco ancora recuperabile, come la pompa dell'acqua, gli specchietti retrovisore ed il cric; il resto l'aveva messo in una pressa che aveva ridotto l'auto alle dimensioni di un baule. Poi aveva esibito il modulo relativo alla demolizione, con le date compatibili, il libretto e la carta di circolazione, nonché le due targhe, ed aveva assicurato che appena possibile avrebbe portato i documenti e le targhe alla Motorizzazione per la cancellazione dal Pubblico Registro. Aveva anche aggiunto che, se gli inquirenti volevano, poteva portarli a vedere la massa metallica argentata della ex-Jaguar.

Il Commissario, che in un primo tempo era stato tentato di estendere la ricerca anche nelle provincie limitrofe, aveva allora deciso di lasciar perdere quella pista investigativa, e di concentrarsi su quella, già avviata fin dal mattino, di interrogare tutti i carrozzieri in un raggio di 35 – 40 chilometri da Vercelli, per scoprire se qualcuno, il giorno precedente, avesse fatto riparare un grosso fuoristrada squadrato dei fori di proiettile nella carrozzeria. I carrozzieri erano 165, senza contare quelli abusivi e le officine delle concessionarie d'auto, e nella ricerca erano state impiegate 2 pattuglie della polizia, 2 dei carabinieri e 2 della finanza.

Fino a quel momento, le 22 passate, erano state passate al setaccio 50 carrozzerie "legali" e 12 abusive senza alcun esito, solo i finanzieri avevano stilato 42 verbali di contravvenzione per aver rilevato le irregolarità più disparate, dall'impiego di manodopera "in nero", ad irregolarità nella tenuta dei libri contabili, alla mancanza di certificazioni di sicurezza dei macchinari, agli estintori scarichi o scaduti.

Cantalamessa non poteva saperlo, ma anche la carrozzeria ove aveva lavorato Sebastiano era stata controllata dai finanzieri, che avevano stilato un verbale chilometrico avendo rilevato una dozzina di irregolarità, ma che si erano accontentati quando il titolare gli aveva assicurato che da almeno una settimana non aveva lavorato su nessun fuoristrada e neppure su pulmini e furgoncini.

Di questo passo occorreranno ancora tre giorni prima di esaurire le carrozzerie, poi occorrerà ampliare il raggio della ricerca, pensò sconfortato il commissario uscendo dall'ufficio ed avviandosi mestamente verso casa.

Capitolo VII

Venerdì, 10 novembre

Appena alzate Daniela e Marisa telefonarono al geometra incaricato dell'affitto del capannone, gli dissero che avevano già visionato l'edificio e le pertinenze, e fissarono un appuntamento per il primo pomeriggio nel suo ufficio a Novara per avere quelle informazioni che il custode non era stato in grado di fornire.

Poi uscirono, con l'intenzione di prelevare Sebastiano e con lui visitare alcune ditte che noleggiavano ponteggi e vendevano apparecchiature industriali per informarsi sui prezzi. La Escort di Daniela però si mise in moto con difficoltà, per tutto il tratto di strada fino a Vercelli il motore diede segni di malfunzionamento, segnalati anche dall'accensione di una spia sul cruscotto, e quando, superato il centro, le spie accese divennero tre, la Escort si bloccò di botto, un fumo bianco fuoruscì da sotto il cofano ed una gran puzza di bruciato si diffuse nell'aria.

– Ti annuncio che hai grippato, carina. – fece Marisa con tono beffardo uscendo dall'auto prima che potesse andare a fuoco – Ce lo metti ogni tanto l'olio nel motore?

– Certo che no; non sai che mi sporcherei tutta. E poi cosa avrei grattato? – chiese Daniela uscendo anch'ella dall'auto e guardandosi attorno.

– "Grippato", non "grattato"! Hai bruciato la guarnizione della testata. Girando senz'olio il motore si è surriscaldato fino a fessurare la guarnizione ed a far uscire l'acqua di raffreddamento che, sul motore surriscaldato, è vaporizzata... oh! Lascia perdere – prese il cellulare dalla borsetta e telefonò a Sebastiano di venirle a prendere con la sua auto, sempre che non fosse ancora sporca di vomito della sorella, volle scherzare. Loro, disse, erano ferme davanti al concessionario della Volvo. Poi si girò e non trovò più Daniela.

Si erano infatti fermate davanti a quel concessionario, il fumo bianco continuava ad uscire ma la puzza di bruciato sembrava essere diminuita. Attraverso le vetrate della sala in cui erano esposte le auto, Marisa poté vedere Daniela parlare con un uomo e fare cenni in direzione dell'Escort fumante, e quindi allontanarsi verso l'interno della sala. L'amica riapparì dopo in quarto d'ora accompagnata dallo stesso uomo che le tenne aperta la porta mentre usciva; aveva un sorriso smagliante.

– Cos'è quell'espressione felice che mostri? Potevi avvisarmi che per convincere quell'uomo a ripararti subito l'auto gli avresti fatto un pompino.

Nel frattempo era arrivato Sebastiano, che aveva aperto il cofano della Escort e vi guardava dentro scotendo la testa.

– Non ti affannare su quel catorcio, non è più mio. – disse Daniela – L'ho appena dato dentro in cambio di una Volvo familiare a "chilometri zero". Il concessionario ha provato a spiegarmi cosa volesse dire, ma non ho capito una mazza. Me la consegnerà appena gli farò avere questi documenti – e mostrò un foglietto che diede a Sebastiano dicendogli – te ne puoi occupare tu? Ma prima portaci alla Reale Mutua che devo far girare l'assicurazione dalla Escort alla Volvo 244.

– Ma quanto l'hai pagata? Quanto ti ha valutato la Escort? L'hai presa diesel o a benzina? Ma si può comprare un'auto nuova in un quarto d'ora? Potevi almeno aspettarmi – protestò Sebastiano.

– Così mi avresti fatto fare il giro delle concessionarie di Vercelli e di Novara, ci avremmo messo una settimana ed alla fine mi avresti consigliato un cesso di Fiat. Ma sai che tirando giù lo schienale dietro si ottiene una superficie piana di più di due metri di lunghezza?

– Hai forse intenzione di metterci un materasso, di piazzarti su una strada trafficata e di fare marchette sul morbido? – chiese Marisa, poi, per far sì che Daniela non tradisse le sue disponibilità economiche, disse – almeno l'hai presa a rate? Non è che adesso dovremo tirare la cinghia per farti fare la "signora".

– Io sono una "signora", anche se un po' birichina. Certo che l'ho presa a rate: gli ho dato 300.000 lire in contanti ed ho firmato una cinquantina di cambiali da 300.000 al mese, mi sono persino indolenzita la mano a furia di firmare. Il catorcio me lo ha valutato 500.000 lire solo perché gli ho fatto gli occhi dolci e l'ho strusciato con le tette.

– Ma cosa ti serve una familiare? Cos'hai da trasportare di così voluminoso? – insistette Sebastiano.

– Uffa! Che scassaballe! Ci porti alla Reale Mutua o no?

– Vi porto, vi porto: ma non lamentarti dopo che è troppo lunga quando farai manovra e la ammaccherai.

– Cosa vuoi che possa fregarle della lunghezza dell'auto visto che ha dei paraurti robusti – ironizzò Marisa.

Poco dopo erano in assicurazione e qui Daniela pagò il conguaglio fra la RCA minima che aveva sulla Escort e la nuova RCA della Volvo + furto e incendio + atti vandalici + "cristalli" con due banconote da 100.000.

– Già che c'eri, avresti dovuto stipulare anche la "kasko" invece di quella dei cristalli; fanno sempre mille storie prima di rifondere le spese per cambiarli – le disse Sebastiano con disapprovazione al ritorno della ragazza.

– Se ti sento ancora criticarmi non ti offrirò il pranzo, e poi non te la darò per una settimana intera.

– A proposito di pranzo, andiamo a mangiare a Novara, così saremo già sul posto per l'appuntamento: è per le 15 – propose Marisa.

– Okay, ma prima voglio fare una sosta in Municipio a Vinzaglio, così potremo fare queste carte – obbiettò Sebastiano sventolando il biglietto che gli aveva dato Daniela – Eppoi devo fermarmi a casa vostra per usarvi il bagno, perché per soccorrervi in fretta, appena ricevuta la vostra telefonata, mi sono precipitato senza aver cagato.

– Ma lo senti? – scherzò Daniela – Ha preso casa nostra per un cesso. Ah, ma stanotte so ben io come punire la sua sfrontatezza.

Alla fine partirono alla volta di Vinzaglio percorrendo la strada col passaggio a livello, e qui giunti,dopo che Sebastiano ebbe usato il bagno delle ragazze, Daniela era entrata in Municipio ed aveva irretito il Sindaco per ottenere immediatamente il certificato di residenza; poi andarono tutti a pranzo in una pizzeria di Confienza. Nessuno di loro si era accorto del Range Rover rosso in sosta presso il passaggio a livello, né che un uomo aveva fotografato la Punto mentre si avvicinava.

Alle 15le due ragazze erano nello studio del geometra con cui avevano appuntamento. Avevano lasciato Sebastiano con l'incarico un po' prematuro di procurarsi elenchi di ditte specializzate nell'allestimento di sale da ballo e di *night club*, nell'istallazione di impianti di riscaldamento e di ventilazione, in forniture per bar, di imprese di tinteggiatura di esterni e di interni, nonché per dotarsi di cataloghi di negozi d'arredamento, e gli avevano detto che l'avrebbero aspettato al bar Borsa, sotto i portici; poi avevano aggiunto di non lasciarle lì come delle puttane in tenuta da adescamento, ché si erano vestite e truccate come tali per mandare il geometra in confusione.

Infatti quando il geom. Pittaluga, basso di statura, sulla sessantina e piuttosto grassottello, le invitò ad accomodarsi nello studio e le vide nella loro interezza, dalla *mise* estremamente provocante, al trucco da troia d'alto bordo, dalle gambe rese ancor più lunghe dai tacchi da 13, alle tette che premevano prepotenti contro camicette semitrasparenti, si invaghì subitamente di quelle creature celestiali e si ripromise di accontentare ogni loro esigenza pur di avere la possibilità di rivederle in un ambiente diverso, magari un *night club* o un buon ristorante, e con un programma che non fosse quello di parlare dell'affitto di un capannone.

Invece di farle sedere in scomode sedie davanti alla sua scrivania, le fece accomodare in due basse e comode poltrone di un salottino e si sedette sul divano di fronte, così da avere una bella visuale delle cosce di entrambe. Le ragazze si accorsero di dove cadeva lo sguardo del geometra, e per accentuare la pressione su di lui accavallarono le gambe mostrandogli le mutandine.

Il Pittaluga cominciò a sudare e si allentò la cravatta, si accorse che gli era difficile staccare gli occhi da dove li teneva, e ad ogni movimento delle gambe delle ragazze deglutiva ripetutamente per riattivare la salivazione. Si sentiva confuso, perché non riusciva al contempo a pensare a una scusa buona per rimorchiare le ragazze, ed intanto sostenere la conversazione circa un capannone industriale. Si confuse più volte nell'identificare quello che interessava alle ragazze, e quando realizzò che non volevano acquistarlo, bensì affittarlo per un lungo lasso di tempo, nicchiò a lungo per avere il tempo di pensare a quale cifra sparare.

Daniela, per sollecitare una sua risposta, si alzò tenendo una sigaretta spenta tra le labbra, si avvicinò al geometra e si chinò su di lui per farsela accendere e per permettergli una comoda visione delle grosse tette, poi gli prese la mano con l'accendino, poiché tremava, e la trattenne alcuni secondi più del necessario, quindi tornò a sedersi con un gran ballonzolio di tette ed accavallando le gambe.

– 2.700.000 lire al mese. – sbottò il geometra – È un prezzo di favore che vi faccio perché la proprietà mi aveva raccomandato di non scendere sotto i 3 milioni.

– Oh! Andiamo geometra, faccia uno sforzo. – disse Marisa scavallando le gambe e tenendole appena divaricate per permettergli di dare un'altra sbirciatina alle mutandine – quanto tempo è che cerca di vendere quel capannone? Non è neppure recente, avrà per lo meno vent'anni.

– Dieci, solo dieci anni, e poi non c'è solo il capannone, ma anche la portineria e quattro spaziosi appartamenti nella *dépendance* – perorò con convinzione, riacquistando per un momento consapevolezza della sua funzione – posso chiedere a cosa vi serve il capannone? Che attività intendete svolgervi?

– Pensavamo ad un laboratorio di sartoria per la confezione di abiti da sposa – mentì Daniela allungandosi su un tavolino per far cadere la cenere della sigaretta, permettendo così allo sguardo del marpione di entrare per la tangente nella camicetta, che il gesto aveva fatto aprire, e di posarsi su un capezzolo – Non sapremmo che farcene del gabbiotto e neppure dei miniappartamenti, neppure se ci permettesse di subaffittarli: chi vorrebbe abitare in mezzo ad una zona industriale, fra una fabbrica di prodotti chimici ed una ditta di elettrogalvanica, con davanti una fonderia, senza un negozio, né un tabaccaio, né un bar... no! Non ci siamo proprio, c'è troppa roba che non ci serve per quel prezzo – e finse di riallacciare un bottone della camicetta.

– La *dépendance* potreste abitarla voi stesse, farò in modo che la proprietà vi consenta di abbattere un tramezzo per ricavare due spaziosi appartamenti ad un passo dal luogo di lavoro... – intanto Marisa aveva scartato un Chupa Chupa e lo stava succhiando con ostentazione. Il geometra aveva deglutito e si era accorto che stava per avere un'erezione, quindi continuò più conciliante – E va bene! Proprio per venire incontro a due bellissime e giovani imprenditrici andrò contro ai miei interessi: facciamo due milioni e mezzo al mese ed il capannone è vostro con tutte le pertinenze. – Le due amiche si interrogarono con lo sguardo e Daniela accennò ad un diniego scotendo appena la testa. Marisa si tolse di bocca il Chupa Chupa con uno schiocco e spiegò:

– Ma che razza di vita sociale avremmo se abitassimo nella zona industriale di San Pietro, per vedere qualcuno dovremmo andare fino a Novara, che è un mortorio, o a Vercelli, che è anche peggio; se facessimo una festa non verrebbe nessuno a trovarci perché, anche se volesse venire, si perderebbe nella nebbia in mezzo a fabbriche, capannoni chiusi e strade tutte con nomi simili, senza trovare un'anima viva a cui chiedere... – poi la maliarda calò l'asso – andrà a finire che ci verranno le ragnatele sulla fica.

– Ohibò! Questo mai! – esclamò il Pittaluga indignato della possibilità – Due ragazze della vostra bellezza non rimarranno mai senza corteggiatori, e costoro supererebbero ogni difficoltà pur di intrattenersi con voi. – poi, preso il coraggio a due mani, avanzò la proposta che fin da prima progettava di fare – Io, per esempio, darei non so cosa per avere il piacere di invitarvi a cena e conoscerci in un contesto meno professionale.

– Ma com'è galante geometra! – disse Marisa liberandosi del Chupa Chupa – Sono persino imbarazzata ad accettare, anche a me le persone di mezz'età sono sempre piaciute: sono più affidabili, più serie, più gentili, più generose, in loro non c'è vacuità o frivolezza; è bello farsi dominare da loro anziché da un bamboccio viziato e coi tatuaggi fin anche sulle chiappe. Comunque da parte mia accetto l'invito. Adesso però, geometra, mi dica cosa avrebbe dato per farmi accettare, forse un ribasso dell'affitto?
Marisa si alzò dalla poltrona e si risedette sul divano rivolta verso il Pittaluga con una gamba sotto al culo, così che la sua minigonna risalì sulle cosce scoprendo delle deliziose mutandine di pizzo nero. Il geometra era arrossito e cercava con tutte le forze di tenere le mani a posto, lontano da quella tentazione vivente. Cercò di darsi un contegno dicendo:
– Signorina Marisa… posso chiamarla Marisa vero? Non sia così formale, mi chiami semplicemente Piero. Ebbene sì, avevo in mente proprio un piccolo ribasso dell'affitto…
– Quanto piccolo, Piero, per esempio 2.300.000? – chiese Marisa posando un braccio sullo schienale del divano ed accarezzando la nuca dell'uomo.
– Veramente avevo pensato ad un ribasso più contenuto… ma sì! Crepi il lupo, anzi la proprietà, vada per 2.300.000.
– E per fruire della mia presenza, oltre a quella di Marisa, cosa saresti disposto a fare? – chiese Daniela sedendosi come si era seduta l'amica dall'altro lato del Pittaluga e ficcandogli la lingua nell'orecchio.
Il Pittaluga si sentiva in paradiso, il principio di erezione si stava tramutando in qualcosa di ben più consistente, i suoi sogni più intimi si stavano realizzando: aveva a fianco due strafiche che lo stavano provocando, le sentiva più che disponibili, sicuramente a farsi palpeggiare e forse, ma ora ne era pressoché certo, anche a farsi sbattere. Certo c'era dell'interesse nel loro comportarsi così sfacciatamente… ma d'altra parte ogni lasciata è persa, e lasciarne due è da coglioni.

– E va bene! Accontentiamo anche Daniela. 2.200.000 ma non un soldo meno.

Marisa gli prese una mano e se la mise sull'inguine, facendo sentire al geometra che le mutandine erano già bagnate. Piero infilò la mano e giocherellò coi peli pubici, intanto con voce strozzata diceva:

– Mi fate confondere le idee... volevo dire 2.100.000, ma ora basta!

– Sei proprio sicuro di voler essere lasciato in pace? – chiese Daniela sussurrandogli in un orecchio mentre con un una mano gli dava una strizzatina all'uccello, che pareva voler saltare fuori dalla patta.

– 2 milioni! Facciamo cifra tonda e ti lascerò entrare con due dita nel buchetto che stai cercando – concesse Marisa.

Il Pittaluga penetrò la ragazza con due dita ed al contempo le diede un goloso bacio sulle labbra.

– 2 milioni al mese, IVA compresa, con rivalutazione annuale secondo l'indice ISTAT del costo della vita e per un affitto di almeno 10 anni – disse Daniela mentre estraeva l'uccello del geometra per poi mettersi a succhiarlo con voluttà.

– Okay! Ce l'avete fatta! Vada per i 2 milioni – si arrese il geometra dopo essere venuto e dopo aver tolto le mani dalle mutande di Marisa – ma dovrete lasciarmi due mesi di caparra, su quelli non transigo; e badate che non ve la caverete semplicemente accettando un invito a pranzo.

– Intendi dire che sei disposto a scendere ancora con l'affitto se te la diamo? – chiese Daniela.

– No! Fosse roba mia scenderei eccome, ma non lo è, e la proprietà mi farà la pelle quando saprà quanto ho spuntato. Ci ho già rimesso molto più della mia provvigione – disse il geometra mentre si ricomponeva – adesso stiliamo quel maledetto contratto prima che cambi idea.

– Non starai lamentandoti per caso? E poi non cambierai idea, un gentiluomo come te non lo farebbe mai – lo lusingò Daniela dandogli un grosso bacio.

Il contratto d'affitto fu rapidamente stilato in tre copie alle condizioni pretese dalle ragazze, che versarono le due mensilità di caparra pretese dal geometra mediante 40 banconote da 100.000; il geometra si stupì di essere pagato in contanti, ma incassò il denaro senza obbiezioni. Poi diede alle ragazze un grosso mazzo di chiavi che sarebbe servito per i numerosi locali ed edifici affittati, ognuno con la sua brava targhetta di riconoscimento, e le accompagnò all'uscita, poco convinto di rivederle. Le ragazze invece promisero che sarebbero tornate lì in ufficio per le 19.30, perché nel frattempo dovevano fare alcuni acquisti, quindi diedero un bacio al geometra e se ne andarono.

Mentre percorrevano a piccoli passi rapidi e sculettando la breve strada acciottolata del centro di Novara che le separava dai portici, zona dello struscio cittadino, Marisa chiese all'amica:

– Ma tu intendi sul serio farti portare fuori a cena dal geometra? In fin dei conti quanto volevamo ottenere l'abbiamo ottenuto: 2 milioni! Quasi non volevo credere che fosse così facile.

– Non è stato facile, è che siamo state veramente molto brave a sedurre il tapino fino a strappargli uno sconto decente. E comunque sì, intendo farmi invitare a cena, e magari anche flirtare un p0', ma solo quello, per avere il resto dovrà pagare ancora, e con soldi suoi questa volta, non con quelli di altri. Mi aspetto che venga anche tu e che faccia la tua parte.

– Ma... e Mario e Sebastiano cosa diranno? E cosa faranno stasera?

– Non glielo diremo, e per una sera andranno in bianco. Ellamadonna, sono cari amici, sono tanto gentili e servizievoli, non sono malaccio nello scoparti, ma non voglio che pensino che possano istallarsi nei nostri letti in pianta stabile. È una questione di *privacy*.

Intanto erano arrivati sotto i portici ed al bar Borsa c'era Sebastiano ad attenderle; aveva con sé una grossa borsa di carta col marchio di un grande magazzino d'abbigliamento, piena di *dépliant*, di cataloghi e di *brochure* delle ditte più diverse, come richiestogli dalle ragazze.

– Sono appena arrivato. Ho impiegato due ore per trovare tutto il materiale che mi avete chiesto, e temevo di trovarvi incazzate per avervi fatto aspettare. Com'è andata dal geometra? Quanto vuole d'affitto?

– È andata così così. – mentì Marisa mostrando un po' di delusione – Non ha voluto scendere sotto i due milioni e otto nonostante tutte le moine che gli abbiamo fatto. Ha detto che per scendere ancora deve sentire la proprietà.

– Allora gli abbiamo detto di telefonarle – inventò Daniela – ed il proprietario, conte Vattelapesca, prima di acconsentire ad un ulteriore ribasso, ha detto che vuole incontrarci per conoscerci e per avere informazioni sull'attività che vogliamo intraprendere. –

– Buonanotte! Non acconsentirà mai a che il suo capannone si trasformi in un *night club* – gufò Sebastiano.

– Non è detto, lo sapremo stasera quando lo incontreremo a cena in un ristorante sul Lago d'Orta; ci accompagnerà il geometra. –

– E io e Mario cosa faremo? Potremmo vederci dopo che sarete tornate? Potremmo venire a Vinzaglio alle undici... o almeno a mezzanotte.

– Perché? Non riuscite a prender sonno se prima non avete pucciato l'uccello nelle nostre ciorniette? – chiese Marisa con ironia, poi pontificò – Rassegnati, il venerdì si salta. Prima viene il lavoro.

– Adesso ci riporti a casa, ché dobbiamo vestirci da brave ragazze, e poi sei libero di andare a sgavazzare con Mario: il venerdì sera c'è un sacco di gente in giro a divertirsi – gli disse Daniela, poi, vista la delusione di Sebastiano, aggiunse – domani ti telefono e ti dirò tutto, poi alla sera avremo tutto il tempo per recuperare. Ma adesso andiamo a casa.

Uscirono dal Borsa, le ragazze allegre a scambiarsi facezie,e il loro compagno deluso e borbottante. Giunti alla Punto, parcheggiata in divieto di sosta, Sebastiano trovò una multa sul parabrezza ed il suo morale finì sotto i tacchi. Cominciò a lamentarsi di aver fatto da autista e da fattorino per tutto il giorno per delle ragazze ingrate, di non aver potuto dedicarsi a cercare un lavoro, e persino di aver rimediato una multa per aver dovuto essere in un bar ove non sarebbe mai andato spontaneamente, fin quando Daniela, mentre entravano in Vinzaglio, gli allungò una banconota da 100.000 ed intanto gli diceva scocciata:

– Uffa, quanto rompi! Questo è per il tempo che hai perso, per la benzina consumata e per la multa. Se ci tieni, ti assumerò come fattorino-autista e assistente-tuttofare, ma ti pagherò a giornata e le prossime multe te le pagherai tu. Ovvio che le eventuali prestazioni sessuali che dovessi concederti me le pagherai a misura, in contanti ed in anticipo.

Sebastiano restò basito ed in silenzio finché, dopo alcune centinaia di metri, giunse a casa delle ragazze; qui le fece scendere e si allontanò in direzione di Vercelli senza averle salutate, senza essersi accorto del Range Rover fermo presso la chiesa del paese, e senza aver fatto caso al lampo di *flash* che aveva immortalato Daniela mentre gli dava una banconota.

Nell'appartamento le ragazze si cambiarono d'abito scegliendone uno più castigato ma più elegante, poi si ripulirono del trucco da troia che le imbrattava il viso e si truccarono novamente, ma con più moderazione e buon gusto. Mentre armeggiava con l'*eye-liner*, Marisa chiese all'amica:

– Cosa intendevi dire a Sebastiano quando gli hai detto che ti saresti fatta pagare le prestazioni "a misura"?

– Devo pensarci ancora – rispose Daniela parlando a bocca aperta perché intenta a mettersi il rossetto – ma sono propensa a un tariffario di questo tipo: Pompino 30.000 lire, Scopata semplice 30.000, Sodomizzazione 50.000, Eventuali extra 20.000; oppure potrei optare per prestazioni "a corpo" tipo: un'ora di trombate a tutto spiano (lato A e B) 100.000 lire.

– Sei proprio una zoccola!

– Senti chi parla!

Alle 19 le ragazze uscirono di casa, presero la Opel Corsa di Marisa ed alle 19.20 erano a Novara ove trafficarono non poco per parcheggiare vicino allo studio del notaio. Quando erano uscite da Vinzaglio non avevano fatto caso al Range Rover parcheggiato in posizione strategica per poter controllare le strade che uscivano dal paese, e neppure al lampo del *flash* quando vennero fotografate.

Il geometra Pittaluga, che pure si era vestito da sera, rivide le ragazze con compiacimento perché non si aspettava di rivederle, ed apprezzò molto anche il fatto che si fossero messe dei vestiti meno appariscenti, e che avessero adottato un trucco che non le facesse assomigliare a delle troie d'alto bordo. Accompagnò le ragazze in un cortile dello stesso palazzo, ove teneva una grossa Mercedes, e le chiese se avevano qualche preferenza su dove andare.

– Penso che un ristorante romantico sul lago sia perfetto per un primo incontro – disse Daniela, lasciando intendere che potevano essercene di successivi.

Al geometra si aprì il cuore alla prospettiva, e da allora il suo unico cruccio fu se dovesse dedicarsi più a Daniela o a Marisa, perché tutte e due lo stimolavano di continuo con frasi maliziose, racconti divertenti, storie intriganti, ma alla fine, per non far torto a nessuno, si divise in due e si dedicò ad entrambe. Il ristorante sul Lago d'Orta era molto elegante e frequentato solo da gente di classe, il servizio era perfetto, le numerose portate squisite, ed il conto salatissimo: 230.000 che il geometra pagò con 3 banconote da 100.000 di quelle che gli avevano dato le ragazze d'acconto; infatti non aveva alcuna intenzione di intaccare la sua provvigione sull'affittanza del capannone, ad alla proprietà avrebbe propinato qualche palla per giustificare un contratto d'affitto di importo molto inferiore a quello che si aspettava.

Durante la cena flirtarono con discrezione, ma, tra una carezza ed un sorriso, riuscirono anche a parlare di sé e di lavoro. Piero, come insisteva essere chiamato, era vedovo e senza figli, una domestica gli teneva in ordine l'appartamento, contiguo allo studio, due lavoranti ed una segretaria lo aiutavano nel lavoro che, aveva detto con malcelato orgoglio, era inesauribile e molto redditizio. Quando venne il turno delle ragazze di raccontare le loro storie, sia Daniela che Marisa non si tirarono indietro e fornirono una versione veritiera… beh forse un po' edulcorata della loro vita, e sicuramente con un numero di uccelli molto più contenuto. Dissero che si erano licenziate entrambe per poter avviare l'attività di sartoria, come gli avevano già spiegato, ma poi le ragazze si scambiarono un'occhiata e si fecero un cenno d'intesa con un movimento impercettibile della testa, quindi decisero di dire la verità, almeno per ciò che concerneva l'uso del capannone.

– Vedi Piero – gli disse Marisa accarezzandogli la mano – non è che volevamo mentirti, ma ritenevamo che se tu avessi saputo cosa volevamo farci del complesso, un *night club* e un bar con le cameriere in *topless* nel capannone, il *privée* negli appartamenti della *dépendance*, non ce lo avresti affittato.

– Pensavamo che se ti avessimo detto che intendevamo svolgervi un'attività più dignitosa, più tradizionale, meno criticabile, come quella di confezionare vestiti da sposa, avresti avuto meno remore ad affittarcelo – la sostenne Daniela accarezzandogli l'altra mano.

– Ma neppure per sogno, anzi, ero preoccupato perché pensavo che forse, coi vestiti da sposa, non sareste state in grado di pagare con regolarità l'affitto. Oggigiorno i giovani non si sposano più, piuttosto vanno a convivere, e quelli che vogliono sposarsi, magari intendono farlo in economia; e quello che risparmiano sull'abito da sposa, vanno poi a spenderlo in discoteca. No, no, avete avuto un'ottima idea: le cameriere con le tette al vento ed i miniappartamenti della *dépendance* affittati a ore per rapide sveltine, fantastico! Ma li avete i capitali per arredare adeguatamente il capannone ed i miniappartamenti? Per il bar, per le scorte, per l'impianto di riscaldamento? Perché se non li avete, sarei onorato di mettermi in società con voi. Da tempo cercavo di trovare qualcosa di più eccitante di uno studio di geometra, che peraltro ormai può andare avanti da solo, con un mio apporto minimo.

– I soldi li abbiamo, anche se non molti, ma la nostra banca ci ha assicurato che potremo contare anche su un certo credito – disse Marisa interrogando con lo sguardo Daniela per sapere il suo parere su quella proposta così inaspettata.

– Lasciaci qualche ora in modo da poterne parlare fra di noi – disse Daniela, che aveva subito visto nella disponibilità del geometra un formidabile aiuto per svolgere tutte quelle funzioni che a loro erano del tutto estranee – domattina torneremo nel tuo studio e ti daremo una risposta.

La cena era finita da tempo, la sala si stava svuotando di clienti ed anche il trio decise che era ora di tornare. Nel parcheggio deserto del ristorante Marisa volle ringraziare Piero della piacevole serata facendogli un succoso pompino, mentre Daniela, a busto scoperto e seduta a fianco del geometra, gli offriva le grosse tette da ciucciare.

Tornarono a Novara poco prima di mezzanotte, salutarono con due grossi baci il geometra che, gasato come non mai, non aveva smesso un attimo di parlare di quanto gli sarebbe piaciuto lavorare con loro, poi ripresero la Corsa e tornarono a Vinzaglio. Ad alcune centinaia di metri dalla loro palazzina furono novamente fotografate da una persona appostata nel Range Rover.

Capitolo VIII

Venerdì, 10 novembre

Quando il commissario Cantalamessa, appena giunto nel suo ufficio in Questura alle 7.30, lesse su La Stampa l'articolo del Cottafava sugli avvenimenti del martedì precedente e sulla scarsa efficacia delle indagini svolte dalla polizia, ebbe un travaso di bile. L'articolo faceva infatti una ricostruzione attendibile degli avvenimenti, spiegando come il giornalista fosse giunto a tali conclusioni: effettuando accurati sopralluoghi, interrogando le persone giuste, facendo ipotesi di lavoro intelligenti, verificando fatti e scartando supposizioni inverosimili. Nell'articolo, le indagini svolte fino a quel momento dalle forze dell'ordine erano trattate con sufficienza e con una vena di ironia che in alcuni passaggi sfiorava il sarcasmo. Alla fine dell'articolo il lettore non poteva che farsi l'opinione che il commissario che conduceva le indagini, più volte citato con nome e cognome, fosse un emerito imbecille. Il commissario convocò subito un riunione plenaria di tutti i responsabili dei vari filoni d'indagine facenti parte dell'"Operazione OK Corral", nonché dei loro vice, per un totale di una dozzina di inquirenti, molti dei quali avevano già letto l'articolo del Cottafava, e gli fece un cazziatone memorabile:

– Una talpa! Fra di noi c'è una lurida talpa! Un Giuda che ha passato a quel giornalista ogni dettaglio che doveva restare riservato. Gli ha fornito su un piatto d'argento il risultato del lavoro di un centinaio di uomini, così che potesse sopravanzare le nostre indagini ed avesse tempo per fare delle ipotesi di lavoro intelligenti e sopralluoghi fortunati. Perché al passaggio a livello di Vinzaglio nessuno di voi ha percorso il sentiero che costeggia il binario? E se l'ha percorso, perché si è fermato prima di trovare le tracce del bandito saltato giù dal treno? Ma soprattutto, si può sapere perché, quando sono stati segnalati degli spari a Vinzaglio, chi si è recato sul posto non ha interrogato quel pizzaiolo?

Un capitano dei carabinieri tentò allora una patetica difesa dell'Arma, con riferimenti al sacrificio di Salvo D'Acquisto ed all'attentato al generale Dalla Chiesa, e la concluse col dire che la pizzeria in questione, quando erano stati a Vinzaglio per indagare sugli spari uditi, era chiusa per turno settimanale.

Il commissario distribuì gli incarichi per le nuove indagini che l'articolo del giornalista aveva reso opportune, poi si recò dal Questore per sospendere la conferenze stampa e le interviste alle TV delle 18 fino a nuovo ordine, quindi tornò in ufficio e diede disposizioni per non essere disturbato.

C'era un argomento che l'articolo aveva solo sfiorato senza approfondire, ed il commissario voleva svilupparlo senza distrazioni: se c'era un'auto, alle 19 a Vercelli, che aspettava che giungessero i narcotrafficanti col treno, e se c'era un'altra auto, alla stessa ora, che doveva raccogliere i componenti della banda che doveva rapinarli, perché i narcotrafficanti non hanno usato l'auto sia per andare da Vercelli a Mortara, sia per fare il percorso inverso? In fondo erano solo poche decine di chilometri. Poi era inverosimile che quel giorno, dovendo effettuare una rapina,la banda di rapinatori avesse raggiunto la stazione a piedi, neppure se il suo covo fosse stato vicino ad essa, perché non poteva sapere che chi doveva rapinare avrebbe preso il treno.

Poi nella mente del commissario si accese una lampadina. C'era però una possibilità che avrebbe risolto ogni dubbio: i narcotrafficanti erano arrivati a Mortara in auto, e concluso con tutta probabilità l'affare, si apprestavano a tornare a Vercelli in auto quando hanno avuto un incidente; i rapinatori, che li seguivano dappresso in auto, li hanno visti scendere dall'auto incidentata ed avviarsi a piedi verso la stazione, li hanno seguiti fin sul treno ed al momento opportuno sono passati all'attacco, avendo però la peggio.

Era un'ipotesi che stava perfettamente in piedi, ma andava controllata prima di buttarvisi anima e corpo: convocò un sottoposto e lo incaricò di informarsi se martedì 7, prima delle 18.10, si era verificato un incidente stradale, tanto grave da impedire l'uso di un'auto, non molto lontano della stazione ferroviaria. Il sottoposto partì come una scheggia per telefonare e tornò 20 minuti dopo con un'aria trionfante per riferire al commissario:

– Ho parlato col capo dei vigili urbani; mi ha riferito che martedì 7, alle 17.25, nel sottopasso che c'è a qualche centinaio di metri dalla stazione, è successo un incidente come non ne aveva visti da vent'anni: due feriti gravi, tre veicoli coinvolti, la Mercedes che ha innestato la carambola, un furgone Bedford ed una Fiat Uno. Il sottopasso è rimasto bloccato per più di un'ora in ogni senso di marcia e si è creato un ingorgo pazzesco che sono riusciti a sbrogliare in un'altra ora. I veicoli coinvolti sono stati portati via da tre carri-attrezzi, i feriti da due ambulanze. Mi ha fornito nomi e cognomi dei conducenti coinvolti e, per fax, copia del verbale di costatazione di incidente sottoscritto dal conducente della Mercedes.

Mezz'ora dopo veniva inviato, in tutte le Questure d'Italia, un avviso di ricerca di tal Domenico Scalise, quale testimone alla conoscenza dei fatti in un gravissimo caso di fatto di sangue. Subito dopo Cantalamessa si recò dal Questore ed a lui riferì le novità, quindi insieme ripristinarono la conferenza stampa appena disdettata, e si assicurarono che ci fossero i telecronisti per farsi intervistare alle 18. Poi il commissario riunì i suoi collaboratori per un impartire nuove disposizioni: la ricerca della Jaguar poteva continuare, perché in fin dei conti, se non si fosse potuto interrogare il Caccamo, quella della Jaguar era forse l'unica pista da seguire per risalire ai rapinatori, ma sarebbe continuata con un terzo degli uomini e dei mezzi. La precedenza ora l'aveva la ricerca della Mercedes, in quanto essa era sicuramente l'auto dei narcotrafficanti, per poter rilevarne ogni impronta digitale, all'interno e all'esterno, e la ricerca doveva partire dal carro-attrezzi di Mortara intervenuto per rimuoverla dal sottopasso, per sapere dove l'aveva portata.

◊

Andreij e lo Sfigato giunsero a Vercelli alle 7.20 e per prima cosa acquistarono La Stampa, per avere un maggior numero di notizie dalle pagine di cronaca cittadina, quindi entrarono in un bar per leggere se ci fosse qualcosa di nuovo sulle indagini che li riguardavano, e per fare colazione.

Letto l'articolo del Cottafava, Andreij esultò: la polizia girava a vuoto, i carabinieri anche, Pasquale era ancora in terapia intensiva e non lo si poteva interrogare, per cui da quel lato poteva stare al sicuro ancora per qualche giorno, e con lui anche Gaspare Piscitelli, in modo da non rendere urgente il suo sganciamento dall'ex-capo – come ormai lo considerava lui – ed avere agio di tramare nell'ombra senza fretta.

La decisione di sganciarsi l'aveva presa la sera precedente, quando aveva pensato di non obbedire all'ordine di eliminare Pasquale, l'aveva accarezzata quando aveva assoldato lo Sfigato, l'aveva perfezionata dopo l'ingroppata con la *escort*, e quella mattina, appena alzato, aveva mosso il primo passo verso l'indipendenza: aveva ritirato dal suo nascondiglio personale – un libro di storia della Russia in caratteri cirillici – quanto risparmiato dei soldi (buoni) che Gaspare gli corrispondeva, e quanto rubato a Gaspare di quelli (falsi) che il capo spacciava all'ingrosso, e l'aveva distribuito nelle tasche del giubbotto, quasi sicuro di non dover tornare più nel *résidence* di Vigevano. Il suo tesoretto ammontava a un milione e mezzo in banconote soprattutto da 50.000 lire, e 6 milioni in banconote da 100.000 false; oltre al valore del Range Rover, che gli piaceva assai e che voleva tenere per sé come buonuscita.

La sua esultanza era anche dovuta al fatto che il giornalista gli aveva fornito un'informazione importante che gli mancava e che non avrebbe saputo come fare ad ottenere: il denaro non era rimasto in possesso dei narcotrafficanti. L'articolo spiegava bene cos'era successo: i tre rapinatori suoi ex-compari hanno seguito i narcotrafficanti fin sul treno, sono entrati nell'ultima carrozza ma i narcotrafficanti hanno aperto il fuoco per primi, ne è nato uno scontro a fuoco, e volendo mettere al sicuro la borsa col denaro, l'hanno sicuramente affidata all'Episcopo, il quale è saltato giù dal treno e si è spiaccicato contro il passaggio a livello; intanto la sparatoria è continuata finché i suoi ex-compari sono rimasti tutti a terra, morti o feriti gravemente. L'unico narcotrafficante soprav-vissuto è saltato giù dal treno prima che entrasse in stazione e, nel farlo, si è ammaccato un po', ma è riuscito ugualmente a tornare al passaggio a livello.

Perché è tornato? – si chiedeva il giornalista nell'articolo, poi for-niva lui stesso la risposta – Ovvio, per incontrarsi con l'Episcopo che aveva il denaro; ma quando è arrivato al passaggio a livello lo ha trovato morto stecchito e senza borsa. Ma perché invece di cer-carla lì attorno si è messo a sparare, come udito da alcuni abitanti della frazione Torrione e visti i due bossoli trovati sul posto? A questo interrogativo il giornalista non dava una risposta, ma rac-contava le mosse successive del narcotrafficante: aveva prosegui-to fino alla frazione Torrione, si era ripulito gli abiti e disinfettato le ferite, aveva telefonato per farsi venire a prendere, e mentre attendeva si era fatto una pizza. Poi un picciotto è venuto a pren-derlo in una Jaguar color argento e con le ruote a raggi, come da dichiarazione del pizzaiolo, e dopo poco tempo la stessa Jaguar è stata vista sul piazzale della stazione all'inseguimento di un gros-so fuoristrada, come dichiarato da alcuni testimoni che appena prima avevano udito numerosi spari. Anche se il giornalista non diceva contro chi erano stati esplosi i colpi, avanzava l'ipotesi che il fuoristrada fosse il veicolo che avrebbe dovuto riportare i ra-pinatori nel loro covo di Mortara, nonché quella che il denaro scomparso (o la coca) fosse nel fuoristrada.

Purtroppo – pensò Andreij – circa quest'ultima ipotesi il giorna-lista ha sbagliato completamente: siccome io non ho il denaro, la borsa è stata presa da qualcun altro che era al passaggio a livello. Ecco la traccia che seguirò d'ora in poi, e la traccia mi condurrà al denaro: 300 milioni che, anche se falsi, non erano bruscolini.

Mentre lo Sfigato si abbuffava di *brioche,* Andreij cercava di im-medesimarsi col narcotrafficante in fuga: era lacero e ferito, aveva camminato zoppicando per 7 o 800 metri, ed arrivato al passaggio a livello aveva trovato l'Episcopo morto e aveva cercato la borsa ma senza trovarla. No! – si corresse – appena ha scorto l'Episcopo a terra ha sparato due colpi, ma contro chi? E soprattutto perché? Semplice – si rispose Andreij – per minacciare qualcuno, magari qualcuno che era arrivato in auto ed i fari avevano illuminato l'Episcopo accartocciato contro il montante del passaggio a livello, il nuovo arrivato era sicuramente sceso dall'auto per verificare la condizione del corpo a terra, e mentre era chino su di lui aveva visto arrivare il narcotrafficante. Costui, pensando che il buon samaritano potesse trovare il denaro, o che l'avesse già trovato, gli avrà gridato qualcosa, e forse avrà sparato un colpo in aria, allora il buon samaritano si è impaurito, è saltato in auto ed è partito a razzo; il narcotrafficante ha sparato ancora contro l'auto ma deve essere rimasto senza pallottole, perché altrimenti si sarebbero rinvenuti sul posto molti più bossoli.

Il quadro che Andreij aveva immaginato gli piaceva assai, anche se c'era ancora qualche particolare da appurare. Perché il buon samaritano non aveva denunciato alla polizia di essere stato preso di mira da un delinquente? Forse perché prima voleva togliere la borsa dall'auto e nasconderla da qualche altra parte, perché temeva che se avesse denunciato di essere stato oggetto di una sparatoria, la polizia, volendo controllare che l'auto non fosse stata colpita, potesse trovare la borsa e quindi fargli domande imbarazzanti. Forse aveva fretta di contare il denaro della borsa e intendeva farlo il più lontano possibile. Forse era anch'egli un delinquente e non voleva avere rapporti con la polizia.

Si ritenne soddisfatto di queste risposte e lasciò perdere l'interrogativo della mancata denuncia dei due spari, per concentrarsi su un altro interrogativo: cosa ci faceva il buon samaritano in auto su quella stradina alle sette passate di sera? Veniva da Vercelli o da Vinzaglio, e, per estensione, da Confienza, o si stava recando in quelle località? Stava andando al lavoro o ne era reduce? Aveva con sé una qualche ragazza o stava andando a trovarla? Erano tutti interrogativi senza risposta, e l'unico fattore che poteva favorirlo per ottenerla, era che la stradina era pochissimo trafficata.

Devo conoscere chi transita abitualmente sulla stradina: tipo di auto, orari, direzione di provenienza, ed anche il loro aspetto – pensò Andreij – l'ideale sarebbe poterli fotografare mentre sono in auto e appuntare l'orario e la provenienza su un blocco notes, quindi si mise subito in moto.

Incaricò lo Sfigato di affittare un piccolo locale già arredato che fungesse da base, quindi di affittare una macchina – la più piccola possibile, si raccomandò – per non essere costretto a scarrozzarlo e dimezzare i tempi dell'indagine che voleva intraprendere, gli diede 400.000 lire in banconote (false) e gli disse che se le avesse sperperate gli avrebbe cavato gli occhi, poi gli diede appuntamento alla pizzeria del Torrione, ove si sarebbero dati il cambio nell'effettuare la sorveglianza.

– La sorveglianza di che? – chiese il picciotto.

– Ti spiegherò poi, ora vai, e guai se me ne combini una delle tue.

Appena il picciotto si fu allontanato, cercò una cartoleria ove acquistò blocchi note e penne biro, poi in un negozio di fotografia acquistò una macchina fotografica con teleobiettivo da 200 mm, con flash incorporato e con caricabatteria, che costava una cifra, ed una più economica senza accessori. Acquistò anche 20 rullini di diapositive con ASA per varie condizione di luce, un proiettore per diapositive e un treppiedi pieghevole con lo schermo avvolgibile; in tutto spese quasi un milione, che pagò con 10 banconote (false) da 100.000.

Contento come una Pasqua, poiché aveva sempre desiderato possedere un tale armamentario fotografico, Andreij caricò tutto sul Rover e giunse al passaggio a livello del Torrione alle 10.45, parcheggiò in uno spiazzo, seminascosto da una casa cantoniera abbandonata, ed armato della macchina fotografica col teleobiettivo, e con un blocco note aperto sul cofano, si appostò in attesa del passaggio di qualcuno.

Volutamente trascurò di registrare e di immortalare con una foto il transito di moto e di motorini, di camion e di furgoni di ogni tipo, di mezzi agricoli con e senza rimorchio, di alcune biciclette, ma essendosi proposto di farsi un'idea delle persone che percorrevano quella strada, vuoi attivamente, come i conducenti d'auto, vuoi passivamente, come passeggeri delle stesse, registrò sul notes e fotografò anche auto differenti dalle BMW. Una delle prime fu la Punto grigia guidata da Sebastiano che riportava Marisa e Daniela a Vinzaglio alle 11.20.

Andreij, attraverso il teleobiettivo, aveva seguito la Punto in avvicinamento lungo l'intera curva all'uscita del Torrione, e, notate le due ragazze, non aveva potuto non pensare a come facessero due strafiche come quelle a farsi scarrozzare da un bischerotto su un cesso d'auto come quello che vedeva; non gli pareva proprio giusto, ma aveva fotografato l'auto ed annotato l'ora e la provenienza sul notes.

Nella successiva ora transitarono nelle due direzioni tre auto che non fotografò perché attraverso il teleobiettivo aveva visto essere guidate da persone che difficilmente non avrebbero denunciato di essere stati presi a pistolettate per essersi fermati a soccorrere un uomo a terra: un carabiniere in divisa sull'auto propria, due suore, un vecchio che procedeva a passo d'uomo. Altre tre auto invece, ritenute più "giuste", le fotografò e ne registrò il passaggio. Poi transitò una BMW nera, diretta verso Vinzaglio e guidata da un uomo di mezz'età.

Andreij la fotografò, poi saltò sul Rover, fece manovra e seguì la BMW che stava allontanandosi; attraversò due frazioni piccolissime e giunse a Vinzaglio avendo diminuito un po' il suo distacco dall'auto che inseguiva, ma in mezzo al paese, ad un bivio, non seppe più dove andare, perché in entrambe le direzioni, dopo un centinaio di metri, due curve a gomito fra le case impedivano di vedere la direzione presa dalla BMW. Andreij si posizionò allora presso la chiesa del paese, dove poteva tenere sotto controllo tutte e tre le direzioni: quella dalla quale era venuto e che conduceva al Torrione, quella che portava a Palestro, e quella che portava ad Est, verso Confienza o Casalino.

Nelle successive due ore fotografò 25 auto provenienti dalle tre direzioni e ne scartò 6, poi, non vedendo arrivare lo Sfigato, e sentendo un languorino allo stonaco, si ricordò di avergli dato appuntamento in pizzeria al Torrione, quindi sospese la sorveglianza e vi si recò. Trovò lo Sfigato che aveva già finito la sua pizza e stava affrontando un piatto di calamaretti fritti, con davanti un grosso boccale di birra; Andreij si sedette digrignando i denti, ordinò una pizza ed una birra piccola e chiese al picciotto di ragguagliarlo sul lavoro svolto in mattinata.

Venne così a sapere di disporre di un appartamento arredato composto da due camere, cucinino e bagno, in un *résidence* in centro di Vercelli, e di una Golf GT parcheggiata all'esterno della pizzeria. Lo Sfigato gli spiegò, fra un calamaretto e l'altro:

– Di caparra ho dovuto pagare 150.000 lire per il *résidence* e 100.000 lire per la Golf, non c'era niente di più piccolo; costa 20.000 lire al giorno, ma il chilometraggio è illimitato. Ho intestato tutto a me perché non avevo i suoi documenti e la sua patente. Ho fatto bene?

– No! Vacca miseria! Ma lasciamo perdere. – rispose Andreij fumando di rabbia, poi spiegò al picciotto in che modo intendeva impiegarlo: dove appostarsi, chi fotografare, cosa appuntare sul notes; poi gli spiegò dove lo avrebbe trovato appostato in caso di bisogno e, a buio fatto, non avendo la sua macchina fotografica un *flash*, di tornare a Vercelli e qui di acquistare un cellulare, il più economico possibile, volle precisare, ed anche un caricabatteria per il suo telefonino, ché quello che aveva l'aveva lasciato a Vigevano. Infine si fece spiegare dov'era il *résidence* e gli disse che si sarebbero visti lì sul tardi, forse dopo mezzanotte, e di fargli trovare pronto qualcosa da mangiare. – Paga tu, coi soldi che ti ho dato, e vai subito ad appostarti al passaggio a livello. – ordinò Andreij quando finì la sua pizza, perché aveva avuto qualche difficoltà nel tenere sotto controllo tre direzioni contemporaneamente, quindi se ne andò ad appostarsi a Vinzaglio, ove poteva tenere sotto controllo il bivio.

Dopo aver fotografato 20 auto, ma nessuna BMW, ed averne scartate una decina, alle 18.10 vide provenire da Est una Punto grigia e riconobbe subito il bischero e le due strafiche di quella mattina, ma notò che adesso erano truccate come troie d'alto bordo, non solo, ma quando scattò la foto, usando il flash perché stava facendosi buio, notò che la bionda stava allungando qualcosa, sicuramente una banconota, al tizio che guidava.

– Bischero sì, ma anche pappone! – disse fra sé e sé Andreij, e la smagliante bellezza delle ragazze lo indusse a seguire con lo sguardo l'auto, cosicché la vide fermarsi a qualche centinaio di metri di distanza, vide scendere le due ragazze e sparire dietro una rientranza in fregio alla via.

Fu tentato di raggiungere il posto ove le aveva viste sparire per sapere dove abitavano – sapere dove abitavano due belle fiche, ancorché troie, la riteneva essere buona e giusta – stupendosi assai che avessero scelto di abitare in un paese da lupi come Vinzaglio, come pure lo stupì dell'orario scelto per esercitare, ma poi un improvviso aumento del traffico lo impegnò tanto da mettere da parte il pensiero delle ragazze, fin quando, alle 19.00, le rivide a bordo di una Opel Corsa blu giungere al bivio e prendere la direzione Est, notando che si erano vestite da sera ed che il trucco era meno pesante.

Eccole pronte per un'ingroppata serotina, magari dopo un bel pranzetto in un locale elegante – aveva pensato Andreij quando aveva scattato la foto alla Corsa che si allontanava, anche per riprenderne il numero di targa – adesso ho modo di sapere come si chiama una delle due fiche, e compiacendosi di quel fatto proseguì nel lavoro che aveva intrapreso con rinnovata lena. Il traffico però, ben presto diminuì fin quasi a sparire: solo 10 auto interessanti fra le 19 e le 21.30, ma nessuna BMW, poi praticamente più niente.

Alle 21.50 Andreij, morto di freddo, si era rifugiato nel Range Rover per riscaldarsi un po', e qui si era appisolato, quando, a mezzanotte passata, sentì arrivare un'auto con la marmitta bucata: erano le due strafiche sulla Corsa, che lo superarono senza accorgersi del *flash* che le aveva illuminate, e che parcheggiarono in uno slargo della via, per poi scendere e sparire dietro alla rientranza di una casa.

Andreij decise che per quel giorno poteva bastare, mise in moto il Rover e tornò a Vercelli, trovò facilmente il *résidence* affittato dallo Sfigato, ma quando si rivolse alla *recèption* per avere il numero di camera, non seppe fornire il vero nome dello Sfigato, che sicuramente non si era registrato con quel soprannome. Aveva cercato di descrivere le fattezze del picciotto alla ragazza che presidiava la *recèption*, ma questa era entrata in servizio alle 20, e non sapeva nulla di chi fosse arrivato prima di entrare in servizio. Allora pensò di telefonargli sul cellulare che gli aveva fatto comprare, ma si accorse di non avere il suo numero, ed incazzato nero si rassegnò a dormire in auto.

A causa di una maligna corrente d'aria proveniente dalla Russia, quella fu una notte gelida.

◊

– Non l'abbiamo trovata capo – disse Vincenzo a rapporto con Domenico nello studio di Michele Sorrentino, dopo una giornata di visite ai proprietari di BMW e di controlli che le loro auto danneggiate non fossero state colpite da pistolettate di sorta – avevano tutti l'auto lustra e intatta come quand'era uscita dalla concessionaria che gliela aveva venduta. Solo una presentava un'ammaccatura non ancora riparata.

– Eppure quei due non possono andare in giro a novembre col lunotto fracassato, dato che Vincenzo è sicuro di averlo colpito – sentenziò Michele.

– Bisogna estendere le ricerche alle carrozzerie ed ai negozi di ricambi d'auto, anche se possono aver cercato un lunotto usato da uno sfasciacarrozze. Bisognerà fare centinaia di controlli – disse Domenico.

– No! Una ricerca del genere facciamola fare dalla polizia e dai carabinieri. Ci informeremo dal Demaria dell'andamento delle loro ricerche, e ci avviserà lui quando troveranno chi ha fornito o montato il lunotto ed ha tappato il buco nella carrozzeria. L'ho sentito prima e mi ha detto che, pur utilizzando un centinaio di agenti, sono solo a un quarto del lavoro. Passatemi il giornale che è su quel tavolino, ho dimenticato di leggerlo, e vorrei sapere se qualche giornalista ha scoperto qualcosa che la polizia non sa. – Domenico gli passò La Stampa e Michele fece ad alta voce una sintesi delle notizie sulla sparatoria, così che gli astanti potessero udire, compreso l'articolo del Cottafava, che lesse integralmente rimarcando i passaggi più importanti.

– Quel giornalista sì che è un indagatore nato – ammise Michele – con tutti quegli spunti a disposizione anche un coglione come il commissario Cantalamessa riuscirà a capire che tutto ha avuto origine dall'incidente nel sottopasso di Mortara. Temo che tu sia bruciato, Domenico, sarà bene che ti nasconda all'estero, nella nostra casa sicura in Svizzera.

– Parto subito. Pensi che abbiano già diramato un avviso di ricerca? Pensi che alla frontiera possano già disporre della mia foto? –

– Non saprei, ma per non correre rischi ti consiglio di passare dalla Francia: ti infili nel tunnel del Bianco guidando la Citroën-Maserati con targa svizzera, poi fai un giro largo ed arrivi a Bellinzona da Nord. Fra qualche giorno manderò qualcuno a prendere l'auto.

Domenico salutò Michele con rispetto e Vincenzo con più familiarità e si allontanò per preparare i bagagli che gli erano necessari per una lunga permanenza all'estero.

Capitolo IX

Venerdì, 10 novembre
Carlo Cottafava si alzò presto quella mattina, e mentre faceva colazione con un caffellatte guardando le *news* trasmesse a ciclo continuo da una rete TV, il pensiero nebuloso che si portava dietro dalla sera precedente riapparve, quasi a sollecitarlo a dissipare un po' di nebbia ed a fare chiarezza. Lui non poteva saperlo, ma più o meno alla stessa ora, uno della banda dei rapinatori era in un bar di Vercelli a leggere su La Stampa l'articolo che aveva scritto la sera precedente, ed era più o meno alle prese con lo stesso problema: contro chi aveva sparato il narcotrafficante saltato giù dal treno, e perché?
Il perché sembrava chiaro al giornalista: perché non trovando la borsa col denaro (o con la coca) accanto al corpo dell'Episcopo, ed essendo sul posto un'altra persona, magari fermatasi ad accertarsi della condizione dell'uomo a terra, il narcotrafficante superstite gli avrà intimato di fermarsi e quello, impaurito, sarà salito nell'auto con cui era arrivato fin lì e se la sarà battuta a tutto gas, allora il trafficante gli avrà sparato contro due colpi. C'era qualche falla in questa risposta? – si chiese il giornalista – No! Il soccorritore è sicuramente giunto al passaggio a livello in auto, perché se fosse giunto a piedi, il trafficante, con due colpi, lo avrebbe sicuramente ucciso dato che temeva che avesse preso la borsa. Ma poteva aver sparato due colpi in aria per intimidire il soccorritore affinché non salisse sull'auto? No! Perché il trafficante è arrivato in pizzeria al Torrione senza alcuna borsa, quindi non poteva averla presa al soccorritore. Dunque il trafficante ha sparato contro l'auto in movimento davanti a lui, e forse già in fase di allontanamento. L'aveva colpita? Perché gli ha sparato contro solo due colpi?
Il giornalista provò ad immaginare la scena: il trafficante era vicino al corpo dell'Episcopo, l'auto del soccorritore era ferma prima

di affrontare il passaggio a livello, quindi al massimo a 5-6 metri di distanza, ed in tal caso i colpi sparati avrebbero mandato in frantumi il parabrezza, probabilmente anche il soccorritore sarebbe stato ferito, fosse o no riuscito a risalire sull'auto, e la polizia avrebbe rinvenuto molte schegge, che invece non c'erano sul posto. No! L'ipotesi "auto del soccorritore ferma" era da scartare. Parimenti era da scartare, per gli stessi motivi, l'ipotesi che l'auto fosse in movimento e quindi si fosse trovata ancor più vicina allo sparatore. Quindi l'auto doveva essere in fase di allontanamento, e il trafficante gli ha sparato dietro solo due colpi forse perché già troppo lontana perché i colpi fossero efficaci, o forse semplicemente perché si era trovatola pistola scarica.

La ricostruzione non fa una grinza – pensò Carlo – al massimo, non essendo stati trovati frantumi di vetri a terra, l'auto può essere stata colpita in una fiancata mentre passava accelerando davanti al trafficante, ma poi, il colpo successivo, l'ha ricevuto sicuramente nella paste posteriore, prima di prendere velocità e mettersi fuori tiro. Il secondo colpo avrà colpito la carrozzeria o il lunotto posteriore? Perché in tal caso... Carlo decise che doveva fare un altro sopralluogo.

Arrivò al passaggio a livello alle 8.45, parcheggiò presso una casa cantoniera abbandonata e si mise a percorrere la stradina scrutando attentamente il bordo della carreggiata, prima per una cinquantina di metri in direzione di Vinzaglio, poi per altrettanto in direzione del Torrione, ed infine li trovò, pochi ma li trovò. A una trentina di metri dal passaggio a livello, in pieno curvone e per un tratto di una decina di metri, fra l'asfalto e l'erba della massicciata c'era un rosario di una dozzina di granellini di vetro temperato che quasi brillavano alla tenue luce del sole tanto erano "freschi". Il giornalista esultò: aveva quanto bastava per far fare alla polizia. O a chi aveva tracciato i cerchietti col gesso attorno ai bossoli, una colossale figura di merda. Andò a festeggiare la scoperta nella vicina pizzeria del Torrione con un caffè e dei pasticcini un po' stantii, e non avendo trovato il titolare a scocciarlo, ebbe modo di stare al tavolino in pace a pensare già all'articolo che avrebbe scritto.

Ma si accorse presto che i conti non tornavano: perché il soccorritore non ha denunciato che qualcuno è sbucato dal buio, gli ha gridato qualcosa che lo ha impaurito tanto da farlo rientrare in auto e fuggire, e poi gli ha sparato contro due colpi di pistola che gli hanno fracassato il lunotto posteriore? Perché forse era un latitante o comunque qualcuno che voleva stare alla larga dalla polizia – si rispose Carlo – ma molto più probabilmente perché quando si era fermato a costatare lo stato dell'uomo a terra presso il passaggio a livello, deve aver visto che nei pressi c'era una borsa e se ne è impossessato. Sarà anche stato un "soccorritore" – pensò il giornalista – ma di certo ha derubato un morto e ciò lo rendeva un "razziatore", anche se il fatto in sé non era sufficiente per non denunziare alla polizia che gli avevano sparato contro, soprattutto se avesse avuto il tempo di guardare cosa c'era nella borsa. Infatti se ci fosse stato parecchio denaro, e a maggior ragione se ci fosse stata della droga, una persona onesta avrebbe consegnato alla polizia la borsa ed avrebbe denunciato che gli avevano sparato contro, mentre una persona non proprio cristallina…Carlo si chiese come si sarebbe comportato lui nei panni del soccorritore/razziatore e, vergognandosi ma non troppo, ammise con sé stesso che se nella borsa ci fosse stato del denaro l'avrebbe tenuto e non avrebbe denunciato alcunché alla polizia, se invece ci fosse stata della coca, allora si sarebbe comportato da bravo cittadino e l'avrebbe consegnata alle autorità insieme alla denuncia per il lunotto fracassato. Carlo si chiese anche il perché di un comportamento così contraddittorio, ma la risposta fu facile: *pecunia non olet*.

Carlo lasciò la pizzeria e si mise in caccia, primo obbiettivo sarebbero stati i negozi di ricambi per auto, ed il resto della mattinata la passò a visitare i pochi di Vercelli città, ma senza alcun risultato. Durante il pranzo, in un ottimo ristorante di Borgovercelli, considerò che se avesse dovuto estendere la ricerca all'intera provincia di Vercelli ci avrebbe messo una vita, anche perché il razziatore avrebbe potuto rivolgersi a decine di altri soggetti, fra negozi di autoricambi e concessionarie d'auto per acquistare un lunotto nuovo, e da sfasciacarrozze per un lunotto usato. Prima di imbarcarsi in una ricerca infinita volle telefonare al Demaria per sapere come si stavano movendo le forze dell'ordine.

– Stiamo passando al setaccio i carrozzieri della provincia per trovare chi ha riparato i fori dei proiettili sparati contro il fuoristrada squadrato, ché non può non essere stato colpito che nella carrozzeria o nei cristalli; sono centinaia, senza contare quelli abusivi che abbiamo scoperto, e ci metteremo una decina di giorni prima di passarli tutti al setaccio. Saltasse fuori qualcosa, sarai il primo a saperlo – assicurò il maresciallo infedele.

Carlo pensò che poteva lasciar perdere la provincia di Vercelli per dedicarsi piuttosto a quella limitrofa di Novara, e di concentrarsi soprattutto sui negozi di ricambi d'auto e sugli sfasciacarrozze, anche perché meno numerosi. Lasciato il ristorante, Carlo si diresse verso Novara, ma prima di arrivarvi si imbatté in uno sfasciacarrozze lungo la s.s. Padana superiore, attratto dall'originale recinzione realizzata coi cristalli delle auto demolite. Chiese al titolare se negli ultimi giorni avesse venduto un lunotto posteriore, ma quando gli fu risposto "Dovrei chiedere ai miei operai, ora sono in giro per l'azienda, intanto mi dica: di che marca e di che modello è l'auto cui avrei venduto un lunotto? E perché vuole saperlo?" il giornalista si rese conto che, anche se ridotta, la sua sarebbe stata una ricerca difficile, tanto che accarezzò il pensiero di abbandonare la pista.

Mentre se ne andava dallo sfasciacarrozze, dato che c'era, volle fare un ultimo tentativo a Novara, in un negozio di autoricambi presso il quale si era servito in un paio di occasioni. Conosceva bene uno degli addetti alle vendite e quando entrò nel negozio richiamò la sua attenzione, costui lo riconobbe e si avvicinò dicendogli giovialmente:

– Buongiorno dottore, cosa le hanno rotto questa volta? Di nuovo lo specchietto retrovisore, o un fanalino posteriore?

– Le balle, Giuseppe, mi hanno proprio rotto le balle, e purtroppo quelle non me le puoi dare nuove. Ho bisogno un favore: voglio sapere se qualcuno, mercoledì o giovedì, ha acquistato da voi un lunotto posteriore; non so dirti altro, se non che è molto importante.

– Scommetto che ha attinenza con le sparatorie di Vercelli – disse Giuseppe mentre smanettava su un computer – ho letto il suo articolo su La Stampa… bellissimo… dovrebbero incaricare lei delle indagini, altro che quel coglione di commissario… ecco qua! È fortunato! L'unico lunotto termico venduto negli ultimi giorni, sa, non è un ricambio molto richiesto, è quello di una BMW 320. Ci è stato ordinato mercoledì 8 ed è stato ritirato il giorno successivo, ieri.

– È possibile sapere chi ha fatto l'ordine, o chi ha ritirato il lunotto?

– Non sarebbe possibile, per motivi di *privacy,* ma per la stampa si può fare un'eccezione. – e premuti alcuni tasti del computer, dopo alcuni istanti disse – L'ordine l'ha fatto per telefono la carrozzeria Autosplendor, di Casaleggio, ed a ritirare il lunotto è venuto il titolare in persona, il signor Massimo Caruso; ma sappia che io, queste informazioni, non gliele ho date.

– Stai tranquillo, sai che i giornalisti sono disposti a finire in galera, ma non riveleranno mai quale sia la fonte delle loro informazioni. Grazie mille, e sappi che hai appena guadagnato un abbonamento gratis al giornale.

Giuseppe fu richiamato da altri clienti, quindi salutò e si eclissò; Carlo esaminò su una carta geografica appesa al muro dove fosse Casaleggio, e visto che era ad una quindicina di chilometri decise di andarci subito. Non fu difficile in quel paesino trovare la carrozzeria che cercava, e qui chiese di parlare col titolare. Il signor Caruso arrivò dopo alcuni minuti e chiese in che modo potesse rendersi utile.

– Signor Caruso, sono un giornalista de La Stampa e sto conducendo un'inchiesta su come se la passano le carrozzerie dei piccoli centri, ed in genere le altre aziende che hanno a che fare con le automobili, come gommisti, elettrauto, distributori di carburanti ecc., in questi tempi di crisi economica. Se vorrà fornirmi qualche informazione interessante, citerò nell'articolo la sua carrozzeria e l'accuratezza delle sue riparazioni.

Al carrozziere si accesero gli occhi, aveva la possibilità di ottenere gratis della pubblicità su un quotidiano molto letto in zona, fece accomodare il giornalista in un ufficio microscopico e lo sommerse di informazioni. Carlo ascoltò paziente, fingendo un interesse che non provava, le lamentazioni che gli venivano elencate: gente che per risparmiare si teneva le auto ammaccate fino a che la ruggine peggiorava enormemente il danno, penosi tentativi dei clienti di aggiustarsi da sé l'auto, che richiedevano poi un lavoro maggiore per rimediare ai danni fatti, clienti che si lamentavano del costo dei ricambi, o che per risparmiare si procuravano i pezzi di ricambio dagli sfasciacarrozze salvo poi accorgersi che non andavano bene, clienti che ritardavano i pagamenti per mesi, o che pretendevano che si riverniciassero solo le parti danneggiate e poi si lamentavano che si vedeva il rattoppo, clienti che gli chiedevano preventivi per farsi rimborsare dall'assicurazione, e poi si rivolgevano ad altri per fare il lavoro, clienti che volevano la fattura per cattiveria, perché lui sapeva che poi non l'avrebbero potuta scaricare... Carlo riempì due pagine di taccuino di lagnanze, poi non lo resse più e gli chiese:

– Okay, mi sono fatto un'idea, ma non ho capito la faccenda dei clienti che portano dei pezzi comprati dallo sfasciacarrozze; per esempio: se uno dovesse arrivare qui con un lunotto termico e volesse farselo montare...

– Normalmente non avrei difficoltà a montarglielo, ma ci sono degli scassaballe che pretendono di montare solo pezzi nuovi originali. Un tale, per esempio, pochi giorni fa ha voluto che gli montassi sul BMW danneggiato proprio un lunotto termico nuovo che mi è costato il triplo di quello che gli avrei montato se avessi potuto fare come volevo, invece il bastardo ha preteso di vedere la fattura d'acquisto del lunotto nuovo.

– Le sarei molto grato se potesse darmi il nominativo di quel "bastardo", mi piacerebbe interrogarlo per raccogliere anche il parere di qualche automobilista. Dev'essere una persona agiata per aver rinunciato a fare un risparmio di quell'entità.

– Beh, veramente non potrei... sa per via della *privacy*... ma cosa intendeva per "molto grato"?

– Soldi no, perché la nostra deontologia professionale ce lo vieta, ma un bell'abbonamento annuale al nostro giornale posso farglielo assegnare.

– E citerà questa carrozzeria nel suo articolo?

– Senza dubbio, ed in termini estremamente lusinghieri. –

– E non dirà al bastardo che sono stato io a fare il suo nome? Non è che poi me lo trovo qui a rompermi le balle?

– Quello di non rivelare mai l'identità degli informatori è uno dei pilastri della nostra deontologia; ci sono giornalisti che sono finiti in carcere pur di non rivelare la loro fonte, anche se ci sono stati per pochissimo tempo.

Il Caruso tentennava, soprattutto non capiva come potesse una loggia su un pilastro dettare una così importante regola ad un'intera categoria di professionisti, ma poi, visto che il giornalista chiudeva di scatto il taccuino e si alzava per andarsene, vinse ogni remora e disse di botto:

– Pionati! Professor Aristide Pionati! Ha ritirato il BMW stamattina. Lo può trovare nella villa che c'è in fondo al paese, sulla via per Biandrate o per Sillavengo. Ma si ricordi che non l'ho mandato io.

Carlo ringraziò e se ne andò; trovò facilmente la villa del professore, e chiese di lui alla moglie, una attempata signora con la faccia da professoressa di greco, ma costei disse che il marito non era in casa, essendosi recato a trovare la sorella a Jesi, e che si sarebbe trattenuto da lei alcuni giorni.

Il giornalista tornò a casa e compose sul suo computer un articolo esplosivo che sarebbe apparso su La Stampa il giorno dopo.

◊

Mario e Sebastiano erano seduti nella pizzeria del Torrione da più di tre ore ed avevano accumulato davanti a sé una serie impressionante di boccali di birra. Sebastiano era lì dalle 18.20, dopo aver riportato a casa le ragazze ed essere stato trattato come un pezzente dopo che per un'intera giornata le aveva fatto da cavalier servente, almeno ciò era quello che recriminava. Aveva telefonato a Mario e gli aveva chiesto di raggiungerlo, senza anticipargli che le ragazze non sarebbero uscite quella sera, almeno non con loro due. Mario aveva pensato che l'amico gli aveva chiesto di raggiungerlo al Torrione per fare quattro chiacchiere senza avere attorno le ragazze a distrarli, ed in qualche modo anche a condizionarli, ed aveva pensato che poi, alle 20, sarebbero passati a prenderle per portarle a cena e per concludere la giornata in gloria con una forsennata scopata.

Arrivato in pizzeria, Mario aveva trovato l'amico che si era già scolato due caraffe di birra, l'aveva ascoltato mentre l'amico, un po' brillo, gli raccontava come avesse passato la giornata al servizio delle due troie – *in vino veritas* – prima precipitandosi alla Volvo di Vercelli per fare da autista ad entrambe, poi ad aspettare fuori dalla Reale Mutua i comodi di Daniela, poi a Vinzaglio ad aspettare che Daniela concupisse il Sindaco per avere in fretta un certificato di residenza.

– È vero che mi hanno offerto una pizza a Confienza, ma nel pomeriggio mi sono fatto il mazzo per procurarle *dépliant, brochure,* listini prezzi, elenchi di ditte, ecc. – aveva biascicato Sebastiano – ho persino preso una multa perché mi hanno dato appuntamento al Borsa di Novara, un posto ove non c'era un parcheggio libero neanche a pagarlo...

– Dovevi posteggiare in quelli a pagamento – gli disse per sfotterlo un po' Mario, che se la rideva sotto i baffi.

– Sfotti, sfotti pure, tu non sei stato insultato come lo sono stato io da Daniela, quando mi ha allungato 100.000 lire perché stavo lamentandomi per aver dovuto leccarle il culo per tutto il giorno...

– Ellamadonna, lo sai come sono fatte le belle fiche – disse Mario indulgente – se la tirano, forse se fossero delle ciospe si comporterebbero diversamente, ma tu poi che te ne faresti di una ciospa? Loro invece te la fanno sospirare un po' prima di dartela…

– Ma che dartela e dartela… È proprio per quel motivo che sono deluso e sto lamentandomi. Stasera non escono, non con noi almeno, e noi andremo in bianco. –

– Come sarebbe a dire che non escono con noi? – chiese Mario, la cui aria indulgente era svanita per far posto ad un'espressione accigliata.

Sebastiano ordinò un altro boccale e raccontò all'amico quel poco che sapeva, e cioè che le due ragazze sarebbero andate a cena sul Lago d'Orta con un geometra e col proprietario di un capannone di San Pietro che volevano affittare, quindi illustrò le caratteristiche del capannone e della *dépendance*.

– Pazze! Sono pazze! – commentò Mario – Belle fiche sì, ma completamente pazze.

Poi Mario ordinò un boccale per sé, perché la gola gli si era inaridita a sentire le prodezze delle ragazze, i loro progetti e lo stato di avanzamento nella realizzazione degli stessi, e per non bere a stomaco vuoto, ordinò anche una pizza per sé e una per l'amico. Entrambi però ne sbocconcellarono solo metà, mentre Sebastiano raccontava dei *dépliant* e delle *brochure* delle ditte di arredamenti, di allestimenti di *night club* e di *dancing,* di impianti industriali di riscaldamento e di ponteggi, tanto da lasciar nel piatto l'altra metà pizza ormai raffreddatasi.

Dopo un'altra ora di rammarico e di critica per la "follia" delle ragazze (Mario) di stigmatizzazione per il comportamento della grandissima troia (Sebastiano) e di autocommiserazione per la serata andata buca (entrambi gli amici) visto che la pizzeria stava riempiendosi di compagnie di giovani piuttosto esuberanti e rumorosi, Mario propose all'amico di fare un giro a Confienza e provare a rimorchiare qualche fighetta locale, giusto per non far andare completamente in vacca la serata.

Sebastiano, forse troppo alticcio per guidare, salì sulla Delta con Mario, ma appena partiti si appisolò con la testa a ciondoloni; venne svegliato poco dopo, mentre attraversavano Vinzaglio, da un sobbalzo dell'auto su una buca, in modo da presentare una faccia allucinata alla fotografia che qualcuno gli fece col *flash*. Mario naturalmente si accorse del lampo, ed automaticamente rallentò guardando il tachimetro: 75 km/h.

– Puttanalamiseria! – esclamò – hanno messo un Autovelox anche in un buco come Vinzaglio, per di più alle dieci di sera e su un'auto civetta, bastardi! Ci sono cascato in pieno.

Ma nessuno gli rispose, perché Sebastiano si era appisolato ancora.

Capitolo X

Sabato, 11 novembre
Domenico, finito di fare i bagagli, era partito per la Francia pochi minuti dopo mezzanotte alla guida della Citroën-Maserati con targa svizzera. Aveva con sé documenti falsi che lo qualificavano come Davide Senzaterra, nato a Milano nel '37 ma subito rifugiato in Svizzera e naturalizzato nel '45, residente a Bellinzona, Canton Ticino; nessun documento, scheda magnetica e tesserino erano riferibili a Domenico Scalise, della vita precedente, aveva mantenuto il monogramma ed il cellulare, oltre naturalmente alla grande professionalità nel delinquere.
Più che preoccuparsi dei guai che si era lasciato alle spalle e che, ne era perfettamente conscio, avrebbero potuto inseguirlo anche all'estero, Domenico era esaltato dalle prestazioni dell'auto, che sembrava voler divorare la strada e che offriva un comfort di guida superlativo, che berline sportive della stessa classe non avevano, forse frutto delle sue sospensioni idrauliche. In meno di un'ora raggiunse Aosta, avendo viaggiato in autostrada a 160 km/h di media, poi, avvicinandosi a Courmayeur, dovette rallentare di molto l'andatura perché si era messo a nevicare, e la neve, finissima,restava sulla carreggiata nonostante l'asfalto riscaldato ed il sale sparso per scioglierla.
Alle 02 si infilò nel tunnel del Monte Bianco, e mentre lo percorreva a velocità che ritenne esageratamente bassa, per non fare scattare gli allarmi che si attivavano quando un veicolo superava la velocità consentita di 70 km/h, ripensò alla graziosa casellante che aveva insistito per fargli prendere un biglietto di andata e ritorno, nel suo esclusivo interesse, come se lui non sapesse farseli da solo i propri interessi, e non fosse più che sicuro di non rientrare in Italia per molto tempo.
Sbucò dal tunnel che nevicava molto più forte, l'asfalto era completamente imbiancato e percorso dai solchi lasciati dalle auto che

l'avevano preceduto, ma ai lati della ampia carreggiata due muri di neve alta un metro fornivano una rassicurante sensazione di protezione. Affrontò la ripida discesa verso Chamonix molto più velocemente del dovuto, si chiese cosa volesse dire la scritta "rappel" sotto alcuni cartelli stradali, poi vide il cartello col simbolo di un camion che si ribaltava ed un altro che limitava la velocità a 25 km/h; ridicolo – pensò – ed affrontò il primo tornante della discesa a 55 km/h. A metà dello stretto tornante l'auto sbandò, sfondò il muro di neve del ciglio esterno del tornante, sollevando una nuvola bianca, fece un volo di 20 m e si schiantò alla base di un pino.

Domenico non aveva allacciato la cintura di sicurezza, l'aveva sempre considerata un accessorio per femminucce o per "ricchioni", ed in quell'occasione ne pagò le amare conseguenze, un conto salatissimo che comprendeva una commozione cerebrale, tre costole e bacino incrinati, polsi e setto nasale fratturati, femore, ulna e radio con fratture plurime scomposte, un totale di 12 denti sulle due arcate, innumerevoli contusioni e lacerazioni.

I soccorsi furono rapidissimi: i vigili del fuoco segarono la carrozzeria per facilitare l'estrazione del ferito dalle lamiere contorte, una *équipe* di paramedici lo immobilizzarono, un medico gli somministrò i farmaci per tenerlo in vita fin quando fosse stato possibile curarlo in un ambiente più idoneo e coi macchinari adatti. Poi lo caricarono su un'ambulanza, sempre assistito da un medico e scortato da un'auto della Gendarmerie coi suoi bagagli, che lo condusse prima ad Annecy, quindi, viste le ferite, fino a Grenoble.

◊

Andreij fu svegliato da qualcuno che batteva forte le nocche delle dita contro il finestrino, si rialzò intontito dal sedile su cui si era addormentato, accorgendosi che gli dolevano tutte le giunture, si sentiva male, tremava per il freddo e pensò di essersi buscato un malanno. Intanto il "qualcuno" aprì lo sportello e nel riquadro apparve 'o Sfigato, con un'aria molto preoccupata:

– Signor Andropov, ma ha dormito in auto, perché non è salito nell'appartamento? Le avevo preparato dei toast ed una focaccia. Ma lei sta male, è bianco come un cencio e… – lo Sfigato posò la mano aperta sulla fronte di Andreij e ve la tenne per alcuni istanti – … ha un febbrone da cavallo. Vuole che vada ad acquistarle qualcosa? Chessò, un'Aspirina, la Tachipirina. Vuole che le chiami un dottore. Venga che l'accompagno di sopra.

Andreij uscì dal Range Rover sentendosi malfermo sulle gambe, fece cenno allo Sfigato di prendere l'armamentario fotografico ed il notes dal sedile dove li aveva lasciati prima dimettersi a dormire sul sedile posteriore, quindi, appoggiandosi al picciotto entrò nel *résidence* e si fermò alla *recèption,* presidiata questa volta da un anziano vestito con un inadatto frac che esibiva all'occhiello levriero dorato.

– Il signor Andropov è mio ospite e ieri sera lo attendevo. Perché non gli è stato permesso di salire? – chiese il picciotto.

Ma Andreij volle tagliar corto, e senza attendere la risposta del portiere, gli disse:

– Mi sento addosso un accidente ed ho la febbre alta. Può procurarmi delle medicine? Io voglio infilarmi subito a letto – quindi gli allungò una banconota da 100.000 ed aggiunse – se non le è troppo di disturbo, può portarmi su qualcosa di caldo? Della cioccolata andrà benissimo, ed a mezzogiorno un brodino di manzo. Grazie.

Il portiere gli assicurò che si sarebbe attivato subito, ed Andreij, sempre sorretto dal picciotto, salì nel suo appartamento. Appena dentro fece posare l'armamentario fotografico, compreso il proiettore di diapositive ed il treppiede con lo schermo, quindi consegnò al picciotto i tre rullini di diapositive che aveva scattato il giorno precedente e gli disse di farli sviluppare, assieme a quelli della macchina fotografica che gli aveva dato, da un fotografo che li sviluppasse in 24 ore.

In quel mentre si aprì la porta del bagno ed apparve sulla soglia una ragazza nuda, ma con un asciugamano avvolto sui capelli a mo' di turbante. Era bellissima. Quando vide il nuovo arrivato emise un gridolino e rientrò subitamente in bagno.

Andreij guardò lo Sfigato con l'aria più truce possibile, stante la febbre che gli appesantiva la testa e che gli faceva chiudere gli occhi, aveva voglia di sparare al picciotto, ma sapeva di aver ancora bisogno di lui, almeno fino a che si fosse sentito meglio.

– Signor Andropov, non sapevo che la ragazza fosse ancora qui. Appena alzati lei è andata in bagno ed io, guardando per caso giù dalla finestra, ho visto il Rover parcheggiato e mi sono precipitato da lei. Adesso la mando via subito.

– No! – disse Andreij con la voce più truce che riuscì ad imbastire – Lei resta e tu te ne vai subito dal fotografo, prima che ti spari. Poi andrai a Vinzaglio e ti apposterai presso la chiesa, in modo da tenere sotto controllo ogni direzione. Fotografa solo le automobili e le persone interessanti, e lascia perdere le altre. Marsch!

Il picciotto non ebbe il coraggio di chiedergli lumi su cosa intendeva per "interessanti" e cosa "lasciar perdere", e ritenendo di essersela cavata a buon mercato per aver passato la notte con una strafica mentre lui dormiva in auto, solo ed in una notte gelida, uscì in fretta dall'appartamento.

Andreij, sempre più malconcio, si apprestava a mettersi a letto quando la strafica uscì ancora dal bagno, non più nuda questa volta, ma vestita, si fa per dire, con una microscopica minigonna e con una maglietta che la fasciava come un preservativo e le metteva in evidenza le tette *extra-large* su cui svettavano prepotenti i capezzoli.

– Ciao! – esclamò giuliva – io sono Lory. È andato già via Tony? Tu come ti chiami?

Andreij non ebbe cuore per dirle che il picciotto che l'aveva sbattuta tutta notte, nell'ambiente, non era conosciuto come Tony, bensì come 'o Sfigato, e disse solo che si era recato a svolgere un lavoro importante, che lui si chiamava Andreij, che si sentiva addosso un accidente e che voleva infilarsi a letto.

– Allora mi ci infilo anch'io per tenerti compagnia – si offrì la pulzella.

– No! Fra poco mi porteranno delle medicine e qualcosa di caldo. Io vado a letto, "da solo". – volle rimarcare – Pensaci tu col portiere; guarda che l'ho già pagato e che ti deve dare il resto.

– Allora lascerò tutto sul comodino e me ne andrò via.

– No! – disse Andreij con gli occhi che gli si chiudevano – Rimarrai e mi farai da infermiera. Ti assumo da questo momento – poi, per metà svestito, crollò sul letto e si addormentò di botto.

Si risvegliò 10 ore dopo, alle 18.30, quando sentì lo Sfigato entrare nell'appartamento. Lui si sentiva ancora febbricitante, ma almeno non gli dolevano più le giunture e non tremava più di freddo. Si accorse che qualcuno, sicuramente la ragazza, gli aveva tolto le scarpe ed i calzoni, perché le prime erano perfettamente appaiate sotto a un tavolino, e non lasciate cadere qua e là come era solito fare, mentre i calzoni erano stati piegati in modo da avere le "righe" parallele, e quindi appoggiati sulla spalliera di una sedia. Sul comodino c'era un termometro, un bicchiere d'acqua ed alcune scatole di pillole.

Entrò prima la ragazza, che gli raccontò come aveva passato la giornata, mentre lo Sfigato si teneva prudentemente in disparte in attesa del suo turno.

– Quando è arrivato il portiere con una tazza di cioccolata, un termometro, le medicine ed il resto, 77.000 lire che sono nel cassetto del comodino, dormivi come un angioletto e non c'è stato verso di svegliarti, allora ti ho tolto le scarpe, ti ho svestito e ti ho messo sotto le coperte, e siccome battevi i denti, ti ho messo un piumone supplementare. Siccome la cioccolata si raffreddava, l'ho bevuta io. Ti ho misurato la temperatura… No! Non ti ho messo il termometro nel culo, e neppure in bocca; avevi 39° esterni, quindi 39,5° interni. Ti ho dato le pillole seguendo la posologia indicata nelle scatole, ma per fartele mandare giù ho faticato non poco, perché continuavi a sputarle pur continuando a dormire. Ti ho fatto impacchi d'acqua fredda sulla fronte per due ore, poi mi sono rotta ed ho guardato la TV. All'una è tornato il portiere con un brodino caldo che la moglie aveva preparato per lui (non ha voluto essere pagato) ma tu non l'hai neppure assaggiato ed hai continuato a dormire; mi hai fatto tanto incazzare che col brodo caldo ti avrei fatto un clistere. Comunque anche il brodo si stava raffreddando, così l'ho bevuto io: faceva schifo. Per fortuna ho trovato due toast ed una focaccia che tanto non avresti potuto mangiare, per cui li ho mangiati io: facevano schifo anch'essi. Nel pomeriggio la febbre ti è un po' scesa di qualche frazione di grado, ma hai continuato a sputar fuori le pillole che ti davo, allora ho ti ho infilato una supposta...

– Cosa hai fatto? – chiese Andreij con voce pressoché afona, poi, accorgendosi che faticava lui stesso a capire cosa farfugliava, stette zitto e lasciò continuare la ragazza.

– Ti ho infilato una supposta nel culo, in profondità, spingendo col dito, per non che lo sfintere la facesse uscire subito; ed essa deve aver fatto effetto perché, voce a parte, ti vedo meglio. Ah! Dimenticavo, ti ho anche messo sotto carica il telefonino. Sono stata brava come infermiera?

– Bravissima – disse Andreij in un gorgoglio appena udibile.

Venne il turno dello Sfigato, che disse di essere stato dal fotografo e che lunedì, dopo le 10, avrebbe potuto ritirare le diapositive montate su telaietti. Poi era stato a Vinzaglio e si era appostato dove gli era stato indicato, e qui, dopo aver fotografato alcune automobili, era arrivata una pattuglia di carabinieri ed un maresciallo gli aveva chiesto cosa stava facendo. "Sto fotografando le auto in transito ed i passeggeri" aveva risposto il picciotto, "Perché?" "Perché è il mio lavoro, faccio il fotografo". "Favorisca mostrarmi un documento d'identità". Il picciotto glielo aveva mostrato ed il maresciallo aveva detto: "Qui risulta che di professione fa il robivecchi". "Sì, è vero, il robivecchi lo facevo prima, adesso faccio il fotografo" "Dove ha lo studio?" "Non ho studio, il poco materiale che mi serve per lavorare me lo porto dietro in automobile". "Favorisca mostrarmi la patente ed il libretto di circolazione". Lo Sfigato glieli aveva mostrati ed il maresciallo li aveva esaminati, poi aveva detto: "Questa è una macchina a noleggio, non ha una macchina sua per fare il fotografo?" "Sì, ma è guasta, per lavorare ho dovuto noleggiarne una". "A chi vende le fotografie che fa?"

"Finora a nessuno, le faccio per piacere personale, ma ho buone prospettive di venderle a una rivista". "Quale?" "Ancora non saprei". "A cosa le serve prendere appunti sull'ora di transito e sulla provenienza delle automobili che fotografa?" "A niente, per ricordarmi quando ho fatto le foto". Poi un appuntato ha mostrato al superiore un coltello a serramanico con lama di 12 cm che stava nella vaschetta degli spiccioli, ed il maresciallo gli aveva chiesto "Cosa se ne fa di questo?" "Non so – aveva risposto il picciotto cercando disperatamente di porre fine all'interrogatorio e cominciando a sudare nonostante la giornata gelida – non l'ho mai visto; era già lì quando ho noleggiato l'auto". "Favorisca seguirci in caserma per ulteriori accertamenti".

Così lo Sfigato aveva seguito l'auto dei carabinieri fino a Borgovercelli, aveva resistito alla tentazione di svoltare improvvisamente, di dare gas e di seminarli, solo perché non conosceva le micidiali strade secondarie della Bassa novarese, e giunto nella casermetta aveva atteso ore che venissero controllati i suoi precedenti, che alla fine risultarono per fortuna pochi e di scarsa gravità. Venne comunque denunciato per possesso e trasporto di arma da taglio, diffidato dal continuare a fotografare auto e passeggeri senza il loro preventivo consenso, gli fu elevata una contravvenzione per divieto di sosta, ed il coltello a serramanico gli fu sequestrato.

Solo alle 15 passate era uscito dalla casermetta e, affamato, era andato in una pizzeria, ma qui non avevano ancora acceso il forno, per cui aveva dovuto accontentarsi di un toast. Poi si era recato novamente a Vinzaglio per fotografare le auto in transito, nonostante la diffida ricevuta dai carabinieri solo un'ora prima, ma nella postazione presso la chiesa c'erano delle transenne per lasciar spazio ad un carro funebre, perché si stava celebrando un funerale. Infine, siccome si stava alzando un nebbione, era tornato al *résidence* di Vercelli.

Andreij aveva ascoltato il resoconto del picciotto senza avere la forza di mostrare la rabbia che provava, tanto si sentiva debilitato; capiva che il picciotto non aveva grandi colpe, tuttalpiù gli si poteva addebitare una grave inesperienza nel trattare coi carabinieri, perché non aveva messo una banconota da 50.000 lire fra i documenti di identità esibiti al maresciallo, cosa che avrebbe forse esaurito sul nascere la sua curiosità, ma sapeva anche che non poteva permettersi di avere un aiutante sfortunato. In fin dei conti la colpa era sua che l'aveva assunto, nonostante fosse soprannominato "lo Sfigato"; per cui, con la voce roca di un agonizzante, gli disse:

– Tony, mi spiace assai, ma ormai sei bruciato e te ne devi andare, sennò brucerai anche me... Dai alla ragazza la contromarca dei rullini che hai dato al fotografo e spiegale dove si trova... Tieni pure la macchina fotografica che ti ho dato e tornatene al paesello da cui vieni.

– Ma ho pochi soldi con me, e poi con cosa ci vado? –

– Con la Golf che hai preso a noleggio. Non penso che avrai difficoltà a rivenderla una volta arrivato a Caserta, e quanto ai soldi, ti dovrebbe essere rimasto qualcosa di quelli che ti ho dato. Ora vai, sparisci, e non farti più rivedere.

Andrei chiuse gli occhi e sospirò per la fatica di aver parlato tanto, e quando li riaprì, Tony lo Sfigato se n'era andato; con lui era rimasta la ragazza, che gli chiese:

– Che lavoro doveva fare Tony per te con una macchina fotografica? Cosa c'è di tanto bello da fotografare a Vinzaglio? Perché doveva fotografare delle auto in transito davanti alla chiesa? Sei per caso un investigatore privato che vuole documentare le prove di un tradimento coniugale?

– Sì! – mentì laconicamente Andreij senza più voce, non tanto per non far conoscere alla ragazza a cosa stava dedicandosi, quanto per evitare di parlare a lungo, poi la fece avvicinare e le sussurrò con voce roca: – Adesso telefonerò ad una persona, ma non voglio parlarle a lungo, per cui a un certo punto ti passerò il telefono e tu fingerai di essere un'infermiera dell'ospedale di Vercelli; inventati quello che vuoi, ma non intendo vedere quella persona per almeno una settimana, meglio ancora se non la rivedrò più – quindi prese il cellulare e chiamò Gaspare.

– Andreij, finalmente ti fai vivo – rispose Gaspare con tono non proprio benevolo – È un giorno intero che aspetto tue notizie. Dove sei? Pasquale l'hai liquidato? Quando torni?

– Sto male Gaspare, molto male. – disse con un filo di voce – È stato impossibile liquidare Pasquale, è troppo sorvegliato... Ieri mattina c'era la polizia dappertutto nel reparto... non riesco proprio a parlare... aspetta, ti passo un'infermiera.

La ragazza, che aveva solo inarcato le sopracciglia quando aveva sentito che il compito del suo assistito/investigatore privato era quello di liquidare un tal Pasquale, dopo alcuni secondo prese il cellulare e con voce allegra disse:

– Buona sera signor Gaspare, sono Lory, l'infermiera di turno del reparto "infettivi". Il signor Andreij ieri mattina è venuto in ospedale a visitare un parente ricoverato nel reparto "terapia intensiva" ed ha ciondolato tutto il giorno nei corridoi in attesa di potergli parlare, finché si è buscato qualche virus o batterio che era nell'aria... sa, i filtri dell'aria condizionata non li cambiamo molto spesso... e che gli ha procurato un febbrone da cavallo, tanto che abbiamo dovuto ricoverarlo. Stamattina lo abbiamo trovato con 40 di febbre e completamente coperto di puntini rossi, per cui lo abbiamo trasferito nel reparto "infettivi" perché è contagiosissimo: è in una struttura ermetica con ricambio dell'aria controllato, lo si può avvicinare solo se dotati di tute speciali, con respiratore, guanti ed altre adeguate protezioni; il cellulare con cui le sto parlando, prima di uscire da questa stanza, dovrò metterlo nell'autoclave perché potrebbe contenere dei germi patogeni. Andreij dovrà stare relegato almeno per un mese o due, sempre che non muoia prima, poi potrà venire a trovarla.

– No! Tenetelo lì. Non lo voglio vedere mai più, neanche da guarito! – e chiuse la telefonata guardando con sospetto il cellulare, come se potesse averlo già contagiato, e quindi si precipitò a lavare le mani con l'alcool.

La ragazza restituì il cellulare ad Andreij, che aveva assistito alla telefonata divertendosi assai, e gli chiese se era stata brava.

– Sei stata superlativa; oltre che come infermiera, ti assumo anche come assistente – le rispose Andreij, piacevolmente sorpreso per la facilità con cui gli aveva risolto un grosso problema che lo assillava.

– E come focosa amante non mi assumeresti? Neanche per una sveltina?

– Lasciami resuscitare, e poi si potrà fare. – le disse con voce afona, poi continuò – Ma una palpata alle tue sensazionali tette mi piacerebbe dartela subito.

Lory si tolse la maglietta con un gesto fluente, si avvicinò al paziente, salì sul letto mettendosi a cavalcioni sul suo stomaco e gliele mise sotto il naso. Andreij gliele brancicò vigorosamente, poi le ciucciò i capezzoli facendola gemere e, visto che la minigonna inguinale, per la posizione assunta, le era risalita fino alle anche, rivelando come la ragazza fosse senza mutandine, le arruffò i peli pubici per alcuni istanti finché, oppresso dal peso della ragazza, la rovesciò nell'altra piazza del lettone togliendosela dallo stomaco.

– Ti è piaciuto l'antipasto? Guarda che non sei ancora in grado di gustarti un pasto completo, con primo, secondo, formaggio, dolce, frutta, tiramisù, caffè ed ammazzacaffè. E comunque, come tua assistente, non voglio "liquidare" né Pasquale né altri.

– Non ce ne sarà alcun bisogno. Quando starò meglio ti racconterò tutto; adesso scendi giù e vai a comprare qualcosa da mangiare, e che possa mandar giù anch'io. Usa pure il Range Rover rosso che è qui sotto, le chiavi devono essere da qualche parte; e dato che ci sei, se la troverai ancora a quest'ora, compra La Stampa.

Lory indossò un piumino lungo ed uscì, Andreij provò a guardare qualcosa alla televisione, ché era l'ora dei telegiornali, ma sentendo le stesse notizie su ogni canale, si appisolò.

La ragazza tornò dopo un'ora con una pizza da asporto al prosciutto, una vaschetta di calamaretti fritti, una bottiglia di succo di frutta, una di aranciata, una di birra e La Stampa; mentre poneva il tutto sul tavolo del cucinino disse all'infermo, che si era alzato dal letto ed era entrato traballando in cucina:

– Ho trovato aperto il supermercato per un pelo, in pizzeria mi sono fatto anche preparare i calamaretti fritti da riscaldare nel microonde...

– Non penso di riuscire a mangiare i calamaretti fritti, e neppure la pizza temo – la interruppe Andreij.

– Infatti. Pizza e calamaretti sono per me, per te ho preso solo delle bevande zuccherate: il succo di frutta e l'aranciata, perché la birra è mia. E non protestare perché l'infermiera che ti decide la dieta sono io. Le edicole erano tutte chiuse, e La Stampa l'ho rubata dal pizzaiolo. Bella la tua auto, mi piace.

Lory si mise a mangiare con buon appetito, Andreij provò a rubarle un pezzo di pizza, ma non riuscì a deglutire il boccone e rinunciò, come non riuscì a mangiare neppure un calamaretto quando la ragazza li riscaldò col microonde, e si rassegnò a bere il succo di albicocca. Mi piace sempre più questa ragazza, aveva pensato mentre apriva il giornale e cercava notizie sulle indagini, e quando le trovò, lesse avidamente l'intervista al commissario Cantalamessa e l'articolo del Cottafava.

Nella prima il commissario si compiaceva di essere stato il primo a capire che un drammatico incidente avvenuto a Mortara aveva innestato una serie di avvenimenti altrettanto tragici, conclusisi con le sparatorie di Vercelli dell'ultimo martedì; poi si elogiava per essere riuscito a stabilire che i banditi nell'ultima carrozza del treno erano una banda di narcotrafficanti e quelli che li avevano aggrediti avendo la peggio era una banda di rapinatori; l'intervista diveniva addirittura melensa quando il commissario si autoincensava per essere riuscito per primo a stabilire che entrambe le bande avevano complici che li attendevano in auto sul piazzale della stazione di Vercelli, e che quando questi si erano accorti della reciproca presenza, avevano inscenato una sparatoria ed un inseguimento ad alta velocità nelle vie cittadine.

Il commissario si assumeva ogni merito per aver emesso un avviso di ricerca in capo a tal Domenico Scalise, elemento di spicco della banda di narcotrafficanti, e per aver individuato a Mortara il covo della banda di rapinatori, e di averlo fatto perquisire acquisendo così una considerevole mole di materiale probatorio. L'intervista al commissario si concludeva con la sua dichiarazione che era in corso di svolgimento una grande operazione di ricerca delle automobili utilizzate dai banditi: un fuoristrada, una Mercedes ed una Jaguar con le ruote a raggi, al fine di assicurare alla giustizia tutte le persone coinvolte nelle sparatorie, i complici ed i capi delle bande di rapinatori e di narcotrafficanti.

Nel lungo articolo del Cottafava non v'era nulla che enfatizzasse il suo acume, ma solo ragionamenti ineccepibili, deduzioni sensate, fatti acclarati, nonché un veleno sottile – e per questo velenosissimo – sull'operato degli inquirenti, che non si erano accorti, o peggio avevano trascurato, di indizi tanto evidenti. Il Cottafava dimostrava (a completamento di quanto scritto nell'articolo del giorno precedente) che le persone saltate giù dal treno facevano parte della stessa banda di narcotrafficanti, e che erano saltate a poco tempo di distanza uno dall'altro, il primo aveva con sé una borsa piena di denaro (o di coca) e nel toccare terra era rotolato fino a rompersi l'osso del collo contro il montante del passaggio a livello del Torrione, il secondo (come spiegato *ibidem)* era pure caduto nel toccare terra, ma si era solo ferito, anche se non gravemente, tanto che appena rialzato era tornato verso il passaggio a livello per incontrarsi col compare che aveva la borsa. Qui giunto l'ha trovato morto, e non ha trovato nessuna borsa nei pressi, ha trovato invece una persona che, visto un corpo a terra e dopo essersi accertato del suo stato, tornava all'auto con cui era giunto fin lì. Il trafficante, pensando che il "buon samaritano" si fosse impossessato della borsa (lui sapeva perfettamente cosa conteneva) gli ha intimato di fermarsi, quello è salito in auto ed è partito a razzo; il trafficante gli ha sparato due colpi ed ha colpito l'auto, sicuramente mandando in frantumi il lunotto posteriore, e forse anche la fiancata.

L'articolo si dilungava a spiegare come era stato possibile giungere a tale ricostruzione dei fatti, e come prova portava la dichiarazione del titolare della pizzeria del Torrione che aveva visto il trafficante superstite nel suo locale senza borse di sorta, nonché il rosario di grani del lunotto rotto rinvenuto a poca distanza dal passaggio a livello in direzione del Torrione. L'articolo continuava dicendo che poche ore di indagini hanno permesso al Cottafava di stabilire che il lunotto era quello di una BMW 320, che la carrozzeria che aveva praticato la sostituzione del lunotto rotto con uno nuovo era la "Autosplendor" di Casaleggio, e che il proprietario della BMW era il prof. Aristide Pionati, pure di Casaleggio. L'articolo non diceva espressamente che il Pionati si era impossessato della borsa, ma lo lasciava intuire.

Finito di leggere, Andreij fece un gesto di esultanza, adesso sì che poteva mettersi in caccia, diede un bacio alla ragazza e ingoiò due pillole per guarire il più presto possibile, quindi si infilò a letto. Poco dopo anche Lory, nudissima, lo raggiunse sotto le coperte e si rannicchiò a scaldarsi contro il corpo ancora febbricitante del suo paziente.

Capitolo XI

Sabato, 11 novembre
Anche Mario, appena alzato di primo mattino, mentre faceva colazione aveva letto gli articoli su La Stampa che parlavano delle indagini sui fatti che, fino a quel momento, riteneva che lo riguardassero molto marginalmente, ma letto della carrozzeria Autosplendor e del Pionati, si preoccupò per quel che poteva succedere a Sebastiano, e gli telefonò subito.
La sera precedente non avevano fatto tardi: a Confienza, nel bar principale del paese, avevano tentato invano di agganciare due fighette, che non li avevano cagati forse perché Sebastiano era palesemente brillo, e Mario quasi; anche lì avevano bevuto due punch la rum. A Palestro avevano ritentato l'operazione nel bar centrale di quel paese con due bellone un po' stagionate, che si erano dileguate quando Sebastiano, con una mossa maldestra, aveva rovesciato il suo bicchiere di Porto nell'ampio *décolleté* di una delle due, e per aiutarla a ripulirsi, le aveva rotto una spallina facendo saltar fuori una tetta; anche lì avevano bevuto, Mario un'acqua tonica e Sebastiano, in sostituzione del Porto, uno Jägermeister. Per evitare ulteriori figure penose, e di essere buttati fuori dal locale successivo, Mario convinse l'amico che era meglio tornare a casa, ed alle 23.30 lo riportò a Vercelli, lo aiutò a salire le scale, a infilare la chiave nella porta del suo monolocale, ed infine lo stese ancora vestito sul letto, ché Sebastiano non volle essere svestito da lui.
Il telefono di Sebastiano squillò parecchie volte e Mario stava per desistere quando gli rispose una voce cavernosa:
– Prooontoo. Chi mi vuole a quest'ora?
– Sebastiano, sono Mario, ma… ti senti bene? Hai una voce che fa spavento.
– Nooo. Non sto bene. Ho preso freddo perché mi sono addormentato sopra le coperte, e quando il freddo mi ha svegliato ho

vomitato per un'ora di fila. Non ho dormito un cazzo e mi sono buscato pure un raffreddore.

– Preparati un *vin brûlé*... anzi no, meglio che tu prenda un'Aspirina, e poi ficcati sotto le coperte. Verrò subito da te perché ti devo parlare di una questione importante.

– Portamela tu l'Aspirina perché io non ne ho in casa, e ho lasciato l'auto al Torrioneeeccì – starnutì prima di chiudere il cellulare.

Mezz'ora dopo Mario era a casa dell'amico con un vasto assortimento di medicinali, gli chiese se avesse già fatto colazione e, al suo diniego, gli preparò una tazza di tè, intanto gli aveva chiesto:

– Hai sentito Daniela per caso? Ti ha telefonato?

– No. Perché avrebbe dovuto telefonarmi di mattino presto quella troia? Starà dormendo come un ghiro dopo aver passato la notte a farsi ingroppare, la loggia!

Mario fece leggere all'amico La Stampa, aperta alla pagina ove si parlava delle indagini, ed alla fine dell'articolo del Cottafava Sebastiano sobbalzò e disse:

– Cazzo! Appena la polizia leggerà La Stampa andrà dritto dal professor Pionati, costui gli dirà che la sera di martedì non poteva essere alla guida della BMW perché essa era in carrozzeria; allora interrogheranno il carrozziere ed il Caruso dirà di me e della mia bravata con la BMW di un cliente ignaro. Possono arrivare qui ad interrogarmi da un momento all'altro; cosa posso fare?

– Non devi assolutamente preoccuparti. Primo perché ci metteranno almeno un giorno o due per giungere ad interrogarti, dato che domani è domenica anche per loro, così avrai modo di rimetterti in sesto e rispondere compiutamente alle loro domande. Secondo perché non possono contestarti alcun reato, al massimo l'appropriazione indebita ed il danneggiamento della BMW, ma né il Pionati, né il Caruso hanno fatto denuncia, almeno fino ad ora, e la punizione per il tuo gesto l'hai già avuta: ti hanno licenziato.

– Ma possono accusarmi di aver preso al morto spatacciato contro il montante la borsa col denaro o con la coca.

– E tu negherai con energia e mostrandoti profondamente indignato, perché ti eri accostato al corpo per costatarne lo stato, come tuo dovere, ed ora vieni sospettato di aver derubato un morto. Dirai anche che attorno al corpo non c'era nessuna borsa.

– E se non dovessero credermi? Se dovessero trascinarmi in una stanza della questura e mi piantassero una lampada negli occhi...

– Perché dovrebbero farlo? Mica siamo ai tempi delle SS. E poi anch'io sono sceso dall'auto con te per vedere come stava la persona che avevamo visto gettarsi giù dal treno e rotolare fino al montante delle sbarre, e testimonierò che non c'era nessuna borsa vicino al corpo, per quel che si poteva vedere alla luce dei fari, e sicuramente non avevi nessuna borsa quando siamo risaliti in auto.

– Allora testimonierai a mio favore? – chiese Sebastiano palesemente più sollevato – Non devo più preoccuparmi?

– Certo che testimonierò a tuo favore! Ecchecazzo! Diremo entrambi solo la verità, così non correremo il rischio di cadere in contraddizione. Però non dovremmo dire che con noi c'erano due ragazze, non vorrei coinvolgerle e vorrei evitare che possano essere interrogate. In fin dei conti loro non sono neppure scese dall'auto, per loro rendere una testimonianza sarebbe solo una perdita di tempo e una rottura di balle.

– Perché tante premure nei loro confronti?

– Adesso ce l'hai su con Daniela perché ti ha sfruttato e poi non te l'ha data, ma io a Marisa tengo assai, e nutro la concreta speranza che possa darmela ancora, speranza che non vorrei mettere a rischio facendola indisporre in alcun modo.

– Va bene. Cosa diremo che ci facevamo su quella strada se dovessero chiedercelo?

– Che facevamo l'abituale giro post-lavorativo a caccia di fighe e che tornavamo a Vercelli da Confienza.

– Okay! Torno a letto ché mi sento la febbre addosso. Grazie di tutto, e dimmi cosa ti devo per le medicine.

– Niente! Mi pagherai una cena quando avrai un lavoro. Se mi dai le chiavi, ti farò riportare la Punto da un amico, adesso riguardati – e, prese dall'amico le chiavi dell'auto, se ne andò.

Sceso in istrada telefonò a Marisa, ma aveva il cellulare spento; pensò di fare un salto da lei a Vinzaglio, perché erano le 10 e poteva essere ancora a letto a poltrire, ma cacciò il pensiero perché lo ritenne il modo migliore per farla indisporre. Trovandosi a mezza mattina senza aver nulla da fare, pensò di fare un salto in ufficio per segnare qualche ora di straordinario.

Giunto alla CRV incontrò nell'atrio un anziano cassiere già in pensione che conosceva perché, appena assunto, lo aveva avuto come *tutor* per alcune settimane. Costui gli disse con aria grave, quella che assumono i pensionati nel criticare l'operato dei lavoratori più giovani:

– Che tempi! Che tempi corrono caro Cavallero! Quando un cassiere della banca in cui hai lavorato una vita tenta di rifilarti una banconota falsa, si è toccato proprio il fondo.

– Cosa cosa? Racconti signor Morganti, cosa le è capitato?

– Sono venuto a fare un prelievo, non al bancomat, ma allo sportello, perché volevo vedere all'opera le nuove leve; ho chiesto di ritirare 500.000 lire in tagli grossi, da 50 e da 100.000 lire, che mi servivano da mettere nelle buste da regalare a Natale ai miei nipoti, e quello svampito di cassiere novellino ha cercato di rifilarmi un 100.000 falso! Oh, un falso molto ben fatto: la carta, il colore, la stampa... tutto quasi perfetto... quasi, perché la sovrastampa dei numeri di serie non mi ha convinto, ed ho preteso che mi cambiasse la banconota. Non ti dico quello!... non voleva cambiarmela! Ha detto che lui non ci trovava niente di anomalo, l'ha fatta passare nella solita macchinetta, che ha dato l'okay, ed ha detto che mi si era abbassata la vista... la vista un cazzo! Io ce l'ho ancora buona... Ho dovuto minacciarlo di chiamare i carabinieri, ed alla fine, sbuffando, me l'ha cambiata con un'altra, ma si è ben guardato dal distruggere quella che voleva rifilarmi, e l'ha rimessa nel cassetto insieme alle altre. Cose dell'altro mondo! La saluto Cavallero, ed auguri per le prossime feste.

– Arrivederci signor Morganti, ed auguri anche a lei.

Mario se ne andò, pensando che il Morganti fosse un po' paranoico, sia perché riteneva infallibile la macchinetta che aveva dato l'okay alla banconota, sia perché conosceva il cassiere "svampi-to" che gliela aveva data, e lo riteneva attento e coscienzioso. Poi, mentre attraversava la strada senza guardare, un'auto gli strom-bazzò dietro, ed il Morganti con la sua banconota da 100.000 gli uscirono di mente.

◊

Il commissario Cantalamessa stava leggendo compiaciuto su La Stampa l'intervista che aveva rilasciato il giorno precedente, era seduto alla sua scrivania ed alcuni collaboratori leggevano la stes-sa intervista da sopra le sue spalle, soddisfatti soprattutto perché il commissario diventava meno intrattabile quando veniva loda-to, e quell'intervista addirittura lo incensava, anche se si trattava di autoincensamento. Poi passò a leggere l'articolo del Cottafava, e gli bastarono poche righe per incazzarsi di brutto:
– Quel grandissimo figlio di troia! Voglio la sua pelle per farne un paralume! Scatenategli contro la Finanza, la polizia stradale, i Vigili urbani, l'Antidroga. Perquisitegli la casa e l'auto. Sequestra-tegli il computer. Voglio che sia pettinato a dovere, e se si dovesse trovare un solo capello fuori posto... Intralcio in un'indagine di polizia... ha invalidato prove essenziali... ha confuso le tracce la-sciate da un narcotrafficante... in galera lo mando, e getterò via la chiave.
Perse così un'ora in geremiadi, minacce, commiserazioni, propo-siti di vendetta e di abusi di atti d'ufficio intanto che procedeva nella lettura dell'articolo, e quando arrivò alla fine, là ove veniva citato il professor Pionati, esplose:
– Un criminale! Un irresponsabile! Ha dato in pasto un esimio professore ai narcotrafficanti, che appena leggeranno l'articolo sa-pranno dove andare a recuperare la borsa; anche l'indirizzo gli ha fornito il criminale!
Ma a poco a poco i colleghi gli fecero passare l'incazzatura e fu in grado di impartire ai sottoposti le prime direttive serie della giornata. Una squadra fu incaricata di verificare la veridicità delle

affermazioni del Cottafava: esistenza di un rosario di granellini di vetro lungo il tratto di strada dal passaggio a livello al Torrione, interrogatorio del titolare della pizzeria del Torrione, interrogatorio del titolare della carrozzeria Autosplendor. Una seconda squadra doveva interrogare il professor Pionati, ed eventualmente tradurlo in Questura, in merito ad una borsa trovata/sottratta ad un cadavere presso il passaggio a livello, per poi piantonare la sua abitazione con la speranza che si presentasse qualcuno della banda di narcotrafficanti per recuperare la borsa che l'articolo del Cottafava indicava essere in possesso del professore. La squadra dedita a seguire le tracce di Domenico Scalise, e quelle incaricate di rintracciare la Jaguar, il fuoristrada squadrato ed il carro attrezzi che aveva trasportato la Mercedes, mantennero l'incarico; fu però ridotto il numero di agenti che sorvegliavano il covo di Mortara, come pure fu ridotta la sorveglianza del Caccamo all'ospedale di Vercelli.

Nel primo pomeriggio giunsero i rapporti delle prime due squadre. Quanto aveva scritto il Cottafava nell'articolo corrispondeva al vero: i granellini di vetro erano stati fotografati e repertati, il pizzaiolo del Torrione aveva reso formale testimonianza di aver visto nel suo locale un uomo maturo tutto stracciato e ferito, ma senza borsa, così come l'aveva resa il carrozziere di Casaleggio sull'aver sostituito il lunotto termico ad una BMW il giorno 10; costui aveva anche dichiarato di aver stuccato e verniciato un foro di proiettile nella portiera destra della stessa auto, ma di non aver collegato il foro con la sparatoria avvenuta sul piazzale della stazione, e pertanto non aveva segnalato il fatto alle autorità.

La seconda squadra non aveva trovato il professor Pionati perché in visita alla sorella a Jesi, come dichiarato dalla moglie; costei aveva anche detto che il marito si era messo in viaggio venerdì 10 e si sarebbe trattenuto dalla sorella alcuni giorni, che la sorella era nubile, che non possedeva telefono fisso né cellulare, come d'altra parte non ne possedeva il marito, e non sapeva quale fosse l'indirizzo preciso della cognata. A sorvegliare la villa del professore, ed a protezione della moglie, erano rimaste sul posto una volante della polizia ed una auto-civetta dei carabinieri.

Il commissario ordinò ad un sottoposto di contattare la polizia di Jesi affinché rintracciasse il professore a casa della signora Pionati (indirizzo sconosciuto) e lo inducesse a mettersi urgentemente in comunicazione con la Questura di Vercelli; poi andò in sala radio a seguire l'andamento delle ricerche delle altre squadre.

◊

Michele Sorrentino e Vincenzo lessero l'articolo del Cottafava solo nella tarda serata, quando si fermarono in un autogrill prima di uscire dall'autostrada Voltri-Sempione al casello di Vercelli Est. Si erano recati a Genova partendo la mattina, ma quando si erano fermati in un autogrill del Monferrato per un caffè e per comprare La Stampa, essa non aveva le pagine dedicate alla provincia di Vercelli, così per l'intera giornata, dedicata all'acquisto di una rilevante partita di coca, erano rimasti privi di notizie sulle indagini, e neppure avevano potuto, occupati com'erano nelle contrattazioni, nei saggi di qualità e nei pagamenti, informarsi coi referenti che avevano nella polizia.

La notizia che il giornalista aveva rintracciato il proprietario della BMW e che ne dava l'indirizzo li colse di sorpresa, e per qualche istante rimasero come bambini che avessero scoperto che Babbo Natale esisteva davvero.

– Un vero Sherlock Holmes – disse Michele con ammirazione – ecco cos'è quel giornalista, ed il commissario Cantalamessa ha collezionato un'altra figura di merda. Avessimo dovuto fare affidamento che trovasse lui la BMW, a Pasqua saremmo stati ancora qui ad aspettare.

– E che favore ci ha fatto! Ci ha anche fornito l'indirizzo del proprietario. Casaleggio è vicinissimo al casello dove usciremo. Che facciamo capo? Ci facciamo un salto? Solo per farci un'idea del posto e vedere se ci sono possibilità di rapirlo.

– Sì, un passaggio rapido davanti alla casa del professore possiamo farlo, ma senza fermarci, perché la polizia sarà già arrivata a lui e c'è la possibilità che lo usi come esca per arrivare fino a noi. –
– Non ti seguo capo, spiegami.
Intanto erano usciti dall'autogrill ed erano risaliti sul fuoristrada Toyota, una delle auto usate dalla banda, e Michele provò a spiegarsi meglio:
– Se il professore ha preso la borsa e non è un pirla allora avrà già nascosto il denaro in un posto sicuro e si inventerà qualche frottola per non aver denunciato il fatto che gli hanno sparato addosso al passaggio a livello; ma la polizia non avendo modo di dimostrare che il Pionati ha preso la borsa, sarà costretta a rilasciarlo. Allora cercherà un modo di far rendere la situazione, e cosa farà? Userà il professore come esca nella speranza che noi, venendo a sapere dal giornale che la BMW è sua, cercheremo di fargli sputare dove ha nascosto il denaro, e come prima mossa proveremo a rapirlo. Deve essere pieno di polizia attorno alla sua casa, che non aspetta altro che ci facciamo avanti per saltarci addosso.
– Beh, allora che ci andiamo a fare a Casaleggio?
– Quello che ti ho detto, un passaggio veloce per il paese per conoscere i luoghi, e se sei preoccupato per la coca che trasportiamo, puoi stare tranquillo: l'ho fatta mettere in doppi sacchetti di plastica a chiusura ermetica con anidride solforosa nell'intercapedine, e ho fatto mettere i sacchetti all'interno delle quattro gomme da neve che sono sul tetto; e poi c'è la Pimpa in calore qui dietro, nel caso molto improbabile che di notte siano in circolazione pattuglie con cani antidroga.
Vincenzo si girò a guardare sul sedile posteriore della Toyota, e la Pimpa, una femmina di Dalmata di due anni, gli leccò la faccia. Giunsero a Casaleggio che erano le 23 ed attraversarono il paese da Nord a Sud a velocità moderata, ma non tanto da dare l'impressione che stessero perlustrando il territorio, poi riattraversarono il paese da Est ad Ovest alla stessa velocità, ed alla fine del paese (non potevano saperlo, ma erano nei pressi della villa del

professor Pionati) gli fu intimato l'alt da un poliziotto che li fece accostare al bordo della strada.

Un secondo poliziotto si avvicinò alla Toyota con una potente torcia elettrica, mentre un terzo, da bordo di una "volante", si manteneva in contatto con la centrale operativa trasmettendo informazioni sull'auto fermata e ricevendo disposizioni su cosa controllare.

– Favorisca patente e libretto – ordinò il primo poliziotto.

Michele, che era al volante, glieli diede dopo aver infilato una banconota da 20.000 lire nel libretto. I documenti vennero consegnati al terzo poliziotto che ne trasmise i dati salienti per radio. Intanto il secondo poliziotto aveva controllato che l'assicurazione non fosse scaduta, che le gomme avessero il battistrada, e che le luci di stop funzionassero.

– Sono vostre le gomme che sono sul tetto? – chiese il primo poliziotto.

– Sì, ci servono per quando saremo arrivati nel nostro *chalet* di montagna, c'è già la neve lassù – rispose Michele.

– E dove sarebbe questo *chalet?*

– Ad Alagna Valsesia.

– Ma se c'è neve, perché ci arrivate con le gomme normali?

– Perché fino ad Alagna la strada è pulita, mi sono informato, e quando sarò là cambierò le ruote con quelle che montano gomme da neve, per poter viaggiare su strade di montagna per tutto l'inverno – rispose esaurientemente Michele senza perdere la pazienza.

– Allora perché darsi tanto disturbo e non ha montato subito le gomme da neve?

– Sta scherzando vero? Se guarda bene, vedrà che sono gomme da neve chiodate, 120 chiodi di acciaio al tungsteno per gomma, si possono usare solo su strade fortemente innevate e su ghiaccio, altrimenti consumerei i chiodi, scasserei le sospensioni e rovinerei il manto stradale, tanto da meritarmi una contravvenzione.

La risposta parve soddisfare la curiosità del poliziotto, che si dedicò a Vincenzo e gli chiese i documenti; costui glieli diede con dentro altre 20.000 lire. Poi dalla radio sulla volante giunse la richiesta di controllare le fiancate del grosso fuoristrada squadrato, accertandosi che non fosse stato riparato e riverniciato di recente, cosa che il secondo poliziotto eseguì con cura meticolosa, illuminando con la torcia ed esaminando attentamente le fiancate sporche di schizzi di fango e segnate dai rivoli d'acqua sporca raccolti in 250 km di autostrada battuta dalla pioggia. Quand'ebbe finito segnalò al poliziotto nella volante che l'esame era stato negativo, e quello trasmise in centrale il risultato dell'esame.

Tornò alla carica il primo poliziotto che, dopo aver restituito a Vincenzo la carta d'identità (priva delle 20.000 lire) chiese a Michele:

– Dove si trovava questo fuoristrada martedì 7 novembre poco dopo le ore 19?

– Nell'officina del mio meccanico di fiducia a Vercelli, da lunedì 6 a venerdì 10 novembre. Doveva cambiare la pompa dell'acqua che faceva rumori anomali e predisporre l'auto per la stagione invernale: antigelo nel radiatore e nella vaschetta dell'acqua per i tergicristalli, olio invernale, rabbocchi vari, grafitatura del sottoscocca, grasso dove serve ecc. Voglio poter viaggiare in tutta tranquillità io, senza incappare in fastidiose perdite di tempo.

Il poliziotto parve soddisfatto della risposta, oppure capì l'antifona, oppure ritenne complessivamente adeguata la mancia, perché quando restituì a Michele i documenti (privi della banconota da 20.000 lire) gli disse:

– È molto bello il suo cane, ma si ricordi che, per poterlo portare in auto, deve dotarsi di una grata che gli impedisca di saltare sui posti anteriori e disturbare così il guidatore. Per questa volta può andare.

Ripartirono che mancava poco alle 24; Vincenzo, volendo commentare l'accaduto,disse:

– Ancora una domanda, e gli avrei sparato. Come ha fatto a resistere, capo?

– Perché ho pazienza, Vincenzo, la pazienza è la virtù dei forti.

Capitolo XII

Sabato, 11 novembre

Carlo Cottafava non aveva alcuna intenzione di attendere il ritorno del professor Pionati da Jesi, anche perché appena tornato sarebbe stato assediato da una marea di inquirenti che gli avrebbero spremuto tutto ciò che sapeva, sempre che non avessero affidato il compito di interrogarlo alla polizia del posto, cosa altamente improbabile, ma pur sempre possibile. Non riteneva che il professore fosse il tipo di farsi sparare addosso e farsi fracassare il lunotto dell'auto senza denunciare l'accaduto, e neppure che fosse il tipo di raccogliere da terra una borsa chiaramente appartenuta ad un morto, ma se per caso avesse aperto la borsa e vi avesse trovato una gran quantità di denaro... si sa, l'occasione fa l'uomo ladro, inoltre c'era da considerare che era partito da Casaleggio non appena avuta la disponibilità della BMW riparata, come se avesse voluto mettere al sicuro un tesoro, magari dalla sorella a Jesi. Se invece nella borsa avesse trovato della coca, allora no, avrebbe sicuramente consegnato la borsa alla polizia e denunciato il fatto che gli avevano sparato contro e gli avevano danneggiato l'auto.

Il problema era proprio quello: in due casi su tre avrebbe dovuto rivolgersi alla polizia e non l'aveva fatto, nel terzo caso aveva preso lui la borsa piena di soldi. Che giustificazione del suo comportamento poteva fornire nei primi due casi? Certamente nel terzo caso non avrebbe mai ammesso di avere il denaro, tanto l'aveva già certamente nascosto dopo aver preso un paio di milioni per le spese minute. Ma dove poteva essere il denaro? In casa a Casaleggio sicuramente no, sarebbe stato il primo luogo ove la polizia l'avrebbe cercato. In una banca nei dintorni, per averlo a portata di mano? Molto improbabile, troppo facile da trovare da parte degli inquirenti. In una casa diroccata in Valsesia, o in una qualsiasi bicocca in culo ai lupi? Difficile, troppo scomodo da raggiungere per reintegrare la scorta fatta prima di nasconderlo, ed anche troppo esposto al rischio di essere trovato da terzi. Poteva averlo affidato a qualcuno che lo stava gestendo per conto suo senza che il nome Pionati figurasse su nessun documento. Era una possibilità che non si poteva scartare, e richiedeva che si investigasse sulle conoscenze e sulle amicizie del professore: finanzieri, banchieri, avvocati, notai ecc., nonché sulla sua esperienza di investire il proprio denaro. Ma in tutti i casi, prima bisognava potergli parlare.

Carlo telefonò al corrispondente de La Stampa per le Marche, Augusto Fassino, gli spiegò molto sommariamente il caso e gli disse di trovare l'indirizzo della sorella del professore, la signora Pionati di Jesi, nubile, senza telefono di alcun tipo, con un'età presunta attorno alla sessantina d'anni, 5 anni più o 5 anni meno. Il Fassino gli assicurò che non avrebbe avuto problemi a trovare l'indirizzo, e si disse disponibile a scarrozzarlo per le Marche nel caso avesse voluto venir giù, perché il caso gli sembrava oltremodo interessante e non gli sarebbe spiaciuto scrivere anche lui un articolo sull'argomento; per invogliarlo gli disse che lo avrebbe portato a fare la migliore mangiata di pesce della sua vita.

Carlo non ebbe alcun bisogno di essere invogliato, assicurò il Fassino che sarebbe partito col primo treno rapido per Ancona, e che durante il viaggio si sarebbero tenuti in contatto per comunicargli l'ora esatta del suo arrivo. Poi gettò un ricambio di biancheria in una piccola valigia, un vestito più leggero di quello che indossava, scarpe meno invernali, un blocco note, si accertò di avere abbastanza denaro liquido per ogni evenienza, e si fece portare in stazione da un taxi.

Ebbe fortuna, perché trovò subito il treno per Milano, come al solito in forte ritardo, e qui giunto riuscì a non perdere la coincidenza con il rapido per Ancona ed oltre. Sul treno pagò al controllore uno sproposito in supplementi, multe, prenotazioni obbligatorie ed altri balzelli che resero il viaggio salatissimo; poi mangiò male quando passò il carrello dei panini (stantii) e delle bevande (tiepide), anche il caffè faceva schifo, e solo la telefonata che gli arrivò dal Fassino subito dopo Rimini gli risollevò l'umore.

– L'ho trovata, Cottafava, è stato un po' più complicato di quanto pensassi, ma l'ho trovata. La signora Nilde Pionati, sorella del professor Aristide, non abita più a Jesi città da tre anni, perché si è trasferita in un frazioncina da lupi lì vicino: Mazzangrugno! Deve essere il buco del culo delle Marche. Se sei sul rapido che penso tu abbia preso, dovresti arrivare ad Ancona alle 15.30. Mi troverai all'uscita della stazione perché dovrò parcheggiare in divieto di sosta. Ho una Punto rossa.

– Mille grazie Fassino. Sono proprio su quel rapido ed ho mangiato poco e da schifo. Stasera voglio farmi un'abbuffata epocale di pesce, e ogni eventuale articolo "marchigiano"o "vercellese" sul professore lo firmeremo insieme. A tavola ti farò leggere gli articoli su quanto avvenuto martedì a Vercelli e sulle mie indagini, così ti potrai fare un'idea completa della vicenda. Ciao e grazie ancora.

Per il resto del viaggio Carlo si godette lo spettacolo dell'Adriatico sotto un forte temporale e delle onde che si rompevano sui frangiflutti sollevando milioni di spruzzi; all'arrivo ad Ancona il temporale era appena terminato e scendeva solo una fredda acquerugiola; Carlo trovò subito il collega, intento a piantonare la sua Punto dato che l'aveva parcheggiata in uno spazio riservato agli handicappati, si salutarono con calore e partirono subito. Mentre si districava nel traffico Fassino cominciò a spiegare:

– La signora Nilde ha 63 anni ed è sempre stata residente a Jesi città, ma tre anni fa ha venduto il suo appartamento in centro e si è comprata una minivilletta a schiera nella frazione di Mazzangugno. Gli elenchi di residenti nel Comune erano in disordine, e con la scusa che stavano passando dal cartaceo all'elettronico, in Municipio mi hanno fatto perdere un sacco di tempo, insomma, è sempre la solita storia: Questi nominativi li hai caricati tu? No, sono di competenza di quello là. Chi? Io? Io non ho la qualifica per caricarli. E allora chi cazzo li ha caricati? Prova a sentire quella che sta facendo lo *stage*. La stagista? Gran bella fica, ma non sa neanche leggere il corsivo del cartaceo... ecco, siamo fuori città, fra poco arriveremo.

Infatti dopo una decina di chilometri di strade strette piene di buche e di saliscendi giunsero alla meta, di gran lunga migliore della descrizione fatta dal Fassino. Fu facilissimo trovare la villetta della signora Nilde, che, saputo che erano giornalisti che cercavano il professore, li fece accomodare in un salottino ed andò a chiamare il fratello, che era nel giardino retrostante.

Il prof. Aristide entrò in casa sudato, ansante ed in tenuta da lavoro, la sorella pretese che si togliesse almeno gli scarponi infangati prima di entrare nel salottino, e Carlo non riuscì a non pensare che fosse reduce dall'aver sotterrato in giardino una scatola metallica contenente la borsa col denaro. Vennero fatte le presentazioni e si accomodarono attorno a un tavolo circolare, la signora Nilde portò tè ed alcuni pasticcini, poi Carlo venne subito a spiegare il motivo della visita:

– Professore, sono un giornalista de La Stampa, e vorrei chiederle cosa sa della sparatoria avvenuta martedì scorso in una carrozza del treno Pavia - Vercelli prima che arrivasse nella stazione di Vercelli, ed in quella successiva avvenuta sul piazzale antistante la stessa stazione.

– Ohibò! So quello che riportavano i giornali di mercoledì, il suo ha trattato la vicenda sia nelle pagine nazionali, sia in quelle relative alla città ed alla provincia, il giovedì la notizia ed i commenti sono apparsi solo nelle pagine di Vercelli, ho letto attentamente sia gli articoli che i commenti. Ricordo di aver letto anche l'articolo che ha scritto giovedì, coi nomi dei banditi morti sul treno e con tanto di collegamento col bandito morto contro il passaggio a livello vicino al Torrione. Bell'articolo! Ha fatto fare la figura del bischero al commissario che conduce le indagini. Venerdì sono partito presto senza comprare nessun giornale e sono stato in viaggio tutto il giorno per venire qui; sa... a una certa età ci si stanca a guidare, soprattutto col brutto tempo. Oggi non ho letto alcun articolo sui fattacci di Vercelli, anche perché qui La Stampa ha le pagine che riguardano le Marche, e poi, avendo da fare in giardino, l'interesse per quello che è successo a Vercelli è passato. Perché lo volete sapere? Ci sono stati degli sviluppi?

– Direi di sì, faccio prima a farle leggere gli articoli che ho scritto io e l'intervista al commissario Cantalamessa.

Carlo diede al professore le pagine di giornale che aveva portato con sé, e costui le lesse mostrandosi sempre più interessato. Lesse per mezz'ora, interrompendosi solo per avere delle precisazioni e per ricapitolare quanto già letto ma dimenticato, e giunto alla fine dell'articolo del Cottafava in cui veniva fatto il suo nome, sobbalzò di botto:

– Ellamadonna no! Così tutti penseranno che abbia preso la borsa col denaro o con la coca. La polizia mi metterà in croce, e dopo la polizia verranno a cercarmi anche i narcotrafficanti per recuperare la borsa. Verranno a cercarmi a casa, tortureranno mia moglie... Cosa le è venuto in mente di fare il mio nome? E pensare che è tutta colpa di quel bastardo, quel ladro...

– Chi sarebbe il ladro, professore, mi racconti. E riguardo a sua moglie, si tranquillizzi: sarà ben protetta perché anche la polizia ha letto questi articoli, ed ha sicuramente intuito il pericolo che può correre sua moglie. Per sua maggior tranquillità posso telefonare ad un amico carabiniere per farmi dire quali misure di sicurezza hanno predisposto per la protezione della signora; lo chiamerò fra un'ora circa, perché prima non potrà parlarmi. Ma ora mi dica, chi è il bastardo, il ladro a cui si riferiva.

– Il nome non lo so di preciso, forse Sebastiano, ma lavorava nella carrozzeria Autosplendor di Casaleggio. Le racconto dall'inizio come sono andate le cose. Il 30 ottobre, mi pare lunedì, ho portato l'auto dal titolare della Autosplendor, il signor Caruso, che oltre che il carrozziere fa anche piccole riparazioni meccaniche facendosi aiutare da due operai. Ho chiesto di montarmi le gomme invernali che ho in deposito da lui, di controllare l'altezza delle luci ed i livelli dei liquidi, di mettere l'antigelo nel radiatore, di grafitare il sottoscocca prima che comincino a spargere il sale sulle strade, di controllare la convergenza, e di eliminare un fastidioso rumore che si avvertiva ogni volta che entrava in funzione la ventola. Il Caruso mi ha assicurato che, sebbene fosse pieno di lavoro, mi avrebbe riconsegnato l'auto per il 2 o il 3 novembre ed io gli ho detto che non avevo fretta e che avrei aspettato, purché mi avesse fatto un buon lavoro.

Il 3 novembre sono passato in carrozzeria per avere notizie della BMW e Sebastiano (?) cui era stato affidato il lavoro, mi ha detto che aveva fatto tutto quanto richiesto tranne risolvere il rumore della ventola, perché aspettava che gli consegnassero un cuscinetto. Mi ha anche detto che la marmitta era da cambiare perché corrosa ed incrinata, così come anche un pezzo delle sospensioni anteriori, o dello sterzo, non ricordo esattamente, che presentava un gioco eccessivo, e mi ha chiesto l'autorizzazione a sostituirli; in tal caso avrebbe inoltrato l'ordine in giornata. L'ho autorizzato e sono tornato il lunedì 6, di mattino, ma i pezzi di ricambio sarebbero arrivati solo nel tardo pomeriggio, o al più tardi la mattina successiva; Sebastiano mi disse che li avrebbe montati appena fossero arrivati, e che l'auto sarebbe stata pronta per la mattina di mercoledì 8, a costo di lavorarci tutta la notte. Ho fatto buon viso a cattivo gioco e me ne sono andato ancora fiducioso, ma ripromettendomi di protestare con il titolare quando l'avessi rivisto; per quello che possono valere le proteste rivolte a un meccanico.

Mercoledì 8 mi sono presentato in carrozzeria di buon mattino e ho trovato la mia BMW col lunotto termico in frantumi, con un foro in una portiera e granellini di vetro sparsi sul sedile posteriore. È arrivato il Caruso ed ha detto che non sa come possa essere accaduto, ha controllato sotto il pianale ed ha detto che né la marmitta né il pezzo dello sterzo sono stati sostituiti, poi ha aggiunto che in ogni caso gli ordini dei pezzi di ricambio li fa solo lui, e lui aveva solo ordinato il cuscinetto della ventola. È arrivato Sebastiano (?) e ci ha raccontato una frottola colossale incentrata su benzina sporca, carburatore ingolfato, sorella che doveva vomitare nel cesso della stazione, e che si concludeva indicando nella sparatoria della sera precedente sul piazzale della stazione la causa del danneggiamento della BMW.

Il Caruso ha licenziato in tronco Sebastiano, si è profuso in scuse e mi ha assicurato che avrebbe sostituito il lunotto termico, stuccato e riverniciato il foro di proiettile, ripulito l'interno dai granellini di vetro entro l'indomani, non avrebbe sostituito la marmitta ed il pezzo dello sterzo perché non indispensabile, ma se in seguito avessi voluto, me li avrebbe sostituiti addebitandomi solo il costo dei ricambi. Quanto ai lavori già fatti, era disposto a non pretendere alcun compenso, neppure il costo del cuscinetto e dei prodotti usati per i rabbocchi e per la grafitatura, a condizione che non lo avessi denunciato per omessa custodia e per il conseguente danneggiamento dell'auto. E io ho accettato.

Questo è tutto, signor Cottafava, ma ora la prego, telefoni a quel suo conoscente e mi dica cosa stanno facendo i carabinieri per proteggere mia moglie.

Carlo telefonò al Demaria e lo trovò al bar che stava sorbendosi un aperitivo (gratis, perché aveva accordi particolari col gestore) dopo una sfiancante giornata di lavoro, come l'aveva definita, e costui lo ragguagliò su come si erano mossi gli inquirenti fino a quel momento:

– Il commissario Cantalamessa ha dato fuori da matti quando ha letto il tuo articolo. Ha! Ha! Voleva incriminarti per intralcio alle indagini, manomissione di prove e di molto altro. Bella comunque l'indagine che hai condotto, complimenti!

– Grazie per i complimenti. E riguardo al Pionati?

– Non l'abbiamo trovato nella sua villetta di Casaleggio. È partito ieri di primo mattino per Jesi, dove abita la sorella, ma non ha con sé il telefonino perché li odia, ed anche la sorella non ne ha, come non ha il telefono fisso. Abbiamo incaricato il nostro comando di Ancona di scoprire dove abita la sorella, main Municipio, a Jesi, stanno passando dal cartaceo al digitale e non sono riusciti a rintracciare la scheda con la residenza della sorella del professore, tal Nilde Pionati. Pare che l'elenco dei residenti dovesse essere caricato su computer da una stagista troia che ha incasinato l'archivio del cartaceo, e pare che nel primo pomeriggio abbia venduto o comunque ceduto ad uno sconosciuto la scheda della Nilde. Adesso ci sono 10 carabinieri che passano in rassegna una per una le schede dei residenti per ricostruirne gli spostamenti della Nilde a partire dal 1950, ne avranno per alcuni giorni.

– Ma che misure avete messo in atto per proteggere la moglie del professore? È in pericolo. Anche i narcotrafficanti avranno letto l'articolo su La Stampa e sapranno il nome e l'indirizzo di chi ha preso la borsa; farà di tutto per recuperarla.

– Lo sappiamo. Il tuo articolo ci è stato utilissimo al riguardo, ed abbiamo deciso di usare la moglie del professore come esca: appena qualcuno dei narcotrafficanti dovesse avvicinarsi alla villa, troverà ad attenderli al varco due squadre di tre elementi ciascuna, una su una "volante" della polizia ed una su una macchina civetta dei carabinieri, per lui non ci sarà scampo.

Ti lascio, caro Cottafava, c'è una bellona che mi fa gli occhi dolci e continua ad umettarsi le labbra con la lingua. Ricordati che mi devi una cena regale per quello che ti ho detto, ed anche una busta di auguri per le prossime feste sarebbe gradita.

Carlo chiuse il telefonino e rassicurò il professore: sua moglie era protetta giorno e notte da tre poliziotti e da tre carabinieri, protezione che neppure il Presidente del Consiglio poteva disporre.

– Sarà bene che torni a Vercelli quanto prima per chiarire la mia posizione. Potrei mettermi in viaggio entro un'ora, ed anche meno, in modo da essere in Questura domattina.

Carlo si fece cogliere impreparato dall'intento del professore: se il professore avesse fatto chiarezza con gli inquirenti sui fatti accaduti, gli avrebbe notevolmente ridotto il numero di *scoop* che aveva in animo di scrivere disseminandoli per la durata della settimana successiva, limitandolo a quello che avrebbe potuto trasmettere quella sera stessa; ovvero che, a dispetto delle difficoltà incontrate, era riuscito a rintracciare il professore e ad intervistarlo, fornendo così la sua versione dei fatti.

Non sarebbe stato uno *scoop* da poco; il commissario Cantalamessa e gli altri inquirenti avrebbero fatto una ulteriore figura di merda, ma lui voleva ben altro, voleva arrivare per primo ad interrogare Sebastiano, che a quel punto gli sembrava il miglior indiziato di essersi impossessato della borsa; possibilità che sarebbe svanita se il professore avesse fornito la sua versione agli inquirenti, perché il commissario, anche se coglione, ed anche se non avesse preso per oro colato la versione fornita dal professore, in via cautelativa avrebbe fatto cercare Sebastiano per interrogarlo. Per Carlo era dunque imperativo dilazionare per quanto possibile il contatto del professore con gli inquirenti, anche per non vanificare la botta di culo capitatagli col disordine in cui versavano gli elenchi dei residenti nel Municipio di Jesi, e che le ricerche fatte da 10 carabinieri difficilmente avrebbero risolto con rapidità. Il professore si era già alzato per cambiarsi e poter ripartire subito, quando Carlo lo richiamò e gli disse:

– Aspetti professore, non tanta fretta; se parte subito dovrà guidare tutta notte col maltempo per essere a Vercelli domattina, alla sua età dovrà far riposare gli occhi di tanto in tanto, le verranno dei colpi di sonno e sarà costretto a fermarsi per far passare la stanchezza...

– È vero, ma voglio far chiarezza quanto prima. Ne va della mia onorabilità, e se ciò dovesse procurarmi dei disagi, ebbene li supererò, come li ho sempre superati.

Carlo non si dette per vinto e provò con un'altra linea d'attacco:

– Temo che non basterà, professore, come prima cosa la polizia penserà che non appena riavuta la disponibilità della BMW è fuggito fin qui per nascondere la borsa, perquisiranno questa casa come avranno già perquisito la sua a Casaleggio, interrogheranno sua sorella fino a farla cadere in contraddizione, vedranno la vanga, i suoi abiti ed i suoi scarponi sporchi di terra e le butteranno per aria il giardino perché penseranno che vi abbia sotterrato una scatola metallica con dentro la borsa, io stesso l'ho pensato quando l'ho vista rientrare in casa in abiti da lavoro e con gli scarponi infangati. Cercheranno Sebastiano, sicuro, ma nel frattempo avranno lei da torchiare prima di trovarlo. Chiederà che gli inquirenti sentano la testimonianza di Caruso, e la polizia lo sentirà di sicuro, ma lei sa benissimo che un carrozziere-meccanico è sempre molto indaffarato: oggi deve andare in fiera, domani dal commercialista, posdomani in tribunale per una perizia... tanto ci sono i suoi operai a lavorare anche per lui. Prima che si renda disponibile a rendere la testimonianza che la solleverebbe da ogni guaio con la legge, possono passare dei giorni, e nel frattempo lei sarà il principale sospettato, anzi il solo sospettato. Sua moglie e sua sorella saranno tenute sotto stretta sorveglianza, per proteggerle da malintenzionati, certo, ma anche perché sospettate di essere sue complici e di sapere dove ha nascosto ha borsa. Una settimana di questa vita e ne usciranno distrutte. Ma anche supponendo che fra una settimana riuscisse a dimostrare la sua estraneità ai fatti, l'avrà dimostrata solo alle forze dell'ordine, e là fuori c'è una banda di narcotrafficanti che non aspetta altro che si attenui la protezione che la polizia può darle, a lei ed ai suoi cari...

– Va bene, mi ha terrorizzato abbastanza – lo interruppe il professore – cosa propone che faccia?

– Niente! Per alcuni giorni, al massimo per una settimana, non dovrà fare niente. Non contatterà nessuno, si farà venire un accidente e si metterà a letto con la febbre alta, acquisterà dei farmaci che ammucchierà sul comodino... ha presente "Il malato immaginario"... è il momento adatto di recitare quella parte, dovessero scovarla in questo posto abbandonato da Dio e dai lupi.

– Ma presto o tardi dovrò ben guarire, o preferisce che muoia in contumacia? Voi intanto come utilizzerete il tempo guadagnato?

– Rintracciando Sebastiano, per poi intervistarlo e scrivere l'articolo su La Stampa che le toglierà di dosso, da lei e dei suoi cari, sia la polizia, sia eventuali malintenzionati. –

– E perché lei dovrebbe riuscire a fare queste cose in tempi brevi e la polizia no?

– La polizia non sa nulla di Sebastiano, può venire a saperlo solo interrogando il carrozziere, ma non ha alcun motivo di farlo avendo già lei nel mirino, ma le assicuro che ci metterà qualche giorno a scovarla qui. Se a questo aggiungiamo una bella influenza ad impedirle di viaggiare...

– Ma può venire qualcuno da Ancona ad interrogarmi, per poi riferire agli inquirenti di Vercelli.

– Lo escludo. Il commissario Cantalamessa non rinuncerà mai al piacere di interrogala di persona, a costo di venire fin qui di persona, ma non verrà, perché avrà paura che lei possa attaccargli l'influenza.

– Mi ha convinto. Ora vado a dire a mia sorella cosa deve fare e come comportarsi se dovessero presentarsi i carabinieri. Arrivederci.

Carlo ed il collega Fassino insistettero per salutare la signora Nilde, poi se ne andarono sotto un diluvio che li costrinse a guidare molto lentamente su una strada con pozzanghere in cui le ruote affondavano fino ai mozzi e con tratti completamente allagati. Giunsero a Montemarciano poco prima delle dieci, con Carlo che aveva i crampi dalla fame, ed entrarono in un simpatico ristorante sul lungomare, ove si fecero un'abbuffata colossale di gamberoni, di anelli di totano, di scampi, e di frutti di mare in ogni salsa, innaffiarono il tutto con tre bottiglie di Verdicchio e si alzarono da tavola a mezzanotte, troppo brilli per scrivere un articolo di qualche interesse, che comunque sarebbe giunto in redazione troppo tardi per andare in stampa.

Capitolo XIII

Sabato, 11 novembre

Daniela e Marisa erano sedute una di fronte all'altra davanti a una ricca colazione che avevano appena intaccato, e stavano decidendo quale risposta dare al geometra Pittaluga in merito alla sua proposta di associarsi con loro nell'impresa che avevano intrapreso, di trasformare un capannone industriale in un *night-club* alla moda.

– Io sono più che favorevole ad associarmi con lui – disse Daniela – perché così potremo disporre delle conoscenze di un vero professionista, che a sua volta potrà indirizzarci dalle persone giuste che conosce, penso al commercialista, ad un architetto-arredatore, ad un giardiniere, poi potrà dirigere l'operato delle ditte incaricate dei lavori meglio di quanto potremmo fare noi; è vero che sono tutte cose che farebbe ugualmente pur di leccarcela, ma vorrei separare quanto prima il sesso dagli affari.

– Parole sagge. Sono d'accordo con te, ma noi ci abbiamo già messo il contratto d'affitto del capannone e due mesi di caparra, e per quanto possa rendersi utile in seguito, fino ad ora non ha cacciato una lira; è vero che ci fatto un megasconto sull'affitto e ci ha offerto una cena deliziosa, ma per quello è stato ampiamente ripagato in natura – volle puntualizzare Marisa.

– Stai tranquilla che conguaglieremo in sede di stipulazione della società, a costo da consumargli l'uccello a furia di pompini. E sia ben chiaro che il controllo della società dovremo averlo noi.

– Cosa intendi fare con Sebastiano?

– Nulla. Se non gli sta bene la parte che gli ho fatto fare, può andare al diavolo. Al massimo, proprio perché è senza lavoro, posso fargli grattare e verniciare la cancellata di recinzione del capannone, ed in seguito fargli accudire il giardino. E tu, che intenzioni hai con Mario?

– Glielo dirò solo a cose fatte, quando non sarà più possibile tornare indietro, così se avrà da ridire lo manderò al diavolo.

– Allora è deciso! Telefono al geometra per dirgli che saremo da lui fra un'ora. Come ci vestiamo?

– Beh, non è più necessario che ci vestiamo da troie.

Mezz'ora dopo erano in viaggio per Novara a bordo della Corsa di Marisa, con la marmitta sempre più rumorosa, ed appena in città essa si staccò e strisciò sull'asfalto con un rumore infernale. Marisa riuscì a fermare l'auto in una piazzola vicino ad alcune concessionarie, e fu tentata di emulare quanto fatto dall'amica il giorno prima alla concessionaria della Volvo, ma vuoi per l'avvicinarsi dell'ora dell'appuntamento, vuoi per il fatto che comunque non avrebbe potuto ritirare subito qualsiasi auto avesse preso, vuoi per essersi fermate presso una fermata d'autobus, rinunciò e con l'amica raggiunse la fermata.

L'autobus arrivò pochi minuti dopo, le ragazze salirono ma non sapevano come fare per il biglietto; chiesero a dei ragazzi che erano saliti con loro, ma loro risposero che non avevano mai fatto il biglietto ed avevano sempre viaggiato a sbafo, e le consigliarono di fare altrettanto. E così fecero. Quando furono quasi in centro salì un controllore, che cominciò a chiedere ai passeggeri un documento di viaggio, ma salvo pochi abbonati nessuno l'aveva e le ragazze ritennero più prudente scendere.

– Il nostro biglietto l'hanno quei ragazzi là in fondo – disse Daniela dribblando il controllore ma strusciando le tette contro il suo torace.

– Io sono con lei – disse Marisa facendo altrettanto.

Poi le due amiche scesero dal bus ridendo come oche, e si avviarono allegre verso lo studio del geometra, poco lontano.

Il geometra Pittaluga le accolse con esagerata giovialità, le baciò sulle labbra, le tastò come per accertarsi che ci fosse tutto, le pilotò attraverso l'anticamera fin nel suo *sancta sanctorum* sospingendole con le mani sul culo, e qui giunti offrì loro un tè coi pasticcini.

– Allora avete deciso di prendermi come socio. – affermò il geometra entrando subito in argomento – Grandioso! Non sapete quanto mi avete reso felice.

– Aspetta a godere Piero – gli disse Daniela – prima ascolta le nostre condizioni.

– Sono tutt'orecchi, sparate.

– Qualsiasi società faremo, saremo soci per 1/3 a testa.

– Okay, accetto.

– Fino ad ora abbiamo avuto delle spese, per esempio le due mensilità di acconto sull'affitto, ovvero 4 milioni, che dovranno essere conguagliati.

– Naturale, consideratelo già fatto, altro?

– Sì – disse Marisa – sesso e affari dovranno viaggiare di norma su binari distinti, salvo sporadiche eccezioni.

– Ovvio, ma spero che ciò che è intercorso fra noi non sia una "sporadica eccezione", o almeno che non sia "sporadica" – rispose il Pittaluga, poi aggiunse – Comunque sono pienamente d'accordo con voi. Mi sono permesso di invitare un commercialista, lo stesso che mi assiste in tutte le questioni contrattuali, fiscali e tributarie, appena ho saputo che sareste venute; dovrebbe arrivare a minuti. Dove avete parcheggiato l'auto? Volete spostarla nel cortiletto interno prima che passino i vigili a multarla?

Marisa raccontò dell'inconveniente avuto dalla sua Corsa e di essere venute col bus, ma evitò di raccontargli come avevano dribblato il controllore. Piero si informò davanti a quale concessionaria aveva abbandonato l'auto, e saputo che era quello della Volkswagen, le disse che avrebbe provveduto subito a risolvere il problema. Consultò una rubrica telefonica, compose un numero e fece udire alle ragazze la telefonata in vivavoce, forse per impressionarle.

– Ciao Edoardo, sono Piero – disse quando gli passarono il titolare – Una mia carissima amica ha perso la marmitta davanti alla tua bottega ed è rimasta a piedi – interrogò con gli occhi Marisa che gli disse un nome a bassa voce, ma esagerando il movimento delle labbra – Si tratta di una Opel Corsa. Se la devi riparare? – interrogò novamente Marisa cogli occhi – No! Vuole un'auto nuova, ma la vuole subito, per non dover fare l'autostop fino a casa. No! Non ha i documenti che hai chiesto, ma te li può far avere lunedì. Puoi darle un'auto che hai in casa con la targa "in prova" così è anche assicurata? Bene! E che auto hai in casa, pronte da portar via. Una Passat diesel blu cobalto? – interrogò ancora Marisa che annuì – Sarebbe perfetta, ma che accessori le dai? Catene da neve, set per fermate d'emergenza con torcia, accendisigari, tappetini, triangolo... e dai, sprecati... e *plaid* per camporelle improvvise. Ha! Ha! Capisco, per l'autoradio ed i fari antinebbia ti serve più tempo per farli montare... capisco. E se venisse a ritirarla alle 18 – 18.30 la potrà portare via cogli accessori che mi hai detto? Si? Benissimo. Come intende pagarla? A rate ovviamente, un anticipo minimo e tante comode rate mensili. Ti dirà lei su che banca appoggiare le tratte. Ti saluto Edoardo, e non farmi fare brutta figura. – quindi riappese guardando che effetto aveva avuto la sparata sulle ragazze.

Esse erano affascinate dall'influenza che quell'omino esercitava, e contentissime di averlo per socio. Marisa si alzò ed aggirò la scrivania, si chinò sul geometra e gli diede un lungo, goloso e dolcissimo bacio sulle labbra mentre il Pittaluga la sorreggeva peri grossi seni.

Arrivò il commercialista, Gianni Ticozzi, una persona di mezz'età alta e robusta, capelli castani, barba, occhiali di tartaruga e l'aria di una persona molto sicura di sé; Piero fece le presentazioni, e per evitare di essere troppo formale, presentò tutti col solo nome e chiese se fossero tutti d'accordo di passare subito al "tu".

Tutti acconsentirono e Gianni, dopo una breve introduzione sui vari tipi di società, e saputo di cosa si sarebbe occupata la società da costituire, propose di costituire una Srl:

– È sicuramente il tipo di società più adatto al vostro caso. È vero che presenta un aggravio delle spese di costituzione e di amministrazione rispetto alle società di persone, ma tanto non dovrete occuparvene voi, farò tutto io, dalla rappresentanza legale. Alla tenuta dei libri sociali, agli adempimenti fiscali, tutto insomma.

Voi dovrete solo presentarmi la fattura per ogni spesa che abbia un minimo di attinenza con l'attività svolta e prevista fra gli scopi della società, dall'acquisto della cancelleria a quello dei biglietti dell'autostrada, dagli emolumenti corrisposti agli artisti all'acquisto di arredi e di impianti, ogni spesa, d'accordo? Vi avviserò io nel caso doveste eccedere nelle spese.

Riguardo agli incassi fatturerete regolarmente tutto, niente "nero", almeno fintanto vi dirò che state incassando troppo. Capito tutto? Bene. Quale sarà lo scopo della società? Qualsiasi cosa legale in cui vorrete cimentarvi, dalla costruzione di una portaerei a quella di fiammiferi, dalla fornitura di servizi a qualsiasi cosa vi venga in mente, ma devo sapere prima se la società vi assumerà e vi pagherà stipendi o no. Non è necessario che mi diciate adesso quanto volete di stipendio, ma solo se prevedete che possano esservi corrisposti. Sì? Bene! Come capitale iniziale servono 20 milioni. No! Non occorre che me li diate subito. Sono milioni figurativi, perché come primo atto farò richiesta che il capitale versato possa essere utilizzato per i fini societari. Mi basta che sul conto corrente della società che aprirete lunedì vi sia abbastanza denaro per acquistare i libri contabili, pagare le tasse di registrazione, e poche altre bagole. Domande? No! Bene...

– Alto là! – esclamò Daniela – mi hai frastornato. Intendi dire che se voglio comprarmi una stola di volpe devo chiedere la fattura per poterla scaricare?

– Mmm – pensò alcuni istanti Gianni – proprio una stola di volpe per il tuo uso personale, no, anche se ti serve per scaldarti, ma un piumino d'oca con il logotipo della ditta sulla schiena, sicuramente sì.

– La bolletta del telefono? Quella dell'ENEL? Il conto della parrucchiera? – chiese Marisa.

– Ogni cosa intestata alla società può essere scaricata, se riterrete che possa esserci promiscuità fra l'uso personale e quello societario, chiedete prima a me, ma acquisti fatti *cum grano salis* sono in genere scaricabili. La parrucchiera però, temo che debba pagarla con soldi tuoi, carina. Ma non ti preoccupare, dopo una settimana saprai tu stessa come comportarti.

– Ed i ristoranti? – chiese Piero ad uso delle ragazze.

– Come ben sai, perché sono vent'anni che ti abbuffi scaricando tutto, sono completamente scaricabili, qualunque sia il numero dei commensali, ma naturalmente non bisogna esagerare: non è verosimile che ogni giorno la società inviti a pranzo 200 persone; l'importante è non dare nell'occhio e stare nei limiti di spesa che vi dirò.

– Temo che ti riempirò di domande finché non ne potrai più e mi manderai al diavolo, ma mi piace assai questo tipo di società – disse Marisa dopo aver scambiato un'occhiata con l'amica.

– Escludo di poter mandare al diavolo un cliente pagante, soprattutto se ha le vostre fattezze. Ve l'ha detto nessuno che siete splendide?

– Ce lo dicono in continuazione, soprattutto quando ce la stanno battendo – disse sfacciatamente Marisa.

Gianni sorrise e schiacciò l'occhio alla ragazza, poi continuò:

– Allora quanto indichiamo come capitale sociale? Il minimo, come ho getto, sono 20 milioni.

– Io propongo di versare 6,8 milioni a testa, le ragazze mi hanno già affidato 4 milioni, quindi dovranno versarne solo 4,8 ciascuna; se non l'avessero… – propose Piero.

– Li abbiamo, li abbiamo – disse Marisa estraendo la sua mazzetta di banconote da 100.000 lire e contando 48 banconote.

Daniela fece altrettanto, poi disse all'amica che stava rimanendo con pochi liquidi e che lunedì sarebbe passata in banca. Marisa disse che l'avrebbe accompagnata. Piero consegnò a Gianni un assegno circolare che intestò sul momento, poi disse:

– Le ragazze hanno affittato un capannone ed una palazzina nella zona industriale di San Pietro per 2 milioni al mese e appena possibile vogliono girare l'affitto sulla costituenda società per 3 milioni al mese. È possibile, ti sembra un prezzo eccessivo? – chiese Piero.

– No, mi sembra equo. Appena avrò registrato la società e questa avrà un codice fiscale ed una partita IVA si potrà stendere un nuovo contatto di subaffitto, sempre che la proprietà consenta una tale possibilità. Entro la fine della prossima settimana sarà tutto pronto. Forse più tempo occorrerà per assumere le ragazze – e rivolto ad esse chiese – vi va bene se la società vi assumerà con la qualifica di dirigente a 800.000 lire al mese? Può assegnarvi anche uno stipendio superiore, ma attenzione che su quello dovrete poi pagare le tasse sul reddito: una vera rapina.

Ce l'avete un commercialista a gestire le vostre finanze personali? No? Allora ve lo farò io, gratis, perché ne addebiterò il costo alla società; e questa volta più "nero" c'è e meglio è. Piero, tu invece emetterai fatture di 800.000 lire mensili in capo alla costituenda società. A proposito, chi farà l'Amministratore della società? – chiese guardando le ragazze.

– Che responsabilità ha l'Amministratore? – chiese Daniela.

– Tutte, ed al contempo nessuna, dipende dai casi; per esempio, è quello che va in galera nel caso i libri contabili non fossero in ordine. Con me però non succederà, e comunque, in Italia, in galera per quello non ci va quasi nessuno, e mai per somme così limitate come quelle che maneggerete voi.

– Io sono rimasta indietro – disse Marisa – intendi dire che la società ci stipendierà sul serio con 800.000 lire al mese? –

– Sì, oltre che alla 13^ e 14^ mensilità, alle ferie pagate, ai contributi previdenziali, indennità di malattia ed altre prebende. Dopotutto siete dirigenti, perbacco! Gianni invece dovrà accontentarsi di 800.000 lire + IVA senza prebende, ma alla fine avrà molte meno tasse sul reddito da pagare: lui è un libero professionista.

– Lasciaci un po' di tempo per decidere chi di noi deve fare l'Amministratore. Sono ancora frastornata ed ho mille domande da farti.

– Certo, e direi che il posto migliore per decidere e per rispondere a tutte le vostre domande è un buon ristorante. Manca poco a mezzogiorno, proporrei di partire subito e di andare a pranzare ad Arona.

– Io ci sto – disse Piero, seguito a ruota dal sì delle ragazze.

– C'è solo un'altra cosa da stabilire, e che non vi ho ancora chiesto: che nome intendete dare alla società?

– A quello abbiamo già pensato – disse Daniela rivolta anche a Piero – A noi sembra che "Barbarella" sia un nome adatto per un *night club* con *privée*.

– Più che adatto, è azzeccatissimo – disse Piero.

– Vada allora per la"Barbarella s.r.l." – concluse Gianni, quindi uscirono tutti dall'ufficio e scesero nel cortiletto ove erano parcheggiate la Mercedes del geometra ed il Porsche 911 del commercialista, che aveva l'ufficio nello stesso palazzo.

Daniela salì sulla Mercedes di Piero, Marisa sul Porsche di Gianni ed all'una furono sul lungolago di Arona, al ristorante "Barcaiolo", ove fecero una memorabile mangiata di pesce.

Durante il pranzo Marisa e Gianni flirtarono senza ritegno, segno che l'opera di seduzione di Gianni era iniziata ben prima, appena partito da Novara, e nella mezz'ora di viaggio Marisa si era invaghita di lui: gli piaceva il suo aspetto, la sua professionalità, il suo decisionismo, il modo di fare e di parlare, senza dar requie all'interlocutore, si sentiva protetta, ammirata e persino piacevolmente sottomessa a lui, e non ultimo gli piaceva il suo Porsche e la sua solidità economica. In definitiva si fidava di lui ed accettava qualunque cosa proponesse, tanto che la voglia di domandargli mille cose per essere rassicurata in merito alla costituenda società gli era passata, anche perché voleva sfruttare quell'occasione per conoscere il più possibile di lui, e per godere della sua compagnia senza distrazioni "societarie" di sorta.

Anche Daniela era entusiasta per come si mettevano le cose con Piero, anche se in un primo tempo avrebbe preferito confrontarsi con Marisa sulla caterva di cose nuove che il commercialista le aveva rovesciato addosso. Piero l'aveva rassicurata sul conto di Gianni: era suo commercialista da vent'anni e non aveva mai avuto da recriminare qualcosa del suo operato, gli teneva i conti in modo superbo, tanto che ogni anno si trovava a dover pagare pochissimo di tasse, dunque poteva anche lei seguire le sue indicazioni a occhi chiusi, ed invece di cercare di capire cose che non avrebbe mai capito, avrebbe meglio impiegato il suo tempo a divertirsi.

Per dar un seguito a tale suggerimento, con *nonchalance* le tenne una mano all'interno della coscia, con digressioni per arruffarle i peli pubici e per penetrarla con due dita. Il loro arrivo ad Arona coincise con un orgasmo di Daniela, ed anch'ella, al ristorante, pur apprezzandone la cucina, non smise un istante di flirtare con lui, conscia di stare per innamorarsi.

Finito il pranzo, le due coppie tornarono a Novara chiacchierando felici, parcheggiarono nel cortiletto del palazzo e salirono negli appartamenti privati dei professionisti, Daniela in quello di Piero, Marisa in quello di Gianni, situato al piano superiore. Entrambe erano consapevoli che erano state portate lì non certo per vedere una collezione di farfalle, e sia l'una che l'altra erano più che disposte ad assecondare ogni desiderio dei nuovi partner.

Quasi avessero concordato i tempi delle loro mosse, si tolsero i vestiti ed esibirono la *lingerie* raffinata che indossavano, si fecero togliere anche questa dai partner e rimasero nude a farsi ammirare la strepitosa *silhouette,* poi presero a svestire gli uomini con lentezza, e nel farlo si strusciarono provocatoriamente su di loro, infine Gianni prese in braccio Marisa e la depositò sul suo lettone ad acqua, mentre Piero, che non aveva il fisico di Gianni, pilotò Daniela nel suo letto con baldacchino.

Le due coppie diedero la stura ad una serie di scopate selvagge (beh, quella di Piero appena sufficiente) di leccate e di pompini golosi, per concludersi con una rude sodomizzazione. Come se fossero eterodirette, le due coppie misero fine alla giostra alle 17.30, completamente esauste ma felici come Pasque, si rivestirono, si scambiarono il numero dei cellulari e si promisero di rivedersi presto, perché Gianni aveva da lavorare e Piero si era impegnato ad accompagnare le ragazze alla Volkswagen.

Giunsero alla concessionaria alle 18.30 in punto, qui Piero presentò le ragazze al titolare, raccomandandogli di trattarle coi guanti; le ragazze vollero vedere la Passat superaccessoriata e ne furono entusiaste, quindi passarono in ufficio ove Marisa, assistita dall'amica, compilò 44 cambiali da 300.000 lire mensili e lasciò un acconto di 300.000 lire in contanti, per un totale di 13.500.000 lire. Marisa uscì dalla concessionaria gasata come non mai, Daniela era ancor più felice per lei, ed insieme tornarono a Vinzaglio.

Sotto casa trovarono Mario che le attendeva in auto.

– Che cazzo vuole da noi? – si chiese Daniela – Vuoi vedere che è in crisi di astinenza-fica e ci ha aspettate al varco per tutto il giorno per avere la dose quotidiana.

– Non maltrattarlo, ché ci può essere ancora utile, sentiamo cosa ha da dirci, ma stiamo sulle generali su quello che abbiamo fatto circa la società. E naturalmente non diciamogli nulla sulla superscopata pomeridiana – disse Marisa ridendo mentre usciva dall'auto.

Mario salutò le ragazze e le baciò, Daniela sulle guance, Marisa sulle labbra, poi disse che aveva provato a telefonarle per tutto il pomeriggio perché aveva una cosa importante da dirle, ma loro avevano tenuto spento il telefonino per tutto il tempo. Salirono nell'appartamento delle ragazze e Daniela preparò l'aperitivo per tutti. Mario le chiese se avessero letto La Stampa, ed al loro diniego, tolse di tasca una pagina più volte ripiegata e la distese sul tavolo, in modo che le ragazze la potessero leggere; quand'ebbero finito disse:

– Adesso che conosce il nome del proprietario della BMW ed in quale carrozzeria è stato sostituito il lunotto, la polizia impiegherà pochissimo tempo per scoprire che alla guida della BMW c'era Sebastiano, dopo che l'aveva presa senza il permesso né del proprietario, né del carrozziere; verrà forse incriminato per appropriazione indebita, e verrà sicuramente interrogato in merito alla borsa sparita al passaggio a livello.

– Beh, se dovesse essere incriminato, se la sarà solo cercata. – disse Daniela – Ha voluto far colpo su di noi presentandosi con una BMW? Adesso ne paghi il fio; anche se non penso che quel Pionati e quel carrozziere, se non l'hanno fatto finora, lo denunceranno adesso solo perché sono finiti sul giornale, e l'appropriazione indebita è perseguibile solo in seguito a querela di parte. Quanto ad essere interrogato sulla borsa, cosa può dire? La verità! Che non c'era nessuna borsa vicino al cadavere; almeno credo.

– Non poteva averla presa lui – precisò Marisa – Quando l'abbiamo visto rientrare in auto non aveva nessuna borsa con sé, e neppure tu.

– Infatti. Io gli ho promesso che avrei testimoniato in questo senso, ma nel caso che la polizia ci dovesse chiedere se ci fosse stato qualcun altro sulla BMW, abbiamo pensato di rispondere che non c'era nessun altro, per non crearvi nessun fastidio.

– Che pensiero carino! – ironizzò Marisa – Ma sicuramente dettato dall'autoconservazione, perché se ci aveste coinvolte in qualsiasi modo, alla prima occasione vi avremmo staccato l'uccello a morsi.

– Allora d'accordo: sulla BMW c'eravamo solo io e Sebastiano – quindi, rivolto a Marisa – Ho visto che sei arrivata con una Passat con la targa "in prova", che fine ha fatto la tua Corsa?

– Si è rotta davanti alla concessionaria della Volkswagen, allora l'ho data dentro ed ho comprato questa – poi, per tranquillizzare Mario, aggiunse: – a rate naturalmente.

– Ullallà! Allora bisogna andare a festeggiare. Potremmo andare in pizzeria, così potrete raccontarmi cosa avete concluso ieri sera col proprietario del capannone, e poi cosa avete fatto oggi a Novara...

– Ma che importuno curioso! – lo rimproverò Marisa – ma neanche un finanziere, ma che dico, neanche un carabiniere ti scasserebbe le balle in questo modo. Non voglio andare in pizzeria, sono stanca e stasera voglio appisolarmi davanti alla TV.

– Domani allora, domani potremmo fare un giro fino al Santuario di Oropa...

– E poi fare una ciulatina con Marisa nei boschi lì attorno? – provocò Daniela – Mentre io corro nuda e con le tette al vento fra felci e cespugli di mirtilli inseguita da un boscaiolo arrapato?

– Non pensavo che proporvi di fare una gita potesse suscitare tanto sarcasmo – rispose piccato Mario, poi guardò Marisa per avere una sua risposta.

– Domani dovremo vederci con un architetto per interni per scegliere gli arredamenti – mentì Marisa – poi, se ci rimarrà tempo, visiteremo un garden per scegliere le piante da mettere all'esterno.

– Siete così avanti nel vostro progetto? – si stupì Mario, per poi protestare: – Ma domani è domenica, sarà tutto chiuso.

– Guarda che non tutti riescono a far soldi lavorando un giorno sì e due no; per la maggioranza delle persone ogni momento è buono per guadagnare qualcosa – ironizzò Daniela.

– Cerchiamo di separare il dovere dal piacere. – lo invitò Marisa – Lasciaci lavorare in pace, perché non c'è nessuno che possa mantenerci, e neppure lo vorremmo. Lunedì dovremo venire in banca e verremo a trovarti, poi potremo farci una pizza insieme.

– Se sei tanto contrariato per la prospettiva di passare la domenica a farti seghe, ti posso dare il numero di telefono di una mia amica troia che sarà entusiasta di farsi sbattere da un bancario, anche se preferirebbe un banchiere – offrì Daniela, e scrisse sulla pagina di giornale rimasta aperta sul tavolo il nome Nadia seguito da un numero di telefonino.

Mario prese atto del nuovo corso imposto dalle ragazze e, deluso dall'atteggiamento di Marisa, ritenne opportuno andarsene, ma senza dimenticare di prendere il foglio di giornale col prezioso numero di telefono.

Uscito che fu, le due ragazze si misero a parlare di quanto avevano appreso dalla lettura del giornale.

– C'è una cosa che mi preoccupa. – cominciò Daniela – Del destino di Sebastiano non mi frega niente, anche se sono sicura che con la testimonianza di Mario la polizia non potrà accusarlo di aver preso la borsa e di essere stato di intralcio alle indagini; ma anche il capo dei narcotrafficanti avrà letto il giornale, e saprà a chi rivolgersi per recuperare il denaro. Interrogherà prima il Pionati, poi il carrozziere ed infine arriverà a Sebastiano. Lui se ne fregherà della testimonianza di Mario, anzi, penserà che anche lui poteva essersi impossessato della borsa, o che il denaro se lo siano divisi appena allontanati dal passaggio a livello. Non sono sicura che, sotto tortura, quei due non ci tireranno in ballo.

– Faranno senza dubbio i nostri nomi, non fosse altro che per testimoniare che loro non avevano preso nessuna borsa, e così il narcotrafficante avrà altri due soggetti da torturare per poterla recuperare: noi due. Subito no, ma presto saremo in pericolo, un pericolo mortale.

– Io non voglio correre il minimo rischio di essere torturata. Dovremo cambiare casa quanto prima, e dovremo fare in modo che Mario e Sebastiano non vengano a sapere dove ci siamo rifugiate. Ora come ora l'unico posto che mi viene in mente è l'appartamento di Piero per me e quello di Gianni per te.

– Pensavo anch'io la stessa cosa, ma dovremo procedere con prudenza per non sembrare invadenti; quei due non devono avere la sensazione che siamo a caccia delle loro sostanze e che vogliamo insediarci a casa loro per essere mantenute.

– Ma cosa dici mai? Dimentichi che le ricche siamo noi? 300 milioni non sono bruscolini – pontificò Daniela, quindi prese il cellulare e telefonò a Piero, mentre Marisa faceva altrettanto con Gianni. La telefonata delle ragazze fu pressoché identica, come se stessero recitando lo stesso copione. Dissero che erano a casa e che si sentivano ancor più sole dopo l'esaltante pomeriggio passato insieme, e che era triste passare un sabato sera a guardare delle cagate alla TV invece di andare in giro a divertirsi; dissero di non aver cenato perché non avevano nulla in casa da cucinare, ma di non voler neppure andare in pizzeria perché il sabato sera erano sempre piene di giovani che facevano cagnara; ammisero che sì, anche dopo l'abbuffata al ristorante di Arona, nello stomaco c'era ancora spazio per una cenetta leggera.

Assicurarono che sarebbero arrivate sotto al loro palazzo in mezz'ora, perché non si sarebbero cambiate, ma di non scegliere un locale troppo elegante. Dissero che non faceva differenza se a cena si fosse stati in quattro o se avessero cenato *tête-à-tête* ed a lume di candela, lasciando intuire che comunque nel dopocena ogni coppia avrebbe fatto per conto suo.

Alle 21 le ragazze arrivarono al palazzo del centro di Novara e trovarono ad attenderle sul portone i nuovi amori. Piero aveva già tolto la Mercedes dal cortiletto e Marisa parcheggiò la Passat al suo posto.

– È inutile muoversi con due auto quando ne basta una – disse Piero – così potrò bere senza ritegno; voglio dire che, nel caso dovessi bere troppo, guiderà una di voi; Gianni no perché lui guida solo auto sportive e dice che la Mercedes è un'auto per vecchi con problemi di prostata.

– Guarda che anche noi intendiamo fare onore ai vini, anzi, più siamo alticce e più siamo birichine – disse maliziosamente Daniela.

– Dove intendete portarci? – chiese Marisa – non lontano spero. Io ho già un po' d'appetito.

– Avete mai mangiato le rane? – chiese Gianni – No? Allora andremo in una trattoria di campagna dove le cucinano in diversi modi e dove per il resto si mangia benissimo; non è affatto un posto "elegante" come avete chiesto.

– No, non le ho mai mangiate – rispose Marisa – ma se sono afrodisiache le mangerò molto volentieri.

Salirono in auto e partirono per Proh, una località ad una quindicina di chilometri a Nord di Novara, e per tutto il breve viaggio Piero accarezzò una coscia di Daniela, cercando di intrufolarsi con la mano nelle mutandine, mentre sul sedile posteriore Marisa e Gianni si diedero parecchio da fare, tanto che solo il loro arrivo in trattoria interruppe un rumoroso pompino.

Mangiarono affettati misti, paniscia in versione novarese, rane in umido, rane fritte e frittata di rane, bevvero Barbera, Bonarda e Cabernet, le ragazze vollero una fetta di torta Saint-Honoré per dolce e pretesero che i loro accompagnatori prendessero un tiramisù. Si alzarono da tavola alle undici, Gianni guidò fino a Novara e parcheggiò ad alcuni isolati da casa, ma ugualmente in divieto di sosta. Mentre si avviavano verso il loro palazzo, Marisa disse che era troppo brilla per guidare ed anche Daniela disse che era poco propensa a guidare l'auto nuova dell'amica dopo aver bevuto tanto. Gianni e Piero vietarono alle ragazze di mettersi al volante, e si dichiararono più che disponibili ad ospitarle nei loro appartamenti.

Marisa e Daniela, nel salire le scale, si fecero l'occhietto per compiacersi di aver quasi raggiunto l'intento che si erano prefissate, ed una volta dentro gli appartamenti dei partner, si spogliarono nude e si infilarono una nel letto a baldacchino, ed una nel letto ad acqua. Ma non fu affatto una notte di sesso sfrenato, tutti avevano mangiato e bevuto troppo, e dopo qualche strusciamento indecente, ed alcune palpate al culo ed alle tette, si misero tutti a dormire come angioletti.

Capitolo XIV

Domenica, 12 novembre
Mario aveva ciondolato per tutta la mattina nell'unica stanza del
suo appartamento, aveva provato a prepararsi la colazione, ma
si era accorto che il latte, lasciato fuori dal frigo, si era inacidito,
e che nel barattolo non c'era abbastanza caffè da riempire il filtro
della Moka, poi si era dedicato senza troppa convinzione a mettere un po' d'ordine, ma aveva desistito quando si era accorto che
spostava da un posto all'altro oggetti che invece si sarebbe dovuto
riporre in un armadio, o essere gettati via. Il pensiero che Marisa avesse preferito passare un giorno festivo a dedicarsi ai suoi
affari anziché stare con lui, possibilmente a scopare, ogni tanto
si affacciava nella mente e lo faceva sprofondare nella tristezza;
poi lo cacciava per dedicarsi a qualcos'altro, come, per esempio, a
mettere ammollo mutande e calzini sporchi, ma quando si accor-
geva di aver finito il detersivo, doveva interrompere il lavaggio,
ed il pensiero tornava, suscitandogli questa volta un sentimento
di sorda rabbia.
Una donna! – pensava il *single* pentito – mi serve una donna che
si faccia carico di tutte queste banali faccende domestiche, ma una
domestica a ore no! Non poteva permettersela: gli avrebbe pro-
sciugato il *budget* dedicato al divertimento, alle cene al ristorante,
ai *week end* al mare ed in montagna, alla palestra… inoltre, anche
se se la fosse potuta permettere, neppure l'avrebbe voluta, perché
nel giro di poche settimane avrebbe cominciato a lamentarsi che
lui non collaborava per facilitarle il lavoro: lasciava in giro per la
stanza i vestiti sporchi, non appaiava le scarpe quando se le to-
glieva, non ritirava i libri e le riviste, non gettava nella pattumiera
gli avanzi di cibo ed i pacchetti vuoti di patatine, non vuotava i
portacenere, metteva i mozziconi di sigaretta nelle tazzine di caffè, c'erano bottiglie vuote di birra fin sotto il letto… insomma pre-

sto gli avrebbe rotto le balle né più né meno di quanto gliele aveva rotte a suo tempo sua madre.

No! Niente domestica. – continuò a meditare Mario – Ho bisogno di una donna che tenga in ordine la casa che abito non per denaro, ma per un innato istinto a mettere tutto in ordine senza considerarlo un lavoro, ma una missione, per una naturale vocazione a farsi carico del mio benessere, in poche parole: per amore mio. Meglio ancora che sia di indole modesta e giudiziosa, senza tanti grilli per la testa e di poche pretese; l'ideale poi, sarebbe trovarla anche simpatica, di compagnia e bellissima, per poterla esibire agli amici e per fargli fare bella figura in società; e soprattutto che sia disponibile a farsi sbattere in lungo ed in largo e si presti ai giochini erotici più stravaganti.

Tornò il pensiero di Marisa, ma lo cacciò: lei non aveva nessuna delle qualità che aveva elencato, tranne l'essere bellissima e, fino ad alcuni giorni prima, l'essere simpatica, di compagnia, e disposta a farsi sbattere con entusiasmo, poi anche queste caratteristiche si erano incrinate, tanto che venerdì e sabato era andato in bianco: due giorni interi senza fica, senza neppure un pompino… solo distratti bacetti e promesse non mantenute.

Da quando l'ho conosciuta dieci giorni fa ad una festa – considerò Mario, che non riusciva a togliersela dalla mente – Marisa è cambiata assai: dopo due giorni che gliela battevo mi ha baciato e s'é fatta toccare le tette, poi una settimana di bucoliche camporelle sulla riva del Sesia in cui si è fatta sgrillettare ed infilare un dito nel culo, ed infine quella sera disgraziata davanti al passaggio a livello del Torrione.

Ecco, quella è stata la prima volta che mi ha mandato in bianco, ma la si poteva ben capire, aveva visto un pirla saltare giù dal treno e spatacciarsi contro il montante delle sbarre, poi è arrivato quel pazzo a spararci contro… se anche avesse avuto voglia di darmela sarebbe passata a chiunque. In seguito me l'ha data per un paio di volte, ed in verità si è superata in quelle occasioni, tanto che mi ha permesso di sodomizzarla, ma poi è saltata fuori la storia di voler mettere su un'attività con Daniela, bella fica anche lei, ed in quattro e quattr'otto ha affittato un capannone e non mi ha più cagato.

Che abbia incontrato qualcuno che giudica migliore di me? È possibile – pensò mentre l'ira gli lievitava in corpo – ma allora dimmelo, puttanalamiseria, mi dici che è stato bello fino a che è durato, che vorrebbe che rimanessimo amici, che se dovesse organizzare qualcosa di bello mi avrebbe sicuramente invitato... insomma le solite cose che si dicono... ma dimmelo chiaro e tondo, vaccaboia, così che possa trovare in tempo un'altra fica, e non girare per casa come un pirla in un giorno di festa.

Di colpo si ricordò dell'appunto che Daniela gli aveva scritto sulla pagina de La Stampa. Cercò la giacca che aveva indossato il giorno precedente e la trovò appesa alla maniglia della finestra del cesso, frugò nelle tasche ed estrasse una pagina di giornale più volte ripiegata, la spiegò sul tavolo e lesse l'appunto: Nadia ed un numero di cellulare.

Come l'aveva definita Daniela? "Una porcona come poche". Perfetto! E si mise a digitare il numero.

– Pronto – rispose una voce assonnata – Chi mi vuole?

– Ciao Nadia – disse con voce gioviale – Sono Mario, un amico di Daniela. Mi ha incaricato di telefonarti per invitarti a fare un giro attorno al Lago d'Orta, con annesso pranzo in un delizioso ristorante di Boleto, e cena danzante in un locale etnico sulla sponda opposta. Mi ha detto di dirti che torneremo tardi.

– Uau! Che bel programma. – disse Nadia perfettamente sveglia – Ma perché non mi ha telefonato direttamente Daniela?

– Perché il suo telefonino non aveva abbastanza credito da consentirle di telefonare, così ha incaricato me.

– Allora lei è lì con te.

– No. È andata a cercare un posto dove possa ricaricarlo. Ha detto che alle 11.30 ci saremmo trovati allo svincolo con l'A4, in direzione Gravellona, per incontrarci con quelli che arriveranno da Novara. In tutto saremo in una decina.

– Che ore sono adesso? – e dopo alcuni momenti – Ma sono quasi le 11 ed io mi devo ancora vestire, pettinare, truccare...

– Lascia perdere i vestiti, vieni nuda così come sei, ma dimmi dove abiti, ché quando me l'ha spiegato Daniela non ho capito una mazza.

– Vercelli, via Tripoli 6, citofonare Nadia. Quanto tempo mi dai? Con cosa vieni?

– Fra 15 minuti sarò lì, sarò su una Lancia Delta bianca. Ciao Nadia. – ma la ragazza aveva già chiuso la telefonata.

Arrivò in 12 minuti e Nadia lo stava già aspettando davanti casa. Era una ragazza sui 25 anni, graziosa, alta, col viso ovale quasi priva di trucco ed i capelli color carota tagliati corti, occhi grigi, indossava un piumino lungo nero e stivali scamosciati pure neri; Mario ebbe il sospetto che sotto il piumino fosse nuda, come le aveva suggerito per essere spiritoso, per essersi preparata ed essere scesa in istrada così in fretta.

– Ciao Nadia, io sono Mario. Grazie per aver fatto in fretta a prepararti – le disse dal finestrino aperto – sali che andiamo via subito.

La ragazza aggirò la Delta e salì, dopo essersi slacciata il piumino, che si aprì e mostrò a Mario che proprio nuda non era, ma quasi: aveva infatti una minigonna inguinale ed un maglioncino aderentissimo che le evidenziava due tette da sballo e le scopriva l'ombelico. Appena sistemata si protese verso Mario per baciarlo, forse sulla guancia, ma Mario si era girato verso lei per guardare com'era fatta, così che il bacio finì sulle labbra; stupende, morbide e con un filo di rossetto. Risero entrambi per quella presentazione sopra le righe, poi Mario partì e la ragazza tolse una Marlboro da un pacchetto e l'accese, poi chiese se ne volesse una anche lui, che rifiutò, ma guardandosi bene dal dire che non voleva che si fumasse nella sua auto.

– Daniela non mi ha mai detto di avere un amico di nome Mario e che ha una Lancia Delta. È tanto che la conosci?

– Solo da una decina di giorni. Ci siamo conosciuti ad una festa in casa di amici comuni.

– Te la sei già scopata?

Mario sperò di non essere arrossito, o almeno che la ragazza non se ne fosse accorta. Poi si rese conto di avere pochi istanti per fornire la risposta giusta, e poiché questi passavano veloci, butto lì la verità, o quasi, che è sempre la cosa migliore da fare.

– No! Daniela se la scopava il mio amico Sebastiano. È quello che mi ha invitato alla festa in cui l'ho conosciuta ed in quell'occasione mi sono messo con una sua amica, Marisa.

– La conosco, gran bella ragazza, forse un po' troia, come Daniela d'altra parte. Viene anche lei sul Lago d'Orta?

Mario l'aveva appena conosciuta e già gli piaceva assai, anche se lo sorprendeva sempre con domande alle quali non era facile rispondere; per non compromettere sviluppi futuri, si attenne alla regola aurea seguita fino ad allora, di dire semi-verità.

– Spero proprio di no: ci siamo quasi lasciati venerdì scorso e per questa gita sono rimasto spaiato, è per questo che Daniela ha voluto che ti invitassi, così non saremmo stati in numero dispari. –

– Quindi io dovrei fare la sostituta di Marisa finché farete la pace? Bella prospettiva – disse, senza far capire se facesse dell'ironia o meno – mi piace l'idea, poteva capitarmi di peggio. Due botte e via, finché dura – e con tali parole rese chiaro cosa intendeva dire con "bella prospettiva".

Mario sentì che stava arrossendo ancora, e la facilità con cui progrediva nel suo piano di seduzione lo sconcertava, come lo sconcertavano, oltre che le domande, anche le risposte di quella sfacciata ragazza; si accorse di avere un principio di erezione, che si accentuò quando, nel prendere gli occhiali da sole dal vano portaoggetti, le sfiorò un seno con la mano, trovandolo sodo.

– Palpa, palpa pure, è tutta roba genuina, senza protesi di sorta. Per fare più in fretta a vestirmi, non mi sono messa neppure il reggiseno, a parte il fatto che non ne ho bisogno.

Mario non colse l'invito perché l'erezione stava assumendo una dimensione imbarazzante e non sapeva come fare a celarla; intanto erano entrati in autostrada ed appena superato il casello la ragazza gli disse:

– Non è per essere invadente, ma se devo fare le veci di Marisa è bene che mi dia un po' da fare, perché si vede benissimo che ti è venuto duro – e chinatasi sul suo grembo gli slacciò la patta, prese possesso dell'uccello e si mise a succhiarlo di buona lena.

Mario era esterrefatto, sbandò prima a sinistra e poi a destra, rischiando di uscire di strada, si spostò nella corsia dei veicoli lenti e rallentò, ma senza riuscire a cambiar marcia perché il corpo di Nadia gli impediva di raggiungere il cambio. Era tentato di chiudere gli occhi e sprofondare in un'estasi sublime e peccaminosa, come quella della Santa Teresa del Bernini, ma un briciolo di consapevolezza di dov'era lo indusse a fermarsi appena possibile, in corsia d'emergenza con le quattro frecce a lampeggiare.

La *fellatio* ebbe termine quando dietro alla Delta si fermò una macchina della Stradale e Mario sollevò di forza la testa della ragazza dal suo inguine, poi ricacciò affannosamente l'uccello nella sua tana prima che il milite, sceso dalla sua macchina, si avvicinasse tanto da vedere in cosa consisteva "l'emergenza", ma non fece a tempo a riabbottonarsi i calzoni. Al milite che si informava su cosa fosse successo, Mario disse di aver avuto un capogiro, forse causato da un abbassamento di pressione, e si era fermato lì perché temeva di perdere i sensi, ma che il malessere gli stava passando, e si sentiva pronto a ripartire. Il milite gli raccomandò allora di togliersi di lì e di raggiungere un'area di servizio a pochi chilometri di distanza, ove avrebbe potuto assumere degli zuccheri, e disse che l'avrebbe scortato fin lì. E così fecero, loro a seguirli per alcuni chilometri coi lampeggianti blu accesi, e quelli nella Delta in un imbarazzato silenzio lui, ed a ridersela sotto i baffi lei.

Nell'area di servizio, mentre prendevano un caffè al banco, Nadia disse ironica:

– Mettici più zucchero nel caffè, sennò ti girerà ancora la testa. – per poi continuare – Comunque sei bravo a cacciar balle. A me non sarebbe venuta in mente una giustificazione come quella; al massimo mi sarei offerta di fare un pompino anche a lui. A proposito, non mi hai ancora detto se ti è piaciuto il mio pompino; è migliore di quelli che ti faceva Marisa?

Mario avvampò perché anche il barista ed un paio di clienti avevano sentito e stavano osservando divertiti la coppia, e sottovoce disse, mentendo un po':

– Smettila di sputtanarmi, qui mi conoscono in molti; e certo che mi è piaciuto assai il pompino che mi hai fatto, molto più di quelli di Marisa, che oltretutto è "smorbia".

– Ah sì? Non pensavo proprio. So che ama farselo troncare... – ma non terminò perché Mario l'aveva afferrata per un braccio e l'aveva trascinata via.

Ripartirono; quando giunsero all'incrocio con l'A4 Mario cercò lo slargo dove si sarebbero dovute trovare le auto degli altri partecipanti alla gita; trovò lo slargo, ma ovviamente non trovò nessuna auto ad aspettare, né quelle di Vercelli, con su Daniela ed altri, né quella degli amici di Novara.

– Non c'è nessuno, se ne saranno andati. Infatti sono le 11.40 e, vedendo che eravamo in ritardo, avranno deciso di precederci per fissare i posti al ristorante; ma li raggiungeremo senz'altro perché...

– Senti carino – lo interruppe Nadia – non ti sembra che sia il caso di darci un taglio? Non è necessario che continui a cacciar balle: Daniela col telefonino scarico, la gita in 8 o 10 anche con quelli di Novara, l'appuntamento alle 11.30 all'incrocio con l'A4... tanto ho capito subito che hai chiesto a Daniela di procurarti una fica per il *week end*. Spero che anche il resto del programma non te lo sia inventato: il ristorante a Boleto, poi la pizzeria-dancing etnica ed infine una bella scopata serale... ah già, quest'ultima non me l'hai proposta, non ancora per lo meno.

Mario rimase interdetto; si dette del pirla, anche se non riteneva di aver sbagliato un gran che, e per resettare la situazione le disse:

– Quasi tutto giusto, a Daniela non ho chiesto di procurarmi una fica, ma siccome mi stavo lamentando che era andato in vacca il programma per il *week end* e che mi ero trovato spaiato all'ultimo momento, mi ha dato il tuo nome ed il numero di cellulare, dicendo che eri una stupenda ragazza, che eri simpatica e di compagnia…

– Stai mentendo ancora. Avrà detto che sono una gran porca, e che con me non saresti sicuramente andato in bianco.

– Il resto del programma tuttavia è perfettamente valido, compresa la trombata finale – disse in tono perentorio, come se volesse por termine alla discussione, e per mettere a sua agio la ragazza le mise una mano all'interno delle cosce, quasi sull'inguine, accorgendosi che era senza mutandine.

Giocherellò coi peli pubici mentre guidava, la penetrò con due dita finché lei ebbe un orgasmo, e solo quando furono al casello per uscire dall'autostrada Mario dovette smettere l'ameno trastullo. Raggiunsero il ristorante di Boleto chiacchierando come vecchie conoscenze, parlarono di sé, degli amici, del proprio lavoro, delle prospettive, dei desideri; anche durante l'ottimo pranzo, principalmente a base di funghi, continuarono a conoscersi, a scambiarsi frasi scherzose e con doppisensi intriganti, a lanciarsi occhiate in tralice foriere di un seguito assolutamente indecente, ed infine a farsi promesse che entrambi sapevano che non avrebbero mantenuto.

Mario venne così a sapere che era di Taranto, che aveva 26 anni, che era della Vergine (il segno zodiacale, ci tenne a precisare Nadia) che abitava a Vercelli da una dozzina d'anni, che non aveva amici (ché le conoscenze maschili che aveva erano interessati solo alla sua ciornietta, e quelle femminili per lo più la detestavano) che faceva la cameriera in un ristorante della città, che avrebbe voluto aprirne uno suo perché amava cucinare, tenere in ordine i conti e l'ambiente di lavoro, fare gli acquisti e servire i clienti, ma non aveva idea a come fare per procurarsi il denaro per aprirlo.

Alla fine dell'ottimo pranzo, Mario si convinse che Nadia si avvicinava molto più di Marisa alla figura della compagna perfetta, ed avrebbe potuto accudire a lui enormemente più di quanto avrebbe potuto fare l'ex amore, ora grandissima troia capricciosa e inaffidabile.

Nel pomeriggio la novella coppia fece una sgambata nei boschi attorno al ristorante per facilitare la digestione, e nell'occasione Mario inchiodò la ragazza contro un castagno e la scopò in piedi, con l'attiva partecipazione di Nadia che allacciò le caviglie dietro ai fianchi dell'uomo per meglio tenerlo contro di sé. Poi la portò (in auto) al vicino santuario della Madonna del Sasso, ed entrati nella basilica le fece vedere un'iscrizione che garantiva, ai viandanti che avessero raggiunto quel luogo, 100 anni di indulgenza per i peccati commessi.

– Vedi – le disse Mario nelle vesti di cicerone – avendoti portata qui ti ho mondato di qualsiasi peccato tu abbia commesso, da quelli contro Dio a quelli contro i tuoi simili, compresi quelli contro la morale, e puoi continuare a darla via con *nonchalance* per il resto della vita.

– Grazie molte – gli rispose Nadia sardonica – ma guarda che quell'iscrizione si rivolge ai viandanti che si sono fatta la strada a piedi, mica a quelli che sono arrivati qui con una Lancia Delta.

Al tramonto i due amanti fecero il giro del lago e giunsero nella pizzeria-dancing etnica, ma si accorsero che di etnico c'erano solo i gestori calabresi, per cui decisero di tornare a Vercelli e di concludere la giornata a casa di lei, "per non venir meno al programma" disse Mario, "per cominciare a consumare gli anni di indulgenza guadagnati" disse Nadia.

Mario fu sorpreso di come Nadia teneva il suo nido, tutto perfettamente in ordine, nulla fuori posto, solo i pattini per non rigare il *parquet* mancavano, per fortuna, perché lui si sarebbe rifiutato di usarli. Si denudarono in un attimo e dettero la stura ad una teoria di scopate selvagge, di pompini succosi e di rudi sodomizzazioni, si arresero solo a tarda notte, quando giacquero uno nelle braccia dell'altra, con la testa di Mario affondata fra le grosse tette di Nadia.

◊

Solo nella tarda mattinata, dopo due giorni che stava malissimo, Sebastiano cominciò a sentirsi un po' meglio. Riuscì a fare una ricca colazione senza rigettare niente, poi, dato che il pomeriggio precedente un amico di Mario gli aveva riportato la Punto lasciata al Torrione, uscì per acquistare La Stampa e la scorse tutta per trovarvi notizie fresche che potevano riguardarlo, ma non ne trovò.

L'unico articolo sulle sparatorie diceva che, nonostante le ricerche svolte da decine di carabinieri, il professor Pionati non era ancora stato rintracciato né a Jesi né altrove, e si ventilava la possibilità che potesse trovarsi all'estero. Naturalmente proseguivano le ricerche del fuoristrada squadrato, della berlina straniera con le ruote a raggi e del carro attrezzi che aveva caricato la Mercedes danneggiata a Mortara. Il Cottafava, i cui articoli erano sempre così ricchi di informazioni, questa volta non aveva scritto nulla.

Sebastiano tornò a casa e telefonò a Mario, per essere confortato e per sapere cosa pensasse di quella mancanza di novità, ché gli sembrava impossibile che una frotta di carabinieri non riuscisse a rintracciare non un abile e furbo lestofante, ma un placido e maturo professore, ma una voce gli disse che l'utente non era raggiungibile. Cazzo! Cosa se ne fa del telefono se poi lo tiene spento – pensò – non considerando affatto che l'avesse spento per non essere disturbato, come in realtà era avvenuto.

Sebastiano temeva che il Pionati fosse già stato rintracciato ed avesse raccontato come si erano svolti i fatti, ma che la notizia non era stata divulgata alla stampa per non che lui, leggendo il giornale, si mettesse in allarme e pensasse di fuggire. Ebbe il presentimento che la polizia potesse fare irruzione nel suo appartamento da un momento all'altro, e ritenne strano che ciò non fosse già avvenuto. Preso dal panico afferrò una valigia e la riempì disordinatamente di vestiti, di magliette, di calzini, di biancheria e di scarpe; di suo nell'appartamento non c'era altro, e comunque niente che avrebbe potuto portare con sé. Provò a telefonare ancora a Mario, ma con lo stesso risultato, ed il panico aumentò. Controllò quanto denaro aveva nel portafogli: 220.000 lire, fra cui la banconota da 100.000 che gli aveva dato Daniela, e si convinse che poteva farseli bastare. Ebbe l'intuizione di depistare chi avesse fatto irruzione nell'appartamento, prendendo una carta stradale dell'Europa meridionale e cerchiando con la biro una mezza dozzina di località: Lione, Marsiglia, Tolosa, Bilbao, Madrid e Siviglia. Poi prese la valigia, chiuse la porta rompendo la chiave nella serratura,scese in istrada e salì sulla Punto, quindi disse addio al monolocale della frazione Cappuccini, alla Padania, al pirla di amico che teneva il cellulare spento, a quella grandissima troia della Daniela, e partì per l'ignoto.

Capitolo XV

Domenica, 12 novembre
Anche Daniela e Marisa passarono la giornata sul lago coi rispettivi amori, ma su quello Maggiore, e non per una romantica vacanza, se non in piccola parte, ma per conoscere ed accordarsi con quelle persone che le avrebbero permesso di allestire un *night club* da sogno, il migliore della Padania occidentale, ed in grado di non sfigurare se confrontato coi migliori locali di quel tipo nelle principali metropoli del mondo.
Erano partiti la mattina per Belgirate sulla Mercedes di Piero, e durante il viaggio i due uomini avevano spiegato alle ragazze chi avrebbero incontrato e di cosa si sarebbe occupato.
– Questa mattina vedremo due persone: l'archistar Victor Baldacci-Ford e l'arredatore Michele Porta – spiegò Gianni – Per guadagnar tempo ho già telefonato per incontrare entrambi nello stesso posto, così spiegheremo una sola volta ciò che volete fare, ed anche perché poi loro dovranno lavorare a stretto contatto di gomito. Il primo è un'autorità a livello europeo nella progettazione di piccoli locali di intrattenimento, di ricreazione e simili: *dancing* e sale da ballo, club e *night club*, piccoli cinema e teatri, cose di questo genere insomma, e pur essendo una celebrità, a voi farà un prezzo di favore perché lo tengo per le palle... impiegherei troppo tempo a spiegarvi il perché. Il secondo è un architetto specializzato in arredamento di interni: tavoli e sedie, divanetti, banchi-bar, tessuti, rivestimenti, ecc., è molto caro, ma gli ho già detto che con voi dovrà tenere la mano molto leggera. Entrambi sono disponibili a partire appena avranno la planimetria dei luoghi, la dimensione degli edifici, e soprattutto quando avranno un'idea chiara di quello che volete ottenere e quali sensazioni volete suscitare.
– Io ho portato copie delle planimetrie ed il progetto quotato del capannone e della *dépendance* – disse Piero.

– Ci tratterremo con loro per un paio d'ore, poi andremo a pranzo in un ristorante sull'Isola dei Pescatori, e qui vi ragguaglierò su cosa ho pensato per la società. Sarà un pranzo leggero perché ci sarà molto da discutere e da spiegare, inoltre non voglio che vi abbiocchiate nel pomeriggio, quando incontreremo ad Angera un impresario edile, l'ingegner Simone Berlinghieri della ditta Habitat, che dovrà occuparsi dell'impiantistica di ogni tipo, della ristrutturazione della *dépendance,* della verniciatura di esterni e di interni, dei parcheggi interni, del gabbiotto ed in generale del verde attorno al capannone; è considerato un pirata riguardo ai tempi di consegna dei lavori commissionati, ma con me non sgarrerà di un giorno, se vorrà continuare a frodare il fisco come ha fatto negli ultimi 10 anni. Dopo le 16 - 16.30 al massimo, avremo l'intero lago tutto per noi. Vi piace il programma?

– Stupendo – disse Marisa, impressionata dalle conoscenze del suo amore e dell'autorevolezza con cui si moveva in quel mondo a lei sconosciuto. – Non sapevo che tu conoscessi tanta gente importante, e pensare che mi illudevo potessimo far tutto da sole. –

– Oh, ci sareste senza dubbio riuscite, ma a realizzare una balera di periferia, con tubi Innocenti e condutture dell'aria in lamierino zigrinato, al massimo con un banco-bar moderno ed arredamento non dozzinale, ma per realizzare qualcosa che faccia tendenza e vi faccia guadagnare soldi a palate, non bastano le tette ed i culi di una dozzina di ragazze, come avete sostenuto nel mio studio, dovrete ricorrere a veri professionisti: la vostra fortuna è cominciata quando mi avete accettato come socio – si vantò Piero.

– Ci avete presi come soci. – precisò Gianni – Ho pensato bene a come impostare la società, e la cosa migliore sarebbe che anch'io ne faccia parte, almeno per una quota minima, diciamo l'1%, e che rivesta la carica di Amministratore, in modo da sollevarvi da ogni responsabilità. Voi dovrete occuparvi solo del buon funzionamento della baracca, al resto penserò a tutto io. Va bene a tutti?

– Per me va bene. – disse Piero – Basta che possa esaminare le ragazze che lavoreranno nel *night.*

– Anche per me va bene – approvò Daniela, pensando che lei e Marisa avrebbero comunque detenuto i 2/3 della società.

– Per me è più che okay, ma sono preoccupata per quanto ci verrà a costare un *night* di alta classe come quello che ci avete descritto – disse Marisa – Quanto dovremo versare ancora nel capitale sociale per far fronte alle maggiori spese?

– In teoria nulla, perché la società potrebbe finanziarsi ricorrendo al credito, cioè potrebbe farsi prestare il denaro da una banca, e non sto parlando del castelletto che vi ha concesso la CRV, quello tenetevelo di riserva per i vostri usi personali, ma quello che potrei procurare io alla società di cui anch'io faccio parte, non tanto per l'1% di quote societarie che verrei ad avere, ma per il fatto di esserne l'Amministratore.

Dovete sapere, e tu Piero lo sai benissimo, che godo di un certo ascendente nei confronti di molti direttori di banca, non mi sarebbe difficile ottenere un prestito di un centinaio di milioni, ed anche più all'occorrenza. Ma hai ragione Marisa, non sarebbe male portare il capitale interamente versato da 20 a 80 milioni, sarebbe oltremodo più facile avere più credito.

– Soldi che potremmo comunque spendere, se ho ben capito – puntualizzò Marisa.

– Certo! Spendere per ogni esigenza della società.

– Cazzo, dovrò vendere dei BOT – protestò Piero.

– Per quando li hai bisogno? – chiese Daniela

– Non c'è fretta, ma se li preparaste per lunedì pomeriggio, quando saremo dal notaio per la costituzione della società, guadagneremmo tempo.

– A che ora è l'appuntamento col notaio? – chiese Piero.

– Alle 18 circa, saremo occupati per circa 2 ore, poi andremo a cena per festeggiare. Il notaio ha lo studio nel palazzo limitrofo al nostro.

– Noi porteremo altri 20 milioni a testa – disse Marisa dopo essersi scambiata una rapida occhiata con Daniela.

– Siamo arrivati. – avvisò Piero entrando in un cancello di ferro battuto – Questa è la modesta dimora di un archistar.

Al termine di un vialetto inghiaiato e fiancheggiato da Cupres-socyparis, dopo due tornanti per guadagnare di quota, alle ragazze apparve una bella villa di inizio '800,si vedevano 3 piani fuori terra ed almeno 30 stanze, ed era fiancheggiata da una grande serra e dalle ex-stalle, ora trasformate in mega-studio di architettura.

Il padrone di casa, in blazer color amaranto e sciarpa grigia di seta al collo, li attendeva alla sommità di una breve scalinata ed al suo fianco c'era l'arredatore, paludato in un caffettano di maglia policroma a motivi geometrici; il primo, di circa 50 anni, era alto, dinoccolato, viso diafano e capelli bianchi, del secondo si vedeva solo il viso tondo e roseo ed una cascata di boccoli biondi.

– Questi due culattoni sono quelli che dovrebbero arredarci il *night*? – chiese a bassissima voce Marisa mentre scendeva dall'auto, mostrando a Gianni tutta la sua perplessità.

– Certo! Vedrai… i *gay* hanno un innato buon gusto – sussurrò Gianni di rimando avvicinandosi alla scalinata.

– Sarà – replicò in un soffio Marisa, molto poco convinta.

Si fecero le presentazioni ed entrarono nella villa, arredata con uno sfarzo degno di Sardanapalo: statue di marmo di dee con le tette al vento e di atleti colti nel pieno della loro azione, fauni di bronzo, fenicotteri ed ibis impagliati, e poi vasi Ming, quadri di pittori fiamminghi, arazzi, *trumeau, secrétaire,* sedie, poltroncine, tavoli e tavolini dorati in ogni stile, da Luigi XV all'Impero e dalla Bauhaus all'Art Noveau disseminati ovunque.

Si accomodarono in un grande studio e Gianni spiegò cosa volevano da loro:

– Dovete realizzare un *night club* favoloso, qualcosa che si stacchi completamente dai soliti locali di quel tipo, qualcosa che rimanga impresso per lo stile, per il lusso profuso, per l'accoglienza, per il servizio impeccabile, qualcosa che possa entusiasmare vecchi e giovani, che invogli a scialare senza avere la sensazione di essere derubati, che induca un cliente a ritornare, magari accompagnato da un amico… e tutto ciò lo dovrete ottenere avendo a disposizione un ambiente relativamente piccolo, un capannone industriale di 15 x 40 metri; alla *dépendance* da utilizzare come *privée* ci penserà invece Piero.

– Avrò bisogno di planimetrie e le foto del capannone. Per quando volete vedere i primi bozzetti? – chiese l'archistar.

– Tre o quattro giorni, ed entro una settimana il progetto definitivo, di modo che si possano subito cominciare i lavori. Vorremmo inaugurarlo per l'ultimo del mese.

– Occorrerà sistemare per prima cosa il verde: ripulire il terreno, stendere il rotolo di prato, piantare gli alberi ed i cespugli; dopo sarebbe troppo tardi.

– Appena avrai preparato il progetto per l'esterno, dammelo, che comincerò subito a far fare i lavori – disse Piero.

– Se puoi, occupati anche della verniciatura del capannone, oltre a quella della *dépendance*. Sarebbe opportuno perché tu sei già sul posto a soffiare sotto il culo degli imbianchini.

– Non c'è problema. Comincerò subito a far verniciare tutto, così i locali non avranno odore di nuovo, ed avranno modo di asciugare anche se dovesse cominciare a piovere.

– Potremmo anche cominciare a ordinare le *moquette* ed i tessuti per rivestire alcune pareti, ci mettono sempre molto tempo per consegnarli – disse l'arredatore.

– Bene, ci siano detti tutto, per caso le signorine hanno qualcosa da chiedere? No? Allora ci rivedremo fra tre giorni per i bozzetti, così si potrà subito mettersi al lavoro su ciò che non richiede un progetto definitivo.

Si alzarono insieme e lasciarono lo studio, l'archisar salutò all'americana, con la mano aperta agitata nell'aria per un corto arco, mentre l'arredatore strinse la mano a tutti, ma con una stretta molliccia, da democristiano. Le due coppie risalirono sulla Mercedes e solo allora le ragazze si decisero a dire qualcosa:

– Francamente sono un po' intimidita – disse Daniela – non pensavo che fosse necessario pensare a tante cose, e la tempistica poi... sei sicuro, Piero, che sarà tutto pronto per l'ultimo del mese?

– Sicuramente sì, siamo in buone mani, ed anch'io, modestamente, quando mi metto all'opera, non mi fermo fintanto che questa non sia finita nei tempi prefissati.

– Noi cosa dovremo fare? – chiese Marisa – anche noi vogliamo avere una parte attiva in questa storia.

– Ne avrete fin sopra i capelli di cose da fare: curerete che Piero, nel progetto di ristrutturazione della *dépendance*, da buon geometra maestro nell'utilizzare gli spazi, non realizzi dei cubicoli ove si può scopare solo in piedi; poi ci sarà da scegliere le tinte delle varie camere, ed infine la cosa più importante: dovrete sovrintendere all'andamento del *night* ed alla gestione del *privée* una volta aperti. Avrete ancora un paio di giorni per divertirvi, poi difficilmente avrete il tempo per farlo.

– Ma riusciremo a stare ancora insieme almeno per qualche ora al giorno? – chiese Marisa.

– Sicuramente! Mescolare il piacere col dovere mi è sempre piaciuto.

Intanto erano arrivati all'imbarcadero, e per non attendere il battello affittarono un motoscafo col marinaio per l'intero pomeriggio. Si recarono a pranzo in una trattoria sull'Isola dei Pescatori – un pranzo a base di pesce tutt'altro che "leggero", contrariamente ai buoni propositi fatti – durante il quale le ragazze commentarono come fossero rimaste colpite dalla moltitudine e dal pregio dei pezzi d'antiquariato con cui era stata arredata la casa dell'archistar, e si chiesero come un finocchio potesse essere così schifosamente ricco.

– Non penso che i soldi se li sia fatti dando via il culo – disse Daniela – ma spiegatemi come è riuscito a farseli, che magari ci possiamo provare anche noi.

– Ma voi state già provando a farveli – rispose Gianni – la società che costituiremo servirà a questo. Nel giro di un anno, il capitale investito vi ritornerà in tasca moltiplicato per tre o quattro volte, ed in seguito anche in misura maggiore.

– Ancora non riesco a crederci. Per curiosità, quanto vale la villa dell'archistar, così com'è? – chiese Marisa.

– La villa, gli annessi, il parco… circa 1 o 2 miliardi… dipende molto dalle condizioni del mercato al momento; sai, le ville con un parco enorme sono in vendita per poco a causa dei costi di gestione elevati. Quanto al mobilio, agli arredi ed al resto, penso un altro miliardo, perché non sono convinto che sia tutta roba autentica quella che ha in casa: se fosse autentica… direi 3 o 4 miliardi, anche per l'antiquariato molto dipende dal mercato, dalla fretta di vendere, ed altro ancora.

– Uau! E noi, poverine, che dividiamo un misero appartamento ammobiliato a Vinzaglio! – si lagnò Marisa anche per seminare un argomento da far germogliare in seguito.

– Tranquille, resterete poverine ancora per poco, anche se non ho mai visto poverine che girano con un rotolo di banconote da 100.000 nella borsetta – disse Piero – non avete paura di farvi rapinare?

– No, piuttosto certe volte abbiamo paura di essere aggredite e violentate – rispose Daniela per bagnare la semente sparsa da Marisa – Per esempio alla sera, quando rincasiamo…

– Oh! Ancora con quella storia! Devi essere un po' paranoica. Lascia perdere, sennò faremo tardi dall'ingegnere – disse Marisa alzandosi da tavola ed inducendo anche gli altri, che avevano già preso il caffè, ad alzarsi.

– No, no. Racconta che mi interessa – insistette Gianni mentre tornavano al motoscafo.

– È un racconto con molti interrogativi e per di più basato sulle paranoie di Daniela. Se proprio ci tieni te lo racconteremo dopo, che anche lei vorrà dire la sua al riguardo, tanto abbiamo il resto del pomeriggio a disposizione. Prima vengono gli affari – disse Marisa.

Si imbarcarono sul motoscafo e con una breve traversata raggiunsero la villa sul lago dell'ingegner Berlinghieri, presso Angera. Entrarono direttamente in una darsena ove stazionava un lungo motoscafo di mogano, brevi rampe di scale portavano ad una villa modernissima, tutta vetri ed acciaio cromato, disposta su un unico piano ma con piccoli dislivelli a movimentare i volumi. Anche l'ingegnere li attendeva alla sommità delle rampe di scale, era alto e atletico, sui 50 anni, capelli neri ricci ed un viso che esprimeva energia ed autorevolezza. Si presentò facendo un perfetto baciamano alle ragazze e salutando cordialmente i due uomini, quindi pilotò gli ospiti lungo alcune stanze, fra cui un solarium in cui una stupenda mulatta pressoché nuda si godeva gli ultimi raggi del sole novembrino, fino a raggiungere lo studio; qui si sedettero in comode poltrone di alpaca e Gianni spiegò il motivo della visita:

– Noi quattro domani costituiremo una società per gestire un *night club* di tendenza in un capannone industriale di San Pietro, a poca distanza da Novara. Il progetto di massima ce lo fornirà Victor Baldacci-Ford fra alcuni giorni e quello definitivo entro una settimana. Abbiamo la planimetria dei luoghi, del capannone e di una *dépendance* – Gianni allungò all'ingegnere dei fogli ripiegati, che questi aprì studiandoli mentre continuava ad ascoltare – Abbiamo scelto la tua ditta per quanto riguarda tutta l'impiantistica: impianto elettrico, idraulico, riscaldamento, condizionamento, irrigazione per le aree verdi, videosorveglianza esterna ed interna, sistemi d'allarme, ogni tipo di autorizzazione o di permesso, e qualsiasi altra cosa che ti venisse in mente. Vogliamo inaugurarlo per l'ultimo del mese, ce la farai?

– L'impiantistica è riferita al solo capannone di 600 m² ed alle aree verdi o anche alla *dépendance?*

– La prima. Per quest'ultima ti rapporterai con Piero; per il capannone ed il gabbiotto invece con il Baldacci e col Porta.

– Sai che non mi piace rapportarmi con quei due culattoni.

– Vuol dire che ti riconosceremo il "supplemento culo".

– Ci sto allora, e grazie per aver scelto la mia azienda.

– Ci metteremo in contatto con te a metà settimana, ora ti lasciamo con la tua creola; chi è? La tua nuova amante?

– È la mia *personal trainer,* e scopa da Dio. Arrivederci allora, e lieto di aver conosciuto le signorine.

Scesero alla darsena e si fecero riportare a Belgirate facendo un largo giro. Sul motoscafo Gianni tornò alla carica e chiese a Marisa di spiegare in cosa consistono le paranoie di Daniela.

– Racconta tu, Daniela, così non mi accuserai di aver esposto i fatti tentando di minimizzarli – disse Marisa – ma sappi che ti interromperò di tanto in tanto quando avrò l'impressione che tu stia lavorando troppo di fantasia.

– Sono alcuni giorni che mi sono accorta di essere seguita, o comunque controllata; forse mi puntava anche da prima, ma me ne sono accorta solo martedì tornando dalla *boutique* dove lavoravo. Sono partita con la mia Escort e una auto nera è partita subito dopo di me e mi ha seguita per un lungo tratto, ho dovuto "bruciare" un giallo-quasi rosso per seminarla. Il giorno dopo ero in giro con Marisa per Vercelli, e per ben tre volte mi è sembrato di vedere la stessa persona quando uscivamo da un negozio. Poi, la sera stessa, stavamo tornando a casa da una serata passata in pizzeria con amici, e due persone che in pizzeria non ci avevano mai tolto gli occhi di dosso ci hanno seguito in auto, ed è stato grazie alla Lancia Delta di Mario (l'amico che ci aveva portate in pizzeria) che costui è riuscito a distanziarli finché ci hanno persi di vista.

– Guarda che siamo due belle fiche. – osservò Marisa – Non è la prima volta che ci puntano in un locale, e neppure che ci seguono per sapere dove abitiamo, e non sarà l'ultima. Basterà non cagarli e far finta di niente, presto o tardi si stancheranno e si metteranno a puntare qualcun altra.

– Temo che abbiano già scoperto dove abito, perché giovedì mattina, quando sono partita con la Escort, subito dopo è partita una grossa berlina argentata, forse una BMW (tieni conto che a Vinzaglio ci abitano quattro gatti, nessuno dei quali ha una BMW) e mi ha seguita tenendosi a distanza, anche quando rallentavo apposta; poi, quando mi sono fermata al passaggio a livello del Torrione, ovviamente si è fermato anche lui, ma tenendosi 100 metri dietro a me. Siamo arrivati a Vercelli sempre viaggiando di conserva, e solo quando mi sono fermata davanti ai carabinieri la BMW ha tirato dritto e non l'ho più vista.

– È da quando avevo 15 anni che trovo tizi che mi aspettano quando esco di casa e mi seguono dappertutto sperando che li incoraggi a farsi avanti; che male c'è? Fa parte del gioco, te l'ho detto quella sera stessa, quando mi hai fatto partecipe delle tue paranoie e mi hai detto che volevi andare ad abitare da un'altra parte. Va bene che Vinzaglio sia un paesino di merda, che non abbia uno straccio di negozio, che se ti servisse qualcosa debba andare fino a Vercelli per comprarla, ma cambiare casa perché uno ti tiene d'occhio sperando che tu faccia un gesto d'incoraggiamento, mi pare eccessivo.

– E allora venerdì sera, c'eri anche tu quando ci hanno fotografate col *flash* a 200 metri da casa, che bisogno c'era di fotografarci a mezzanotte? E ieri mattina? Appena siamo scese in istrada una BMW argentata che era parcheggiata davanti a casa è partita a razzo, forse era la stessa della volta prima.

– Sei riuscita a prenderle il numero di targa? – chiese Gianni, che stava ascoltando molto preoccupato quanto raccontato da Daniela.

– No! Per la sorpresa mi sono trovata impreparata. È allora che ho deciso di andarmene da Vinzaglio – poi, rivolta a Marisa, aggiunse – ma vorrei tanto che abitassimo ancora insieme, andiamo così d'accordo…

– Guarda che anch'io voglio andar via da quel cesso di paese, ma non per le tue paranoie, bensì perché preferirei abitare in una città dove fare un minimo di vita sociale.

– Quelle di Daniela non sono paranoie, ma motivi serissimi per voler cambiare aria. Mi pare chiaro che Daniela e forse anche Marisa sono nel mirino di una banda che intende rapinarle, o rapirle, e probabilmente anche stuprarle. Non riesco a capire il perché della foto col *flash*, ma per il resto tutto torna, e temo che il fattaccio possa avvenire molto presto. – disse Gianni – Tanto per cominciare, vi impedirò di tornare in quella casa, e questa notte la passerete ancora da noi, almeno sarete al sicuro.

– Per me va più che bene, figurati, ma dovremo trovare un altro appartamento da affittare. Tu, Piero, conosci qualcuno che possa affittarci un appartamento già ammobiliato di almeno tre camere a Novara, possibilmente in centro? – chiese Daniela.

– A Novara centro, appartamenti di tre camere ammobiliate, sempre che ci siano, vi verrebbero a costare un occhio; nel nostro palazzo è libero un appartamento di 7 stanze e tripli servizi…

– Ma cosa dici? – lo interruppe Gianni – cosa se ne fanno due ciornie di tre bidè? Le teniamo nei nostri appartamenti personali, quelli che abbiamo a fianco dei nostri studi. Il mio è di 4 camere, il tuo mi pare di altrettanto, e sono praticamente vuoti perché, fra lo studio, i viaggi ed i ristoranti, non ci stiamo mai; allora io ospiterò in pianta stabile Marisa, tu ospiterai Daniela, e se loro volessero trovarsi per parlare delle loro cose, non avranno che da salire o scendere un piano di scale.

– Giusto! Così potranno avere tutto lo spazio che vogliono già perfettamente arredato, potranno usufruire delle nostre domestiche per la pulizia e per la cucina; ma non dovranno cambiare residenza, così chi le sta puntando non le troverà più.

– Che cari! Vi ringraziamo per il gesto generoso, e siamo commosse per come prendete a cuore la nostra sicurezza, ma non vogliamo stravolgervi la vita insediandoci in pianta stabile nei vostri appartamenti. Cosa direbbe della nostra presenza in casa una donna che voleste invitare per una cenetta romantica, o anche per una scopata casalinga? Mica le potrete dire che siamo delle care amiche, e neanche spacciarci per delle colf. – disse Marisa, parlando anche per l'amica.

– Ragazze, non abbiamo nessuna intenzione di invitare altre donne, non dopo la notte d'amore che ci avete regalato, e parlo anche per conto di Piero; due creature belle, simpatiche, e focose come voi, ed al contempo che non hanno la mira di spolparci, non le troveremo mai più. Per cui, se volete, siate benvenute a casa nostra, a tempo indeterminato – disse Gianni con tono sincero, quasi solenne.

– Vale anche per me, ed a maggior ragione perché sono più anziano di Gianni. Da quando vi conosco mi sembra di essere rinato a di vivere una nuova giovinezza. Sarei onorato di ospitarti, Daniela, e per quello che mi riguarda, vorrei che ci stessi per sempre con me – disse Piero con tono ancor più solenne.

– Certo che anch'io ti vorrei con me per sempre, Marisa, ma non osavo chiedertelo espressamente per paura che tu non volessi impegnarti seriamente… siete ancora così giovani, chissà quante altre occasioni si presenteranno per voi nella vita. – disse Gianni.

Le due ragazze avevano ascoltato le dichiarazioni dei due uomini mostrando un'aria prima di incredulità, poi di stupore, quindi di commossa contentezza, sentimenti che si erano preparate ad esternare, ma a quel punto si erano trovate di fronte, in pratica, ad una richiesta di matrimonio, ed a ciò non erano affatto preparate; tuttavia, dopo essersi scambiate un'occhiata, risposero all'unisono e si gettarono nelle braccia dei rispettivi amori sommergendoli di baci.

Solo l'arrivo del motoscafo al pontile di Belgirate interruppe le effusioni prima che si tramutassero in qualcosa di indecente. Le due coppie si affrettarono a risalire in auto, ché si era fatta sera ed aveva cominciato a far freddo, quindi ripartirono per Arona, dove al ristorante del "Barcaiolo" si proseguì nel discorso per definirne i particolari. Le ragazze, come al solito, parlarono l'una per l'altra, come se fossero la stessa persona.

– Siamo ben felici di irrompere così nelle vostre vite, e commosse per il fatto che vogliate impegnarvi tanto con due birichine come noi. – disse Marisa – Anche noi amiamo tutto di voi, anche l'età, e anche noi vorremmo stare con voi per sempre; non ci importa per niente se per questo dovremo rinunciare alle occasioni che dovessero presentarsi. Sono io ad essere onorata a vivere con te, Gianni, ed a dividere tutto con te, ma per escludere il sospetto che possa "spolparti" se le cose fra noi, in futuro, non dovessero funzionare, non pretendo che ci sposiamo presto, e neppure che mettiamo in comune le nostre sostanze, ognuno si terrà le sue. Per te va bene?

– Sì, e con te non ho mai avuto sospetti del genere. Prima parlavo in generale. Quanto alle nostre sostanze, okay, anche se penso che presto diverrai più ricca di me.

– Anch'io sono felice di stare con te per sempre, Piero, e di accudire ad un vecchietto rigenerato per il resto della vita, ma ti avviso fin l'ora che se ti vedrò fare il cascamorto con le spogliarelliste del *night*, mi metterò a fare la porca anch'io, tu sai di cosa son capace. Poi, se righerai dritto per un paio d'anni, potrai anche sposarmi se vuoi, e solo allora ti lascerò palpeggiarne qualcuna, perché io non voglio rinunciare ai miei diritti patrimoniali di moglie, come intende fare Marisa, e non voglio lasciare campo libero a nessun'altra.

– Va bene, vuol dire che mi accontenterò di lustrarmi la vista, tanto tu basti ed avanzi nello spomparmi. Comunque non è bene che vi sposiate in tempi brevi, vale per te e per Marisa, perché dovreste cambiare residenza, e chi vi sta puntando troverebbe facilmente dove siete finite. Dunque manterrete la residenza a Vinzaglio e continuerete a pagare l'affitto almeno per alcuni mesi ancora. Fino ad ora come lo avete pagato? Con un bonifico automatico da parte della vostra banca? Benissimo, continuerete così. Per tutti sarà come se foste partite per una lunga vacanza. Datemi le chiavi di casa che domani mando due facchini a prendere le vostre cose con un furgone, e fatemi l'elenco dei mobili che devono rimanere lì… anzi no… se siete in vacanza basterà che prendano soli i vestiti, le scarpe, le borse ed i gioielli… No! Non potete accompagnarli. Non dovete più farvi vedere a Vinzaglio. Ci penseranno loro a prendere quello che vi potrà servire senza che i vicini possano pensare a un trasloco.

– Ma occorreranno un sacco di scatoloni! Noi abbiamo in casa solo una valigia ed un borsone a testa, si capirà sicuramente che si tratta di un trasloco. E poi ci sono tutte le nostre carte, i documenti, i soldi, e chissà quant'altro. – disse Daniela.

– Tranquilla, manderò della gente sveglia e gli spiegherò cosa prendere e cosa no, inoltre si porteranno dietro due grossi bauli.

Se doveste accorgervi che hanno dimenticato di prendere qualcosa, torneranno a prenderla.

La cena si concluse con un brindisi propiziatorio all'accordo di duplice convivenza, e quando tornarono al palazzo di Novara le ragazze pretesero che i partner le prendessero in braccio per entrare in quelli che sarebbero stati i loro nuovi domicili.

Capitolo XVI

Domenica, 12 novembre
Carlo Cottafava aveva viaggiato tutto il giorno, prima in auto, dalla casa del collega Fassino, che l'aveva ospitato a Castelfidardo, ad Ancona, poi in treno rapido fino a Milano, quindi in espresso fino a Vercelli (Carlo si rifiutava di adottare la nuova terminologia con cui le FFSS avevano cambiato tutto, persino il proprio nome). Arrivò a casa alle 16.30 con le idee chiare su come rintracciare Sebastiano, aveva infatti avuto mezza dozzina d'ore sul treno per pensarci, per cui, dopo aver mangiucchiato qualcosa (Carlo si era categoricamente rifiutato di mangiare ancora in treno) riprese la sua Citroën e si recò a Casaleggio.
Qui giunto entrò nel bar del paese ed attaccò discorso col titolare, chiedendogli se conosceva qualcuno che lavorasse nella carrozzeria Autosplendor, a parte il proprietario, signor Caruso.
– Conosco Maurizio Belladonna, lavora in quella carrozzeria da quando aveva 15 anni ed è un mio cliente abituale; se gli vuol parlare, è quello che sta guardando giocare a biliardo.
Il giornalista si avvicinò al Belladonna e gli chiese se poteva parlargli di una faccenda importante, in privato se possibile. Il Belladonna, incuriosito, acconsentì e si sedettero in un tavolino appartato; Carlo chiese se poteva offrirgli da bere, ed interpretò il suo titubare in un sì, quindi ordinò due birre. Prima ancora di essere servito, gli chiese:
– So che lei ha lavorato per un certo tempo con Sebastiano, lo conoscerà sicuramente bene, come faceva di cognome?
– Sì, ho lavorato con lui, ma non eravamo amici, tutt'altro: non prendeva il lavoro sul serio, sceglieva di fare i lavori più facili e lasciava che a sbrogliare le rogne fossero altri, quando c'era molto lavoro si metteva in malattia e lasciava tutti nella merda... francamente sono contento che il signor Caruso l'abbia licenziato... usare l'auto di un cliente senza chiedergli il permesso e riportargliela

danneggiata, cose da matti! Si chiamava Lupi di cognome. Perché mi chiede queste cose? Per caso non sarà suo amico?

– Proprio no! Mi deve i soldi che ha perso a poker, 350.000 lire. Non so dove abita, ma so che lavorava a Casaleggio e sono venuto qui a cercare qualcuno che mi sappia dire dove trovarlo. Le pago 20.000 lire per il suo indirizzo.

– Mah, non so se posso darglielo, sa... c'è la legge sulla privacy...

– 30.000 lire.

– Cosa gli farà se dovessi darglielo? Gli farà del male?

– Questo non la deve interessare. Sa... per la privacy. 40.000 lire.

– La mia coscienza non mi darà più pace se mai dovesse accadergli qualcosa di male... se dovesse morire.

– Tranquillo! Non si uccide chi ti deve dei soldi. Per tacitare la sua coscienza sono disposto ad arrivare fino a 50.000 lire, ma non un soldo di più.

– Vercelli, corso Bormida 2. Ma io non le ho detto niente.

– Ci mancherebbe altro! – disse il giornalista allungandogli una banconota da 50.000 – Paghi lei la birra, così la sua coscienza sarà soddisfatta – e se ne andò.

Tornò a Vercelli e si recò al numero 2 di corso Bormida; suonò al citofono di Sebastiano, ma non gli rispose nessuno, suonò anche a quello dell'inquilino del piano inferiore, ma pure lui non era in casa. Cavò allora di tasca il taccuino e lo consultò alla voce "S", scorse col dito l'elenco di nomi e di mestieri e si fermò al rigo "Scassinatori", scelse il primo dei tre nominativi, quello di un anziano topo d'appartamenti ormai in pensione, e compose il suo numero di telefono fisso, ché il ladro rifiutava le nuove tecnologie.

– Ciao Eusebio, sono Cottafava – disse quando lo sentì rispondere – sono davanti ad una casa in corso Bormida 2 e non ho né la chiave per aprire il portoncino dabbasso, né quella per aprire la porta dell'appartamento che mi interessa... Sì, dabbasso c'è una Yale, e sopra molto probabilmente anche; tu comunque portati dietro tutto l'armamentario... No, non penso che ci siano allarmi, l'inquilino è un morto di fame... No, non c'è nessuno al piano di sotto, di sopra non so... Sarai qui in un quarto d'ora?... Bene, ti aspetto allora. Ciao.

Un quarto d'ora dopo vide Eusebio arrivare in bicicletta con una cassettina di attrezzi legata con un elastico sul portapacchi, si salutarono con calore ed il topo d'appartamenti si mise all'opera. Dalla cassetta prese un mazzo di chiavi, ne scelse una e in quattro secondi aprì la porta del portoncino; salirono al primo piano e videro che qualcuno aveva rotto una chiave Yale nella toppa, ma questa sporgeva ancora per un millimetro dalla serratura.

– Morto di fame e anche coglione – commentò Eusebio, quindi prese dalla cassetta una pinza a becco d'oca, con essa afferrò saldamente il moncherino sporgente e quindi, operando con due mani, fece fare alla pinza due giri completi. Il dieci secondi la porta era aperta.

Eusebio non volle entrare, intascò le 50.000 lire che Carlo aveva dovuto insistere per fargli accettare, e ritirati i suoi attrezzi se ne andò. Il giornalista si mise dei guanti di pècari, pulì bene le scarpe sullo zerbino ed entrò nel miniappartamento, si guardò attorno e notò i segni lasciati da una affrettata partenza: indumenti estivi lasciati sulle grucce, camicie e magliette di cotone gettate qua e là, infradito e ciabatte abbandonati in scatole aperte, asciugamani ed accappatoio appesi al loro posto, nessuna valigia, nessuna sacca o borsone, nessuno zaino, *ergo:* il coglione era fuggito, come lui aveva pensato.

Mentre era in treno infatti, Carlo aveva provato a mettersi nei panni di Sebastiano: su La Stampa di sabato aveva letto il suo articolo che induceva a pensare che il professor Pionati di Casaleggio avesse preso la borsa col denaro (o con la coca) al passaggio a livello del Torrione, e giustamente aveva pensato che anche la polizia avrebbe letto lo stesso articolo e si sarebbe precipitata dal professore, che sicuramente gli avrebbe raccontato tutta la storia ed avrebbe fatto il suo nome. È vero che il professore non conosceva il suo cognome ed il suo indirizzo, ma questi gli sarebbero stati forniti con facilità dal carrozziere Caruso, e sarebbe piombati da lui, minimo per interrogarlo, e massimo per accusarlo di una sfilza di reati, alcuni molto gravi. Non vedendo arrivargli in casa la polizia nella giornata di sabato, avrà pensato che essa per qualsiasi motivo non era riuscita a rintracciare il professore, e per una notte almeno aveva dormito tranquillo; ma leggendo il giornale di domenica e non trovandovi nessuna novità si sarà allarmato assai. Magari avrà pensato che era impossibile che lo spiegamento di poliziotti e di carabinieri lanciati ventre a terra alla ricerca del professore avesse fatto fiasco, e che era più probabile che questi lo avessero già rintracciato ed interrogato, ma che avessero tenuta riservata la notizia per fare un dispetto alla stampa, sempre pronta a criticarla, oppure che volessero usarlo come esca per catturare i narcotrafficanti, se questi fossero venuti a cercare la borsa presso di lui. A quel punto Sebastiano si sarà fatto prendere dal panico, avrà preparato affannosamente pochi bagagli e sarà fuggito. Ogni cosa presente o mancante in quella stanza avvalorava le supposizioni del giornalista, che quando vide la carta stradale dell'Europa meridionale coi nomi di alcune città cerchiati, sorrise e disse tra sé e sé:

– Questa traccia la lascio tutta al commissario Cantalamessa. Qui ho finito, non c'è più nulla da cercare.

Il giornalista uscì dalla stanza accostando semplicemente la porta, scese dabbasso, risalì in auto dando un'occhiata per vedere se ci fosse qualcuno dei piani superiori affacciato ad una finestra, e tornò a casa. Qui si accinse a scrivere un articolo-bomba e rivelare il nascondiglio del professor Pionati a Mazzangrugno, ma poi si trattenne, non vi era nessun bisogno di accelerare i tempi, tanto era il vantaggio che sapeva di avere sul Cantalamessa, e scrisse invece un articolo molto critico sulle Ferrovie dello Stato, di come fossero cambiate in peggio nel corso degli ultimi anni, di come avessero dato nomi incomprensibili ai treni, di come avessero chiuso un gran numero di cabine nei cessi nelle stazioni, di come il servizio ristoro sui treni facesse schifo, di come fosse una inutile complicazione l'obliterazione del biglietto dopo averlo comprato, e molto altro. Concluse l'articolo scrivendo che i succitati disservizi li aveva costatati di persona nel corso di un suo recente viaggio a Jesi.

◊

Andreij stava meglio quella mattina, vuoi per le medicine assunte, vuoi per i pompini rigeneranti che Lory gli profondeva; la coppia infermiera-paziente aveva fatto una ricca colazione, poi aveva grufolato sul lettone fino all'ora di pranzo ed infine aveva deciso di mangiare in un buon ristorante per festeggiare, Lory la guarigione del suo primo paziente, Andreij l'avere un'ottima traccia per mettere le mani sulla borsa col denaro, ed entrambi un folle amore che stava sviluppandosi prepotentemente. Durante il pranzo non mancarono momenti di tenerezza e di affettuosità, ed oltre a far onore agli ottimi cibi, i due raccontarono tutto di sé (beh, quasi tutto) così Andreij venne a sapere che Lory, diplomata in un liceo artistico, si manteneva posando nuda per riviste scollacciate ed arrotondando gli introiti con saltuarie marchette; Lory invece venne a sapere l'intera storia delle sparatorie del lunedì precedente – storia di cui già sapeva qualcosa per averla appresa dal giornale – della renitenza del compagno a commettere un omicidio inutile, e del suo intento di recuperare il denaro preso dal professor Pionati, anche se falso.
– Perché vuoi recuperare 300 milioni, se sono falsi?
– Perché sono falsi perfetti che sono costati 72 milioni, e per quella cifra si possono vendere all'ingrosso a degli spacciatori; se invece si volessero spacciare direttamente, potrebbero fruttare più di 100 milioni di "resti", più tutto ciò che si era comprato pagando con le banconote da 100.000 lire, magari oggetti d'oro da impegnare al Monte dei pegni, ecc. In definitiva, recuperando quel denaro, è come se avessimo più di 250 milioni per vivere alla grande – concluse Andreij associando anche la ragazza nell'impresa.
– E se dovessero beccarci? – chiese Lory, aderendo all'offerta implicita del compagno – Lo sai che "la legge punisce severamente gli spacciatori di banconote false. Art. XXX del C.P."?

– Tu, che sei incensurata, te la caveresti con poco, probabilmente non finiresti neanche in galera. Per me sarà peggio, perché sono già stato condannato per alcuni reati, e perché forse potrebbero collegarmi con le sparatorie di Vercelli, penso che mi darebbero una quindicina d'anni.

– Se dovessimo recuperare il denaro, non vorrei venderlo ad altri spacciatori, ma vorrei spacciarlo direttamente, visto che c'è da guadagnare di più; mi insegnerai a farlo?

– Certamente sì. Anch'io preferirei spacciarlo direttamente, anche se è un metodo molto più lento. Potremmo metterci un paio d'anni prima di "ripulire" 300 milioni – disse Andreij, sapendo che la ragazza sarebbe stata di validissimo aiuto in caso di spaccio diretto.

– Embeh? Vivremmo alla grande per un paio d'anni, e poi continueremmo a vivere alla grande – obbiettò Lory, che già si vedeva intenta a contare 250 milioni.

– È vero, ma in quel paio d'anni entrambi saremmo esposti. Sei disposta a correre il rischio?

– Sì, ma quando troveremo quel professore, non voglio che tu lo maltratti troppo. Non voglio essere coinvolta in nessun omicidio.

– Non arriveremo a quello. Non si uccide mai chi ha nascosto un malloppo.

Finirono il pranzo ed Andreij pagò con una banconota da 100.000, di quelle false che aveva rubato a Gaspare. Fece notare alla ragazza che ritirava le 50.000 lire del resto in un comparto del portafogli, ed altre 6.000 lire dello stesso resto le lasciava di mancia. Poi spiegò a Lory che aveva appena spacciato 100.000 lire false, ricevendo in cambio 50.000 lire (buone) più due ottimi pranzetti, e di aver ammaliato il cameriere con una mancia superiore a quelle che riceveva di solito, inducendolo a non controllare la banconota, anche per non rinunciare alla mancia stessa.

– Ma è una figata. Anch'io voglio provare la prossima volta.

– Ti riuscirà ancor più facilmente di quanto sia riuscito a me: sei una strafica, e questo fa la differenza: oltre ad apprezzare la mancia, il cameriere apprezzerà ancor di più le tue tette, se gliele farai vedere senza ostentarle.

– Uau! Ma se dovesse controllare la banconota controluce o mediante una macchinetta?

– Sono falsi in grado di fregare le macchinette, ed anche controluce sono perfetti. Solo ad un esperto potrebbero venire dei dubbi, ed in tal caso controllerebbe la banconota con estrema attenzione, ma a noi non succederà, perché ci terremo alla larga dai cassieri di banca e da figure analoghe; ed in ogni caso, spacciando soprattutto nei negozi, avremo sempre il tempo di squagliarcela.

– Dove hai preso il 100.000 che hai rifilato al cameriere?

– Sono riuscito a sottrarre 60 banconote quando sono andato col mio ex-capo a ritirare dallo stampatore di Acerra la partita di 100.000 falsi.

– Se n'è accorto qualcuno? È il tuo ex-capo quel tale a cui ho telefonato dicendogli che eri pieno di puntini rossi? Ti sta dando la caccia qualcuno?

– Quelli di Acerra non penso, il mio capo non se n'è accorto di sicuro. Seconda risposta: sì! Hai parlato con Gaspare Piscitelli, il mio ex-capo. Terza risposta: no! Nessuno mi da la caccia. Adesso basta domande, andiamo a fare un giro a Casaleggio.

– Ma dico: con tutti i posti belli e romantici che ci sono, mi devi portare proprio a Casaleggio?

– A Casaleggio abita il professor Pionati, quello che ha preso i soldi, e noi ci andiamo in perlustrazione.

Uscirono dal ristorante e mentre si avvicinavano al Range Rover Andreij chiese:

– Sai guidare? Vuoi guidarla tu?

– Uau! Certo che so guidare! Tienti forte.

Partirono a razzo e la ragazza si mostrò essere un pilota eccellente, ma spericolato; al secondo giallo-quasi rosso bruciato chiese:

– È tua questa macchina? A chi arriveranno le eventuali multe?

– È intestata ad una società fantasma messa in piedi dal Piscitelli per il tramite di prestanome; siccome intendo tenerla per me, praticamente l'ho rubata. Le multe comunque non le pagherà nessuno, ma ti consiglio di dare meno nell'occhio.

La ragazza rallentò di molto l'andatura e guidò giudiziosamente fino a Casaleggio. Qui attraversarono il paese a passo d'uomo prima da Nord a Sud, quindi da Est ad Ovest, e qui incapparono nel posto di blocco della polizia. Lory si sbottonò subitamente due bottoni della camicetta mettendo le grosse tette in bella vista, poi scivolò in avanti col culo, facendo così salire la minigonna quasi all'inguine. Il poliziotto venuto a chiedere la patente ed il libretto si accorse subito che l'esame delle tette della ragazza era più interessante dei dati riportati dai documenti richiesti, ciò nonostante finse di osservarli a lungo, poi, per aver modo di esaminare per bene le cosce della ragazza, chiese se l'auto fosse sua.

– No, agente, è della ditta per la quale lavora il mio fidanzato – rispose cinguettando Lory accennando ad Andreij – È che se non guidassi io dopo aver pranzato, mi verrebbe da vomitare.

– Come mai ha percorso le strade del paese molto lentamente e per più volte? Si è persa? – chiese abbassando la testa e sporgendola in avanti per guardare meglio dove andavano a finire le cosce.

Lory allargò appena le gambe per facilitargli l'osservazione e rispose:

– No, agente, abbiamo letto sul giornale che qui abita quel tale che si è impossessato di una borsa piena di denaro o di coca, il professor Bionato o qualcosa del genere, e volevamo dare un'occhiata. Lei non sa per caso dove abita? Non è per la coca, le assicuro, ma è che sono tanto curiosa.

L'agente si ritenne soddisfatto delle sbirciatine, si raddrizzò e con la mano indicò una villa poco distante da dove si trovavano.

– Il professor Pionati abita in quella villa lì, ma non è in casa, è partito per visitare la sorella a Jesi. Fra noi della polizia ed i carabinieri, saremo in una trentina a cercarlo. Ora vada, signorina, che ostruisce la carreggiata.

Lory partì a razzo, ma poi rallentò subito, guardò Andreij bianco come un cencio e gli chiese:

– Sono stata brava, vero? Escludo che se tu gli avessi fatto vedere l'uccello, ti avrebbe fatto andar via tanto facilmente.

– Sei stata bravissima. Torniamo a casa, non abbiamo più niente da fare qui. Le mani sul professore le metterà per prima la polizia. Possiamo dire addio al denaro.

Erano quasi arrivati al *résidence* di Vercelli, quando Lory ruppe il silenzio che li aveva accompagnati da Casaleggio e disse:

– Sai caro, c'è qualcosa che non mi convince in tutta questa storia. Hai tenuto gli articoli di quel giornalista che ha scoperto tutto quello che c'era da scoprire? Voglio leggerli per bene.

Appena furono nell'appartamento, Andreij trovò le pagine de La Stampa di venerdì 10 e di sabato 11 con gli articoli del Cottafava, che aveva tenuto da parte, e le diede da leggere alla ragazza; intanto le spiegava che lui le aveva raccontato solo la parte che conosceva direttamente, mentre le mosse di terzi le aveva lette sul giornale. Lory, per togliterselo di dosso e potersi concentrare nella lettura, gli chiese di preparare qualcosa da bere; ed Andreij le disse che sarebbe uscito per acquistare qualcosa, visto che nell'appartamento non c'era nulla.

Tornò dopo un'ora e mezza con due sporte, una piena di lattine di birra e con alcune bottiglie di superalcolici, ed una piena di stuzzichini, di sacchetti di patatine, e scatole di salatini.

– Sono dovuto andare fino ad un autogrill in autostrada per trovare qualcosa di aperto. – disse Andreij aprendo due birre e passandone una alla ragazza – Hai letto qualcosa di interessante?

– Sì, di molto interessante. Sta' a sentire: Il Cottafava non ha scritto che il professor Pionati si è impossessato della borsa col denaro, ma lo ha fatto solo intuire ai lettori che non desideravano altro che di veder "sbattuto il mostro in prima pagina". Poi, quando ha scritto l'articolo, doveva ancora parlare con lui, altrimenti, preciso com'è nel dimostrare le cose, avrebbe riportato la sua versione dei fatti, per quanto improbabile poteva essere, non fosse altro che per smontarla pezzo per pezzo; invece butta lì il suo nome ed il suo indirizzo e poi punto e chiude l'articolo: a me sembra che abbia gettato un'esca, tanto grossa che stavamo per abboccare anche noi. E ancora: sul perché il professore non abbia denunciato alla polizia che gli avevano sparato addosso e danneggiato la BMW ci possono essere motivi diversi da quello che il Cottafava ha indotto a credere, per esempio, poteva aver prestato l'auto ad un amico, che poi gli ha rifuso il danno e la cosa era finita lì; oppure stava tornando a Casaleggio dopo aver passato un pomeriggio di fuoco a Vinzaglio con l'amante, e non voleva che la moglie, che qualcosa doveva sospettare sul domicilio di una possibile rivale, venisse a sapere che il marito si trovava nei paraggi. Insomma: cosa ci faceva il professore in quella strada in culo ai lupi? È questo il fatto che non mi convince.

– Ti dirò che quest'ultimo fatto non convinceva neanche me, tanto che mi sono appostato a Vinzaglio per fotografare le automobili e le persone che transitavano sulla strada che porta al passaggio a livello al fine di scoprire chi poteva interessare al professore, anche se sapevo che si sarebbe trattato di un lavoro enorme; poi ho letto sul giornale il nome del Pionati ed ho lasciato perdere, ma dopo le tue osservazioni che continuerò con la sorveglianza e con le fotografie. Le foto che domani andrò a ritirare sono il risultato di due giorni di lavoro.

– Posso andare io a ritirarle, tanto sono in ferie forzate per tutta la prossima settimana, così non dovrai uscire e magari avere una ricaduta. Ma se dovremo lavorare assieme avrò bisogno di un'auto. La mia è una 500 vecchissima e troppo malconcia per essere affidabile.

– Domani ci occuperemo anche di quello. A te che auto piacerebbe guidare?

– Io muoio dietro alla Mini Cooper; la potremmo prendere a rate.

– E vada per il Mini Cooper – concesse Andreij, quindi prese in braccio la ragazza, che scalciava nell'aria per fingersi recalcitrante, e la scaricò sul lettone.

Poi si spogliarono rapidamente e diedero la stura ad una teoria di scopate selvagge inframmezzate a golosi pompini ed a rudi sodomizzazioni che si protrassero fino a notte fonda.

Anche Michele Sorrentino, quella domenica mattina, ripensando agli articoli del Cottafava, fece le stesse considerazioni che Lory avrebbe fatto in serata ed in un altro ambiente, e convocò Vincenzo per metterlo al corrente delle conclusioni cui era pervenuto.

– Vincenzo, non possiamo stare fermi ed aspettare che la polizia trovi il professore, perché in tal caso, se è stato lui a fotterci il denaro, lo avremo perso per sempre, e se non è stato lui, il vero ladro non aspetterà che venga interrogato, ma scomparirà e nasconderà il nostro denaro chissà dove, per cui dobbiamo precederlo.

– Okay capo, il discorso fila. Come pensi di agire?

– Prima di agire, prova a seguimi nel ragionamento che ti farò. Ci siamo già detti che è ben strano che un professore di mezz'età si sia trovato alle sette di sera su una strada che nessuno percorre mai, per recarsi in un paese in culo ai lupi, o più probabilmente, aggiungo ora, per provenire da esso. Mi dirai che può essere andato a trovare un amante, e non ha denunciato alla polizia il fatto che gli hai sparato dietro perché non voleva far sapere alla moglie che era andato a Vinzaglio, forse perché essa sapeva che lì c'era una bellona che faceva gli occhi dolci al marito; oppure poteva aver prestato la BMW ad un amico che, non potendogliela restituire col lunotto fracassato, aveva provveduto a farla riparare a sue spese, ed in questo modo il professore non era neppure venuto a sapere che avevi sparato contro la sua auto.

– Ma in tal caso la denuncia alle autorità l'avrebbe fatta l'amico.

– Non necessariamente, ci sono vari motivi per i quali ha preferito non farlo, per esempio perché aveva preso a Gennaro la borsa col denaro. In ogni caso, che sia stato il professore infedele, o che sia stato un suo amico, qualcuno ha fatto riparare l'auto da un carrozziere: se è stato il professore vale ciò che ho detto prima, e possiamo dare l'addio al denaro, ma se è stato l'amico, c'è la possibilità che l'abbia fatta riparare dal carrozziere di fiducia del professore, una carrozzeria vicino alla sua casa, con ogni probabilità una carrozzeria di Casaleggio.

– Perché supponi che la carrozzeria sia di Casaleggio?

– Perché così il professore può farsi fare gratis mille lavoretti da niente, perché può rompere le balle al carrozziere due volte al giorno per farsi fare in fretta quelli più impegnativi, perché può procrastinare i pagamenti per il tempo desiderato, perché in Comune fanno parte della stessa maggioranza... perché da ragazzi si facevano le seghe insieme... trovalo tu un motivo, ce ne sono mille.

– Okay, mi hai convinto. Allora cosa facciamo?

– Guardiamo se c'è una carrozzeria a Casaleggio, e se c'è andremo a visitarla.

Vincenzo prese la rubrica telefonica e la sfogliò, in comune di Casaleggio trovò elencati circa 150 abbonati, ma lui non scorse le colonne di nomi perché vide che in calce alla pagina, in un riquadro, erano elencati i servizi forniti dalla carrozzeria "Autosplendor" di Caruso Massimo, con l'indirizzo di casa e dell'officina, ognuno col numero di telefono fisso.

– Meglio telefonare prima per sapere se è in casa. – stabilì Michele – Non vorrei incappare ancora in una pattuglia della polizia a presidio della casa del professore e rimetterci altre 40.000 lire.

– Giusto – approvò Vincenzo componendo il numero di casa.

Gli rispose la voce di una persona anziana che si qualificò come un vicino di casa venuto a dar da mangiare al pappagallo, al merlo e ad una dozzina di canarini del signor Massimo, poi aggiunse che lui non era in casa, essendo partito il sabato per andare a trovare la madre in un paesino del Canavese, e che non sapeva quando sarebbe tornato, forse quella sera stessa.

– Riproveremo domani, non ho nessuna voglia di fare un appostamento serale con questo freddo – stabilì Michele, poi mise in libertà Vincenzo e si recò a pranzo da sua zia Maria.

Capitolo XVII

Lunedì, 13 novembre

Daniela e Marisa uscirono dalle rispettive abitazioni alle 8, dopo aver fatto colazione coi nuovi compagni ed avergli dato un lungo ed appassionato bacio; avevano un programma fitto di impegni, ma volevano anche trovare un momento per parlarsi senza avere i compagni attorno, e commentare la nuova situazione in cui si erano venute a trovare.

Mentre accompagnava Daniela a ritirare la Volvo a Vercelli, Marisa, le disse:

– Beh, mi pare che ci siamo sistemate per bene tutte e due, abbiamo due appartamenti in un palazzo d'epoca al centro di Novara che non ci saremmo potute permettere neanche se avessimo fatto marchette "h 24", abbiamo due compagni bravi, ricchi e generosi che ci coprono di attenzioni e che ci portano sempre a mangiare in posti eleganti, abbiamo due figate di automobili – e diede due colpetti con la mano sul volante della Passat – stiamo avviando un'attività che si prospetta essere lucrosa, abbiamo un tesoretto di 150 milioni ciascuna... cosa vuoi di più dalla vita.

– È vero, anche se per quanto attiene al farmi sbattere ho trovato di meglio, ma non mi lamento di certo, tanto mi sarà sempre possibile fare qualche digressione. E tutto è avvenuto in neppure una settimana. Quando penso che solo una settimana fa lavoravo in una schifosa *boutique* per 350.000 lire al mese, che guidavo una Escort di merda e che mi facevo fottere da quel burino di Sebastiano... mi viene da pensare che si trattava di un'altra Daniela. –

– A proposito, ricordati di passare dalla *boutique* a ritirare le spettanze per i giorni che hai lavorato nel mese di novembre, poi la quota di ferie non godute, e naturalmente la liquidazione; se la proprietaria dovesse farti delle storie, minacciala di denunciarla alla Finanza. E mi raccomando di farle vedere la Volvo. Ha! Ha!

– Tu invece, dato che ti fermerai a Vinzaglio per chiedere il certificato di residenza in Municipio, guarda se ti è arrivata posta da parte del supermarket, non abbiamo avuto neanche il tempo di dare disposizioni al postino.

– Non abbiamo avuto il tempo per fare un cazzo: ci hanno prese dal nostro nido e ci hanno ficcate sotto le coperte dei loro letti. Comunque, per quanto riguarda la posta, ci penseranno gli operai che manderà Piero a ritirarla di tanto in tanto, così mi ha detto Gianni.

– A proposito di letti... lo sai che il mio ha un baldacchino? Quando scopo e guardo per aria mi sembra di essere la regina Maria Antonietta.

– Il mio letto invece è ad acqua, ma è scomodissimo e fa dei rumori ridicoli quando si scopa. Ieri sera mi sono rifiutata di salirci e ho voluto che scopassimo sul tappeto, tanto è un tappeto spesso 10 centimetri.

– Come ti trovi con la servitù? Io male, alla domestica scriverò un ordine di servizio con scritto cosa deve fare e cosa non deve fare, oltre che indicare i tempi che dovrà impiegare per farle. Altro che ballare nel manico e fare i lavori più inutili e meno faticosi. E poi mi ritiene un'usurpatrice, sempre dietro a dirmi com'era brava e gentile la moglie del geometra. Ci credi? Mi sono bastate poche ore per averne piene le tasche. Non penso che la farò restare per molto tempo ancora.

– Vi prepara anche da mangiare?

– La colazione che prepara fa schifo, il resto non so perché abbiamo sempre mangiato fuori.

– La mia domestica deve essere la gemella della tua. Già stasera intendo dire a Gianni di camparla fuori casa e lasciare che mi occupi io della *maison*.

Arrivarono a Vercelli e Marisa lasciò Daniela alla concessionaria Volvo, quindi andò a Vinzaglio percorrendo la strada col passaggio a livello e, passando davanti alla casa che aveva abitato fino al giorno prima, vide parcheggiato un furgone anonimo col portellone aperto, e due operai che stavano caricando un grosso ed elegante baule borchiato. In Municipio, avendo civettato col Segretario comunale, impiegò solo un quarto d'ora per avere un certificato di residenza firmato dal Sindaco, ed un altro quarto d'ora per convincere un impiegato recalcitrante, sicuramente un finocchio, ad inviare le comunicazioni che la riguardavano presso il suo rappresentante legale, il dott. Gianni Ticozzi, di cui fornì l'indirizzo, in quanto lei sarebbe partita per una lunga vacanza. Quando risalì sulla Passat non si accorse di essere stata fotografata da una ragazza nascosta dietro un Range Rover rosso.

Ritornò a Vercelli perché aveva appuntamento con Daniela alla sede centrale della CRV; quando fu lì, si recò nell'ufficio di Mario e trovò che l'amica era già arrivata e si era accomodata davanti alla sua scrivania. Salutò l'ex-amore con un bacio, non proprio appassionato, ma comunque sulle labbra, e notò che qualcosa era cambiato nel suo comportamento; ora lo trovava gentile ma distaccato, contento di vederla ma non scodinzolante come prima, pronto ad accontentarla, ma solo se non fosse stato contro l'interesse della banca: in parole povere era diventato un perfetto bancario stronzo.

– Noto che sei cambiato – gli diceva nel frattempo Daniela – scommetto che è merito di quel numero di telefono che ti ho dato. Di' la verità, te la sei già ingroppata la Nadia.

Mario arrossì, come al solito, e glissò fingendo di dover mettere in ordine le carte che gli stavano davanti. Marisa capì che non doveva preoccuparsi per lui, perché il ragazzo aveva trovato una sostituta adeguata alle sue esigenze, e da come scantonava sull'argomento doveva già essersene innamorato.

Mario, forse per educazione o forse per mera curiosità, volle sapere come procedeva la faccenda del capannone, ed apprese con stupore che l'avevano affittato per poco e che nel pomeriggio di sarebbe costituita la Barbarella srl. Daniela gli disse che aveva acquistato una Volvo familiare al posto della Escort, e chiese notizie di Sebastiano.

– Ce l'ha su con te e te ne ha dette di tutti i colori; poi ha preso freddo, gli è venuto un accidente e si è messo a letto. Stamattina gli ho telefonato per sapere come stava, ma aveva il cellulare spento. – aveva risposto Mario.

A quel punto si trovarono senza null'altro da dirsi, per cui si salutarono da buoni amici e si augurarono buona fortuna.

Marisa e Daniela scesero nella camera con le cassette di sicurezza e si fecero aprire la loro; quando rimasero sole prelevarono 40 milioni e se li divisero 20 a testa, poi si dissero che sarebbe stato meglio prelevare di più, perché 40 milioni li avrebbero dovuti consegnare al notaio quel pomeriggio, per cui prelevarono ancora 10 milioni a testa.

Quando uscirono dalla banca era mezzogiorno e mezzo, comprarono La Stampa ed in un bar lessero se c'erano notizie che potessero riguardarle, ma non c'erano. Andarono a pranzare in un ristorante e non le sembrò vero poter pranzare da sole, senza accompagnatori, amanti o compagni di sorta, per cui ne approfittarono per parlare liberamente dei pensieri più intimi, dei progetti reconditi, dei sogni impossibili. Finito il pranzo si accorsero di essere ancor più unite di quanto lo erano state fino a quel momento, forse perché anche la recente comune ricchezza contribuiva a cementare l'unione.

Tornarono a Novara alle 16.30, Marisa si fermò dal concessionario della Volkswagen per restituire la targa "in prova" e per prendere pieno possesso della Passat; Daniela si trattenne nello studio di Piero per infastidirlo mentre cercava di lavorare. Alle 18 si trasferirono tutti e quattro nel palazzo adiacente, ove aveva lo studio il notaio; Gianni gli aveva già fornito gli elementi necessari per stilare l'atto costitutivo, per cui il notaio si limitò a leggere l'atto ad alta voce, a chiedere se ci fossero eventuali osservazioni (che non ci furono) a farne quattro copie pronte per essere firmate, e quindi chiese che fosse versato il capitale societario.

Gianni versò i 20 milioni che sabato le ragazze e Piero gli avevano affidato, ed avendo una quota societaria pari all'1% aggiunse 200.000 lire, Piero versò un assegno circolare di 20 milioni e le ragazze 20 milioni a testa in banconote da 100.000. Il notaio inarcò le sopracciglia per lo stupore, ma non controllò le banconote; ed anche Gianni e Piero si stupirono alquanto di vederle versare 40 milioni in contanti, sapendo che le ragazze disponevano di un castelletto di minore entità, e si ripromisero di chiedere quanto fossero ricche.

Alle 20, come previsto, la "Barbarella srl", con un capitale interamente versato di 80.200.000 lire,era formalmente costituita; e poco dopo i quattro soci erano nel miglior ristorante della città per festeggiare con un pranzo principesco innaffiato coi vini migliori.

◊

Andreij e Lory erano partiti da Vercelli alle 7.30 per potersi appostare presto presso la chiesa di Vinzaglio. Avevano fotografato già una trentina di auto e preso altrettanti appunti sull'ora del transito e sulla loro provenienza o destinazione, quando Lory, che si era da subito ben immedesimata nella parte di "agente segreto", inquadrò nell'obbiettivo la Passat di Marisa e la fotografò; poi, all'avvicinarsi di una macchina dei carabinieri, Andreij ritenne più opportuno porre termine all'appostamento e tornò a Vercelli con la ragazza. Qui ritirarono dal fotografo le diapositive dei rullini consegnati sabato, pagarono con un biglietto da 100.000 falso (Lory aveva voluto sperimentare di persona la tecnica di spaccio appresa il giorno precedente) e gli lasciarono da sviluppare il rullino appena fatto.

Mangiarono in pizzeria e quando rientrarono a casa distesero lo schermo e si misero ad esaminare le oltre cento diapositive fatte il venerdì precedente, soffermandosi su quelle in cui si vedevano bene i conducenti e i passeggeri delle auto. Andreij notò che lo Sfigato si era divertito a fotografare tutte le fighette del paese, anche quelle che passavano a piedi ed in bicicletta, e gli tirò un accidente che potesse colpirlo ovunque fosse; Lory lo assisteva leggendo sul blocco notes le ore dei transiti e le altre informazioni raccolte, ma anche osservando attentamente alcune diapositive.

Dopo un'ora arrivarono alla diapositiva in cui si vedeva una Punto fermarsi presso il Municipio di Vinzaglio, l'appunto sul notes diceva: *ore 11.55/ da Punto guid. da terroncello prov. da Torrione esce biondona che entra Municipio/ biondona esce dopo 10 min. risale in auto/ Punto riparte vs. Est/ targa: VC 443322.*

Dopo un'altra mezz'ora giunsero alla diapositiva in cui si vedeva la Punto arrivare da Est, con ben visibile il numero di targa, e nella diapositiva successiva, presa di fianco, si vedeva la stessa biondona che nella tarda mattinata era entrata in Municipio, allungare una banconota da 100.000 lire al terroncello; seduta sul sedile posteriore era ben visibile anche una procace moracciona. Sul notes la ragazza lesse: *18.50/ Punto VC 443322/ pappone riporta puttane casa*; allora chiese ad Andreij di fermarsi.

– Ehi, ho già visto quella moracciona: era su una Passat nuova fiammante che ho fotografato stamattina – sfogliò il notes e lesse: *09.30/ Passat con targa "in prova" NO 0012/ da Torrione/ entra Municipio esce dopo ½ ora/ riparte vs. Torrione/ morettina sola.* Ma andiamo con ordine, continua con le diapositive di venerdì.

Poche diapositive dopo Lory fece ancora cenno al compagno di fermarsi; sullo schermo si vedeva una Opel Corsa presa di fronte, con la moracciona alla guida e la biondona come passeggera, e sul notes era indicato che proveniva dalla direzione del Torrione e si dirigeva ad Est.

– Sono sicuramente le stesse ragazze delle altre diapositive, ma si sono cambiate d'abito, ed adesso hanno un trucco meno pesante. Perché hai detto che sono due puttane? Non ho mai conosciuto puttane con un orario di lavoro come il loro.

– Mah! Forse per il trucco pesante, forse perché sono strafiche, o forse per la banconota da 100.000 che ha dato al terroncello, che dunque non può essere che il loro pappone.

Una decine di diapositive dopo, sullo schermo riapparve la Corsa inquadrata di fronte e con le due bellezze a bordo, sul notes era annotato: *23.55/ Corsa smarmitt./ prov. da Est e ferma 200 m dopo vs. Torrione/ parch. strada/ puttane sparisc. dietro rientranza case/ da scoprire come si chiamano e dove abitano.*

– Come mai nutri tanto interesse per due puttane? Perché eri interessato a sapere dove abitavano? – chiese ironica Lory.

– Beh, due puttane che abitano in un buco come Vinzaglio possono essere un valido motivo perché il professor Pionati, o chiunque fosse alla guida della sua BMW, si sia trovato al passaggio a livello del Torrione alle 19 di martedì scorso, magari reduce da un pomeriggio di ingroppate. Avevo pensato che avrei potuto interrogarle e sapere se si erano fatte sbattere da lui...

– E magari, tra una domanda e l'altra, dargli qualche botta anche tu... Non è mal pensata... no, non sto scherzando, è una idea brillante, se non che, viste le diapositive scattate da Tony, pare che fra troiette, brignini e strafiche, il paese brulichi di belle ragazze, metà delle quali faranno le logge per passione, e l'altra metà le puttane per professione. Ora, a meno di provare ad interrogarle tutte...

– D'accordo, era un'idea balzana. Cosa proponi allora?

– La stessa cosa che volevi fare tu. Te l'ho detto che la ritengo una buona idea, solo che a interrogare le ragazze sarò io, non tu. Adesso andiamo a comprare la mia Mini Cooper, così potrò muovermi anch'io; da quanto mi hai raccontato, non è bene che mi faccia vedere col Range Rover a Vinzaglio.

◊

Quando le ragazze furono uscite dal suo ufficio, Mario restò alcuni minuti alla sua scrivania a chiedersi come avessero fatto Daniela e Marisa, due commesse prive di risorse e ricche solo di una bellezza straordinaria, a costituire una srl, stante la caterva di spese che la cosa comportava. Non potevano aver utilizzato la loro liquidazione perché entrambe lavoravano da poco meno di un anno, e con lo stipendio da fame che percepivano, sicuramente non avevano accantonato dei soldi; era anche sicuro che i loro conti correnti oscillassero fra il "rosso" ed il "nero", con una frequenza quindicinale, perché sempre intente a lamentarsi degli interessi passivi esagerati. Non poteva tuttavia escludere che avessero dei

BOT o un libretto di risparmio al portatore, magari regalato da un parente o ricevuto in eredità insieme a vecchi gioielli di famiglia. Quest'ultima eventualità poteva spiegare come avessero potuto versare 800.000 lire sul conto corrente che le aveva aperto cinque giorni prima, ed al limite poteva anche giustificare la necessità di disporre di una cassetta di sicurezza (ma Santamadonna quanti vecchi gioielli e quanti BOT potevano aver mai ereditato per aver bisogno di una cassetta di sicurezza di 12 dm^3?) ma non spiegava dove avessero trovato i soldi per costituire una srl, versarne il capitale sociale,comprare una Volvo familiare, come gli aveva detto Daniela per vantarsi. E poi perché cointestare il conto corrente e la cassetta di sicurezza? Mica potevano aver ereditato in contemporanea da parenti diversi. Potevano aver vinto a qualche lotteria o al gratta e vinci? Mario la riteneva la cosa più probabile, magari un paio di milioni a testa per rimettere in sesto le loro finanze e dimenticare le angosce di finire in "rosso", per acquistare un'auto anche esagerata a rate, finanche per voler avviare un'attività propria, ma in tal caso restava l'interrogativo: cosa se ne facevano di una cassetta di sicurezza cointestata?

Poi Mario ripensò alle srl ed al capitale necessario alla sua costituzione: reminiscenze scolastiche gli ricordarono che era possibile far richiesta di impiegare anche l'intero capitale versato per la gestione della società, poi pensò che le due ragazze potevano aver trovato dei soci e quindi che le spese per la costituzione della società potevano averle divise con altri, ed infine ricordò che per batterla a Marisa (ed eventualmente anche a Daniela) aveva concesso un castelletto di 20 milioni alle ragazze. Ecco spiegato dove avevano preso i soldi. Restava però ancora senza risposta l'interrogativo relativo alla cassetta di sicurezza.

Una telefonata lo distrasse per alcuni minuti, ma quando essa ebbe termine, Mario fu preso dall'irresistibile impulso di scoprire quanto le ragazze avessero ancora sul conto corrente, e quindi di quanto credito potessero ancora disporre. Mentre digitava i tasti giusti sul computer, un pensiero maligno gli attraversò la mente: "scommetto un coglione che quando avranno esaurito il castelletto me le troverò tutte e due in ufficio a propormi pompini a raffica pur di ottenere un'estensione del credito". Rimase di stucco quando sullo schermo apparve la situazione del conto corrente delle ragazze: l'attivo era di 800.000 lire, il passivo era di poche decine di migliaia di lire (tasse, costo di 2 libretti di assegni, bolli vari), i 20 milioni del castelletto non erano stati utilizzati.

– Dove cazzo hanno preso i soldi allora? – mormorò interrogando sé stesso, e con quell'interrogativo in testa non combinò nulla per il resto della giornata.

Alle 17, quando uscì dalla banca, Mario si trovò con Nadia, il suo nuovo amore, e con lei andò in un bar per tirare l'ora di cena. Qui davanti ad una cioccolata con panna (per lei) ed una birra Guinness (per lui) raccontò alla ragazza di come per tutto il giorno si fosse arrovellato per scoprire come avessero fatto due commesse a disporre di tanto denaro da sostenere spese rilevanti, e possedere beni tanto preziosi da dover essere custoditi in una cassetta di sicurezza.

– Conoscendole un po', almeno di fama, direi che è il frutto di una vita di marchette e di gioielli avuti in regalo da ricchi amanti – rispose acida la ragazza – In una dozzina di anni, avendo cura di scegliersi i clienti e gli amanti giusti, non è difficile mettere da parte un discreto malloppo. Se scopri come hanno fatto esattamente e quanto hanno realizzato, dimmelo, perché io, che faccio la cameriera, anche se mi sono data molto da fare, non ho tirato su quasi niente.

– Ma a me ed a Sebastiano l'hanno data gratis, Marisa non ha preteso nulla da me, ed io le ho offerto solo una cena.

– Per quanto tempo è durata la vostra relazione, a partire dalla prima scopata?

– Beh, solo due giorni, il terzo ed il quarto mi ha fatto il bidone, ed il quinto giorno ho conosciuto te. Prima, quando gliela ho battuta per una settimana, le ho offerto da bere un paio di volte, lei mostrava di non disdegnare di essere palpeggiata, ma neppure mi incoraggiava; per farmela dare le ho concesso un castelletto di 20 milioni, ma l'ho fatto *mea sponte,* lei non me lo aveva chiesto.

– Ecco vedi, è come ti ho detto, quando ha ritenuto di aver ottenuto da te tutto quello che le serviva, e ritenendo che non avevi altro
da offrire, ha chiuso le gambe e ti ha mollato, ma facendo in modo
che fossi tu a lasciarla. Bella è bella, furba è furba, ed ha una certa
classe; non è che tu abbia incontrato una zoccola da marciapiedi,
ma è una gran troia lo stesso.
Mario fremeva di rabbia, si accese una sigaretta per controllare il
tremore delle mani e ne offrì una a Nadia, che si accorse del suo
stato e disse:
– Senti, non te la prendere, sono cose che succedono, se fai così ti
farai il cattivo sangue, considera che ti sei sbattuto praticamente
gratis una professionista del raggiro e della subornazione, perché
i soldi del castelletto non sono soldi tuoi; e poi hai me adesso,
puoi sbattermi fino a consumarti l'uccello, e non ti chiederò mai
nulla, e se vuoi vendicarti fallo pure, ti aiuterò, ma per una buona
ragione, non per essere andato in bianco per due giorni di fila.
– Spiegati meglio: qual'è per te una "buona ragione"?
– Per esempio, se scoprirai dove tiene i soldi, o i gioielli, o quello
che ritiene essere tanto prezioso da proteggere, beh, portaglielo
via.
– Ma non posso scassinarle la cassetta di sicurezza, oltretutto cor-
rerei il rischio di farle un favore, perché è assicurata per una somma di tutta rilevanza, indipendentemente da cosa c'è custodito
dentro.
Nadia stette pensierosa per alcuni minuti, poi disse:
– Raccontami tutto quello che sai sulla società che vuole costituire, dall'inizio: una società per fare cosa, chi sono i soci, quando
ne avete parlato per la prima volta, cosa è successo da allora; devi
dirmi tutto, anche le cose che non ti sembrano pertinenti.
Mario cominciò a raccontare, quando uscirono dal bar era arrivato all'intenzione di Daniela e di Marisa di gestire insieme un
night club col *privée*, quando arrivarono a casa di Mario (ripulita
e riordinata dalla ragazza come non era mai stata) era arrivato ai
capannoni di San Pietro, e quando finirono il primo piatto della
deliziosa cena preparata dalla ragazza, era giunto all'appunta-

mento col geometra di Novara, cui era seguita la cena sul Lago d'Orta col proprietario del capannone. Poi Mario disse di non sapere di preciso più nulla, se non gli sfoghi di Sebastiano circa una borsa zeppa di *dépliant* e di *brochure* di ditte specializzate nell'allestimento di *night* e di bar.

Capitolo XVIII

Lunedì, 13 novembre
Carlo Cottafava si concesse una ricca colazione al bar sotto casa, scorse in fretta il suo articolo su La Stampa – godeva come una scimmia ogni volta che vedeva pubblicato un suo articolo – diede una sbirciata alle tette della cameriera, ben visibili sotto la camicetta sbottonata della divisa, ed infine si mise in moto carico di energia per affrontare la giornata.

In Municipio si recò dal dottor Filippo Fasoli, il dirigente che fungeva da Segretario comunale e che riceveva dal giornale in regalo ogni Natale un abbonamento annuo ed un cesto di frutta, aspettò in anticamera per mezz'ora fin quando, all'alba delle 9.15,il suddetto ritenne che fosse giunta l'ora di andare in ufficio a lavorare.

Dopo i soliti convenevoli ed un discreto accenno all'avvicinarsi del Natale, il giornalista spiegò il motivo della sua visita:

– Dottor Fasoli, ho bisogno di sapere quanto più possibile di un nostro concittadino, Sebastiano Lupi, residente in corso Bormida 2.

– Niente di più facile. Con le nuove tecnologie le posso fornire ogni informazione stando comodamente seduto qui. – disse il funzionario picchiettando sulla tastiera di un computer obsoleto che troneggiava sulla sua scrivania – Ecco qua: *Sebastiano Lupi, nato a Collecorvino (PE) il 16/2/1958; precedente residenza: Collecorvino (PE) via Concordato 4; immigrato a Vercelli il 30/6/1982 e residente in corso Bormida 2.* Il codice fiscale non lo abbiamo ancora caricato perché è scaduto il contratto alle stagiste che dovevano caricarli quando erano arrivate alla lettera F, e non c'erano più fondi per rinnovarglielo. Anche la professione, il colore dei capelli e degli occhi, nonché gli eventuali segni particolari, non li conosciamo perché non abbiamo neppure cominciato a caricarli – il Fasoli distolse gli occhi dallo schermo e guardò il giornalista come per scusarsi del disservizio, quindi rimase in attesa di altre richieste.

Il Cottafava si dichiarò più che soddisfatto delle informazioni ricevute e lo ringraziò, quindi uscì dall'ufficio e tornò a casa. Qui accese il suo computer e andò su Internet, le Pagine Bianche gli fornirono il numero di telefono del signor Giuseppe Lupi, l'unico Lupi di Collecorvino che abitasse in via Concordato 4; lo compose e gli rispose la voce di una vecchia, probabilmente la madre di Sebastiano, a lei chiese se fosse in casa Sebastiano e la vecchia, in un abruzzese stretto pressoché incomprensibile, gli spiegò che stava ancora dormendo, perché era arrivato molto tardi la sera precedente. Con un tono di voce che non riusciva a celare completamente l'esultanza che provava, il giornalista disse alla signora Lupi che non faceva nulla, di non svegliarlo e di lasciarlo dormire tranquillo, ché lui lo avrebbe richiamato ancora, quindi chiuse la chiamata.

Il giornalista si informò presso la sua redazione su come si chiamasse e quale fosse il numero di telefono del loro corrispondente di Pescara, ed avuta l'informazione gli telefonò subito:

– Signor Nardi buongiorno. Sono Carlo Cottafava, il corrispondente da Vercelli. Le telefonavo perché ho per le mani una bomba, che eventualmente posso condividere con lei. A Collecorvino c'è un tale, Sebastiano Lupi, di circa 30 anni e fuggito ieri da Vercelli, che si è rifugiato a casa dei genitori, in via Concordato 4... No! Non è un delinquente e neppure è pericoloso, è solo testimone di un episodio misterioso accaduto qui a Vercelli martedì scorso... Sì, ha a che fare con la sparatoria sul treno che ha avuto rilevanza nazionale. Beh, voglio interrogarlo per chiarire la sua posizione, ho telefonato ma stava ancora dormendo; temo che quando si sveglierà la madre possa dirgli che qualcuno l'ha cercato al telefono, e temo che possa fuggire ancora, e se dovesse accadere non avrò più modo di rintracciarlo... Sì, è molto importante... Cosa pensavo di fare? Beh, se fossi lì mi apposterei subito fuori dalla sua casa e lo aspetterei al varco, ma dato che non sono lì, mi chiedevo se potesse farlo seguire da qualcuno se dovesse scappare ancora... Sì, dovrebbe appiccicarsi a lui come una zecca e segnalarmi i suoi spostamenti in modo che possa raggiungerlo... Dice che è troppo complicato e che l'appostamento potrebbe farlo lei stesso?... Benissimo, ma non è necessario che lo interroghi lei, non saprebbe che domande fargli. Lei lo convinca che voglio solo parlargli al telefono... Sì, lui dovrebbe conoscermi, ha sicuramente letto i miei articoli sulle pagine di Vercelli... No, non intendo incastrarlo, ma se non accetterà di parlarmi entro 12 ore, scriverò su La Stampa chi ha usato la BMW del professor Pionati, e se dovesse tardare di altre 24 ore, scriverò un altro articolo in cui svelerò che si nasconde a Collecorvino presso i genitori e che ha nascosto la borsa col denaro o con la coca nella casa natia... Quanto denaro e quanta coca?... Non lo so, spero che me lo dica lui... No! Non ci sono ricompense, al massimo prometta il solito abbonamento trimestrale... No! Non scriva niente! L'articolo lo farò uscire a suo tempo e sarà a firma congiunta... Sì, le do il numero del mio cellulare, ma faccia in fretta, prima che possa sgusciare via... A risentirla a presto allora.

Pienamente soddisfatto per la collaborazione ottenuta, e consapevole che, se il Nardi avesse giocato bene le carte che gli aveva messo in mano, Sebastiano non poteva rifiutarsi di parlargli, Carlo decise di concedersi un aperitivo al bar sotto casa, per poi recarsi nel miglior ristorante della città. Un'ora dopo stava ancora deliziandosi la vista sbirciando le tette della cameriera dal di sopra dell'ornamento del secondo Negroni, quando gli suonò il cellulare; era il Naldi, che gli disse:

– Operazione perfettamente riuscita signor Cottafava, ho qui con me il signor Sebastiano che le vuole parlare, glielo passo – dal cellulare uscì la voce giovanile ma al contempo timorosa e trafelata di Sebastiano, che disse – Signor Cottafava, io non ho preso nessuna borsa al morto, e non so nulla di borse piene di denaro o di coca, assolutamente nulla, attorno al passaggio a livello non c'era nessuna borsa...

– Calma, signor Lupi – lo interruppe il giornalista – mi faccia capire bene come sono andate le cose, nel suo interesse, perché se, come dice, lei non sa niente della borsa, l'unica possibilità che ha per tirarsi fuori da questa storia, è quella di convincermi della sua completa estraneità ai fatti accaduti. Ora, da bravo, mi racconti.

– Io ed il mio amico Mario eravamo andati a prendere due ragazze che abitavano a Vinzaglio per portarle a ballare alle "Rotonde" di Garlasco ed abbiamo trovato il passaggio a livello del Torrione chiuso…

– Più dettagli, signor Lupi – interruppe il giornalista – Come si chiamavano esattamente le ragazze ed il suo amico?

– Mario Cavallero, abita alla frazione Cappuccini di Vercelli, fa l'impiegato alla sede centrale della CRV; Daniela Donati e Marisa Giordano, fanno le commesse a Vercelli, la prima in una *boutique* e la seconda in un supermarket, ed abitano insieme a Vinzaglio.

– Così andiamo bene, vada avanti, signor Lupi. Perché aveva la BMW del professor Pionati?

– Per fare bella figura con le ragazze ho tardato di riconsegnarla al cliente di alcuni giorni, e l'ho usata quella sera senza il suo permesso, ma queste cose lei le sa già per essere arrivato fino a me. –

– È vero, ma io voglio sapere anche la tua versione dei fatti. Vai avanti.

– Quando è arrivato il treno, si è aperto uno sportello dell'ultima carrozza ed un tizio è saltato giù… non so se è stato spinto oppure no, ma si è proiettato fuori come per sfuggire da qualcosa di terribile… appena ha toccato terra si è messo a rotolare ed è finito contro il montante delle sbarre. Si è proprio spatacciato contro, il corpo era a terra in posizione innaturale, aveva la testa piegata di lato come se avesse il collo rotto, e sembrava morto; cioè, alla luce dei fari ed a 5 o 6 metri di distanza ci sembrava così. E non aveva addosso nessuna borsa. Allora siamo usciti…

– Chi è uscito dalla BMW? Cerchiamo di essere precisi.

– Io e Mario siamo usciti e ci siamo avvicinati al corpo, Marisa è rimasta in auto perché l'ho sentita dire che le facevano impressione i morti, Daniela è uscita dall'auto, ma quando mi ha sentito dire che era ormai morto, è rientrata subito perché ha detto di aver freddo. Siamo rientrati in auto anche noi due, e lì attorno, alla luce dei fari, non c'era nessuna borsa. Poi, mentre eravamo in auto a discutere…

– Discutere? Di cosa stavate discutendo dopo aver costatato che era morto?

– Mario voleva telefonare ai carabinieri per segnalare il fatto, e dio cercavo di dissuaderlo perché ero su un'auto non mia e senza il permesso del proprietario, temevo che se li avesse chiamati la cosa sarebbe potuta emergere. Mentre discutevamo, dal sentiero che costeggia il binario è emerso un energumeno che ci ha gridato di scendere dall'auto, era ad una decina di metri ed avanzava verso di noi zoppicando, non l'ho visto in faccia perché era buio. Ho acceso il motore e sono partito a razzo, e quel delinquente ci ha sparato due colpi di pistola, uno ha rotto il lunotto termico ed ha fatto piovere un mare di schegge addosso alle ragazze, che si sono messe ad urlare. Mario mi incitava ad andar via in fretta, ma io non mi sarei fermato per nulla al mondo. Siamo arrivati al Torrione come schegge, ormai sapevo che avevamo seminato il pistolero e che eravamo al sicuro, ma le ragazze hanno detto che per loro la serata finiva lì: prima il morto spatacciato, poi il pistolero… allora le abbiamo riportate a Vinzaglio, ma facendo un giro lungo e passando da Borgovercelli. Poi ho riaccompagnato Mario ai Cappuccini e sono andato a lasciare la BMW a Casaleggio; volevo cominciare a ripararla, ma avrei dovuto accendere luci in carrozzeria e far molto rumore, per cui l'ho messa dietro ad altre auto in riparazione e mi sono ripromesso di aggiustarla la mattina dopo; poi ho preso la mia Punto e sono andato a casa. Le basta così o devo anche raccontarle del mattino dopo, quando il Caruso mi ha licenziato?

– No! Il resto penso di saperlo, ma se pensi che non sappia qualcosa che dovrei sapere, dimmela. Quando hai riportato le ragazze a casa, hai notato se avessero con sé una borsa. Magari Daniela, quando è uscita dall'auto, ha inciampato nella borsa e l'ha presa in mano, e quando ti ha sentito dire che era ormai morto, l'ha portata in auto.

– Non mi pare che avessero con sé una borsa, ma loro erano sedute dietro e noi davanti, e quando sono scese e si sono allontanate, mandando in vacca la serata che speravamo di passare con loro, le abbiamo guardato il culo con rammarico, non se avevano con sé delle borse.

– Sebastiano, se le cose stanno così, mi spieghi perché sei fuggito dalla tua casa di corso Bormida, chi cercavi di depistare lasciando quella stupida carta dell'Europa sul tavolo?

– Nel suo ultimo articolo lei ha fatto capire che il professor Pionati si era impossessato della borsa col denaro o con la coca. Pensavo che la polizia potesse rintracciarlo facilmente, interrogarlo e venire a sapere che la sera di martedì la sua BMW l'avevo io, e quindi che ero il maggior indiziato nell'aver preso la borsa al morto. Ma ero restio a presentarmi per proclamare la mia innocenza, temevo di essere accusato di appropriazione indebita della BMW e del suo danneggiamento, così ho provato a "far passare la nottata", sapendo che, finché il professore non fosse stato interrogato, potevo ritenermi al sicuro. Domenica non ho trovato nessuna notizia sul giornale, e neppure si era presentata la polizia, ma invece di rallegrarmi ho pensato che i narcotrafficanti, letto il giornale, potessero arrivare per primi al professore, e quindi arrivare per primi fino a me. Loro non sarebbero stati gentili come lei, mi avrebbero torturato per farsi dire dove avevo nascosto la borsa, e siccome non l'ho presa, mi avrebbero ucciso prima di convincersi della mia innocenza. Mi sono fatto prendere dal panico, ho buttato le mie cose in una valigia ed ho fatto una tirata sola fino a Collecorvino; sono arrivato alle 3.

– Bene Sebastiano! Mi hai convinto. Ho ancora un paio di articoli da scrivere prima di quello ove dirò che ti ho trovato a Collecorvino, ma prima che La Stampa con quell'articolo venga distribuita, provvederò ad avvisare la polizia, così che possa raggiungerti ed interrogarti prima di altri malintenzionati; te la caverai con una lavata di capo, ma niente di tragico. Tuttavia, se tu non volessi essere interrogato neppure dalla polizia, ti consiglio di rifugiarti da qualche altra parte; è stato troppo facile rintracciarti lì. Buona

fortuna Sebastiano. Passami il signor Nardi per favore. – Carlo
attese qualche attimo e quando ebbe in linea il collega gli disse,
– Grazie di tutto Nardi, fra tre o quattro giorni scriverò l'articolo
che le dicevo e lo firmerò anche col suo nome. Dovessi vederla, mi
ricordi che le devo un pranzo regale.
Carlo finì il suo Negroni, annacquato dal cubetto di ghiaccio ormai sciolto, e si diresse al ristorante pensando a come impostare
l'articolo in cui avrebbe rivelato dove si trovava il professor Pionati.

◊

Quando il commissario Cantalamessa comprò La Stampa, andò
subito a cercare se c'era un articolo del Cottafava nelle pagine
di Vercelli, e trovato che l'ebbe, lo lesse tutto mentre camminava
lentamente verso la Questura. Nell'articolo il giornalista se l'e-
ra presa col servizio di ristoro sui treni, con i cento balzelli con
cui si faceva lievitare il prezzo dei biglietti, con le novità inutili e
complicate come la macchinetta obliteratrice, con le ferrovie che
classificava i treni in modo ambiguo (eccheccazzo! Anche un Accelerato fa servizio fra due città, né più né meno di un Intercity)
e questa volta era propenso a dichiararsi d'accordo col l'odiato
giornalista, quando lesse che costui era andato in treno a Jesi.
– Cosa cazzo è andato a fare a Jesi? – si chiese il commissario
furioso, accartocciando il giornale e gettandolo in un cestino, ma
sapeva bene lo scopo del viaggio: cercare di rintracciare il professor Pionati prima che lo rintracciasse lui, intento certamente
presuntuoso, ma non impossibile.
Raggiunto il suo ufficio convocò il solito stuolo di una decina di
collaboratori per essere ragguagliato sullo stato di avanzamento
della ricerca per individuare la residenza della signora Nilde Pio-
vani. I rapporti non furono del tutto deludenti: dopo una giornata
intera passata a spulciare vecchie schede scritte con le calligra-
fie più stravaganti, i 10 carabinieri preposti alla ricerca avevano
trovato la sorella del professore, ella si era trasferita a Mazzan-

grugno, frazione di Jesi, senza via perché non ancora denominata, con numero civico provvisorio perché non ancora assegnato quello definitivo. I carabinieri si erano precipitati sul posto con tre gazzelle ed avevano circondato la villetta temendo una fuga del professore dal retro, poi avevano sonato alla porta e ad una signora Nilde ancora in vestaglia, per essere stata buttata giù dal letto dall'energica scampanellata, avevano chiesto se il professor Aristide Pionati fosse in casa perché dovevano parlargli. La signora Nilde, molto seccata, aveva risposto che era in casa, ma a letto con l'influenza, che era febbricitante e che non poteva ricevere visite; a conferma di quanto detto, aveva esibito un certificato medico illeggibile con diagnosi, prognosi e cura. I carabinieri, incerti su che fare, avevano lasciato due Gazzelle con sei uomini a piantonare la villetta ed avevano fatto rapporto alla loro centrale, che a sua volta aveva inoltrato il rapporto alla Questura di Vercelli.

Seguivano il rapporto sulle berline di lusso con ruote a raggi (negativo) quello sulle carrozzerie che avevano riparato un fuoristrada squadrato (negativo) e quello delle pattuglie che piantonavano la villa del professore a Casaleggio (negativo). Il commissario ordinò di sospendere le ricerche delle berline di lusso perché erano arrivate in Questura decine di proteste da parte dei proprietari infastiditi, quella delle carrozzerie per le proteste giunte da parte dell'organizzazione di categoria che lamentava l'esasperazione degli associati a causa dei verbali per le irregolarità rilevati dalla Finanza, e chiedeva che venissero sanzionate solo le carrozzerie abusive; infine ridusse a una sola la pattuglia a presidio della villa dei Pionati, perché il professore era stato già trovato e si trovava al sicuro, e la moglie non correva più molti rischi da parte di malintenzionati.

Il commissario si fece rilasciare da un magistrato alcuni mandati che lo autorizzavano a interrogare il professore anche contro il suo volere, e, nel caso avesse voluto trincerarsi dietro ad un certificato medico, un altro documento gli consentiva di far visitare il malato da un medico militare. Ciò fatto cercò di farsi assegnare un elicottero per raggiungere quanto più rapidamente la frazione di Mazzangrugno, ma il motivo addotto per ottenerlo non fu giudicato sufficientemente urgente ed indifferibile, come fu ritenuto troppo oneroso l'uso di un aereo di linea, mezzo su cui aveva sperato poter ripiegare.

Si rassegnò dunque ad usare il treno, prima il Direttissimo (ora Intercity) fino a Milano, quindi il Rapido (ora…difficile a dirsi) per combinazione gli stessi usati dal Cottafava, e subì gli stessi disagi, disservizi e salassi subiti dal giornalista, non avendo obliterato il biglietto, avendo mangiato una focaccia immonda, avendo bevuto un caffè schifoso e avendo dovuto pagare per alcuni supplementi, multe e maggiorazioni.

Alle 17.30 il commissario giunse a Mazzangrugno a bordo di una volante messa a sua disposizione dalla polizia di Ancona, Nilde Piovati, di fronte ai mandati esibiti, non poté impedire al commissario di vedere il professore; costui lo ricevette a letto, sepolto sotto le coperte, con una pezza bagnata in fronte ed un termometro in bocca, poi, con una voce roca ed affaticata, gli disse che era molto malato, che si sentiva confuso, che aveva un forte mal di testa e frequenti capogiri, e pertanto non poteva essere interrogato. A mo' di prova si tolse il termometro di bocca e lo diede al commissario affinché potesse costatare di persona il suo stato febbrile. Cantalamessa prese il termometro e lesse la scala graduata: 41,8°C, poi la scala finiva. Il commissario fece scorrere lo sguardo dal termometro al comodino, vide che lì c'era una tazzina ancor piena di caffè, e capì il trucco; allora minacciò il professore di farlo trasferire nell'ospedale militare di Ancona per essere visitato da un medico militare, e se questi non avesse confermato il suo stato influenzale, avrebbe denunciato lui per reticenza e per intralcio alle indagini, e la sorella per complicità, infine avrebbe perquisito la villetta e cominciato a far scavare in giardino, alla ricerca della borsa sottratta al morto del passaggio a livello del Torrione.

Di fronte a tali minacce il professore cedette: si tolse la pezza bagnata dalla fronte, gettò via le coperte e si rivestì in fretta, intanto continuava ad assicurare il commissario che lui non aveva preso nessuna borsa, che sua sorella era del tutto estranea alla vicenda, e che nel giardino c'erano solo erbacce.

– Allora mi racconti tutto dall'inizio. Che ci faceva la sua BMW al passaggio a livello del Torrione la sera di martedì?

Il professore gli raccontò tutto, fin nei particolari, così come l'aveva raccontato al Cottafava prima di fingersi malato, e il commissario gli credette senz'altro, ma volle sapere se avesse raccontato ad altri, per esempio ad un giornalista, quanto aveva raccontato a lui.

– Sì, un paio di giorni fa si sono presentati due giornalisti, uno dei due si chiamava Cottafava, e mi hanno convinto a raccontargli la mia versione dei fatti: che Sebastiano ha ritardato la riconsegna della mia BMW per poterla usare lui martedì sera, e di averla trovata sforacchiata e col lunotto a pezzi mercoledì mattina, quando ero andato alla carrozzeria Autosplendor a ritirare l'auto. Mi ha anche convinto a non contattare la polizia per far chiarezza sulla mia posizione e ad imboscarmi a letto per tre o quattro giorni, probabilmente per aver modo di pubblicare per primo la ricostruzione dei fatti.

Cantalamessa digrignò i denti per la rabbia e si ripromise di incriminare il giornalista di intralcio alle indagini, per alcuni istanti si chiese perché il giornalista non avesse già scritto della bravata di Sebastiano e scagionato il professore di ogni responsabilità, ed aveva preferito scrivere un articolo sulle ferrovie e sui treni; poi la risposta si delineò orribile nella sua mente: il Cottafava voleva poter raggiungere Sebastiano per primo per intervistarlo, e lui non poteva permetterlo.

Prese il cellulare e cercò di telefonare, ma non c'era campo, salutò frettolosamente il professore e la signora Nilde, disse ai carabinieri che potevano smettere di piantonare la villetta, quindi saltò sulla volante e partì per Jesi. Appena fu in grado di farlo, alle 18.55, telefonò in Questura a Vercelli, ma a quell'ora trovò solo un impiegato dell'ufficio passaporti che era ancora in prova, a lui ordinò di rintracciare Sebastiano e di tenerlo in stato di fermo finché non fosse tornato.

– No! Non so come fa di cognome! – urlò il commissario nel cellulare – Chiedete al padrone della carrozzeria di Casaleggio dove lavorava… No! Non so come si chiama, né lui, né la sua carrozzeria del cazzo, ma non ci saranno mica dieci carrozzieri a Casaleggio!… Fatevi dire in Municipio dove abita… No! Santissimo Giuda, non il carrozziere, dove abita il Sebastiano… Puttanalavacca! Prima chiedete al carrozziere il cognome di Sebastiano e se sa in che Comune risiede, poi andate in quel Municipio e chiedete l'indirizzo esatto. Ma proprio tutto bisogna spiegarvi?… Sì, lo so che è tutto chiuso a quest'ora, ma almeno dal carrozziere potete ben andarci, o no?… Cosa te ne fai del cognome se il carrozziere non sa dove risiede? Te lo ficchi su per il culo! – e richiuse con rabbia il cellulare.

Il commissario provò a chiamare uno dei suoi collaboratori più stretti, ma una vocina nel cellulare gli disse che non era raggiungibile, provò con un altro, ma la batteria del suo cellulare si era scaricata; ebbe la tentazione di scagliare il cellulare dal finestrino dell'auto, ma si trattenne, ormai era arrivato in stazione ad Ancona, lì avrebbe trovato i cari, vecchi ed affidabili telefoni a gettone. Impiegò 10 minuti per trovare chi vendeva le tessere telefoniche prepagate, essendo rotti i distributori di gettoni, altri 10 minuti per capire che per usarne una doveva staccare un angolino della tessera, altri 10 minuti per trovare un collaboratore valido cui affidare l'incarico di rintracciare Sebastiano, e solo 5 minuti per rendersi conto di aver perso, e da molto tempo, l'ultimo treno (espresso?) che lo avrebbe portato a Milano ad un'ora decente, ma senza che poi ci fosse una coincidenza per Vercelli.

Si rassegnò a pernottare ad Ancona e cercò di consolarsi in pizzeria, ma non riuscì a gustare la pur ottima pizza perché ormai ossessionato dal pensiero che il Cottafava lo aveva sopravanzato ancora una volta, e che nel suo prossimo articolo avrebbe pesantemente ironizzato sugli inquirenti in generale, e su di lui in particolare. Andò a dormire presto in un albergo vicino alla stazione, e qui scoprì, a spese del suo meritato riposo, che per molta gente

l'ora non era mai troppo tarda per concedersi una gagliarda scopata.

Capitolo XIX

Martedì, 14 novembre

Michele Sorrentino e Vincenzo erano arrivati alle 6.30 a Casaleggio, erano transitati davanti alla villetta del professor Pionati notando che non era più presidiata dalla polizia, e che anche il posto di blocco in cui erano incappati era stato rimosso, avevano fatto alcuni giri per il paese per individuare eventuali auto-civetta, ma non ne avevano trovate, per cui avevano deciso di andare all'attacco.

Avevano parcheggiato davanti alla villetta del Caruso, in fregio alla carrozzeria Autosplendor, ed avevano spiato il momento in cui si erano accese le luci all'interno della villetta. Il tempo a loro disposizione per poter condurre una tortura secondo tutti i crismi era infatti limitato, e per le 8, ora d'apertura della carrozzeria, il Caruso doveva aver già rivelato chi aveva fatto riparare la BMW col lunotto rotto, perché se avesse tardato ad andare al lavoro, qualcuno poteva passare a casa sua per controllare che stesse bene.

Alle 6.50 alcune luci della villetta si accesero, e cinque minuti dopo i due narcotrafficanti sonarono ripetutamente il campanello della porta d'ingresso. Udirono il Caruso avvicinarsi per aprire ripetendo ad alta voce "Vengo, vengo", e aggiungere a voce appena più bassa "chi cazzo viene a rompere i coglioni a quest'ora", poi sentirono girare più volte la serratura ed infine la porta si aprì ed apparve il Caruso col viso per metà insaponato.

I due narcotrafficanti diedero uno spintone alla porta che fece indietreggiare sorpreso il padrone di casa, quindi irruppero nel breve corridoio e lo sopraffecero con un cazzotto; Vincenzo, minacciandolo con un revolver, gli intimò il silenzio, mentre Michele chiuse a chiave la porta d'ingresso, quindi trascinarono il tapino in soggiorno e cominciarono a legarlo ad una sedia. Caruso tremava e li implorava di non fargli del male, giurava di non aver soldi in casa, di non essere ricco, di non possedere nulla di valore, che la carrozzeria non gli rendeva niente, che nessuno avrebbe pagato 1000 lire per il suo riscatto, finché un ceffone di Vincenzo lo fece tacere. Quando finirono di legarlo, Michele notò le numerose gabbie di ogni dimensioni con pappagalli, canarini, merli ed altri volatili, e quando si rivolse al Caruso gli disse:

– Signor Caruso, non abbiamo intenzione di farle alcun male, ma vogliamo alcune risposte da lei, ad ogni risposta sbagliata, o se dovesse tardare a darcela, aprirò una delle sue gabbiette, e poi aprirò una finestra per farli volare via.

– Nooo! I miei uccelli no! Vi dirò tutto quello che volete sapere, ma lasciate in pace i miei uccelli.

– Molto bene. Cominciamo allora: mercoledì scorso aveva in carrozzeria una BMW col lunotto rotto, voglio sapere chi era alla guida dell'auto quando si è rotto. Il professor Pionati? Lei stesso? Oppure un'altra persona?

– Tutto qui? E se vi rispondo mi libererete e lascerete in pace i miei uccelli?

– Se mi convincerà che mi sta dicendo la verità, sì, e la risarcirò per il cazzotto e lo spavento.

Il Caruso raccontò tutto ciò che sapeva, con dovizia di particolari, compreso quanto ci aveva rimesso per aver dovuto riparare l'auto con pezzi originali. Giurò che non sapeva altro e che non avrebbe denunciato l'irruzione e le minacce, ed aggiunse che se, ora che sapevano com'erano andate le cose, se la fossero presa con Sebastiano, ebbene che gli dessero un cazzotto anche da parte sua.

– Come fa di cognome Sebastiano? Dove abita?

– Si chiama Sebastiano Lupi, abita a Vercelli in corso Bormida, non so il numero, ma è all'inizio del corso.

Michele estrasse dal portafogli una banconota da 50.000 lire e la infilò nel taschino della giacca del pigiama del tapino, palesemente sollevato, e mentre Vincenzo gli allentava i legacci che lo vincolavano alla sedia, fin quasi a scioglierglieli completamente, gli disse:

– Come vede, le credo e mantengo le promesse, ma se per caso dovessi scoprire che ha accusato Sebastiano per allontanare da sé stesso il sospetto di aver preso la borsa col denaro, tornerò e libererò tutti i suoi uccelli, il merlo magari riuscirà a sopravvivere ed avrà guadagnato la libertà, ma gli altri morranno, ormai è novembre avanzato, e durante la notte fa un freddo cane.

Ciò detto, Michele e Vincenzo uscirono dalla villetta e ripresero l'Alfa Romeo 164 con cui erano venuti, per poi allontanarsi rapidamente da Casaleggio e tornare a Vercelli.

– Andiamo prima in Municipio per scoprire a quale numero civico di corso Bormida abita? – chiese Vincenzo.

– Assolutamente no! Nel caso dovesse accadere qualcosa a Sebastiano, magari qualcuno in Municipio si ricorderà che ci eravamo appena informati sul suo indirizzo. – rispose Michele – Spero di essere fortunato nel controllare i nomi sui citofoni e sulle cassette delle lettere.

Furono fortunati, perché il primo condominio che controllarono si rivelò essere quello giusto, in quanto il nome Lupi, scritto con un'etichettatrice su un nastro rosso, spiccava come una boa nell'acqua rispetto agli altri nomi scritti su cartoncini bianchi. Pigiarono il pulsante del citofono, ma non rispose nessuno e si fecero aprire il portoncino da un altro inquilino. Salirono al primo piano e si fermarono davanti alla porta dell'appartamento di Sebastiano, notarono che nella serratura della porta era stata rotta una chiave.

– Cazzo, questo non ci voleva – disse Vincenzo – non riuscirò ad aprirla senza gli attrezzi adatti.

Michele provò ad abbassare la maniglia e la porta si aprì, lasciando sorpresi i due, che dopo un istante entrarono e rinchiusero la porta. Si fermarono in mezzo alla stanza guardando il disordine che regnava un po' ovunque, poi videro la carta dell'Europa meridionale stesa sul tavolo e si chinarono su di essa per leggere quali erano le città cerchiate con la biro.

In quell'istante una figura sbucò dalla porta del bagno e sparò due colpi contro Vincenzo, che si abbatté sul tavolo, poi sparò altri due colpi contro Michele, che era prontamente rinculato verso la porta, ferendolo solo di striscio al fianco sinistro. Michele spalancò la porta ed uscì a precipizio, sbattendola dietro a sé, udì altri due spari e fu investito da una pioggia di schegge di legno e di plastica che lo ferirono alla nuca ed al collo, poi si fiondò giù dalle scale, aprì il portoncino e corse verso l'Alfa Romeo parcheggiata a pochi metri di distanza. Con sollievo si accorse che non gli sparavano più dietro, aprì la portiera e guardò se il bastardo che gli aveva sparato lo stesse seguendo, ma non vide nessuno; con una smorfia di dolore si sedette al posto di guida, il fianco colpito gli doleva assai, perse tempo per cavare di tasca le chiavi che si erano impigliate nella fodera, guardandosi attorno per vedere se la sparatoria avesse attirato l'attenzione di qualcuno, ma sembrava che gli spari non fossero stati uditi perché nessuno era affacciato alle finestre del condominio. Sul corso, lo scarso traffico scorreva regolare.

Finalmente Michele estrasse le chiavi strappandosi la fodera della tasca, e dopo alcuni istanti partì a razzo e si immise nel traffico cittadino, con destinazione un medico compiacente, già radiato dall'albo per aver operato un paziente in stato di ubriachezza, per farsi medicare. Dopo un quarto d'ora si fermò davanti alla villa del medico e suonò alla porta. Nell'attesa che qualcuno gli aprisse promise a sé stesso:

– Sebastiano, bastardo figlio di una grandissima troia, non avrò pace finché non ti avrò preso, e quando avverrà ti caverò gli occhi. –

◊

Anche Andreij e Lory si erano messi in moto presto quella mattina, perché avevano un programma per la giornata molto intenso; per di più Lory aveva deciso di ospitare Andreij nel suo appartamento, che era molto più comodo, intimo e spazioso di quello del *résidence*, e per di più era rifornito di tutto quello che poteva servire ad una vita di coppia, non ultima una vasta scorta di alimenti e di bevande.

– Non è che abbia intenzione di metterti le briglie sul collo – gli aveva detto Lory – ma se devo fare la criminale con te, tanto vale che viviamo insieme in una vera casa, così potrai evitare di sbattere via soldi nell'affitto dell'appartamento nel *résidence*, e coi soldi risparmiati potrai pagarmi la rata del Mini Cooper.

Andreij aveva abbozzato, perché il *résidence* gli sarebbe costato un occhio della testa, e poi gli piaceva assai quella ragazza, e non ne apprezzava solo il corpo stupendo, ma anche il cervello sopraffino. Pertanto aveva disdettato l'appartamento affittato dallo Sfigato ed aveva caricato le poche sue cose e l'armamentario fotografico sul Range Rover, poi, con Lory, aveva traslocato nel villino di costei, alla periferia di Vercelli.

– Ma è enorme per una persona sola come te, avrà quattro o cinque camere oltre ai servizi, cosa te ne fai di tanto spazio? – le aveva chiesto Andreij.

– Era la villa dei miei genitori, morti in un incidente sette anni fa, e che ho ereditato con mia sorella, poi lei è morta di overdose due anni fa, e io non ho mai voluto andare a stare da un'altra parte. Ne abbiamo fatte di tutti i colori in questa villetta io e mia sorella, facevamo delle feste un giorno sì ed uno no. Mi piaceva tanto mia sorella, anche se con la coca ha fatto fuori tutti i soldi che i miei ci avevano lasciato, ed io ho dovuto ingegnarmi per sbarcare il lunario.

– Spiegati meglio. Cos'hai fatto?

– Te l'ho già detto: marchette, foto *osé*, ed anche qualche filmino porno, attualmente lavoro per un fotografo che è andato in vacanza alle Maldive, e così per un paio di settimane sono senza impegni, ma non vedevo l'ora di cambiare lavoro, e poi sei arrivato tu.

Finito di sistemare le poche cose di Andreij, uscirono per comprare il giornale, che lessero mentre facevano colazione in un bar. L'articolo del Cottafava nelle pagine cittadine, ma che recava anche la firma di tal Augusto Fassino, era una bomba: grazie alle indagini condotte dai due giornalisti si era scoperto che il professor

Pionati si nascondeva presso la sorella Nilde nella frazione Mazzangrugno di Jesi, e che, intervistato, aveva fornito una esauriente spiegazione su cosa ci facesse la sua BMW al passaggio a livello del Torrione la sera di martedì 7 novembre. L'articolo non faceva cenno alle malefatte di Sebastiano Lupi, ma diceva semplicemente che era lui alla guida dell'auto quando contro di essa sono stati sparati i colpi di pistola che hanno mandato in frantumi il lunotto termico; e non si accennava neppure ai motivi che avevano indotto il Lupi a non denunciare il fatto alle autorità.

L'articolo si concludeva con un invito di questo tenore: "Qualora la polizia avesse intenzione di sentire la versione del signor Lupi, non foss'altro che per escluderlo dal novero dei sospettati di essersi impossessato di una borsa piena di denaro (o di coca) rinvenuta a terra presso il passaggio a livello del Torrione, non dovrà far altro che percorrere il chilometro e rotti fino al numero 2 di corso Bormida, sempre che il commissario che conduce le indagini non ritenga eccessiva la distanza".

– Cazzo! Quel giornalista ce l'ha fatta a trovare chi ha preso la borsa, e ci ha anche fornito l'indirizzo – disse Andreij – Andiamoci subito.

– Calma Andreij, ragiona un po' – obbiettò Lory – anche la polizia avrà letto l'articolo, il giornale è nelle edicole da almeno due ore, possono essere già sul posto.

– Beh, andiamo a vedere. Se non ci sarà nessuna volante davanti casa, suonerò al suo campanello ed i casi saranno due: A, è in casa e mi apre, e quindi lo affronto menandolo finché non avrà mollato il denaro; B, non mi apre perché è fuori casa, ed in tal caso entrerò nell'appartamento per curiosare un po'. In entrambi i casi, se nel frattempo dovesse giungere la polizia, mi avvertirai facendo sonare l'antifurto così – e le spiegò come fare.

– Riuscirai a sopraffarlo essendo da solo? – chiese la ragazza dubbiosa – non è meglio che venga anch'io?

– No, tu mi servi qui per fare la sentinella. E poi con questa ho poco da preoccuparmi – e mostrò alla ragazza un revolver Colt calibro 38 a sei colpi.

– Okay, ma non ammazzarlo.

Uscirono dal bar e in pochi minuti furono al n.2 di corso Bormida, videro che si trattava di un condominio di quattro piani e parcheggiarono ad una ventina di metri di distanza. Andreij scese dall'auto e si avvicinò al portoncino d'ingresso, lesse i nomi sul citofono, ma non pigiò nessun pulsante,forzò invece la serratura del portoncino e salì al secondo piano. Suonò alla porta del Lupi, ma nessuno venne ad aprire, indugiò a guardare la serratura con una chiave rotta nella toppa, e si rammaricò di non avere con se l'attrezzo adatto per forzarla. Stava per desistere quando ebbe l'ispirazione di provare ad aprire la maniglia, e la porta si aprì. Entrò nell'appartamento notando che era molto in disordine, come se il Lupi l'avesse abbandonato in fretta e furia. Esaminò una carta dell'Europa meridionale stesa sul tavolo e si appuntò il nome delle città cerchiate con una biro; in quel momento suonò il cicalino del campanello, ma non sapendo se si trattava della porta d'ingresso all'appartamento o quello del citofono del portone dabbasso, ritenne saggio nascondersi in bagno, ed estrasse la Colt per ogni evenienza.

Sentì sonare il cicalino al piano superiore, e dopo una manciata di secondi sentì che qualcuno saliva le scale ed armeggiava alla porta d'ingresso. La tensione in Andreij crebbe al massimo, scostò la porta del bagno e vide entrare due persone: una l'aveva già vista, faceva parte del gruppo di narcotrafficanti che erano venuti a Mortara per vendere una partita di coca a Gaspare. Erano sicuramente a caccia della borsa col denaro, ed avevano letto anche loro l'articolo del Cottafava; se lo avessero visto lo avrebbero riconosciuto quasi certamente, altrimenti potevano scambiarlo per il Lupi, in fin dei conti si trovava nel suo appartamento. Vide i due trafficanti abbassarsi sulla carta geografica stesa sul tavolo ed agì in un lampo: aprì la porta del bagno e sparò due colpi che andarono a segno perché il trafficante che aveva riconosciuto si abbatté sul tavolo, l'altro fu lestissimo a rinculare verso la porta. Andreij gli sparò due colpi, ma non fu sicuro di averlo colpito, visto anche come si moveva rapidamente; dovette aggirare il corpo riverso sul tavolo e concesse così un piccolo vantaggio all'altro trafficante, arrivò a inquadrarlo nel mirino proprio quando la porta sbatteva dietro a lui. Sparò gli ultimi due colpi contro la porta, ad altezza d'uomo, aprendo in essa due enormi squarci. Sentì che l'altro si precipitava giù dalle scale, ma non poteva inseguirlo, prima doveva ricaricare il revolver. Mentre cercava i proiettili in una tasca, sentì sbattere il portone dabbasso; ricaricò la Colt e uscì dall'appartamento, scese una rampa di scale e sentì una voce dall'alto che gridava: "Vaccaboia, cos'è tutto questo casino? Non sbattere il portone, bastardo!" si bloccò finché l'irascibile inquilino rientrò nel suo appartamento bestemmiando, solo allora scese l'altra rampa di scale, aprì e rinchiuse delicatamente il portoncino proprio quando un'Alfa Romeo partiva a razzo davanti a lui. Cercando di essere il più disinvolto possibile, raggiunse il Range Rover e vi si rifugiò dentro. Il cuore gli batteva a mille.

– Parti subito, ma con calma, senza sgommare – ordinò alla ragazza.

– Cinque minuti dopo che eri entrato tu, sono entrati due tizi che si sono fatti aprire sonando ad un altro inquilino, e dopo tre minuti ne è uscito uno solo, appena prima che uscissi tu. Doveva avere il bruciaculo perché è partito a razzo. Aveva un'Alfa 164. L'altro tizio deve essere rimasto su. – raccontò Lory mentre si allontanava guidando giudiziosamente.

– Lo so, gli ho sparato due colpi e l'ho fatto secco, quello scappato coll'Alfa devo averlo solo ferito, almeno spero.

La ragazza fece uno scarto con l'auto e si fece strombazzare dietro, alla prima occasione accostò e, mostrando una grande preoccupazione, si apprestò ad ascoltare la versione dei fatti fornita da Andreij. Costui non si limitò a raccontare quanto accaduto nell'appartamento del Lupi, ma raccontò tutta la storia, dall'acquisto della coca a Mortara in poi, almeno per quella parte di cui era a conoscenza. Impiegò mezz'ora, e nel frattempo sia lui che la ragazza si calmarono, e smisero di tremare dalla tensione.

– Andiamo a bere qualcosa, ne ho bisogno – disse Andreij.

– Sì, davanti al salone delle Mini c'è un bar, mi aspetterai lì mentre andrò a comprare il Cooper. Dammi un po' di soldi.

Andreij le diede 5 banconote da 100.000 e le disse di passare prima dal fotografo a ritirare le diapositive. E così fecero. Nel salone multimarche Lory chiese se era possibile comprare una delle auto esposte o se bisognava ordinarne una, ed all'ovvia risposta affermativa scelse una Mini Cooper bicolore blu e sabbia pluriaccessoriata; poi, facendo battute intriganti e trovando mille scuse per strusciarsi contro l'agente di vendita che le illustrava i vari dettagli di quel modello, riuscì a strappargli un anticipo minimo (200.000 lire) ed una lunga rateazione. Passò i successivi 15 minuti a firmare cambiali da 200.000 lire, ed indusse l'agente di vendita, ormai completamente arrapato, a prepararle tutti i documenti sulla fiducia, ché sarebbe ripassata quanto prima a fornire quelli originali. Lo stesso agente la assicurò per la R.C., per il furto,per l'incendio e le regalò quella per i cristalli e gli atti vandalici, ricevendo in cambio un grosso bacio ed una strusciata di tette. Il venditore giurò che nel primo pomeriggio avrebbe potuto già ritirarla.

Lory uscì dal salone felice come una Pasqua, entrò nel bar in cui aveva appuntamento e trovò Andreij davanti a 5 bicchierini di vodka vuoti ed il 6° in mano. Glielo tolse di mano e se lo scolò lei, poi trascinò l'uomo fuori dal locale, lo sorresse fino al Rover perché incerto sulle gambe e lo caricò sul sedile del passeggero, quindi partì diretta a casa; quando arrivò Andreij si era addormentato, lo lasciò a dormire in auto ed entrò in casa per preparare il pranzo.

Un'ora dopo uscì a riprendere l'uomo, lo svegliò e gli disse:

– Svegliati! Lo sai cosa ti è capitato l'ultima volta che hai dormito in auto. Vieni a mangiare, che dobbiamo parlare.

Andreij sembrava essersi già rimesso dalla sbronza, forse il fatto di essere russo aveva aiutato, entrò in cucina attratto da un odore invitante e Lory presentò il suo capolavoro: una teglia di pasta al forno. Nonostante fossero quattro porzioni abbondanti, Andreij ne spazzolò tre e si rallegrò di essersi messo con una ragazza capace anche di preparargli simili squisitezze. Da parte sua Lory accettò le lodi con falsa modestia, ed assicurò l'amato che, purché non ammazzasse più nessuno, gli avrebbe fatto assaggiare i mille piatti che era capace di preparare. Poi accantonarono le facezie e si misero a parlare sul serio.

– Ti ricordi di aver toccato qualcosa nell'appartamento del Lupi? – chiese la ragazza.

– Sì, devo aver lasciato le mie impronte almeno su due porte, le maniglie di quella d'ingresso da entrambe le parti, e ho toccato più volte quella del bagno. Mi spiace, ma ero molto teso e non ci ho pensato.

– Quindi, siccome sei già schedato, appena scopriranno il corpo, e non possono tardare a farlo visti i fori nella porta, e rileveranno le impronte della stanza, sarai ricercato per omicidio, diffonderanno la tua scheda segnaletica presso tutte le stazioni dei carabinieri ed i comandi di polizia, a Vercelli e paraggi distribuiranno la tua foto anche agli agenti che vedi ciondolare per strada, ai caselli autostradali, ai distributori di benzina, ai tabaccai, in pratica ovunque tu possa fermarti. Quindi da domani, perché ci metteranno una dozzina d'ore a mettersi in moto, a partire da quando ritroveranno il corpo, non uscirai più di casa fino a che non ti avrò fornito un travestimento a prova di bomba. A muovermi sarò io, col Cooper che ritirerò nel pomeriggio, perché anche il Rover sarà *off-limits.*

– Perché? Ha i documenti perfettamente in ordine. Ho fatto persino la revisione periodica.

– Perché le persone che ti hanno visto bene in faccia guidare quel Rover sono parecchie, moltissime a Mortara e dintorni, ma qualcuna anche a Vercelli, per esempio Tony, i portieri del *résidence,* quel poliziotto del posto di blocco a Casaleggio…

– Ma c'eri tu alla guida del Rover – la interruppe l'uomo – ed ai miei documenti ha dato solo una fugace occhiata, perché intento a guardarti le tette.

– È vero, ma ciò significa che anch'io dovrò cambiare aspetto, perché la gente che non avrà fatto caso a te, quand'eri con me, si ricorderà sicuramente del mio aspetto e delle mie tette. Ti faccio un elenco delle persone che ci hanno visto assieme, oltre a quelle che sicuramente ti hanno visto quand'eri da solo: tre o quattro camerieri fra bar e ristoranti, un benzinaio, un paio di persone che abbiamo incrociato sulle scale al *résidence*. Se la polizia dovesse associarmi a te, ed emettesse un avviso di ricerca anche a mio carico, ci troverà in 24 ore.

– Allora cosa proponi?

– Quello che ti ho detto. Andremo a ritirare il Cooper, faremo la spesa al supermarket, compreremo una stecca di sigarette, e ti chiuderai in casa senza aprire a nessuno. Seguiremo le indagini leggendo su La Stampa gli articoli del Cottafava, che non ci metterà molto ad associare il tuo nome, quando sarà reso noto, alle sparatorie della settimana scorsa. A muovermi sarò solo io, almeno finché non dovessero ricercare anche me; e se dovesse succedere, dovremo sparire in fretta da qui.

Capitolo XX

Martedì, 14 novembre
Mario si era fatto accompagnare alla CRV da Nadia quella mattina, sia perché la ragazza gli aveva chiesto di usare la sua Lancia Delta per potersi muovere e per fare alcune verifiche a Novara e dintorni, sia per esibire la strafica con la quale si era messo ai colleghi che ciondolavano davanti all'ingresso della banca.
Naturalmente quando Nadia gli aveva chiesto di usare la Delta, aveva esitato ad affidare il suo gioiello nelle mani della ragazza, non sapendo come l'avrebbe trattata, ma poi la possibilità di poter sfoggiare la sua ultima conquista ai colleghi sfigati aveva prevalso, e non le aveva neppure raccomandato di trattarla con cura.
Nadia baciò Mario con passione davanti ad una decina di impiegati che fumavano l'ultima sigaretta prima di entrare in banca, poi lasciò andare il bancario e partì con una sgommata.
Si recò a San Pietro, girò per la zona industriale finché trovò quello che cercava: un grande cartellone con scritto a caratteri cubitali.

VENDESI/AFFITTASI
CAPANNONI
INDUSTRIALI
DI OGNI METRATURA
geom. Pittaluga – 0321/277031

Nadia compose il numero e le rispose una voce giovanile di uomo che spiegò che il geometra sarebbe stato assente fino a giovedì, ma che poteva dire tranquillamente a lui, che era il suo assistente.
– Sono interessata ad affittare un capannone a San Pietro, se mi dice dove avete lo studio posso venire a parlare con lei, così potrò farmi un'idea preliminare di cosa offrite, ed eventualmente giovedì parlerò col geometra – disse Nadia.

L'assistente le diede l'indirizzo dello studio e le disse che avrebbe avuto difficoltà a parcheggiare, ma che non lontano c'era un grande posteggio a pagamento.

Dopo 20 minuti Nadia parcheggiò di fronte al palazzo che le era stato indicato, naturalmente in divieto di sosta, e salì fino allo studio del geometra, al piano rialzato del palazzo. Fu ricevuta dall'assistente – geom. Andrea Modica – che fu subito colpito dalla giovinezza e dalla bellezza della ragazza che voleva affittare un capannone industriale a San Pietro, e si chiese cosa poteva mai farsene di un capannone una strafica come lei. Ma non chiese nulla alla ragazza, la fece accomodare e si sedette alla scrivania del geometra Pittaluga, quindi prese ad illustrare le caratteristiche dei capannoni che aveva da offrire.

– Per limitarsi ai soli capannoni da affittare, ne abbiamo uno da 3.000 m², alto 12 m, con palazzina per uffici di 2 piani per complessivi 480 m², un altro capannone è di 1200 m², alto 8 m, e con prefabbricato esterno che può fungere da portineria e da ufficio, infine ne abbiamo uno di 900 m², con gru a ponte esterna e prefabbricato che può fungere da ufficetto.

– Tutti troppo grossi per me. Passando mi è parso che fosse disponibile un capannone ad arco con un gabbiotto ed una *dépendance*, non so dire che metratura potesse avere, ma c'era il vostro cartello esposto. – disse Nadia lasciando scivolare il soprabito aperto sulle spalle e mettendo in mostra due tette da sballo malcelate da un golfino attillato.

– Ah quello. Lo abbiamo appena affittato, ed il nostro cartello non è stato ancora rimosso. Ma se le interessa qualcosa di quelle dimensioni, ne abbiamo in vendita uno della stessa metratura, 620 m², ma senza *dépendance*. Chiediamo solo 350 milioni – provò a buttar lì il Modica sistemandosi con la mano i capelli ed il nodo della cravatta.

– Una cifra veramente "Modica" – ironizzò la ragazza, quindi aggiunse, respirando profondamente e gettando all'infuori il petto – ma purtroppo non me la posso permettere. Per curiosità, a quanto l'avete affittato il capannone che ho visto? E a chi l'avete affittato?

– chiese, ed in attesa della risposta si umettò le labbra scarlatte con la punta della lingua.

Il Modica si agitò sulla sedia, riluttante a rispondere, ed imbarazzato le disse:

– Non posso dirglielo, sa… per il segreto professionale – ma poi la ragazza accavallò le gambe scoprendo un ampio tratto di cosce e la fermezza dell'assistente ebbe un parziale cedimento, alimentato dalla speranza di tenerla lì a chiacchierare e poterla conoscere meglio, per cui aggiunse – ma per lei potrei fare un'eccezione. Ecco, l'abbiamo affittato per 2 milioni al mese.

– Uau! È proprio il limite di spesa che mi sono prefissata – mentì, riaccavallando le gambe dall'altra parte e facendo risalire la minigonna di 10 centimetri – Ed a chi l'avete affittato?

L'assistente si agitò ancora nella sedia e poi si buttò:

– Se dovessi dirglielo, poi scenderebbe con me per prendere un caffè al bar?

– Certo, ma solo se potrò offrirglielo io.

– L'abbiamo affittato venerdì scorso a due ragazze un p0' più anziane di lei, ma ieri l'altro le stesse hanno costituito una società col geom. Pittaluga e col dott. Ticozzi, commercialista, che ha rilevato il contratto d'affitto delle ragazze. La società si chiama "Barbarella srl". Adesso voglio il mio caffè.

Uscirono dallo studio e scesero per le scale; la ragazza finse di essere impacciata a scendere i gradini di serizzo coi tacchi alti e si appoggiò all'assistente, che la sorresse tenendola per un braccio ed avvicinandola a sé, fianco contro fianco. Così, a braccetto, percorsero le strette vie del centro di Novara ed un tratto di portici fino al Borsa, uno dei migliori bar della città.

Intanto erano passati dal "lei" al "tu", a chiamarsi per nome, a dirsi l'età (27 anni lui, 25 lei) il segno zodiacale (ariete per entrambi) lo stato civile (celibe e nubile) e la città di origine (Bari lui e Cesena lei). Al Borsa si sedettero ad un tavolino e presero il caffè (3 zollette lui e punta latte con una zolletta lei) continuando a chiacchierare di cose amene; poi Nadia volle dei pasticcini e si alzò per sceglierli al banco, e quando tornò a sedersi appoggiò un ginocchio a quello di Andrea, mantenendo il contatto quando Andrea parve ritrarre il suo. Intanto le chiacchiere prendevano una piega ben precisa: non avevano legami sentimentali di sorta, si sentivano soli per non aver mai trovato il partner giusto, sarebbe stato bello uscire qualche volta insieme, ed a questo punto le mani dei due cominciarono a cercarsi sul tavolino, mentre sotto di esso la pressione delle ginocchia aumentava.

Apparentemente per interrompere un dialogo che si faceva troppo intimo e per dirottarlo verso altri lidi, Nadia chiese:

– Tornando alle ragazze che hanno affittato il capannone, come si chiamavano? Cosa volevano farsene? – intanto accarezzava la mano di Andrea.

– Daniela Donati e Marisa Giordano. Pensa che all'inizio hanno detto al geometra che il capannone le serviva per farne un laboratorio per il confezionamento di abiti da sposa, l'ho sentito attraverso interfono, come ho sentito tutte le moine che gli hanno fatto per farsi ridurre l'affitto, poi è saltato fuori che invece volevano farne un *night club*. Quando è venuto a saperlo, anche il geometra ed il commercialista, che sono due puttanieri, hanno detto che volevano essere della partita, e da qui è venuta l'idea di fare una società, una srl.

– Allora i soldi del capitale sociale ce li hanno messi il geometra ed il commercialista, e le ragazze ci avranno messo solo un paio di milioni.

– Tutt'altro, subito hanno lasciato al geometra, in due riprese, 6,7 milioni a testa, e lunedì, in sede di costituzione della società davanti ad un notaio, hanno versato altri 20 milioni a testa, e per di più in contanti.

– Come in contanti? – si finse esterrefatta Nadia.

– In contanti, ti dico. Ciascuna di loro ha tolto dalla borsa una mazzetta di banconote da 100.000 e ne ha contate una volta 20, una seconda volta 47 ed infine ha lasciato dal notaio 2 mazzette da 100 banconote. Non l'ho visto coi miei occhi, ma ho visto il denaro. In totale 26,7 milioni a testa in contanti.

Si avvicinava l'ora dell'aperitivo e Nadia volle ordinare un Manhattan, Andrea, che non lo conosceva, lo volle anche lui; ordinarono anche dei salatini e delle noccioline. Mentre attendevano di essere serviti, si trovarono in silenzio a guardarsi negli occhi, allora Nadia fece la boccuccia e gli inviò un bacio; Andrea quasi si pisciò addosso, strinse la mano della ragazza che teneva sul tavolino sotto alla sua e rispose goffamente ponendo un bacio sull'altra mano e soffiandolo nella sua direzione.

Il primo sorso di Mahattan andò di traverso ad Andrea, ma poi, per fare il *macho*, bevve il resto senza clamori, ma troppo in fretta e senza mangiare nulla insieme, così da continuare la conversazione da brillo. Nadia costatò subito che, quand'era alticcio, Andrea diveniva decisamente sboccato e triviale; una sua mano infatti aveva preso ad accarezzarle una coscia, e nei suoi occhi era evidente la concupiscenza con cui la guardava.

– Sai, mi piacerebbe conoscere quelle due ragazze, non fosse altro che per sapere come hanno fatto, così giovani, a guadagnar tanto denaro.

– Avranno fatto marchette da quando avevano 15 anni, le troie; dovevi vedere con che facilità hanno abbindolato il Pittaluga, ed anche il Ticozzi. In men che non si dica gliela hanno data, le vacche; poi si sono fatte portare a mangiare nei migliori ristoranti, le sanguisughe; infine si sono piazzate nei loro appartamenti privati per consumarli a furia di scopate e di pompini, le troie. Dovresti vedere con che faccia viene in ufficio il Pittaluga: un cencio! Adesso sono tutti via, per lavoro, ha detto il Pittaluga, ma sicuramente sono andati a ciulare in qualche posto ameno.

– Chi ciula con chi? – chiese Nadia per non metterlo a disagio.

– Il Pittaluga con la Daniela, gran fica e gran troia. Il Ticozzi con quella gran loggia della Marisa. La prima adesso abita a fianco dello studio, la seconda al piano di sopra. Adesso scusami, ma devo andare al cesso a pisciare.

Appena si fu allontanato, Nadia uscì dal bar lasciando ad Andrea l'incombenza di pagare, ripercorse rapidamente le strade fatte prima e raggiunse la Delta, sotto un tergicristallo della quale era in bell'evidenza una contravvenzione, che la ragazza gettò via.

Ripartì e tornò a Vercelli felice che i suoi sospetti avevano avuto conferma, ma prima di partire all'attacco doveva sentire ancora Mario.

◊

A metà mattina Mario, invece che alla scrivania, pareva di sedere alla destra del Padreterno per tanto era soddisfatto. Dalle 8.30, ora in cui si era seduto al suo posto di lavoro, era stato un pellegrinaggio unico di colleghi che gli avevano chiesto chi era la strafica che l'aveva portato in macchina al lavoro, se l'aveva già scopata e che impressione ne aveva avuto, se gli aveva già fatto un pompino e quale tecnica aveva usato per farglielo rizzare, se l'aveva già sodomizzata e quali lubrificanti aveva usato. A tutti aveva risposto con sufficienza, ma godendo come una biscia per l'attenzione e la curiosità che i colleghi mostravano nei suoi confronti.

Poi arrivò la telefonata della Direzione che lo convocava per le 11 in sala riunioni. Mario arrivò nella sala in orario, ma i posti attorno all'enorme tavolo ellissoidale di mogano erano già tutti occupati da alcuni funzionari e da molti cassieri, per cui si sedette su uno strapuntino addossato al muro. Alle 11 in punto entrò il Direttore Generale accompagnato da una persona piuttosto anziana e mai vista. Nella sala cessò immediatamente il cicaleccio e tutti si volsero verso il DG cercando di assumere un'aria al contempo attenta e severa. Il Direttore cominciò entrando subito nel merito della riunione:

– Signori, è qui con me il dott. Teobaldo Terramara, della Banca d'Italia, che è venuto a trovarci per segnalarci un fatto estremamente grave: da alcuni giorni, cinque per la precisione, sono state messe in circolazione delle banconote da 100.000 lire perfettamente falsificate, tanto che alcune di esse sono state messe in circolazione, del tutto inconsapevolmente, anche dalla nostra banca. Le prime banconote false sono comparse a Vercelli, spacciate presso negozi, ristoranti e simili; successivamente i titolari di questi esercizi commerciali le hanno versate in banca e, una volta in banca frammezzate con quelle autentiche, sicuramente sono state erogate dai cassieri ai clienti che richiedevano grosse somme in contanti; poi sono comparse in gran numero anche a Novara, ed anche lì si è ripetuto quanto successo da noi. Ad avvisarci che erano in circolazione dei falsi è stata la Banca d'Italia, non appena sono arrivate a lei le prime banconote falsificate. Fino ad ora non è stato possibile risalire al cliente che ci ha versato le banconote false, perché non si sono ancora esaminate tutte le distinte di versamento; né è stato possibile, da parte dei clienti, individuare chi le ha spacciate a loro, perché i falsi sono in grado di superare il controllo di validità operato dalle solite macchinette. Fino ad ora sono coinvolte tre banche di Vercelli e una di Novara, e la nostra unica fortuna è che siamo stati avvertiti molto in fretta che è in atto un'attività criminale di cui anche noi siamo stati gli inconsapevoli complici.

Da questo momento in poi i cassieri di tutte le banche delle province di Vercelli e di Novara esamineranno ogni banconota da 100.000 lire che i clienti volessero versare con estrema attenzione e secondo le modalità che vi dirà il dott. Terramara, e se individueranno delle banconote false le sequestreranno al cliente, le perforeranno e le consegneranno alla Banca d'Italia. Inoltre dovranno controllare la validità delle banconote da 100.000 lire presenti nelle loro casse, nonché in quella generale della banca, esaminandole una per una secondo le modalità indicate dal dott. Terramara. Al contempo in ogni banca si dovrà risalire a chi ha effettuato versamenti con banconote da 100.000 lire esaminando tutte le distinte di versamento a partire da lunedì 6 novembre. Presso la nostra banca, come presso tutte le altre, verranno formate due squadre, una controllerà le banconote, ed una spulcerà le distinte; ogni anomalia rispetto alla normale procedura, pur minima, dovrà essere segnalata al dott. Terramara e ognuno di voi dovrà fornire la massima collaborazione allo stesso per ogni sua esigenza. Grazie per la collaborazione.

Il Direttore cedette la parola al dott. Terramara, che si schiarì la voce e cominciò:

– Si tratta di falsi pressoché perfetti, i migliori fra quelli scoperti fino ad ora, di provenienza probabilmente partenopea. La carta filigranata con inserito il nastro metallico di sicurezza è la stessa delle banconote autentiche, e fa parte di un limitatissimo stock trafugato un anno fa dal magazzino del Poligrafico e con il quale è possibile stampare un massimo di 10.000 banconote da 100.000 lire, per cui l'entità del danno per lo Stato è limitato a un miliardo, e questa è l'unica buona notizia. Infatti gli inchiostri sono perfetti anche all'indagine visiva più accurata, e solo con strumenti particolari, non accessibili ai privati, è possibile accertare minime differenze di colore. Anche la stampa è perfetta, e le differenze rispetto alle banconote autentiche sono ravvisabili con difficoltà anche ricorrendo a microscopi col elevati ingrandimenti. Le sovrastampe dei numeri di serie costituiscono il tallone d'Achille delle banconote false, come potete costatare da queste fotocopie – il Terramara distribuì a tutti delle fotocopie a colori coi numeri di serie molto ingranditi, da un lato erano rappresentate delle banconote autentiche, e dall'altro quelle false, con cerchietti rossi che evidenziavano le differenze – come potete vedere si tratta di differenze minime, ma sono le uniche che consentono di scoprire i falsi, per cui dovrete munirvi di potenti lenti d'ingrandimento e raffrontare sempre le sovrastampe delle banconote in esame con quelle di banconote sicuramente autentiche. Ricordate che ogni scorciatoia che vorrete prendere per accelerare il lavoro, vi porterà ineluttabilmente a prendere per buone banconote false e ad invalidare il lavoro fatto fino a quel momento. Per ogni dubbio, sono a vostra disposizione. Grazie.

Gli impiegati ed i funzionari presenti furono suddivisi in due gruppi, uno, molto numeroso, avrebbe esaminato le banconote, l'altro, molto ristretto, avrebbe esaminato le distinte di versamento; Mario fu assegnato al secondo gruppo.

Durante la pausa pranzo, trascorsa in una paninoteca che accettava i buoni pasto della banca, Mario pensò poco al lavoro che lo attendeva, e molto alla sorte della sua amata Delta nelle mani della non-così-tanto amata Nadia; poi la pausa-pranzo finì e tornò al lavoro.

Alle 15.30 gli passò per le mani la distinta di versamento che il mercoledì precedente aveva compilato per conto di Daniela e di Marisa. La distinta riportava l'importo versato in contanti per ogni taglio di banconota e Mario lesse cosa aveva scritto lui stesso nel primo rigo, con la brutta calligrafia tipica di un bancario indaffarato:

N. *8* banconote da 100.000 lire… parz. *800.000.*

Seguivano molte righe per le banconote di taglia minore, per le monete, per gli assegni, e quindi l'ultimo rigo che conteneva solo la dicitura:

Data *8/11/88* Importo totale versato lire *800.000.*

E sotto ancora la sua sigla, perfettamente riconoscibile.

Mario sentì un prurito alla nuca, poi scosse la testa e pensò: "ma cosa vado a immaginare; due commesse un po' troie che dispongono di 8 biglietti da 800.000 perfettamente falsificati; ma come mi vengono in mente queste cose". Ricordò inoltre di aver consegnato le banconote al cassiere, che non aveva battuto ciglio e le aveva ritirate nel cassetto. Ma le aveva esaminate? No. E certamente non le aveva esaminate con la straordinaria attenzione necessaria per riconoscere le banconote false. Ricordò anche la faccenda della borsa sparita al passaggio a livello del Torrione, come aveva scritto il Cottafava su La Stampa, e rivide sé stesso in quei tragici momenti, chino sull'uomo contro il montante delle sbarre per costatarne la morte. Era sicuro che Marisa non si era mossa dall'auto, ma Daniela era uscita; è vero che era rientrata quasi subito, ma se il quel "quasi" avesse trovato per terra una borsa piena di denaro… La cosa spiegherebbe l'improvvisa ricchezza delle due ragazze, ma in ogni caso sarebbe stato denaro autentico, non falso, perché non s'era mai visto che qualcuno avesse venduto una partita di coca e gli avessero rifilato delle banconote false. Quindi le 800.000 lire erano buone, di provenienza illecita, ma buone; oppure no?

Mario era tormentato dal dubbio: se le 800.000 lire erano buone, allora era tutto okay, tranne il fatto di renderne conto alla polizia ed ai proprietari del denaro; se erano false allora lui poteva finire nella merda fino al collo. È vero che era difficilissimo scoprire che fossero banconote false, è vero che allora non c'era sentore che ci fossero in circolazione dei 100.000 falsi, è vero che una banconota poteva sfuggire al controllo, ma 8 no, doveva almeno far finta di controllarle, anche se non sarebbe servito a niente, non fosse altro per tacitarsi la coscienza nel caso fosse successo quel che è successo. Sennò a cosa serviva la sua sigla in calce alla distinta di versamento.

Era tentato di segnalare la stranezza, non fosse altro che per crea-re dei fastidi alle due troie, ma sarebbe stato come darsi una mar-tellata sulle palle; eppoi solo lui sapeva cosa c'era di strano in quel versamento, ovvero che le due ragazze guadagnavano pochissi-mo e che erano perennemente al verde. Ma sapeva anche che, troie com'erano, potevano benissimo aver tirato su una barcata di soldi a furia di marchette, come aveva insinuato Nadia la sera prima.

– Già, la Nadia; chissà piuttosto come sta la mia Delta – mormorò Mario.

In quel momento il suono di un cicalino avvisò che era terminato l'orario di lavoro, e Mario, ancora indeciso sul da farsi, si infilò in tasca la distinta di versamento ed uscì dall'ufficio e dalla banca. Fu l'unico degli impiegati precettati per la faccenda delle banco-note false ad andarsene, gli altri rimasero al lavoro, e la cosa fu notata dalle alte sfere e riferita al Direttore Generale.

Fuori dalla banca c'era Nadia ad attenderlo con la Delta, Mario le girò attorno e costatò che era intatta – la Delta, non la Nadia – quindi baciò la ragazza e la invitò ad allontanarsi da lì, ché l'ave-vano già vista in troppi colleghi.

– Perché? Cos'hanno detto di me? Ho fatto colpo? – chiese con poca modestia.

– Hanno detto che sei una bellissima ragazza, troppo bella però per me, e si sono offerti di sostituirmi.

– Ha! Ha! – rise la ragazza, poi con tono serio disse: – Fermiamoci in un bar che ti devo chiedere delle cose.

– Anch'io ti devo raccontare che casino è successo in banca.

Si fermarono in un bar del centro e presero un caffè seduti al tavolino; Nadia entrò subito in argomento:

– Ieri sera mi hai spiegato tutto quello che è hanno fatto Marisa e Daniela da mercoledì scorso in poi: l'apertura di un conto nella tua banca, l'affitto di una cassetta di sicurezza, il castelletto che gli hai concesso, l'intenzione di affittare un capannone, ecc.; adesso mi racconti cosa è successo martedì sera, da quando sei andato a prenderle a casa, penso con Sebastiano, in poi, abbondando nei dettagli.

– Ma che importanza vuoi che abbia? Comunque è stata una serata andata in vacca da subito, da quando siamo andate a prenderle a Vinzaglio con la BMW di un cliente della carrozzeria dove lavorava Sebastiano. Pensa che cretino che è stato! L'ha presa senza chiedere il permesso a nessuno perché voleva far colpo sulle due troie, e così ci ha rimesso il posto di lavoro.

– Non così in fretta! Racconta con ordine. Allora siete andati a prenderle a Vinzaglio e Sebastiano guidava la BMW. Dove eravate diretti? Che ore erano? Non farti tirar fuori le cose col cavatappi. – Così Mario le raccontò tutto quanto era avvenuto quella sera, dalla sosta davanti al passaggio a livello del Torrione, alla serata andata buca. Alla fine Nadia volle riassumere:

– Quindi a controllare che quel tale saltato giù dal treno fosse morto siete stati tu e Sebastiano, le ragazze sono rimaste in auto?

– Marisa sì, Daniela è uscita dalla BMW, ma quando mi ha sentito dire che era morto è rientrata subito dicendo che aveva freddo. –

– Aveva avuto il tempo materiale di raccogliere da terra una borsa? Magari per esserci inciampata al buio.

– Non posso escluderlo, se l'ha raccolta ed è subito rientrata in auto, l'ha fatto in una manciata di secondi. Quando le abbiamo riportate a Vinzaglio e sono scese dall'auto, non mi pare che avessero con sé una borsa.

– Ma non puoi escluderlo. – concluse Nadia, quindi aggiunse – E scommetto che quando sono scese dall'auto davanti a casa, tu stavi guardandole il culo.

Poi raccontò cosa aveva fatto quella mattina e cosa aveva scoperto sulla società che le ragazze avevano costituito, e finì dicendo:

– Quindi, caro Mario, non ti devi chiedere come hanno fatto quelle due a tirar su una quindicina di milioni per costituire una srl, dare la caparra per acquistare una Volvo a rate, eccetera, perché, come ti ho spiegato, non è cosa impossibile per due *escort* furbe ed accorte, ma ti devi chiedere come hanno fatto a versare al notaio più di una cinquantina di milioni in contanti, tutti in banconote da 100.000 lire, per essere proprietarie di 2/3 della società. Ora escludo che in pochi anni si possano tirar su 50 milioni e passa facendo marchette, neppure se ce l'avessero d'oro, e sono pronta a scommettere che Daniela, al passaggio a livello del Torrione, abbia trovato una borsa piena di denaro, se la sia portata a casa facendotela passare sotto il naso senza che tu te ne accorgessi, e una volta sola abbia diviso il malloppo con l'amica. Entrambe, il giorno dopo, pronubo un bancario babbeo, hanno depositato il malloppo in una cassetta di sicurezza, trattenendo una decina di milioni ciascuna per le spese correnti.

– Cazzo! In una cassetta da 12 dm³ di banconote da 100.000 ce ne stanno per almeno 200 milioni, forse anche 250. Adesso ho capito perché quel pistolero pazzo ci ha sparato addosso: doveva essere uno dei narcotrafficanti che cercava di recuperare il suo denaro. Occorre avvisare le autorità, perché solo un magistrato può autorizzare l'apertura di una cassetta di sicurezza…

– Tu non avviserai nessuna autorità, sei stato già abbastanza babbeo, non è necessario diventare il campione mondiale dei babbei. Come ti ho spiegato ieri, ti avrei aiutato se il tuo scopo fosse stato quello di impadronirti del denaro delle ragazze, ma se intendi avvisare le autorità e far confiscare il contenuto della cassetta, ti lascio seduta stante. Mi spiacerà solo per la Delta, che è una vera figata.

– Ma cara, la deontologia professionale mi impedisce di far finta di niente; già mi sento responsabile per averle aperto un conto corrente, non parliamo poi del castelletto che le ho concesso...

– Appunto, faresti una figura di merda che ti potresti evitare. Agendo in altro modo invece, metteresti le mani su un bel mucchio di milioni, esentasse e senza rischi, ed in più continueresti a fruire della mia ciornietta, e scusa se è poco.

– Ma quale altro modo! Non riesco ad immaginare un modo per riuscire ad accedere alla loro cassetta di sicurezza.

– Tu lascia fare a me. Da questa sera tornerai a dormire a casa tua perché dovrò essere libera di muovermi; per lo stesso motivo domani e nei giorni successivi la Delta servirà a me; al lavoro potrò accompagnarti io, ma all'uscita dovrai arrangiarti a tornare a casa per conto tuo.

Il fatto di dover rinunciare, oltre alla ciornietta di Nadia, anche alla Delta per chissà quanti giorni, unitamente al pensiero della cammellata che avrebbe dovuto fare per andare dal centro di Vercelli alla frazione Cappuccini, fece dimenticare a Mario di raccontare alla ragazza delle banconote da 100.000 false in circolazione a Novara ed a Vercelli.

Capitolo XXI

Martedì, 14 novembre

La telefonata, fatta con voce molto concitata da parte di un inquilino del condominio in corso Bormida 2, giunse nella centrale operativa dei carabinieri alle ore 9.25 e segnalava che in un appartamento al secondo piano c'era un uomo morto riverso su un tavolo in un lago di sangue. Entro cinque minuti due gazzelle erano sul posto, una squadra di tre militi comandata dal maresciallo Matarrese si precipitò al secondo piano per isolare la scena del crimine, l'altra tenne lontano i curiosi che si affollavano sul marciapiede e sulle scale, e tentò di individuare chi aveva fatto la telefonata; naturalmente nessuno ammise di averla mai fatta.

Arrivarono altre tre auto dei carabinieri, due della squadra scientifica ed una del comandante dei CC, capitano Oronzo Nascimbene; la prima si mise subito all'opera scattando cento fotografie, raccogliendo i bossoli e le pallottole conficcate nei muri, rilevando le impronte digitali nei mille posti ove potevano essere state lasciate; il secondo si affrettò a rilasciare le prime interviste ai giornalisti prontamente accorsi sul posto.

Alle 10.30 giunse un furgone per portare via il corpo, alle 11.30, dall'esame delle impronte digitali, si riuscì a dare un nome al morto: Vincenzo Scarenzi, nato a Potenza, 45 anni, con precedenti per traffico di stupefacenti e sfruttamento della prostituzione. Poco dopo, sempre attraverso le impronte, fu possibile stabilire la presenza sulla scena del delitto anche di un altro pregiudicato, tal Andreij Andropov, nato a Odessa (URSS) 35 anni, con precedenti per spaccio di stupefacenti. Alle 12 i carabinieri riuscirono a collegare i proiettili della pistola trovata nella tasca del morto coi bossoli rinvenuti una settimana prima al passaggio a livello del Torrione, e solo allora informarono i colleghi/rivali della polizia di quanto era accaduto. Alle 12.20 fu emanato un avviso di ricerca,esteso a tutto il territorio nazionale, di tal Andreij Andropov, indiziato per omicidio, corredato dai dati e dalle foto ricavate dalla scheda segnaletica risalente a 8 anni prima. Alle 16 iniziò la distribuzione dell'avviso di ricerca corredato delle foto dell'Andropov prese di fronte e di profilo a tutte le pattuglie della polizia e dei carabinieri in un raggio di 30 km da Vercelli, agli uffici postali, ai caselli autostradali, ai posti di frontiera e ad una lunga serie di esercizi pubblici. Alle 16.30 si cominciò a battere a tappeto gli alberghi ed i *résidence* dove l'Andropov poteva aver soggiornato. Alle 16.45 arrivò a Vercelli il commissario Cantalamessa.

Appena sceso dal treno che l'aveva riportato a casa da Ancona, il commissario aveva acquistato La Stampa all'edicola della stazione, aveva subito cercato nelle pagine cittadine se ci fosse un articolo del Cottafava, e quando l'ebbe trovato lo lesse avidamente, mentre sorseggiava un caffè che aveva desiderato assaporare per tutto il tempo del viaggio. Arrivato verso la fine dell'articolo, là dove veniva individuato nel signor Sebastiano Lupi il guidatore della famigerata BMW, e di cui si forniva persino l'indirizzo, il commissario ebbe uno scatto d'ira e si rovesciò il caffè addosso; cominciò a sacramentare cercando di ripulirsi, e quando l'ebbe fatto lesse le ultime righe, là ove si faceva della pesante ironia sulla sua persona, ed esplose: appallottolò il giornale e lo gettò a terra, prese a male parole un inserviente che lo aveva redarguito per il gesto incivile, litigò con uno della Polfer intervenuto per sedare gli animi e con alcuni viaggiatori presenti che avevano stigmatizzato il suo atteggiamento. Solo l'intervento di una volante lo salvò da un linciaggio, perché gli agenti lo caricarono di forza a bordo fingendo di arrestarlo, così che il commissario riempì di contumelie anche loro.

Poi, in Questura, fu ragguagliato su quanto accaduto quella mattina in corso Bormida, sulle indagini svolte brillantemente dai carabinieri, sui provvedimenti presi per rintracciare l'assassino, ed infine sul collegamento esistente fra quell'omicidio e la sparatoria al passaggio a livello del Torrione. A quel punto non ci vide più dalla rabbia: pretese, contro il parere dei più stretti collaboratori, che il Cottafava venisse posto in stato di fermo per aver intralciato le indagini, aver diffuso notizie riservate, aver messo in pericolo la vita di un testimone e di aver infine causato la morte di una persona, seppur pregiudicata. Fatto questo iniziò una *querelle* col capitano Oronzo Nascimbene per aver questi sconfinato dal suo campo d'azione ed essersi occupato di indagini di sua esclusiva competenza, disputa che raggiunse l'acme quando fece volgari rime associandole col nome del capitano, e che per porvi fine richiese un energico intervento del Questore.

Solo alle 19 il commissario tornò in sé e riunì attorno alla scrivania i suoi uomini per pianificare *ex novo* le ricerche del russo, e tutto il materiale raccolto fino a quell'ora, compresi i risultati ottenuti dalla vista di una ventina fra alberghi e *résidence*, fu messo in uno scatolone per essere esaminato personalmente dal commissario quando avesse trovato il tempo di farlo.

Purtroppo per lui, Rocco Demaria, il carabiniere infedele che aveva partecipato alle ricerche del russo presso gli alberghi ed altri locali pubblici, aveva trattenuto per sé alcune note su cui erano riportate le risposte fornite dalle persone interrogate, risposte che aveva ritenuto essere oltremodo interessanti perché suscettibili di avere un gran valore se offerte all'acquirente giusto.

Carlo Cottafava ricevette la telefonata del Demaria alle 19.45, mentre era a casa intento a scrivere al computer un articolo sul delitto in corso Bormida.

– Buona sera dottore, sono Demaria. – si presentò l'informatore – Ho per lei una gran notizia, che le do "agratis" perché io, per gli amici, faccio questo ed altro: il commissario Cantalamessa le ha scagliato contro una *fatwa* in quanto l'ha incriminata per una sfilza di reati che neanche Curcio e compagni ne hanno collezionati tanti; ma non si deve preoccupare, ché il nostro comandante, il capitano Oronzo Nascimbene, ci ha ordinato di far solo finta di partecipare alle sue ricerche, per cui dovrà guardarsi dalle sole forze di polizia. Pertanto mi raccomando di non pernottare a casa sua, di non frequentare i soliti posti, di dotarsi di un avvocato con le palle, e soprattutto di far intervenire l'Ordine dei giornalisti per far abbassare la cresta al Cantalamessa, o al più di farlo cantare come "voce bianca".

– Ti ringrazio moltissimo dell'informazione. Per caso hai qualcos'altro per me? – chiese il giornalista, che sospettava che il Demaria non gli avesse telefonato solo per fargli un favore gratuito.

– Sì, ho per te ben altro, ma sarà bene che ne parliamo *vis-à-vis* al più presto; per esempio potresti invitarmi a cena.

– Certo! Possiamo vederci alla solita trattoria ai Cappuccini – propose il giornalista.

– Per l'informazione che ti voglio dare penso che un buon ristorante in centro sia la *location* più adatta.

– E sia per la *location* raffinata. Ci vediamo alla "Locanda del bue rosso" fra un quarto d'ora.

Mezz'ora dopo, con di fonte a sé una fiorentina da otto etti ed una bottiglia di Barbaresco, il Demaria, dopo innocenti preamboli, tirò la stoccata:

– Mezzo milione! L'informazione che ti voglio cedere (mai il Demaria avrebbe usato il termine "vendere") non vale meno, e ti permetterà di fare uno *scoop* epocale e di rovesciare un pitale di merda sulla testa del Cantalamessa.

– Stai scherzando? Noi non compriamo le informazioni, per quanto preziose possano essere, al massimo riconosciamo un rimborso per le spese effettivamente sostenute per fornircele, e mai di quell'entità. Comunque, *pourparler,* di che informazione si tratta?

– Un'informazione che ti consentirà di scrivere dove ha pernottato il russo ricercato per l'omicidio in corso Bormida, quanto può valere come "rimborso spese"?

– Al massimo 50.000 lire, non di più; pensare di ricavarci mezzo milione è follia pura.

– E se a questa informazione aggiungessi la descrizione della puttana che ha pernottato, si fa per dire, con lui?

– Cosa me ne faccio della descrizione di una puttana, vista una le hai viste tutte, e inoltre questa città pullula di puttane. Comunque, proprio per venirti incontro, penso che possa valere 20.000 lire; consideralo un incoraggiamento.

– E se a quanto sopra aggiungessi la descrizione dell'auto con cui si muove il russo?

– 100.000 lire per l'intero pacchetto – tagliò corto il Cottafava – per il nome dell'albergo dove ha pernottato, per una buona descrizione della puttana, e bada di non inventarti nulla, e per l'auto che usa; oltre naturalmente alla sontuosa cena che ti sto offrendo. –

– Aggiudicato! Ordunque: l'Andropov si è presentato alla *recèptionist* del *résidence* "L'Approdo" di Vercelli alle ore 00.30 di sabato 11 novembre dicendo che era stato prenotato un appartamento a suo nome. Siccome ciò non risultava alla portiera di notte, l'Andropov le ha chiesto di chiamare chi aveva affittato un appartamento la mattina precedente, dato che non aveva il numero del suo cellulare, ma la portiera non era di servizio alla mattina e gli ha chiesto come si chiamava colui che avrebbe dovuto svegliare, data l'ora tarda. L'Andropov le ha risposto che lui lo conosceva solo come " lo Sfigato", allora la portiera gli ha fatto notare che non poteva svegliare tutti i clienti del *résidence* per chiedere se si ritenessero fortunati o meno, ed aveva aggiunto che se non si fosse allontanato avrebbe chiamato la polizia, al che l'Andropov si è allontanato. Poi abbiamo rintracciato il portiere di giorno, quello che il giorno prima aveva accolto "lo Sfigato" e gli aveva assegnato un appartamento di due locali…

– Alto là! – interruppe il giornalista – come avete fatto questo pomeriggio a parlare con la portiera di notte?

– Perché fanno a turno: la portiera un giorno fa la notte, ed il giorno dopo fa la mattina o il pomeriggio; chi è di turno diurno si alterna col titolare del *résidence*. Dicevo: il portiere di giorno ha visto scendere "lo Sfigato", che per lui era il signor Antonio Capuozzo, alle ore 7.30, e rientrare pochi minuti dopo sorreggendo il signor Andropov, che sembrava stare molto male; infatti questi lo ha incaricato di acquistare dei farmaci per abbassare la febbre e di procurargli un brodino. Il Capuozzo aveva assicurato che il signor Andropov era il vero affittuario dell'appartamento, e che lui aveva agito in vece sua. Il portiere è certo che nell'appartamento affittato dal duo Capuozzo/Andropov ci fosse anche una puttana sui 20-25 anni, bellissima, snella, pettinatura a ricciolini biondi, tette *extra large* in bella vista, culo a mandolino, che ha ritirato le medicine, una cioccolata e la gamella col brodo quando gliele ha portate. Lo ricorda bene perché quando le ha dato il resto delle 100.000 lire che gli aveva dato il signor Andropov, non ha lasciato nulla di mancia, la troia.

Domenica nessuno dei portieri ha visto gli occupanti dell'appartamento, o perché sostituiti dal titolare, o perché di riposo, ma lunedì mattina il signor Andropov e la puttana hanno lasciato il *résidence* carichi di materiale fotografico, fra cui uno schermo avvolgibile per diapositive ed un treppiede pieghevole, dicendo che lasciavano libero l'appartamento. Il signor Capuozzo doveva essersene andato già durante la domenica. Il portiere li ha visti caricare tutto su un grosso fuoristrada dalle linee squadrate e di colore rosso, ed andarsene insieme. Purtroppo il portiere non ha saputo indicare la marca del fuoristrada, e naturalmente non aveva motivo per annotare il numero di targa.

Mi pare che basti ed avanzi per 100.000 lire marce.

Il Cottafava, che aveva riempito di appunti due pagine del taccuino che aveva con sé, accennò di sì con la testa, poi si informò su quali misure erano state adottate per rintracciare il russo, ed il Demaria gliele elencò "agratis", come ebbe modo di dirgli facendo un gran sfoggio di generosità.

Finito di mangiare il giornalista disse che sarebbe andato un momento in bagno, invece si fece dare una busta dal *maître* e ci infilò due banconote da 50.000 lire, quindi tornò al tavolo ove lo attendeva il commensale, e gli passò la busta tenendola celata sotto al tovagliolo.

Pagato il conto, piuttosto salato ma adeguato alla classe del locale, il giornalista si congedò dall'informatore e, seguendo i suoi consigli relativi alla sua sicurezza, salì in auto e si diresse a Novara, ove prese alloggio in un albergo di malaffare in periferia, ben sapendo che l'ospitalità del gestore si spingeva al punto di non registrare tutti i clienti, ma solo quelli che gli chiedevano espressamente la fattura per poterla scaricare.

Poi telefonò al suo avvocato che lo rassicurò sulla velleità e sulla illiceità delle iniziative e delle minacce del commissario Cantalamessa; quindi telefonò al segretario dell'Ordine regionale dei giornalisti, che gli assicurò il pieno sostegno dell'associazione, e che essa si sarebbe attivata ad ogni livello politico ed istituzionale per fare al commissario Cantalamessa (testuale)"un culo grosso come una campana".

Solo allora, debitamente rinfrancato da tanta solidarietà e dalle assicurazioni ricevute, il Cottafava si mise a scrivere il suo articolo, ma non quello sul russo assassino, bensì quello sul nascondiglio del signor Sebastiano Lupi e del suo stupido tentativo di depistare chi avesse voluto seguire le sue tracce lasciando in bella vista nel suo appartamento la carta dell'Europa meridionale con sei città cerchiate in biro. Riteneva infatti che Sebastiano non avesse più niente da temere, essendo morto uno dei *gangster* che gli davano la caccia, ed essendo ricercato per omicidio il *gangster* della fazione opposta, evidentemente anch'essa a caccia della borsa. Avrebbe firmato l'articolo, oltre che col suo nome, anche con quello del collega Cristoforo Nardi, come promesso; e quanto all'articolo sul russo e sulla sua fascinosa compagna, l'avrebbe scritto non appena effettuate le verifiche del caso ed aver raccolto altre informazioni di prima mano.

Terminò l'articolo alle 23 e lo spedì in redazione per *e-mail*, quindi si mise a compilare la notula per il rimborso delle spese sostenute nella giornata, naturalmente facendo una pesante cresta sul "rimborso spese" riconosciuto al Demaria.

◊

Michele Sorrentino era uscito alle 15 dalla villa del medico compiacente che gli aveva medicato le numerose ferite rimediate nell'agguato tesogli da colui che riteneva essere il Lupi. Le ferite procurate dalle schegge della porta, quando essa era stata colpita dagli ultimi colpi sparati contro di lui, erano leggere ma dolorose, ed erano state curate estraendo le schegge di legno e di plastica, disinfettando per bene le ferite ed applicando su di esse un cerotto trasparente; solo la ferita causata dal proiettile che lo aveva ferito all'anca aveva richiesto sei punti di sutura e l'applicazione di una vistosa medicazione che non cessava di farlo dolere e che gli ricordava di continuo la promessa di rintracciare e di punire crudelmente i bastardi che gli avevano teso l'agguato: certamente Sebastiano Lupi, il padrone di casa che, secondo lui, aveva materialmente premuto il grilletto, ma anche il giornalista, quel Cottafava che lo aveva spinto fin dentro la trappola. Il pensiero che il Lupi non centrasse per nulla, e che a spargli fosse stato un altro, non lo aveva neppure sfiorato. Il fatto poi di assomigliare ad un *clown*, con tutti quei cerotti addosso, lo faceva addirittura imbufalire.

Risalì sull'Alfa 164 e partì verso il Sud, forse anche per un richiamo ancestrale, ma sicuramente perché solo lì avrebbe potuto ricostituire rapidamente le sue truppe, che nell'ultima settimana erano state falcidiate da sparatorie e da incidenti; gli era rimasto solo Domenico Scalise, ma per qualche tempo costui doveva restare nascosto in Canton Ticino, e sarebbe stato pericoloso per entrambi se avesse voluto mettersi in comunicazione con lui anche con una semplice telefonata.

Giunse a Salerno poco prima di mezzanotte e si fece ospitare dalla sorella Addolorata, nubile ed ancora piacente anche se aveva passato da un pezzo la quarantina; era stanchissimo, e rimandò al giorno successivo ogni piano di vendetta.

Capitolo XXII

Mercoledì, 15 novembre
Lory si era trasformata in un'altra ragazza prima di uscire di casa: i riccioli biondi erano diventati di un nero corvino, la minigonna vertiginosa aveva lasciato spazio a pantaloni a zampa di elefante, la camicetta sbottonata per permettere una comoda panoramica delle tette era stata sostituita da un maglione a collo alto entro cui i grossi seni sparivano, un paio di occhiali scuri giganteschi le nascondeva mezzo viso. Aveva collaudato la trasformazione quando aveva fatto benzina ed acquistato il giornale, e né il benzinaio, né il giornalaio l'avevano riconosciuta, anche se non era una loro cliente assidua.

Come temeva, su La Stampa, nelle pagine di Vercelli, c'era la foto di Andreij presa di fronte e di lato, con sotto riportate l'età ed il luogo di nascita, e più sotto ancora la scritta "indiziato di omicidio - chiunque lo veda telefoni al 113". Per sua fortuna la foto assomigliava poco all'Andreij che lei conosceva, per essere stata scattata molti anni prima, ma per Lory era imperativo dotarlo di un buon travestimento, e forse anche allora non sarebbe bastato.

Lesse tutto il giornale ma non c'era quasi nulla che già non sapesse, per averglielo detto Andreij stesso; di interessante c'era il nome dell'ucciso, Vincenzo Scarenzi, narcotrafficante, il fatto che era stato costui, una settimana prima, a sparare contro la BMW del professor Pionati al passaggio a livello del Torrione, e la descrizione delle iniziative prese dalle forze dell'ordine per rintracciare l'assassino. Veniva avanzata l'ipotesi che l'Andreij facesse parte di una banda di narcotrafficanti concorrente di quella cui faceva parte lo Scarenzi, e quindi l'assassinio veniva ascritto ad una resa dei conti fra *gang* rivali. L'articolo non faceva cenno al Range Rover di Andreij, né ad una ragazza che si accompagnava con lui, né al compagno dello Scarenzi scampato alla sparatoria nell'appartamento di corso Bormida e fuggito su un'Alfa 164.

Un secondo articolo, a firma del Cottafava e di un tal Nardi, scagionava Sebastiano Lupi da ogni possibile accusa di essersi impossessato di una borsa contenente del denaro o della coca, sosteneva che il Lupi, per motivi ancora da accertare, temeva che i narcotrafficanti lo ritenessero responsabile di essersi impossessato della borsa di loro proprietà e che volessero che lui gliela restituisse con tutto il contenuto. Affermava che il suo timore era tanto grande da essersi rifugiato nella casa natia dopo aver lasciata stesa sul tavolo del suo appartamento una carta dell'Europa meridionale con alcune città cerchiate con la biro, al fine di depistare eventuali inseguitori. L'articolo terminava dicendo che se il commissario Cantalamessa fosse interessato a raccogliere la testimonianza del Lupi ed a dissipare ogni dubbio sulla sua colpevolezza, magari riuscendo a spiegare perché i narcotrafficanti lo ritenevano colpevole di avergli sottratto una borsa di denaro o di coca, non aveva da far altro che recarsi a Collecorvino (PE) in via Conciliazione 4, ma che si movesse, perdio, per non arrivare secondo dopo i narcotrafficanti.

Lory chiuse il giornale, che voleva poi far leggere ad Andreij, ed andò a trovare un amico truccatore, con cui lavorava spesso quando doveva posare per le foto pubblicitarie o per quelle *osé*. Da lui si fece consigliare su come fare a trasformare il viso di Andreij, senza dover ricorrere ogni volta a pesanti trattamenti cosmetici, ed il truccatore, dopo aver esaminato la foto segnaletica apparsa sul giornale, le spiegò quali semplici interventi effettuare: barba lunga ma curata, niente baffi, capelli a spazzola cortissimi, lenti a contatto, grosso neo posticcio su una gota, cuscinetti da tenere in bocca per allargare le gote; poi raccomandò di vestirsi in modo opposto a come aveva sempre fatto: loden a tre bottoni anziché la giacca a vento, completo di buona fattura anziché *blue jeans* e giubbotto, camicia con cravatta anziché magliette e cappellino da *baseball*, scarpe di pelle con suole di cuoio anziché scarpe da ginnastica della Adidas.

La ragazza dovette tornare a casa per prendere le misure dell'uomo: giro collo, giro vita, lunghezza delle gambe e delle braccia, torace, numero di piede; Andreij intanto lesse sul giornale gli articoli che lo riguardavano. Quando finì disse:

– Così, secondo quel giornalista che sembra azzeccarle tutte, anche il Sebastiano Lupi non ha preso la borsa. È curioso però: un giorno fa credere che la borsa l'abbia presa il professor Pionati, e due giorni dopo lo scagiona accusando il Lupi, poi passa un giorno e scagiona anche costui. La prima volta c'è cascato il commissario, la seconda ci siamo cascati sia io che i narcotrafficanti; sembra che stia giocando come un gatto col topo, e sono sempre curioso di sapere chi ha preso la borsa.

– Mi pare ovvio, in fondo la tua intuizione si è rivelata giusta: la borsa l'ha presa qualcuno che era sulla BMW, e se non è stato il Lupi, perché sono propensa a credere al giornalista, allora è stato chi era con lui; le due ragazze che hai fotografato mi sembrano le indiziate più probabili, e su quella BMW ci deve essere stato anche un altro maschietto – disse Lory.

– Perché dici così?

– Perché qualcuno, penso il Lupi, è andato a prendere le due ragazze per portarle da qualche parte; se le portava a battere poteva anche essere l'unico maschio a bordo della BMW, ma se le portava a divertirsi, magari a ballare, allora sulla BMW è facile che ci fosse un altro maschio, probabilmente un amico del Lupi. Ora come ora, col Lupi nascosto in culo ai lupi (scusa il bisticcio di parole) e l'eventuale amico completamente sconosciuto e mai fotografato, le uniche che abbiamo tra le mani sono le ragazze, ed entro oggi intendo saperne di più.

– Cosa vuoi fare?

– Te lo dirò questa sera. Dammi un paio di milioni, che ti devo rifare il guardaroba.

– Cazzo! Vacci piano, che potrebbero servirmi per fuggire – raccomandò Andreij dandole 20 banconote da 100.000 false.

– Non dovrai fuggire da nessuna parte se continuerai a fidarti di me. Ciao.

La ragazza tornò dopo tre ore con il Cooper stracarico di pacchi e di scatole. Andreij contò due paia di scarpe ed un paio di scarponcini, due dozzine di calze scure, 5 camice, 5 cravatte, 3 golfini, 3 completi giacca-pantaloni, 2 giacche e 2 pantaloni, 4 cinture di pelle, un loden ed un impermeabile *double face*.

– Questa è la collezione autunno-inverno, per quella primavera-e-state ci penseremo in seguito – disse Lory.

– Sempre che riesca ad arrivarci alla primavera-estate.

La ragazza preparò qualcosa di veloce da cucinare, e nel primo pomeriggio partì per Novara. Si fermò alla concessionaria della Volkswagen ed entrò decisa in officina, snobbando un'impiegata che stava litigando con qualcuno per telefono; qui chiese di parlare col capo officina e quando questi si presentò, col tono più innocente e gentile disse:

– Buongiorno, volevo sapere se è vostra la targa "in prova / NO 0012".

– Sì, perché lo vuol sapere?

– Beh, sono molto imbarazzata a confessarlo, ma domenica sera, mentre facevo manovra con la mia Mini Cooper, ho involontaria-mente urtato appena appena il paraurti di una Passat che aveva quella targa, e gli ho fatto un graffietto lungo così – e fece cenno con le dita ad un graffio lungo 10 cm – io avevo una fretta terribile e non avevo con me niente da scrivere per lasciare un biglietto con le mie generalità ed il mio recapito per fare la contestazione amichevole di incidente. Posso farla qui con voi adesso?

– No, signorina, deve farla con chi guidava in quel momento, per-ché deve riportare gli estremi delle due patenti, la sua e quella di chi stava usando la Passat, costatazione che poi deve essere firma-ta da entrambi. Se la Passat l'avessimo ancora qui noi, potremmo far finta che il graffio ce l'abbia fatto sul nostro piazzale e quindi potremmo fare come dice lei, ma purtroppo l'abbiamo venduta proprio alla signora che ha urtato domenica. È a lei che deve ri-volgersi per la contestazione amichevole, anche se non penso che se ne sia accorta, altrimenti ci avrebbe detto di sistemare il graffio quando ci ha riportato la targa "in prova".

– Oh no! La Passat era nuovissima e tirata a lucido, e mi sento un verme per avergliela graffiata. Voglio parlarle e scusarmi, e nel caso non volesse perder un'ora di tempo per compilare quei moduli, che bisogna schiacciare molto con la biro per riuscire a scrivere su tutte le copie, le proporrò di rifonderle il danno. Pensa che 100.000 lire possano bastare?

– 100.000 lire per un graffio di 10 cm sul paraurti? Direi che bastano ed avanzano.

– Mi può dire allora come si chiama la proprietaria, e magari darmi il suo indirizzo o il numero di telefono?

– Non dovrei dirglielo, sa... per la *privacy*, ma per una causa nobile come la sua... si chiama Marisa Giordano, dove abita non lo so, ma il numero del cellulare è xxxxxxx.

– La ringrazio molto, non sa che problema mi ha risolto.

La ragazza uscì dall'officina, l'impiegata dietro al bancone aveva smesso di litigare e si era messa a far le fusa al microfono, così Lory le sfilò davanti senza che lei se ne accorgesse e guadagnò l'uscita. Appena fu sul Cooper compose il numero del cellulare di Marisa.

– Pronto... chi sei? Non conosco il tuo numero. – le rispose una voce giovanile.

– Mi chiamo Lory, e devo assolutamente parlarti in privato di un fatto di estrema gravità; puoi parlare adesso?

– Aspetta un momento – Marisa si allontanò da dov'era e disse – Adesso posso parlare liberamente, ma non conosco nessun argomento tanto importante da doverne discutere con te. O sei più chiara o riattacco.

– Oh, scommetto che non lo farai, e vorrai sapere che cosa so di una borsa piena di soldi trovata al passaggio a livello del Torrione – aveva buttato lì Lory, che dovendo scegliere se dire "denaro" o "coca" aveva scelto il primo termine.

Marisa quasi si lascio scappare di mano il cellulare per la sorpresa, divenne bianca come un cencio e per molti istanti ristette in silenzio, poi sussurrò:

– Certo che sono interessata di sapere cosa sai, ma non posso dedicarti del tempo adesso, e poi preferirei sentiti *vis-à-vis*, si parla meglio. Domani sarò a Novara, dove ci possiamo vedere? Sai dov'è il Borsa... Sì? Allora per le 9 ti andrebbe bene?... Come faccio a riconoscerti?... Mi riconoscerai tu. Okay allora, ti saluto.

◊

Marisa chiuse il telefonino e tornò in sala ove attorno ad un enorme tavolo pieno di disegni, di schizzi, di piante e di sezioni di edifici, di prove colore e di assonometrie, stavano Daniela, Piero, Gianni, l'archistar Victor Baldacci-Ford e l'impresario Simone Berlinghieri. L'arredatore Michele Porta, nel suo caffettano fatto a maglia, danzava come un folletto da uno all'altro con scampoli di tessuti, con campionari multicolori e con in mano un giunto Innocenti d'ottone. Erano chiusi da metà mattina in quella enorme stanza ricavata dalle scuderie della villa dell'archistar, tanto da aver fatto solo uno spuntino alle 13 a base di microscopici panini con salse esotiche e ripieni misteriosi, ed avevano fumato innumerevoli sigarette. Victor, come pretendeva di essere chiamato, non aveva smesso un istante di parlare: prima di etica della professione, poi di filosofia delle forme, quindi di estetica dei volumi, con digressioni sulla statica delle strutture, sulla teoria dell'illuminazione, sul fascino di un'acustica azzeccata, sui pregi della ventilazione forzata, sull'idilliaca bellezza dell'arte topiaria. Tutta quella proluvie di parole era inframmezzata dalle ciance, dagli esempi e dagli aneddoti che il Porta snocciolava svolazzando qua e là. Solo il Berlinghieri si era estraniato dagli altri e stava studiando gli schizzi del giardino e la pianta della *dépendance*.
Gianni e Piero non vedevano l'ora che quella tortura finisse, anche perché avevano fame di cibi concreti e soprattutto padani, e pur di uscire da lì erano disposti ad approvare anche il progetto di massima della piramide di Cheope. Marisa e Daniela nutrivano sentimenti analoghi, oltre a non aver capito una mazza delle farneticazioni dell'archistar, tuttavia l'unico disegno, in mezzo a tanta carta, in cui era schizzato l'interno del capannone, non era spiaciuto alle ragazze, che già si vedevano svolazzare in quell'ambiente distribuendo sorrisi e battute *osé* a destra ed a manca.

La telefonata di Lory aveva raggiunto Marisa proprio quando stava per appisolarsi mentre Victor spiegava la necessità che nel giardino ci fosse un tunnel dell'amore, a patto di realizzarlo al di fuori del raggio d'azione degli irrigatori automatici. Quando Marisa tornò al suo posto, vicino a Daniela, costei si accorse subito del cambiamento subito dall'amica, la sua aria, da annoiata che era, si era fatta allarmata, e chiese sottovoce accostandosi a lei:
– Chi era? Qualcosa non va?
– Non so, non conosco chi mi ha chiamata. E va di merda.
Anche Gianni si accostò a Marisa per chiederle chi era al telefono, perché era la prima volta che la ragazza riceveva una telefonata da quando l'aveva conosciuta, e si era convinto che non avesse neppure il cellulare.
– Nessuno, hanno sbagliato a digitare il numero. Senti caro, io mi sono rotta, ed ho fame. Diamogli un taglio ed andiamocene – gli aveva risposto Marisa.
– Anch'io non li reggo più – le diede man forte Daniela – Diciamogli che lo schizzo di come verrà il capannone va bene così com'è, ed anche i colori e tutto il resto sono okay, ma andiamocene in fretta.
Alla riunione si pose termine in fretta: Gianni disse che il progetto preliminare (!) era approvato, come pure le tappezzerie, le *moquette*, le tinte degli esterni e il giardino col tunnel dell'amore. L'archistar assicurò che il progetto esecutivo sarebbe stato pronto in quattro giorni, l'ingegnere disse che sarebbe partito subito col giardino, l'arredatore chiese di essere liberato del giunto Innocenti perché inavvertitamente ci aveva infilato dentro una mano. Uscirono dallo studio-ex scuderia e Victor li accompagnò fino alla Mercedes, il Berlinghieri volle baciare le ragazze, mentre il Porta fece altrettanto con Piero e Gianni, nonostante questi cercassero di evitarlo. Partirono dalla megavilla alle 15.30, ma si fermarono quasi subito in una trattoria di Sesto Calende, ove si abbuffarono con salumi e formaggi padani, innaffiando il tutto con un plebeo Barbera sfuso. Placata la fame Daniela, con la scusa di fare quattro

passi sul lungolago, prese da parte Marisa e lasciò Piero e Gianni a sfidarsi nel gioco della "rana" nel cortile della trattoria.

– Dimmi tutto – disse Daniela all'amica quando furono sole.

– Mi ha telefonato una certa Lory dicendo che aveva qualcosa di importantissimo da dirmi. Poi mi ha chiesto se ero interessata di conoscere cosa sapeva di una borsa piena di denaro trovata al passaggio a livello del Torrione. Ci siamo date appuntamento per domani mattina al Borsa.

Daniela aveva fatto una smorfia nell'apprendere la cattiva notizia ed era rimasta per qualche istante silenziosa a pensare, poi aveva chiesto:

– Vuoi che venga anch'io? Può essere pericoloso.

– No, non venire. Meno gente sa che siamo coinvolte tutte e due, e meglio è. Non penso che possa essere pericoloso: la voce era quella di una ragazza, e se domani dovessi trovarla insieme ad un brutto ceffo, potrò sempre andarmene.

– Cosa potrà volere da noi?

– Di sicuro vorrà spillarci del denaro, e temo che dovremo cedere.

La soneria del cellulare di Daniela emise un suono basso e fortissimo, come la sirena di un mercantile nella nebbia; la ragazza accostò l'orecchio e si allontanò dall'amica di alcuni passi parlando al microfono, tornò ad avvicinarsi a lei dopo neppure un minuto, col cellulare chiuso nella mano e la faccia stravolta, disse semplicemente:

– Mi ha telefonato Nadia, la troia di cui ho dato il numero di cellulare a Mario per togliercelo di torno. Mi ha chiesto di vederla perché vuole parlarmi di una borsa piena di soldi che avrei trovato al passaggio a livello del Torrione martedì della settimana scorsa. Le ho detto che questa sera non potevo, ma che domattina avremmo potuto vederci al Borsa alle 9, e che sarei venuta con te.

◊

Nadia aveva accompagnato Mario al lavoro e l'aveva lasciato davanti all'ingresso della CRV con gran sfoggio di affettuosità ad uso dei colleghi in attesa di entrare all'ultimo momento, ma in tempo per timbrare il cartellino; poi con una sgommata era partita sulla Delta, che ormai considerava essere cosa sua, alla volta di Novara. Voleva recarsi nel palazzo ove aveva lo studio il geom. Pittaluga, evitare di incontrarsi casualmente col geom. Modica, e puntare direttamente all'abitazione del geometra per poter parlare con Daniela, che, secondo quanto le aveva detto il Modica il giorno precedente, abitava lì.

La ragazza parcheggiò la Delta davanti al palazzo, in sosta vietata. Amante e convivente – aveva pensato mentre saliva lo scalone settecentesco – la situazione perfetta per spennare un attempato geometra ricco; perché ricco il Pittaluga doveva esserlo di sicuro, viste le dimensioni dello studio, il numero di persone che ci lavoravano, l'appartamento privato che occupava il resto del piano rialzato, e soprattutto visto il palazzo d'epoca, un vero gioiello.

Suonò al campanello dell'appartamento privato e venne ad aprirgli una anziana domestica, dall'aria severa, che le chiese sgarbatamente cosa volesse. Rispose che voleva parlare con la signora, se fosse stata in casa, e che lei era una sua conoscente.

– La signora è morta da cinque anni, e da allora di "signore" in questa casa non ne sono più entrate, ma se per "signora" si riferisce alla sciacquetta che si è insediata qui in pianta stabile, ebbene non c'è, è partita ieri col geometra e tornerà nel tardo pomeriggio. Saranno senza dubbio andati in giro ad abbuffarsi ed a ciulare, e quando torneranno si cambieranno d'abito e subito via per un'altra abbuffata; torneranno solo a tarda sera, si infileranno nel lettone e ci daranno dentro fino a notte fonda, un'ingroppata dietro l'altra, li ho sentiti fin dalla mia cameretta, per cui non so se troverà il tempo per parlarle.

– Mi pare che non abbia una gran opinione di Daniela, e scommetto che tra di voi non corra buon sangue…

– Grande opinione? – interruppe la domestica molto poco "addomesticata" – Certo che ce l'ho un'opinione: è una grandissima troia che tanto ha fatto che è riuscita a farmi licenziare, dopo vent'anni di ineccepibile servizio; e quel pirla del Pittaluga s'è fatto irretire dalla troiona e mi ha detto che devo sgomberare entro stasera. Capisce? Non mi ha dato neppure la settimana di preavviso che mi spetta, mi ha picchiato in mano un 100.000 ed ha detto di farmi aiutare dal Modica per potar via gli scatoloni coi miei quattro stracci; dovrebbe venire qui da un momento all'altro. E se per caso lei è un'amica della troiona, *"alura la poda andà a dar via i ciapp anca le"*.

E con queste parole, profferite in dialetto novarese, forse più educate di altre contenute in frasi con lo stesso invito, ma espresso in altri dialetti, l'incazzata domestica chiuse la porta in faccia ad una divertita Nadia, che rimase sul ballatoio dello scalone a pensare a come fare a mettersi in comunicazione con Daniela senza dover aspettare l'indomani. Aveva a disposizione un'unica possibilità, il geometra Andrea Modica, pertanto entrò decisa nello studio e chiese alla ragazza del centralino, intenta a leggere "Novella 2000", che doveva vedere il geom. Andrea; lei era una sua cara amica.

Il Modica uscì dall'ufficio del Pittaluga ed appena la vide fece dietro front e cercò di rientrarvi, ma venne arpionato da una Nadia scatenata che lo aggredì amorevolmente coprendolo di bacini mentre gli diceva:

– Caro! Oh caro! Come sono felice di rivederti! Non sai cosa m'è successo... Dai, usciamo che ti racconto tutto.

Lo prese per un braccio e lo trascinò fuori dallo studio, tanto che il geometra ebbe solo il tempo di afferrare il soprabito e di infilarselo mentre scendevano le scale. Intanto la ragazza continuava a sommergerlo di parole e di misteri:

– Ieri, al Borsa, quando sei andato in bagno, è entrato un brutto ceffo che da una settimana mi segue ovunque, una volta ha anche provato a fermarmi per strada, ma sono riuscita a sfuggirgli. Temo che possa rapirmi, forse per violentarmi o forse per chiedere un riscatto... perché quando una è ricca come me, sono cose che deve mettere in conto che possano succedere. Allora mi sono impaurita e sono scappata fuori approfittando di un momento in cui era girato e non poteva vedermi. Dopo un quarto d'ora sono tornata ma non c'eri già più, ed anche il brutto ceffo se n'era andato. Ho provato a raggiungerti nello studio, ma mi sono accorta che si era appostato vicino al portone del palazzo e teneva d'occhio chi entrava e chi usciva. Forse aspettava me, ma non penso perché nel tuo palazzo ci sono entrata solo una volta ieri mattina, per cui sono sicura che stesse facendo la posta a qualcuno che abita nel palazzo, magari per rapirlo e chiedere un riscatto.

– Ma è terribile! – disse Andrea, che aveva ascoltato prima dubbioso, poi con sempre maggior attenzione, ed infine con viva preoccupazione il racconto della ragazza; costei continuava a stringersi a lui come per cercare protezione – Bisogna avvisare subito la polizia...

– Avrei dovuto pensarci ieri, quando lo avrei potuto indicare agli agenti, ma quando l'ho visto seminascosto in un portone davanti al tuo palazzo, mi sono allontanata prima che potesse vedermi; poi, per il resto della giornata ho avuto da fare, ma questa mattina ho pensato di doverti avvisare, così magari potresti avvisare chi di dovere del pericolo.

– Allora avviso subito la polizia...

– No caro – disse Nadia mostrandosi riluttante ad accettare l'idea – non servirebbe a niente, non abbiamo nessuna prova, nessun brutto ceffo da indicare alle forze dell'ordine, faremmo la figura dei paranoici; meglio avvisare chi potrebbe essere rapito o violentato.

– Allora avviso subito il geometra, gli telefono e...

– Ma no, sciocchino – lo corresse Nadia strusciandogli una tetta contro il braccio – sicuramente il brutto ceffo non vorrà ingropparsi il Pittaluga, o il Ticozzi, e poi loro deve poter restare liberi di tirar su i soldi di un riscatto, perché non ci sono altre ragazze da rapire nel palazzo, oltre a Daniela ed a Marisa, o sbaglio?

– Beh, ci sarebbe la Rosy, che nel nostro studio si occupa del centralino e dell'accoglienza; poi ci sarebbe la Giusy, che nello studio del Ticozzi si occupa delle stesse cose oltre che a protocollare la corrispondenza...

– Non sto parlando delle dipendenti – spiegò Nadia con condiscendenza – quelle sono vuoti a perdere, il Pittaluga ed il Ticozzi non pagherebbero una lira per il loro riscatto. Sono Daniela e Marisa l'obbiettivo del brutto ceffo, sono loro che dobbiamo avvisare.

– Forse hai ragione, ma non saprei come fare, non sono in confidenza né con una né con l'altra. Dovrei pensare al modo giusto per avvisarle, perché se dovessi telefonare a Daniela e lei non dovesse credere alle mie preoccupazioni, farei la figura del bischero...

– Ci penseremo insieme, caro, ma intanto andiamo a mangiare ché ti debbo almeno un pranzo, ed io non voglio avere dei debiti con nessuno.

Intanto, passeggiando a braccetto nelle strette stradine del centro, avevano fatto un ampio giro ed erano tornati di fronte al palazzo da cui erano partiti; la Delta aveva una contravvenzione sul parabrezza, che Nadia tolse da sotto il tergicristallo e gettò via. Salirono in auto ed uscirono dalla città andando verso Nord, dopo una quindicina di chilometri girarono in una stradina di campagna che li condusse alla Badia di Dulzago, quattro case, una chiesa romanica ed un ristorante ricavato in un ambiente intimo e familiare.

Qui mangiarono molto bene e tubarono per tutto il tempo, dimentichi di ogni preoccupazione di rapimenti e di violenze sessali operate da brutti ceffi, si sprecarono gli sguardi languidi, le carezze, i bacini lanciati facendo la boccuccia, i contatti di ginocchia ed anche alcune palpate indecenti; per infondere coraggio al geometra, la ragazza lo fece bere assai, così che, avendo mescolato vini, spumanti ed ammazzacaffè, gli si attenuarono i freni inibitori.

Nadia pagò il pranzo come promesso, nonostante il Modica insistesse per pagare lui, poi lo trascinò fuori malfermo sulle gambe, lo caricò sulla Delta e ripartì, ma per fermarsi dopo neppure un chilometro in uno slargo riparato alla vista dalla folta vegetazione di brughiera. Allora sbottonò la patta dell'uomo che si era addormentato, gli tirò fuori l'uccello e si mise a manipolarlo con maestria per fargli prendere consistenza, poi si chinò su di esso e prese a succhiarlo ed a leccarlo mandando il Modica in estasi. Dopo un quarto d'ora di tale trattamento Nadia si alzò di scatto e gli disse a bruciapelo:

– Caro, se vuoi che continui, dammi il numero di Daniela.

Il Modica glielo diede farfugliando, sia per l'estasi procurata dal pompino, sia per quella causata dall'alcool assunto, Nadia se lo appuntò e lo ripeté ad alta voce, per farselo confermare, quindi si riabbassò sull'uccello e portò a termine il pompino fino alla naturale conclusione.

Soddisfatta si rialzò e disse che doveva appartarsi per fare un bisognino, ma quando si fu allontanata abbastanza dall'auto, compose invece il numero di Daniela e parlò con lei per neppure un minuto. Tornata che fu all'auto, non vi trovò più Andrea, probabilmente allontanatosi per pisciare anche lui, ma non volle aspettarlo, e, risalita in auto, si allontanò rapidamente lasciando il "bischero" in mezzo alla campagna intento a rinsaccarsi l'uccello.

Capitolo XXIII

Mercoledì, 15 novembre
Il Cottafava era alla *recèption* del *résidence* "L'Approdo" ed attendeva che il portiere di giorno, un anziano con un'improbabile frac ostentante un levriero dorato, finisse di consultare un albo fotografico con una cinquantina di fotografie a colori di fuori strada prese da diverse angolazioni. Era con lui un disegnatore, fatto venire appositamente da Torino, con l'armamentario necessario per fare un ritratto della ragazza che aveva passato due notti con l'Andropov e che era partita con lui, basandosi sulla descrizione fatta da chi l'aveva vista.
Dopo pochi minuti il portiere riconobbe senza esitazioni il fuoristrada dell'Andropov nella foto di un Range Rover, ma ribadì che il colore era una via di mezzo fra il rosso vivo e l'amaranto. Più tempo occorse al disegnatore per ottenere un ritratto della ragazza che fosse abbastanza somigliante, perché il portiere continuava a descrivere perfettamente le tette ed il culo della ragazza, ma tendeva a fornire descrizioni approssimative e contraddittorie del viso.
Un'ora dopo, soddisfatto del risultato, il giornalista tornò nell'albergo di malaffare di Novara in cui si era rifugiato, e qui scrisse l'articolo che aveva tenuto da parte sul russo assassino; mentre il disegnatore tornò a Torino per consegnare alla redazione de La Stampa - pagine di Vercelli il risultato del suo lavoro.
Finito e trasmesso l'articolo per e-*mail,* il Cottafava, per portarsi avanti col lavoro, provò a comporre il numero del cellulare di Domenico, quello apparso sul *display* del cellulare perso da Vincenzo quand'era saltato giù dal treno. Dopo una serie di versi e di rumori il cellulare suonò a lungo a vuoto e Carlo stava per chiudere il cellulare quando sentì una voce argentina che gli parlava in francese. Venne così a sapere che chi gli parlava era un'infermiera di un ospedale di Grenoble, che era venuta a controllare se

il signor Davide Senzaterra si fosse risvegliato dall'anestesia che gli era stata praticata, che aveva sentito sonare il cellulare ed aveva risposto. Il signor Senzaterra aveva avuto un grave incidente stradale nelle prime ore di sabato 11 novembre e si era ferito gravemente; non era in pericolo di vita, ed aveva già subito due operazioni per ridurgli le fratture, ma altre ne sarebbero occorse. La prognosi era di 15 giorni ma la riabilitazione sarebbe stata più lunga. L'infermiera chiedeva se fosse un suo parente, ed a chi addebitare il costo delle cure praticate. Cottafava tagliò corto e richiuse il cellulare.

Così – pensò il giornalista – ho un altro bel pitale di merda da rovesciare in testa al Cantalamessa. Fu tentato di telefonare anche a Michele, che secondo le sue teorie su come si compilavano le rubriche dei cellulari doveva essere il capo dei narcotrafficanti, ma si trattenne: gli *scoop* vanno assaporati come le ciliegie, una dopo l'altra. Oggi il russo Andropov, domani Domenico Scalise *alias* Davide Senzaterra, poi verrà il turno anche di Michele.

◊

Il commissario Cantalamessa sapeva già, da quando aveva acquistato il giornale, che la lettura de La Stampa gli sarebbe andata di traverso, e così fu, ma non tanto per non essere stato neppure citato in merito alle indagini svolte sull'omicidio di corso Bormida, e neppure per l'ampio spazio occupato sul giornale dalle indagini condotte dai carabinieri, sotto il comando del capitano Oronzo Nascimbene, circa lo stesso delitto; ma gli andò di traverso l'inaspettato articolo del Cottafava, che era riuscito a scovare Sebastiano Lupi, l'autista della BMW colpita al passaggio a livello del Torrione, in un paesino dell'Abruzzo, il suo paese natio addirittura, ne forniva l'indirizzo preciso, lo scagionava da ogni accusa di essersi impossessato di una borsa piena di denaro (o di coca) e, con una sfacciataggine più unica che rara, lo invitava ad interrogare il Lupi prima che qualche malintenzionato gli facesse la pelle.

Non ebbe la forza di incazzarsi, e neppure di appallottolare il giornale e di gettarlo a terra, sapeva di avere addosso gli occhi del Questore, che alla sua minima mancanza gli avrebbe tolto il caso per affidare le indagini allo "Stronzo Malnato". In ufficio pertanto cercò di fare le mosse giuste: incaricò un collaboratore di mettersi in contatto con la Questura di Pescara e di pregarla di mandare qualcuno a Collecorvino, via Concordato 4, per mettere in stato di fermo tal Sebastiano Lupi, in qualità di testimone alla conoscenza dei fatti, ed in attesa di poter chiarire la sua posizione circa la sparizione di una borsa correlata ad attività criminosa. Poi incaricò un altro collaboratore di partire per Collecorvino e di interrogare il Lupi per ottenere delle risposte esaurienti ad una ventina di quesiti che elencò punto per punto, dal motivo per cui non si era fermato quando gli avevano sparato addosso, a chi era in auto con lui. Un terzo collaboratore fu incaricato di visionare tutti i rapporti pervenuti in merito alla ricerca di un fuoristrada squadrato, soprattutto se di colore rosso, a partire da quelli contenuti negli scatoloni messi da parte perché raccolti dai carabinieri. Un quarto collaboratore fu incaricato di proseguire nella ricerca del russo negli alberghi e nei *résidence,* ma estese a 50 km da Vercelli il raggio delle ricerche; inoltre, dato che c'era, lo incaricò di verificare che il giornalista Cottafava non si nascondesse negli alberghi di cui sopra. Un quinto collaboratore fu incaricato di allestire una squadra segreta per intercettare il Cottafava non appena si fosse fatto vivo presso la sua abitazione e nei posti abitualmente frequentati, e di consegnarglielo vivo, si raccomandò.

Poi annullò ogni ricerca della carrozzeria che aveva riparato la BMW, ogni ricerca della grossa berlina con le ruote a raggi, ogni tipo di sorveglianza della villa del professor Pionati ed a quella della sorella Nilde a Mazzangrugno. Fatto ciò si mise a coordinare meglio le ricerche del russo allargando fino a Mortara ed oltre il raggio della ricerca. Questo fatto gli permise di mettere nel carniere il primo ed unico risultato positivo della giornata, perché la polizia di Mortara aveva collegato il ricercato Andropov con alcune impronte digitali rilevate nel covo di malviventi di quella città.

Nel tardo pomeriggio, da parte della Questura di Pescara, giunse la notizia che il Lupi non è stato trovato a Collecorvino all'indirizzo della casa di famiglia, perché fuggito due giorni prima; poco dopo seguì la notizia che presso l'ospedale di Vercelli era deceduto Pasquale Caccamo, per crisi cardiaca e complicazioni varie, senza poter essere interrogato.

Cantalamessa decise che per quel giorno le brutte notizie potevano bastare, quindi salutò tutti e se ne andò a casa.

◊

Mario stava leggendo su La Stampa dell'omicidio avvenuto a casa di Sebastiano, e l'articolo del Cottafava che rivelava dove si era rifugiato l'amico. Era felice e preoccupato al contempo; felice perché il Cottafava sosteneva che l'amico non poteva essersi impossessato della borsa col denaro o con la coca, e quindi non c'era motivo che qualcuno gli desse più la caccia, fosse questi della polizia o un malintenzionato; preoccupato perché allora qualcuno poteva pensare che la borsa fosse stata presa da un altro occupante della BMW, e lui era fra quelli. Visto cosa era successo in corso Bormida, con due *gangster* che erano andati lì, ognuno per conto suo, per interrogare Sebastiano e per farsi dare la borsa, e poi si erano affrontati a pistolettate, non c'era da stare allegri.

Il pensiero vagò alle altre passeggere della BMW ed alla loro repentina ricchezza, poi pensò alla missione intrapresa da Nadia per incastrare le ragazze, avrebbe dato un occhio per sapere come intendesse fare e perché avesse bisogno di usargli la Delta a tempo indeterminato per conseguire lo scopo.

Un collega venne ad interrompere le sue elucubrazioni per dirgli che il Direttore Generale aveva convocato una riunione del gruppo di lavoro sulle banconote da 100.000 false. Mario si affrettò per partecipare, ma sentendosi un po' tagliato fuori da quella convocazione così irrituale, e quando entrò nella sala col grosso tavolo ellissoidale scoprì di essere arrivato per ultimo e che il Direttore stava già parlando.

– ...in sintesi, fino ad oggi in tutte le banche di Vercelli sono state scoperte 30 banconote false, e solo nella nostra ne sono state scoperte 14, oltre a quelle che abbiamo dato ai clienti che volevano prelevare somme elevate. A Novara stanno peggio di noi, perché nelle loro banche hanno scoperto ben 480 banconote false, oltre a quelle che hanno date ai clienti che hanno effettuato prelievi di somme ingenti. Se per le banche il problema è limitato alle cifre che vi ho detto, e che non penso possano crescere di molto in futuro, vista l'attenzione posta dai cassieri nel maneggiare le banconote da 100.000, il cerino è rimasto in mano ai clienti, perché quando si presentano per versare una banconota da 100.000 falsa, questa gli viene sequestrata dal cassiere per essere punzonata e consegnata alla Banca d'Italia, e non perché siamo cattivi, ma perché ce lo impone la legge. Ma vai un po' a farlo capire ai clienti, quelli si incazzano come bestie.

Fino ad ora, solo a noi, è capitato 4 volte; e fintanto che gli spacciatori non saranno presi ed i falsi ancora da spacciare non saranno distrutti, temo che lo stillicidio di negozianti, di ristoratori, di benzinai ecc., tutti incazzati neri perché i nostri cassieri gli hanno sequestrato una o più banconote false, possa continuare ancora a lungo.

Ora, finché si tratta di sequestrare una banconota da 5 o da 10.000 lire, uno ci può anche passare sopra, ma quando la banca, capitemi bene, la sua banca, gli fotte 100.000 lire a botta per obbedire ad ordini superiori, quello che fa? Se ne va, cambia banca, e con lui se ne vanno i soldi che ha depositato, insomma perdiamo un cliente, che vale molto più del 100.000 pidocchioso che noi, per essere ligi alla legge, gli abbiamo fottuto. Proprio stamattina abbiamo perso in questo modo il concessionario della Volvo, e con lui se ne sono andati i 300 milioni del suo conto corrente ed un giro d'affari di 2 miliardi che passavano in gran parte attraverso noi. Capite? Operazioni bancarie per 2 miliardi all'anno andate in vacca per aver sequestrato tre fottute banconote da 100.000. Se la cosa non dovesse finire, e non finirà in tempi brevi, perderemo decine di clienti, forse centinaia, e non mi è di nessun conforto sapere che a Novara stanno perdendo dieci volte più che da noi. Per affrontare questo problema, all'interno della nostra banca è stato istituito un gruppo ristretto di lavoro limitato a me ed ai 5 capisettore qui presenti. Costoro sono pregati di restare, gli altri possono tornare al lavoro.

Mario fluì con gli altri colleghi fuori dalla sala riunioni in perfetto silenzio, ma un campanello continuava a sonargli nella testa: 3 banconote da 100.000 false alla concessionaria della Volvo, giusto l'acconto che una strafica come Daniela poteva aver strappato per l'acquisto a rate della sua 244 familiare; e la esagerata quantità di banconote false scoperta nelle banche di Novara? Poteva essere dovuta al versamento in contanti di 2/3 del capitale sociale di una srl? Cosa aveva scoperto Nadia? Chele ragazze in due riprese avevano versato più di 50 milioni, ovvero più di 500 banconote da 100.000. Cazzo! Ma dove potevano aver preso tutti quei soldi falsi? Ovvio! Erano nella borsa che avevano trovato al passaggio a livello del Torrione. Come avevano fatto a far sì che né lui né Sebastiano si accorgessero che l'avevano presa e che l'avevano portata a casa, era un mistero, ma dovevano per forza essere state loro a farlo.

Il solito cicalino lo avvisò che era giunta la pausa pranzo, e Mario decise di festeggiare la scoperta che aveva fatto in pizzeria. Qui, davanti ad una Napoli, ripassò le mosse delle ragazze nei giorni immediatamente successivi: 8 banconote le avevano versate quando gli aveva aperto il conto corrente, 2 devono averle spese per acquistare la *lingerie* da troia che lo aveva fatto tanto arrapare, 2 le avevano spese in 2 *round* in pizzeria, 40 le hanno spese per la caparra del capannone, poi 494 per il capitale sociale della srl, magari 3 o 4 le avranno spese per acquisti vari; provò a fare il totale: 550 banconote spacciate in 2 o 3 giorni, e non se ne era accorto nessuno.

Ma che brave! – pensò Mario – Ma avete fatto i conti senza l'oste. Adesso che so, ci sono in pieno anch'io a dare la caccia al malloppo, non solo Nadia. Ritenne necessario comunicare la scoperta a Nadia, ma aveva il cellulare spento. Poi si chiese se le ragazze sapevano che stavano spacciando banconote false, probabilmente no, ma anche in caso contrario non si sarebbero certo fatte prendere da scrupoli. Che culo che hanno avuto! Si sono impossessate di falsi perfetti, le basta stare lontani dalle banche e spacciare una banconota per volta, e non si sarebbero mai fatte prendere. Proprio brave! Riprovò a telefonare a Nadia, ma aveva ancora il telefono spento. Chissà dové con la mia Delta?

Non aveva voglia di tornare in ufficio, telefonò che non stava bene e tornò a casa a piedi, una cammellata di oltre tre chilometri fino alla frazione Cappuccini.

Riuscì a telefonare a Nadia solo alle 17, subito dopo che costei aveva telefonato a Daniela, e la mise brevemente al corrente delle due riunioni avvenute in banca e delle ricerche fatte sulle banconote false. Nadia apprese la notizia con indifferenza e disse che era sulla strada del ritorno e che sarebbe stata da lui entro un quarto d'ora.

La sentì arrivare da lontano per quanto rumore faceva nello scalare le marce con delle doppiette, e si fermò inchiodando le ruote e formando due scie nella ghiaia. L'accolse con un bacio, ma lei tagliò corto e gli chiese di raccontare per bene la faccenda dei 100.000 falsi.

Mario impiegò un'ora a raccontare la storia da principio, frequentemente interrotto dalle richieste di precisazioni della ragazza. Alla fine Nadia disse:

– A quanto pare i nostri sospetti hanno avuto una conferma, e poco importa se le banconote sono false, se, come dici, sono falsi perfetti che riescono a fregare le macchinette dei negozi, basta non rivolgersi in una banca e spacciarle solo nei negozi o nei cento altri posti dove è naturale utilizzarle; inoltre il resto che dovessero ricevere è sicuramente autentico.

– Tu cosa sei riuscita a combinare con le ragazze?

– Ho telefonato a Daniela, e la vedrò domani alle 9 al Borsa, verrà anche Marisa.

– Come hai fatto ad avere il suo numero? Da quando ha cambiato la SIM non ho più avuto il suo numero.

– E perché avresti dovuto averlo? Per telefonarle? Perché non ti basto io? Perché se non ti basto non hai che da dirlo…

– No, no, basti eccome. Scusami, mi sono sbagliato nel parlare. Non pensare che possa tradirti.

– Ci mancherebbe altro. Ciao, io vado a casa.

– Non ti vuoi fermare? Potremmo andare fuori a cena.

– Non me la sento, sono stanca e voglio andare a letto presto, sarà per un'altra volta.

Nadia lo salutò con un bacio e scese dabbasso, quindi salì sulla Delta e partì sgommando e facendo schizzare la ghiaia da ogni parte. Mario, dall'interno del suo appartamentino, sentì la partenza a razzo della sua auto, ed ebbe una fitta al cuore.

Nadia aveva rifiutato di passare la serata con Mario, e implicitamente anche la notte, perché si sentiva ad un bivio dell'esistenza e voleva pensarci su con calma, senza essere distratta dal dover sostenere una conversazione, o da brancicature di tette, e men che meno da una selvaggia scopata. Da un lato Mario le piaceva: era brillante, simpatico, colto, amava fare la bella vita ed era un maniaco del sesso, scopava decentemente ed aveva una certa classe; dall'altro lei non voleva perdere la sua libertà, rinunciare a qualche relazione fuori via, a darla via ogni volta che gli fosse venuto il ghiribizzo di farlo, ma soprattutto non voleva fargli da mamma, perché lui era un tipo che amava farsi servire, proprio come un figlio viziato. Doveva scegliere, e doveva farlo prima di mettere le mani sul malloppo delle ragazze, fosse esso di banconote buone o false, fosse esso di centinaia o di decine di milioni, doveva scegliere perché poi il malloppo sarebbe stato un elemento perturbatore della scelta. Avesse scelto di stare con Mario, allora avrebbe diviso il malloppo con lui, se invece avesse voluto essere indipendente, allora si sarebbe tenuta tutto, ed al massimo gli avrebbe restituito la Delta.

Andò a mangiare da sola in un buon ristorante, rifiutò cortesemente alcune offerte di compagnia, si scolò una bottiglia di Arneis, e solo arrivata all'ammazzacaffè scelse di stare con Mario e di fargli anche da mamma, ma di concedersi ogni tanto qualche digressione fuori via.

Capitolo XXIV

Giovedì, 16 novembre
Quando Nadia entrò nel bar Borsa, dopo aver parcheggiato la Delta in divieto di sosta, vide che Daniela e Marisa erano già arrivate ed avevano preso posto in un *séparé* nell'angolo più lontano dell'ampio salone. Si avvicinò sorridendo alle due e prese posto dicendo:
– Ragazze, è un vero piacere rivedervi; quant'è che non ci vediamo? Tre mesi? Sì! Deve essere proprio da quell'orgia cui abbiamo partecipato a Ferragosto. Ragazze, ve la ricordate? Ci hanno sbattute per due giorni di fila. Da allora non vi ho più viste insieme, ma Daniela l'ho vista spesso nella *boutique* dove lavora. Sapete, vi devo ringraziare entrambe: tu Marisa per aver scaricato Mario, e tu Daniela per avergli dato il numero del mio cellulare. Grazie ancora, siete state due angeli.
– Figurati, non c'è proprio di che. Mentre aspettiamo che venga un'altra ragazza, posso chiederti come ci hai trovate e come hai avuto il mio numero di cellulare? – chiese Daniela.
– È stato facilissimo: un giro fra i capannoni di San Pietro, il cartello con su scritto di rivolgersi al geom. Pittaluga per gli affitti, una chiacchierata con la tua domestica ed un pompino con quel pirla del Modica. Chi è la ragazza che deve arrivare?
– Non la conosco, ma penso che sia una tua concorrente.
Lory entrò nel salone e si guardò attorno, poi puntò decisa sul *séparé* in fondo dove erano sedute le ragazze che aveva riconosciuto per averne visto le diapositive, anche se non erano più truccate da troie d'alto bordo, insieme ad un'altra ragazza mai vista. Si avvicinò al trio e disse:
– Buon giorno a tutte, io sono Lory, chi di voi è Marisa? Tu? Allora tu sei Daniela. E questa chi è? – chiese rivolta a Nadia, poi continuò – pensavo di dover parlare solo con te, Marisa.

– Io sono Nadia, e anch'io non sapevo che ci saresti stata anche tu; stando a quanto mi hanno appena detto, io e te siamo concorrenti. Ordiniamo qualcosa, sennò verranno a disturbarci mentre staremo parlando.

Lory si sedette a fianco di Nadia dopo essersi tolta il piumino ed averlo posato sul sedile del *séparé* limitrofo, le altre ragazze fecero altrettanto, intanto un cameriere prendeva le ordinazioni: cappuccino e brioche per le nuove arrivate, succo d'arancia ed Offelle di Parona per Marisa e Daniela.

– Tanto per sapere, tu come sei riuscita ad arrivare fino a me – chiese Marisa a Lory.

– Non è stato difficile. Un appostamento a Vinzaglio, la tua Passat con la targa "in prova", una chiacchierata col capo-officina della Volkswagen. Ma penso che avremo modo di parlare di queste cose dopo, quando saremo diventate tutte amiche, perché l'intera storia della caccia alla borsa col tesoro richiederà più di una serata di racconti e di spiegazioni.

– Cosa ti fa pensare che potremo diventare amiche? – chiese Marisa acida, poi continuò, rivolta alle nuove venute – avete detto che volevate parlarci di una borsa piena di denaro, sentiamo cosa avete da dirci.

– Allora comincio io – esordì Nadia – Innanzi tutto complimenti per come vi siete sistemate: vivete entrambe con due ricchi professionisti di mezz'età in un mega-appartamento in un palazzo d'epoca al centro di Novara, avete costituito con loro una società versando la vostra quota di quasi 54 milioni per il capitale sociale, avete aperto un conto alla CRV versando 800.000 pidocchiose lire, ma quel pirla di Mario, per battervela, vi ha concesso un castelletto di 20 milioni che non avete intaccato ed è a vostra disposizione, vi siete disfatte dei catorci che avevate ed avete preso a rate una Volvo 244 ed una Passat, vi siete rifatte la *lingerie* con pezzi strepitosi, passate da un'abbuffata all'altra in ristoranti di lusso e chissà cos'altro... complimenti proprio... ma dove li avete trovati tutti quei soldi? Facendo marchette no! Non valgono tanto le vostre ciorniette; e poi so benissimo che la davate via gratis, o quasi. Non c'è che una risposta alla domanda: li avete trovati in una borsa caduta ad un pirla che è saltato giù dal treno al passaggio a livello del Torrione, l'avete tenuta nascosta a quei coglioni di Mario e di Sebastiano, ed una volta a casa a Vinzaglio ve li siete divisi. Dal giorno dopo per voi è cominciata una nuova vita, più serena, più agiata, una vita degna di essere vissuta. Avete affittato una cassetta di sicurezza alla CRV e avete nascosto lì il grosso del malloppo, salvo tenere i soldi per il capitale della società e tenere un paio di milioni per le spese minute. Ditemi che non è andata così.

– E se così fosse? – chiese Daniela, che aveva ascoltato col viso contratto la tirata di Nadia, e maledicendo Mario che le aveva fornito molte informazioni.

– Beh, non penso proprio che il castello incantato che vi siete costruite possa resistere a lungo se raccontassi tutto a quel giornalista, quel Cottafava che si è mostrato così abile nel ricostruire la vicenda e così curioso sul destino della borsa, cadrebbe come un castello di carte. – rispose Lory – La magistratura metterà sotto sequestro la cassetta di sicurezza col suo contenuto, poi sequestrerà quello che avete acquistato col denaro della borsa (i numeri di serie consecutivi delle banconote da 100.000 saranno una prova determinante) sequestrerà la Volvo, la Passat, e sarete fortunate se non vi sequestrerà la *lingerie,* poi sequestrerà i 54 milioni della vostra quota nella società che avete costituito col Pittaluga e col Ticozzi, e costoro, per essere stati tirati in ballo in una faccenda dai contorni loschi e per essere stati subornati, vi daranno un calcio in culo e vi butteranno fuori dalla loro casa. Dovrete tornare a Vinzaglio con la coda fra le gambe; ma non è ancora finita, perché chi aveva dato la caccia al denaro (e sono almeno due squadre di *gangster,* visto cosa è successo in casa di Sebastiano) saprà con chi rifarsi della sua perdita definitiva; vi rapirà e vi chiuderà in un bordello di Palermo a far marchette per il resto della vita.

– Non faresti mai una cosa simile. Noi perderemmo tutto, ma tu non ci guadagneresti niente – obbiettò Marisa.

– Infatti per questo ho detto che saremmo diventate amiche, fra amiche non si fanno certi dispetti, e per diventare mia amica…

ma dovrei dire "nostre amiche" – disse abbracciando amorevolmente Nadia – dovrete dividere il malloppo con noi. Allora facciamo due conti: nella borsa c'erano 300 milioni, diviso 4 fanno 75 milioni a testa, mi sembra equo.

– Come fai a dire che c'erano 300 milioni – protestò Daniela – Erano molti meno, neanche 150.

– Ti prego, non prendiamoci per il culo fra di noi, sennò non diverremo mai amiche. So che erano 300 per il fatto che in un certo senso rappresento la "proprietà" di quel denaro.

– Non ti credo! Perché se rappresenti la proprietà del denaro dovresti accontentarti di recuperarne solo una parte e non tutto. Non ha senso – obbiettò Daniela.

– Secondo me invece, il malloppo andrebbe diviso in tre parti uguali – intervenne Nadia, molto spiazzata dalla dichiarazione di Lory di rappresentare la proprietà del denaro – una per voi due, una per me ed una per la proprietà; e siccome sono propensa a credere a Lory, fanno 100 milioni per parte.

– 'Sta minchia! – protestò Marisa – noi due ci siamo assunte il rischio dell'azione, Lory rappresenta la proprietà originaria, e tu che cazzo hai fatto? Oltre a farti sbattere da Mario.

– Io sono quella che può insegnarti a come fare per riconoscere le banconote false, me l'ha insegnato Mario fra un'ingroppata e l'altra – rispose piccata Nadia.

Daniela e Marisa rimasero a bocca aperta per lo stupore, Lory inarcò le sopracciglia nello scoprire che anche Nadia sapeva delle banconote false, e cercò di sedare la disputa sul nascere.

– Ragazze, non mettiamoci a disputare su chi ha fatto cosa e chi non ha fatto niente, tanto, come giustamente dice Nadia, il denaro è falso, 3000 banconote da 100.000 falsificate perfettamente, tanto da riuscire a fregare le macchinette dei negozi; ed è la rappresentante della proprietà a dirvelo. Sapere in che modo poter riconoscere i falsi è molto importante, e sapere quali provvedimenti stanno prendendo le banche è essenziale per non farci prendere. Dunque torno alla mia proposta iniziale: 300 milioni diviso 4 fanno 75 milioni a testa. È l'unico modo per restare amiche.

– Ma se sono falsi, cosa te ne fai di 75 milioni? – chiese Marisa.

– Quello che ne hai fatto tu, carina, ma con più oculatezza, spendendo un 100.000 per volta ed intascando il resto di circa 50.000 lire buone; non mi verrebbe mai in mente di versare ad un notaio 54 milioni in un colpo solo. – rispose Lory.

– Tutto sommato mi spiacerebbe se non continuassimo ad essere amiche, mi piaceva quando ce la leccavamo durante l'orgia, e ci terrei a farne un'altra con voi, per cui vada per le quattro parti uguali, 75 milioni a cranio, cioè a fica. – concesse Nadia

– Ma noi abbiamo già speso parecchio dei… ebbene sì, dei 300 milioni, abbiamo costituito una srl, abbiamo affittato un capannone con una *dépendance,* abbiamo cambiato automobile…

– …avete comprato mutande da troia – interruppe Lory – brave! Avete fatto bene, avete fatto le prime mosse per costruirvi un futuro radioso. Noi invece siamo ancora ferme al palo, e non vediamo l'ora di metterci in moto.

– Se, e sottolineo il se, dovessimo dividere con voi i 300 milioni, ci insegnerete a distinguere i falsi? Ci insegnerete qualche trucco per spacciare in tutta tranquillità? – chiese Daniela.

– Certamente – disse Lory, poi chiamò il cameriere e chiese il conto, intanto disse a Daniela: – dammi una banconota da 100.000 per favore.

Daniela gliela diede e Lory, quando il cameriere arrivò col conto di 12.000 lire, diede la banconota al cameriere dicendoli di tenere 3000 lire di mancia. Il cameriere sobbalzò per l'entità della mancia, e riportò il resto di 85.000 lire che Lory consegnò a Daniela, che per tutto il tempo aveva trattenuto il respiro. Lory volle spiegare:

– Ho forzato la mano perché l'ideale sarebbe stato un conto di poco meno di 50.000 lire, per questo gli ho dato una mancia esagerata, tanto che non ha fatto passare la banconota nella macchinetta, perché, se falsa, avrebbe dovuto rinunciare alla mancia. Funziona sempre.

– E per riconoscere i falsi? – chiese Marisa.

– Immagino che tu non abbia con te dei 100.000 buoni, ma solo quelli falsi, per cui è inutile che ti spieghi cosa guardare perché senza avere una banconota autentica con cui fare il paragone non vedresti niente. E poi qui c'è troppa gente che continua a guardare verso di noi; siamo quattro strafiche dopotutto, ovunque andiamo saremo sempre al centro dell'attenzione, e non voglio che ci vedano esaminare dei 100.000 con la lente d'ingrandimento. Per cui rimandiamo questo insegnamento in un altra sede – spiegò Nadia.

– E non direte niente a nessuno? Neanche a quel Cottafava? – chiese Marisa.

– Fossimo matte! Non abbiamo alcun interesse a farlo. Ci smeneremmo 75 milioni, seppur falsi, anche noi – disse Lory parlando anche per Nadia.

– Ed il Pittaluga? Ed il Ticozzi? Verranno mai a saperlo? Non è che per farci le scarpe gli direte tutto? – chiese Daniela.

– State scherzando, vero? Perché dovremmo fare una cosa così cretina? Non abbiamo nessuna necessità di farci mantenere da dei professionisti di mezz'età, perché saremo ricche di nostro, anche se di banconote false – rispose Nadia parlando anche per Lory.

– Sentite un po', voi due – disse Daniela ormai alle corde – e se vi foste messe d'accordo per ciularci 150 milioni autentici facendoci credere che siano falsi?

Lory e Nadia si guardarono e scoppiarono a ridere: non ci avevano pensato, e la loro ilarità contagiò Marisa ed alla fine anche Daniela, che non pretese che si desse risposta al suo dubbio. Anzi, fu lei stessa che, tornata seria, disse:

– Va beh, come non detto. Dividiamo i 300 milioni in parti uguali ed amiche per sempre.

– Amiche per sempre! – confermarono Lory e Nadia stringendo la mano di Daniela e di Marisa, suggellando così la loro complicità in quel sodalizio divenuto criminale.

Le novelle amiche festeggiarono con un flut di spumante; poi Nadia ricordò a Daniela ed a Marisa che prima avessero vuotato la cassetta di sicurezza della CRV e meglio sarebbe stato, anche perché cosi si sarebbero divisi subito i 300 milioni; così uscirono dal Borsa e salirono sulla Delta di Mario/Nadia, dopo aver gettato via la contravvenzione trovata sul parabrezza.

– Devo fermarmi a comprare una borsa capiente per mettere le banconote – disse Marisa.

– Comprane tre allora, ne vogliamo una anche noi – le fecero eco Lory e Nadia.

Si fermarono in una pelletteria e Marisa si occupò dell'acquisto, uscì cinque minuti dopo con un'aria trionfante e tre pacchi sotto il braccio, uno lo diede a Lory e l'altro a Nadia, poi disse:

– Uau! Funziona alla grande. Gli ho dato due banconote da 100.000 per un conto di 120.000, e quando le ha passate alla macchinetta mi sono cagata addosso, ma la macchinetta ha dato il verde ed ho ricevuto 80.000 lire di resto. Mi piace questo gioco. È meglio che fare *shopping* con soldi veri.

Arrivati alla CRV Daniela e Marisa entrarono in banca anche con le borse appena acquistate e svuotarono completamente la cassetta di sicurezza, ma per giustificarne l'affitto lasciarono in essa alcuni oggetti d'oro e d'argento che avevano addosso. In due delle borse acquistate misero, non senza provare un senso d'angoscia, i 75 milioni per Lory ed i 75 di Nadia, nell'altra i 60 milioni per sé. Uscirono dalla banca che era mezzogiorno, e Daniela, nel consegnare le borse alle nuove amiche, le disse:

– Qui c'è la vostra parte. Propongo di andare a pranzare assieme.

– Volentieri, ma non a Vercelli. – disse Lory – Mentre eravate in banca Nadia ha comperato La Stampa, e temo di essere ricercata, guardate.

Nella prima delle pagine riservate a Vercelli c'era la foto segnaletica di Andreij Andropov, ed a fianco il disegno di una graziosa ragazza molto assomigliante a Lory, se non per il fatto che nel disegno era bionda anziché nera corvina. L'articolo diceva che la ragazza, che era una testimone al corrente dei fatti, era stata vista insieme al russo indiziato di omicidio, e che i due viaggiavano a bordo di una Range Rover rossa. Poi l'articolo si dilungava sulle indagini che avevano portato all'incriminazione dell'Andropov per l'assassinio di Vincenzo Scalise avvenuta in corso Bormida 2, nell'appartamento di Sebastiano Lupi, costui già noto per la vicenda della borsa piena di denaro (o di coca) sparita presso il passaggio a livello del Torrione.

– Sei tu la biondina? – chiese Daniela – Non penso che possano riconoscerti, soprattutto se chi dovesse fermarti potesse guardarti le tette anziché guardarti la faccia.

– Chi è quell'Andropov? Perché ha ammazzato lo Scarenzi in casa di Sebastiano? Tu che c'entri? – chiese Marisa.

Intanto erano ripartiti per tornare a Novara; Nadia guidava la Delta con estrema prudenza, per evitare qualsiasi rapporto con vigili urbani, carabinieri e simili. Intanto Lory raccontava:

– Andreij Andropov faceva parte della *gang* di Mortara che aveva comprato una partita di coca da una *gang* di Vercelli pagandola con 300 milioni falsi. Se avete letto gli articoli del Cottafava sapete già tutto, tranne che a un certo punto Andreij ha abbandonato la *gang* cui apparteneva, si è messo in proprio ed ha deciso di dare la caccia ai 300 milioni, perché anche se falsi hanno un valore rilevante, circa il 25%; io l'ho conosciuto proprio in quel momento, ed ho deciso di stare con lui, è bravo e buono, e penso di essermi innamorata di lui. Ammazzando lo Scarenzi vi ha fatto un grande favore, perché lo Scarenzi ed un altro facevano parte della *gang* di narcotrafficanti di Vercelli, ed erano andati in corso Bormida per torturare il Lupi fino a farsi dire dove aveva messo la borsa di denaro...

– Scusa – la interruppe Daniela – ma se anche Andreij si è trovato in corso Bormida 2, vuol dire che anche lui voleva torturare Sebastiano per sapere del denaro.

– Beh, sì; ma gli avevo raccomandato di non fargli troppo male. In ogni caso Andreij è stato costretto ad ammazzare lo Scarenzi, ne sarebbe andato della sua vita. Il compagno di Scarenzi è stato ferito, ma è riuscito a fuggire su un'Alfa 164; è da lui che dobbiamo guardarci ora, perché non rinuncerà mai a mettere le mani sui 300 milioni, che sono suoi a tutti gli effetti, anche perché ritiene che siano autentici.

– Ma non ci avevi detto di essere la rappresentante della proprietà? – obbiettò Nadia.

– Beh, ho detto una piccola bugia prima che diventassimo amiche; mica potevo dirvi che rappresentavo un rapinatore che si era messo in proprio.

– Che fine ha fatto Sebastiano? – chiese Daniela.

– C'è un articolo del Cottafava che dice che è fuggito in un paesino in culo ai lupi in provincia di Pescara, pensa che cretino, si è nascosto nella casa natale, ma il Cottafava ha scritto che lui non può saperne niente della borsa, che è fuggito per altri motivi, e non ultimo per la paura di essere trovato dalla *gang* che dava la caccia alla borsa. – disse Lory.

– Dove vi siete nascosti? – chiese Marisa.

Lory esitò a lungo prima di rispondere, ma con le loro foto su La Stampa, come se fossero Bonnie e Clyde, sapeva che non sarebbero riusciti a stare nascosti a lungo, presto o tardi sarebbero usciti di casa, ed allora li avrebbero presi. Decise di fidarsi delle nuove amiche:

– Ospito Andreij nella mia villetta in periferia, ma entro una settimana o due dovrò trovare una nuova sistemazione lontano da Vercelli, in un posto ove non facciano caso a noi e non fichino il naso nei nostri affari. Ogni suggerimento doveste darmi sarà ben accetto.

– E la villetta dove abiti? E il Range Rover? – si informò Daniela.

– Il Range Rover lo farò verniciare di nero, che era il suo colore originale perché le lamiere dell'interno ed i passaruota sono tutti neri; poi pensavo di venderla di straforo. Quando tornerò a Vercelli devo ricordarmi di comprare un po' di bombolette e di nastro di carta adesiva. Per la villetta, mi piange il cuore perché ci sono affezionata, ma dovrò vendere anch'essa, o permutarla con qualcosa che però dovrà piacermi veramente tanto.

– Marisa, ti ricordi di quando il Pittaluga cercava di trovarci una sistemazione alternativa al nostro appartamento di Vinzaglio? Sbaglio o ha parlato di un appartamento di 7 camere all'ultimo piano del palazzo che abitiamo? – si informò Daniela, poi, rivolta a Lory, chiese. – A te andrebbe bene abitare vicino a noi? Il palazzo è del '700 ed è magnifico, i *parquet* sono stupendi, le finiture lussuose…

– Ma costerà un occhio della testa affittarlo, e non parliamo di comprarlo; e poi 7 camere sono uno sproposito, non sapremmo cosa farcene…

– Saprei ben io cosa farmene – disse Nadia – abiterei in due o tre stanze ed il resto lo trasformerei in un salone per massaggi *osé*, con le massaggiatrici con le tette al vento, vasche Jacuzzi biposto, docce per UV e *fumoir* per la marijuana.

– Non riusciresti a tenerti Mario per più di due giorni in un ambiente del genere – disse Marisa – sempre che tu sia interessata a tenertelo. Comunque mi piace molto l'idea. Il palazzo d'epoca nel centro di Novara è l'ideale per nascondersi, c'è sempre un discreto viavai dei clienti degli studi professionali, e non ci sono altri inquilini a rompere le balle. Se fossi in te chiederei al Pittaluga cosa vuole per l'affitto, e vedrai che, se gli farai vedere le tette, ti farà uno sconto sensazionale. Ha! Ha!

– Ridi, ridi pure – disse Daniela – Ma se per avere un forte sconto si azzarda a fare al Pittaluga quello che ha fatto a quel pirla del Modica per avere il mio numero di cellulare… Comunque dopo pranzo andremo insieme da Piero (è il nome del mio amore) sentire quanto chiede non costa niente, potrai sempre dire che è troppo.

– E per la tua villetta non ti devi preoccupare, sono stufa di abitare in un buco di appartamentino, e Mario è ancora più impiccato di me stando ai Cappuccini; potremmo affittarla noi, così non finirà nelle mani di estranei – rassicurò Nadia.

– Sono commossa dalla vostra gentilezza – disse Lory – siete delle care amiche, e sì, l'idea del salone per massaggi *osé* piace anche a me. Sentirò con piacere il Pittaluga, e vedrò di non fargli nessun pompino, ma temo che il Modica possa tirarmi dietro qualcosa quando mi vedrà.

– Perché? Gli hai morsicato l'uccello? – chiese Daniela.

Lory glielo spiegò e le ragazze si sganasciarono dal ridere, e ridevano ancora quando parcheggiarono davanti al teatro Coccia, in divieto di sosta, ed entrarono nel ristorante vicino.

Per l'intera durata del pranzo le ragazze chiacchierarono amichevolmente di mille cose: di come si erano trovate, nell'ultima settimana, a cambiare vita, a cambiare compagni, a cambiare sé stesse, dissero della società "Barbarella" e del progetto di *night club*, parlarono dell'archistar e dell'arredatore finocchio; alla fine del pranzo Daniela pagò per tutti con due banconote da 100.000 e trattenne il fiato fin quando il cameriere le restituì 50.000 lire, dopo aver intascato 7000 lire di mancia.

Uscite dal ristorante le ragazze, molto allegre anche per i molti bicchieri di vino con cui avevano fatto onore alle portate, raggiunsero a piedi il palazzo settecentesco facendo risonare sulle beole di granito dei marciapiedi i loro tacchi da 12. Esse ridevano e schiamazzavano come oche anche perché immaginavano come si sarebbe svolto l'incontro di Lory col geometra Modica; ma sbagliavano, perché quando entrarono negli uffici dello studio e chiesero di lui, venne detto loro che era stato licenziato. Il geom. Pittaluga accolse la compagna e Marisa con un grosso bacio, e dopo che gli furono presentate le amiche, insistette per baciare anche loro. Poi, su richiesta di Daniela e di Lory, spiegò i motivi che lo avevano indotto a licenziarlo in tronco.

– Gli avevo detto di dare una mano alla domestica per sbaraccare i cartoni con le sue cose, e quello se n'è guardato bene, così che alla fine ha dovuto aiutarla la ragazza al centralino, lasciandolo sguarnito. A metà mattina è entrata nello studio una strafica e si è chiuso con lei nel mio ufficio personale; per venti minuti chissà cos'hanno combinato, poi sono usciti di corsa dallo studio e per tutto il giorno non si è più visto né uno né l'altra; sono sicuro che sono andati a scopare. L'ho rivisto stamattina e mi ha raccontato una storia assolutamente inverosimile: che la strafica voleva affittare un capannone a San Pietro, che c'erano dei brutti ceffi appostati davanti al portone di questo palazzo che forse volevano rapire Daniela o Marisa e chiedere un riscatto, che aveva portato la strafica al Borsa ma costei lo aveva fatto ubriacare, poi costei l'aveva portato a mangiare fuori Novara e l'aveva fatto ancora bere, infine gli aveva fatto un pompino megagalattico, ma quando era uscito dall'auto per pisciare, la strafica era partita a razzo lasciandolo in mezzo alla campagna a rinsaccarsi l'uccello. Mi ha detto che ha camminato per chilometri prima di trovare qualcuno che si impietosisse e gli desse un passaggio fino a Novara. Così l'ho licenziato, non voglio dei pirla attorno a me. Ma ora ditemi: siete qui per diletto o per affari?

– La seconda, caro. – disse Daniela – La mia amica Lory sta cercando un appartamento prestigioso ed io le ho detto che su all'ultimo piano ce n'è uno di 7 camere molto bello, o mi sono sbagliata?

– Niente affatto, l'ho in carico da sei mesi ed è veramente stupendo: 7 ampie camere e tripli servizi, 260 m², 2 ingressi, vetri doppi, serramenti di douglas, *parquet* a listoni di mogano ovunque, bagni rifatti di recente con ceramiche di Faenza, cucina grande rivestita con maioliche policrome…

– Vieni al dunque – lo interruppe Daniela – Quanto cazzo vuoi d'affitto?

– Beh, così su due piedi… Prima dovrei sapere se è per uso familiare o professionale, se ci sono bambini a scassare tutto, per quanto tempo pensano di abitarci…

– Ti rispondo subito: è per uso familiare, e la famiglia è di due persone, niente bambini, ma Lory ospiterà saltuariamente le sue sorelline. Intende affittarlo a tempo indeterminato. Allora? Spara una cifra!

– Mezzo milione al mese, e tre mensilità di caparra – sparò il Pittaluga.

– Ma sei matto? Guarda che è una delle mie migliori amiche, mi ha fatto dei grossi favori e tu vuoi speculare sulle sue necessità. Guarda, se le chiedi più di 250.000 lire non ti farò più neanche un pompino.

Il Pittaluga arrossì e cercò di darsi un contegno, sbirciò la Lory ed il suo ampio maglione che le celava le grandi tette, Lory si impettì per soddisfare la curiosità del geometra e costui cedette, o quasi.

– Beh, proprio perché è una tua amica, posso scendere fino a 300.000 ma non meno.

– Ed un mese solo di cauzione.

– E vada per il mese solo.

– E non molesterai in nessun modo né la Lory né le sorelline se dovessi vederle.

– Non mi permetterei mai.

– Beh, Lory, penso che tu possa già organizzare il trasloco.

Lory si avvicinò al Pittaluga e lo baciò sulle labbra, premendo anche le grandi tette contro il petto, e non gli si strusciò contro solo perché ostacolata dalla pancetta del Pittaluga.

Il contratto d'affitto venne compilato in quattro e quattr'otto; Lory pagò affitto e caparra con sei banconote da 100.000 sotto lo sguardo indulgente di Daniela, che se la rideva sotto i baffi, quindi salutò tutti ed uscì dallo studio con Nadia.

Mentre camminavano tenendosi a braccetto per raggiungere le rispettive auto, Lory disse a Nadia:

– Se vuoi ti posso affittare la mia villetta di 5 camere già perfettamente arredata, ma guai a te se la trasformi in un puttanaio. Te la lascio per 250.000 lire.

– Uau! A me andrebbe più che bene, ma voglio sentire prima Mario. E stai tranquilla sul puttanaio; non permetterò a Mario di avere a portata di mano delle giovani troiette. Ti farò sapere domani.

Erano arrivate alla Delta parcheggiata davanti al Teatro Coccia, naturalmente con una contravvenzione sul parabrezza, che Nadia appallottolò e getto via. Le due amiche si scambiarono i numeri di cellulare e si salutarono con affetto, poi Nadia partì con una sgommata e Lory raggiunse il Cooper regolarmente parcheggiato a poca distanza.

Capitolo XXV

Giovedì, 16 novembre
Non appena il Questore vide su La Stampa il disegno del viso
della ragazza ricercata, e lesse che il fuoristrada squadrato rosso
era un Range Rover, convocò seduta stante il commissario Cantalamessa per rimproverargli di farsi sempre precedere dal Cottafava, ricordandogli che era la quarta volta in una settimana. Non
volle ascoltare le impacciate giustificazioni del commissario, né
volle dar credito alla teoria suggerita dallo stesso, che fosse in atto
un complotto al fine di screditarlo; ma quando venne a sapere dei
provvedimenti adottati dal commissario nei confronti del giornalista scomodo, e dell'esistenza di una "squadra speciale" per
regolare i conti con lo stesso, rimosse il commissario dall'incarico, lo costrinse a mettersi in ferie per un lungo periodo, ed affidò
le indagini prima condotte dal commissario al capitano dei CC
Oronzo Nascimbene.
Il commissario se ne ebbe molto a male ed uscì furioso dalla Questura, raggiunta casa riempì due valige con gli effetti personali ed
il giorno stesso partì per Napoli, ove avrebbe passato il periodo di
ferie forzate nella la casa di famiglia, abitata ormai, dopo la morte
del padre, solo dalla madre e dalla sorella Assunta, nubile da fin
troppo tempo.

◊

La riunione dei direttori delle principali banche del Vercellese
e del Novarese, estesa ad alcuni istituti di credito del Pavesotto
occidentale e dell'Alessandrino settentrionale, ebbe luogo in un
salone della Banca Popolare di Novara e si svolse a porte rigoro-
samente chiuse. La riunione era stata promossa dai direttori della
CRV di Vercelli e della BPN di Novara, gli istituti di credito che
più di altri erano stati colpiti, per un verso o per l'altro, dalla falsi-

ficazione di banconote da 100.000 lire; ed una trentina di direttori di agenzia aveva aderito all'invito, perché anche nelle loro banche si erano trovati i biglietti incriminati, anche se in numero limitato. Iniziato il consesso, il Direttore Generale della CRV prese la parola e, siccome i presenti si conoscevano già tutti, entrò subito nel merito della questione:

– Esimi colleghi, fino ad ora la CRV ha scoperto di detenere 38 banconote false da 100.000 nelle proprie casse, la BPN poco meno di 500 e le vostre agenzie, tutte insieme, 32. Per fortuna siamo riusciti in tempo a bloccare ogni ulteriore deposito di banconote false nelle nostre banche, perché con il prezioso aiuto della Banca d'Italia siamo riusciti a riconoscere la banconote false, così da poterle sequestrare, punzonare e consegnarle alla BdI, ma così facendo ci siamo tagliati i coglioni. La nostra clientela si è incazzata di brutto a vedersi sequestrare del denaro che aveva tutto l'aspetto di essere autentico, e che in molti casi aveva avuto luce verde quando l'avevano fatto passare attraverso le apposite macchinette, e nonostante che le banconote sequestrate ad ogni singolo cliente fossero nella generalità dei casi molto poche, in moltissimi hanno ritirato la totalità dei loro depositi riversandola presso banche straniere. Dunque ad un danno molto limitato, dell'ordine di 55/60 milioni di lire, subito direttamente dalle nostre banche a causa dei falsi, si è aggiunto il danno, consistente ma tutto sommato ancora accettabile, di una diminuzione dei depositi valutabile a 3 miliardi. Di assolutamente inaccettabile però è la conseguente perdita di operazioni bancarie per decine di miliardi all'anno, perché quasi tutti i clienti persi non erano privati, ma professionisti, concessionari d'auto, negozianti, benzinai, ristoratori, tabaccai ecc., e costoro non sono in grado di difendersi come noi abbiamo potuto fare istruendo i nostri cassieri a riconoscere i falsi, e continueranno ad accettare le banconote false spacciate, per poi presentarle ai nostri sportelli e vedersele sequestrate, come pretende la legge, col risultato che, uno dopo l'altro, nei prossimi mesi perderemo decine se non centinaia di clienti, e noi lo prenderemo nel culo lungo un metro. Quanto durerà lo stillicidio di banconote false? La Banca d'Italia assicura che la carta trafugata al Poligrafico è sufficiente a stampare non più di 10.000 banconote da 100.000, quantitativo che consentirà agli spacciatori di continuare a fare acquisti nei negozi, a far benzina al distributore e ad andare al ristorante per mesi, fors'anche per alcuni anni, e noi nel frattempo continueremo a perdere clienti ed operazioni bancarie.

Ora mi chiedo: vale la pena morire giorno per giorno per togliere dalla circolazione i falsi? Vale la pena rinunciare a decine di miliardi di depositi e di operazioni bancarie solo per fare un piacere alla Banca d'Italia? Ovviamente no! E poi cosa ci guadagnerebbe lo Stato dalla nostra morte? Cos'è per lo stato un aumento della circolazione monetaria di un solo pidocchioso miliardo, a fronte di un debito pubblico che viaggia verso il milione e mezzo di miliardi? Uno sputo! E noi dovremmo morire per uno sputo? No!

Allora ragioniamo un po': alla Banca d'Italia abbiamo consegnato le banconote trovate fino ad ora, 55/60 milioni, e con questo abbiamo fatto il nostro dovere, siamo stati ligi alle leggi ed alle direttive della BdI, ma ora basta! Noi abbiamo già dato. Diciamo ai nostri cassieri di accettare anche le banconote da 100.000 false, in modo da non perdere altri clienti, e diciamo alla BdI che gli spacciatori, fiutata l'aria, devono essersi messi a spacciare in altre province, magari in Terronia. D'altra parte i falsi sono così perfetti che è come se il Poligrafico avesse stampato per un miliardo di lire più del dovuto, così, nell'eventualità, scaricheremo la grana su quei lazzaroni di Roma.

Io ed il collega della BPN abbiamo già dato le opportune indicazioni ai capi settore, ed i nostri cassieri da oggi non consegneranno più le banconote false alla BdI. Vi invito a fare altrettanto, per non far risultare anomala la presenza dei falsi nelle banche della provincia, ma non in quelle nei capoluoghi. Ho finito. Grazie.

L'invito fu accolto all'unanimità da parte di tutti i direttori presenti nel consesso.

◊

Daniela e Marisa si erano trovate a casa di quest'ultima per parlarsi, dopo la straordinaria giornata che avevano trascorso.

– Siamo diventate povere di colpo – si lamentò Marisa – quelle due troie ci hanno alleggerito di 150 milioni, e tu le hai trovato casa e fatto pure lo sconto sull'affitto. Non volevo crederci!

– Non direi che siamo povere; liquidi, abbiamo 30 milioni a testa, oltre a quelli che abbiamo in casa e nel portafogli, abbiamo un'auto nuova, abbiamo comprato ciò che ci serviva, e siamo socie di maggioranza nella società. Inoltre abbiamo due uomini che ci mantengono come regine. Sarei matta a definirmi povera. E a me quelle due piacciono assai. Devono aver avuto molto cervello per trovarci così facilmente, e sono contenta di essere diventata loro amica. Ti consiglio di fare altrettanto.

– Per quello piacciono anche a me, ma santamadonna, 150 milioni... Comunque sono contenta anch'io di averle come amiche, devo solo abituarmi all'idea; porche devono esserle ancor più di noi. Dove ritiriamo i 60 milioni? Non voglio che Piero e Gianni vengano a sapere delle nostre risorse, ed assolutamente non voglio che finiscano nella società per pagare l'archistar e quel finocchio di arredatore.

– Semplice, affittiamo una cassetta di sicurezza in una banca qui a Novara, ne abbiamo giusto una a due passi, la Cariplo mi par di aver visto; ma se ci chiedono di aprire anche un conto corrente che facciamo? Nadia ha detto che i cassieri riescono a scoprire se una banconota è falsa oppure no.

– Nel caso faremo il versamento con i 50.000 che abbiamo avuto di resto fino ad ora, e se non dovessero bastare domattina faremo un po' di *shopping*.

– Sai, ora che siamo povere, come dici tu, pensavo che non dovremmo tenere i nostri soldi immobilizzati in una cassetta di sicurezza. Dovremmo investirli in qualcosa di sicuro, in BOT, od in obbligazioni magari, che mi pare rendano un casino; ma se non vuoi dire niente a Piero ed a Gianni, da chi ci facciamo consigliare?

– Da un cassiere. – rispose Marisa dopo averci pensato un po' – Gli facciamo gli occhi dolci, come al solito, e si farà in quattro per noi.

L'arrivo di Gianni interruppe il *tête-à-tête* e Daniela scese dal suo Piero, che quando la vide l'abbracciò e la sommerse di baci e di complimenti.

– Come mai tanto affetto e tanto ardore? – chiese Daniela stupita, ma non più di tanto.

– Perché oltre ad essere il mio amore sei anche una venditrice nata. Erano sei mesi che non riuscivo ad affittare quella piazza d'armi all'ultimo piano, è praticamente impossibile da scaldare, se non spendendoci un capitale, non c'è ascensore perché le Belle Arti non ci danno l'autorizzazione per metterlo… e tu l'hai affittato per 300.000 lire senza che neppure lo visitasse. Brava! Alle sorelline di Lory verrà il fiatone ogni volta che saliranno a trovarla, ed i loro capezzoli si allungheranno dal freddo tanto da essere molto più sexy. Non vedo l'ora di vederle.

◊

Lory si precipitò fra le braccia di Andreij appena dentro casa e lo coprì di baci, poi vuotò la borsa sul tavolo ed una cascata di mazzette da 100.000 ne coprì l'intera superficie.

– Sono 75 milioni, ed è la nostra parte, perché oltre alle due ragazze delle diapositive ne ho trovata un'altra che, percorrendo una strada diversa da quella che abbiamo fatto noi, è arrivata ugualmente a loro. Invece di litigare, ci siamo accordate ed abbiamo diviso i 300 milioni in quattro, poi siamo diventate amiche. Sono simpaticissime, anche se un po' troie, ed una mi ha anche trovato un appartamento sicuro in cui abitare.

– Perché vuoi andartene da qui? È casa tua, e mi pare che tu ci sia affezionata.

– È vero, fin quando ho visto questo – e mostrò La Stampa con la foto segnaletica di un Andreij molto più giovane ed il disegno del viso di una simil-Lory bionda.

Andreij lesse l'articolo che lo interessava e si disse d'accordo con la ragazza sul fatto che non sarebbero resistiti a lungo barricati in casa con quei ritratti così somiglianti distribuiti in migliaia di copie, perché anche Lory non sarebbe più potuta uscire di casa tranquillamente; in sovrappiù il Cottafava era riuscito a dare un nome al fuoristrada rosso, così che anche il Range Rover era diventato *off-limits*.

– Ho comprato sei bombolette di vernice spray nera e del nastro di carta adesiva, così potrai riverniciare il Rover. Lo useremo per un unico viaggio fino a Novara, poi potrai venderlo o tenerlo, perché il posto che ho trovato è sicuro. Ho affittato per 300.000 lire al mese un appartamento di 7 camere, due ingressi e tripli servizi, all'ultimo piano di un palazzo settecentesco, ci sono solo i due studi professionali dei compagni delle due ragazze; a proposito, loro si chiamano Daniela e Marisa, ricordalo perché sanno tutto di noi, anche che siamo ricercati, ma, come ti ho detto, siamo diventate amiche e possiamo fidarci di loro, come possiamo fidarci di Nadia, l'altra ragazza con cui ho diviso i soldi.

– Era proprio necessario accontentarsi di 75 milioni, sono molti, ma non dureranno tutta la vita.

– È per questo che ho affittato un appartamento enorme, noi abiteremo in due o tre stanze, ed il resto lo adibiremo a salone per massaggi-*osé*, e se fra un massaggio e l'altro ci scappasse una scopata gagliarda... meglio per loro.

– E questa villa? Resterà vuota.

– Penso di affittarla già arredata a Nadia per 250.000 lire al mese. Attendo una sua risposta. Sono stata brava per oggi?

– Sei stata semplicemente eccezionale – rispose Andreij sinceramente ammirato, e sempre più conscio del fatto che la ragazza valesse più di lui, e che senza di lei sarebbe stato perduto – ti ho preparato la cena, o almeno ci ho provato, perché in casa non avevi tutti gli ingredienti giusti.

Ma il Gulasch risultò essere ugualmente buono e ricevette spertiate lodi da parte della ragazza.

◊

Mario strabuzzò gli occhi quando Nadia gli rovesciò in grembo, sul giornale che stava leggendo seduto sul divano, una pioggia di mazzette di banconote da 100.000, intanto la ragazza gli diceva:
– Allora stronzetto, valeva la pena lasciarmi la Delta per un paio di giorni?
– Cazzo! Ma quanti sono? Hai avuto delle difficoltà per farteli dare? Come ci sono rimaste le due troie?
– Innanzi tutto, anche se troie, Daniela e Marisa sono diventate mie amiche per la pelle, quindi farai meglio ad adeguarti all'idea. Secondo, devo ammettere che ci sono rimaste un po' male, perché a loro sono rimasti 60 milioni più gli spiccioli che avevano in tasca, ma hanno capito che era meglio per tutte dividere per quattro...
– Quattro? – interruppe Mario – chi è il quarto?
– La quarta, che si chiama Lory ed è una strafica, è una che ha fatto le sue brave indagini ed è arrivata *ex-æquo* con noi. Per cui abbiamo diviso i 300 milioni in parti uguali. Qui ci sono 75 milioni, che gestirò io perché tu li dilapideresti in troie e macchine sportive. A questo riguardo ti annuncio che intendo affittare una villetta ammobiliata a Vercelli per 250.000 lire al mese perché sono stufa di abitare in un cesso di appartamento. Tu cheffai? Continuerai ad abitare in questa tana ai Cappuccini o verrai con me? Dimmelo che nel caso divideremo questi 75 milioni e darai l'addio alla mia ciornietta.
Mario ovviamente disse che l'avrebbe seguita, e non solo per la sua ciornietta, la baciò con passione e volle sapere tutto, da quando era partita sgommando. Venne a sapere solo una piccola parte della storia, in quanto Nadia non fece alcun accenno alle tre contravvenzioni prese, né di aver abbandonato un tal geom. Modica in aperta campagna dopo avergli fatto un pompino, ma disse che Lory era ricercata insieme ad Andreij e che sarebbero andati ad abitare nello stesso palazzo dove abitavano Daniela e Marisa.

Sapere che in futuro, stante l'amicizia nata fra le quattro ragazze, avrebbe dovuto rapportarsi con un assassino e con Marisa, creò in Mario un sordo malumore, che riuscì a rimuovere solo quando si trattò di ritirare i 75 milioni.

– Non possiamo metterli in una cassetta di sicurezza come hanno fatto le ragazze – disse Mario – l'inflazione se li mangerebbe al ritmo del 10-12% all'anno, dovremmo acquistare dei BOT o delle Obbligazioni, l'inflazione ce li mangerebbe ugualmente, ma ci metterebbe molto più tempo.

– Tu sei matto nella testa se pensi che mi voglia far fottere dall'inflazione. Io farò così: Entrerò in un negozio e comprerò qualcosa d'oro dal costo poco superiore alle 100.000 lire, e pagherò con due biglietti da 100.000 ed il resto, buono, me lo metterò da parte e potrai investirlo come cazzo ti pare; poi starò a vedere, se il prezzo dell'oro salirà, bene, se scenderà, porterò quanto acquistato in un banco dei pegni che mi darà almeno il 30% di quanto l'ho pagato. Fai un po' di conti: fra il resto buono e la vendita di quanto acquistato, per ogni 100.000 falso speso ricaverei 50-60.000 lire buone. E lo stesso ai distributori di benzina, nei ristoranti, dai tabaccai, al supermarket... Potrei vivere a sbafo per anni, ed al contempo accumulare un tesoretto per i tempi bui.

– Sì, potremmo fare così. – ammise Mario, stupito che una persona come Nadia potesse aver pensato un tale disegno.

– Inoltre ti comunico che ho chiuso col fare la cameriera. Intendo lavorare insieme alle ragazze, nella sala massaggi di Nadia o nel *night club* di Daniela e di Marisa. Se pensavi che volessi restare a casa a grattarmela e ad accudire a te, hai sbagliato di grosso. E per lavorare avrò bisogno della Delta, tanto la villetta che affitteremo è vicinissima alla CRV, o per lo meno più vicina di quanto lo sia la frazione Cappuccini.

◊

Cottafava aveva appena terminato di scrivere al computer il suo ultimo articolo che aveva intitolato "Trovato l'ultimo *gangster* della sparatoria sul treno". Non era proprio vero, perché mancavano all'appello i mandanti, i capi delle due *gang* e soprattutto il russo latitante, ma il titolo era abbastanza ambiguo da far credere che l'ultimo tassello del *puzzle* fosse andato al suo posto. L'articolo era molto breve perché diceva solo che Domenico Scalise era ricoverato presso l'ospedale di Grenoble sotto il falso nome di Davide Senzaterra in seguito ad un incidente stradale; si elencavano gli interventi chirurgici già effettuati e quelli ancora necessari, di accennava ad una lunga riabilitazione e si invitava il commissario Cantalamessa ad avviare le pratiche di estradizione prima che l'infermo si rimettesse in salute.

Aveva già inviato il redazione l'articolo per *e-mail*, quando il segretario dell'Ordine dei giornalisti del Piemonte lo avvisò che il Cantalamessa era stato silurato, che le accuse contro di lui erano state ritirate con molte scuse, e che pertanto era libero da ogni preoccupazione e poteva tranquillamente tornare a casa sua.

Cottafava si sentì subito a disagio nell'apprendere del siluramento del Cantalamessa; gli sembrava, col suo invito rivolto al commissario, di aver tirato una coltellata ad un uomo a terra, ma non avendo più modo di cambiare il finale dell'articolo, si recò in Questura e chiese di conferire col capitano Oronzo Nascimbene. Costui lo accolse con estrema cortesia, gli disse che era merito suo se il Questore, silurando quel babbeo di commissario, aveva affidato a lui, dell'Arma dei CC, la conduzione delle indagini. Si augurò la massima collaborazione da parte del giornalista, e da parte sua gli consegnò un adesivo che avrebbe evitato alla sua automobile di essere multata per una sfilza di infrazioni al codice della strada.

Per iniziare col piede giusto il rapporto di collaborazione, il Cottafava anticipò al capitano quanto sarebbe apparso su La Stampa il giorno dopo, scusandosi di non aver saputo in tempo che era stato incaricato delle indagini al posto del commissario, e di aver quindi omesso di citare il suo nome.

Poi, dopo una lunga esitazione, come se fosse combattuto fra il fare od il non fare qualcosa, consegnò al capitano il cellulare perso da Vincenzo Scarenzi nel saltare giù dal treno.

– Vede capitano, un paio di giorni fa mi trovavo al passaggio a livello del Torrione ad inseguire una mia teoria e cercare elementi che potessero corroborarla, e mi sono avviato sul sentiero che costeggia il binario in direzione di Vercelli. Ho raggiunto il punto in cui lo Scarenzi era caduto ed aveva strisciato per terra dopo essere saltato giù dal treno in corsa, e di cui avevo scritto in un precedente articolo, e mi sono messo a cercare tra i rovi. Non sapevo neppure io cosa stavo cercando, ma mi pareva strano che chi fosse rotolato per alcuni metri non avesse perso nulla, magari qualcosa uscitogli dalle tasche. E poi la botta di culo! Tra i rovi, nascosto dall'erba alta, ho trovato il cellulare che le ho dato.

Ho supposto che i primi nomi elencati nella rubrica fossero quelli dei capi, perché io ho fatto così quando ho preparato la rubrica del mio cellulare, e magari ha fatto lo stesso anche lei; dunque, prima i capi, poi Rosy e Jessica, verosimilmente le troie che si sbatteva, poi la mamma, poi Rosalia, forse la sorella. Ho composto il primo nome e mi ha risposto un'infermiera dell'ospedale di Grenoble che mi ha dato una miriade di informazioni; è così che mi sono procurato il materiale che mi ha permesso di scrivere l'articolo cui ho accennato prima.

Ma ero restio a chiamare il numero dell'altro capo, Michele, perché difficilmente sarei stato fortunato come per Domenico, ma ero ancor più restio a consegnare il cellulare al Cantalamessa, avrebbe potuto mandare tutto in vacca con una mossa maldestra, lei sa com'era fatto, così lo consegno a lei che sicuramente ne farà buon uso.

– La ringrazio molto, ma mi chiedo cosa potrei mai fare oltre che digitare il numero e sentire la sua voce che mi dice: "Sono Michele, chi mi vuole?" Mica posso rispondergli che sono un capitano dei carabinieri...

– Capitano, quello avrei potuto farlo anch'io. Quello che non posso fare è scoprire a quale cellula si aggancerà il suo telefonino quando farò la chiamata. Per cui prima farei una chiamata fasulla, magari da parte di una graziosa voce femminile per sapere a che cellula si collega nel rispondere, e solo quando fossi pronto a saltargli addosso, ne farei un'altra cercando di tenerlo al telefono il più a lungo possibile.

– Geniale dottor Cottafava, farò così. Mi consenta di esprimerle la mia gratitudine con quest'altro adesivo, che le permetterà di non pagare nulla sull'intera rete autostradale.

Più che contento per i regali ricevuti, il Cottafava si recò nel ristorante che frequentava abitualmente per festeggiare con sé stesso la ritrovata libertà di movimento, estesa addirittura alle aree a traffico limitato ed all'intera rete autostradale.

Capitolo XXVI

Venerdì, 17 novembre
Marisa e Daniela si presentarono nell'agenzia della Cariplo vicino
a casa alle 9 di mattina e chiesero di parlare col direttore. Quando
costui le accolse nel suo cubicolo a vetri in un vasto salone *open
space,* suddiviso in una mezza dozzina di cubicoli analoghi, e vennero fatte accomodare in scomode sedie di fronte alla sua piccola
scrivania, si accorsero che in quella banca difficilmente avrebbero potuto mettere in atto le arti maliarde come si erano proposte
di fare, perché perfettamente visibili dalla trentina di persone e
dalla dozzina di impiegati presenti nel salone. Anche la figura
del direttore non prometteva niente di buono al riguardo, perché
si accorsero subito, appena si presentò con una stretta di mano
molliccia ed una voce in falsetto, che si trattava di un finocchio.
Forse è meglio così – pensarono le due ragazze dopo essersi scambiate un'occhiata significativa del fatto che dovevano resettarsi –
così potrà concentrarsi solo sul suo lavoro, senza distrazioni, e
forse agire con più professionalità di quanto farebbe un direttore
preoccupato più di come fare a toglierci le mutandine piuttosto
che servirci al meglio delle sue possibilità.
Gli spiegarono che volevano aprire un conto corrente cointestato
ma a firma disgiunta, affittare una cassetta di sicurezza ed acquistare dei BOT o qualcosa di analogo che potesse non essere eroso
dall'inflazione, non troppo rapidamente per lo meno. Il direttore
le consigliò allora, anziché dei BOT, di acquistare obbligazioni
al portatore emesse dalla Cariplo stessa, in quanto garantivano
complessivamente un interesse maggiore, seppur di poco, del
capitale investito. Chiese quanto volessero versare sul conto corrente e quanto volessero investire nelle obbligazioni che le aveva
consigliato, e le due ragazze, che non avevano la minima idea di
come si sarebbero svolte le operazioni, risposero che intendevano

versare 400.000 lire sul conto corrente ed acquistare obbligazioni per 40.000.000.

Il sorriso che si dipinse sul viso del direttore rivelò che apprezzava grandemente la rapidità con cui le ragazze avevano scelto, e che non gli avevano fatto perdere tempo con tentennamenti, spiegazioni di cose che tanto non avrebbero capito, stupidi tira e molla sui tassi d'interesse, ma soprattutto apprezzava la loro solvibilità, inaspettata da parte di clienti così giovani.

Il direttore chiamò un impiegato e lo incaricò di occuparsi di quanto volevano le ragazze, battezzate nell'occasione col titolo di "graziose signorine". Questi compilò alcuni moduli interrogando le ragazze, fotocopiò la loro carta d'identità ed il codice fiscale, fece depositare le loro firme, le preparò due *carnet* di assegni, le consegnò una serie di opuscoli, le fece firmare fogli stampati in caratteri microscopici, ed alla fine, di fronte ad una distinta di versamento, chiese sorridendo di cacciare fuori i soldi da versare.

Le ragazze li avevano pronti: 8 banconote da 50.000 lire, la totalità dei "resti" delle banconote da 100.000 false spacciate fino ad allora. Gliele diedero e l'impiegato le contò e ne annotò l'ammontare nell'apposito rigo. Poi attese che le ragazze gli dessero i 40 milioni, e visto che non accennavano a darglieli, prima le interrogò con gli occhi, poi, molto gentilmente, le ricordò che era in attesa del resto: i 40 milioni con cui acquistare le obbligazioni richieste.

Le ragazze si sentirono mancare, non sapevano di doverli pagare subito, ma si resero subito conto che non poteva essere diversamente, e si diedero delle coglione per non averci pensato prima. Nella borsa che avevano con sé avevano sì 60 milioni, ma quelli volevano metterli nella cassetta di sicurezza, mica darli, seppure in parte, all'impiegato, perché in banconote da 100.000 false che, secondo quanto spiegato da Mario a Nadia, i cassieri erano ormai in grado di riconoscere come tali.

Daniela ebbe la prontezza di spirito di chiedere se potevano versare degli assegni, e l'impiegato rispose che potevano certamente, ma che se l'assegno fosse stato fuori piazza, le obbligazioni al portatore le sarebbero state consegnate solo dopo 7 giorni lavorativi. Daniela aveva guadagnato solo una manciata di secondi per pensare, e il termine "fuori piazza" l'aveva"spiazzata" ancor di più; sapeva che, disponendo di un castelletto di 20 milioni, poteva tranquillamente staccare un assegno per quella somma, ed anche di poco superiore, tenendo conto delle quasi 800.000 lire sul conto della CRV, sapeva anche che se sforava il castelletto le avrebbero addebitato interessi da strozzino, così aveva detto Mario. Ma non sapeva cosa sarebbe successo se sforava di quasi 20 milioni; avrebbero onorato ugualmente la sua firma quelli della CRV? E se non l'avessero onorata, cosa avrebbero fatto quelli della Cariplo? Avrebbero protestato loro l'assegno o l'avrebbe protestato la CRV? Cosa succedeva degli assegni protestati? Daniela non sapeva più cosa fare; se solo quel coglione di Mario le avesse spiegato meglio come funzionava il castelletto, invece di fare il cascamorto con Marisa…

Ma i secondi passavano, ed il tentativo di cercare il libretto degli assegni per prender tempo stava dilungandosi troppo; decise Marisa per lei, e con terrore Daniela vide l'amica estrarre dalla borsa due mazzette da 100 banconote da 100.000 lire e deporle davanti all'impiegato. Solo allora trovò il *carnet* di assegni e si apprestò a compilarne uno da 20 milioni, ma al contempo tenne d'occhio l'impiegato che, strappata la fascetta, contava rapidamente le banconote. Nessuna delle due respirò per un paio di minuti, e solo quando l'impiegato terminò il conteggio e compilò il primo rigo della distinta ripresero a respirare normalmente, chiedendosi quando si sarebbe accorto che le banconote erano false. Ma non se ne accorse e ritirò i 20 milioni in contanti ed i 20 in assegno in una cassa, rilasciando alle ragazze una ricevuta del versamento effettuato.

– Signorine… ma non vi sentite bene? Siete bianche in volto come delle lenzuola… volete che vi porti dell'acqua?

– Sì per favore, dev'essere per lo sbalzo di temperatura: fuori fa freddo ed in questa gabbia di vetro fa un caldo tropicale – ebbe la presenza di spirito di dire Marisa.

L'impiegato portò due bicchieri d'acqua con due bustine di zucchero, ma intanto le ragazze si erano riprese e bevvero acqua zuccherata per non deludere il cortese impiegato. Questi poi le accompagnò nel sotterraneo ove percorsero la trafila per poter disporre di una cassetta di sicurezza. Rimaste sole le ragazze si abbracciarono per confortarsi a vicenda per il rischio corso, ed ancora incredule di averla fatta franca; poi misero i restanti 40 milioni nella cassetta di sicurezza e chiamarono l'impiegato per chiuderla insieme a lui.

Risalirono nel salone *open space*, salutarono l'impiegato, che le disse che se fossero ripassate dopo 10 giorni avrebbero potuto ritirare le obbligazioni al portatore, ed eventualmente metterle nella cassetta di sicurezza appena affittata, e vollero affacciarsi nel cubicolo del direttore per salutarlo, cosa che il direttore fece con una stretta di mano molliccia, da finocchio democristiano.

Uscirono all'aria aperta e, finalmente, poterono respirare a pieni polmoni, senza tema di rivelare le paure e le preoccupazioni. Poi si precipitarono in un bar per sedersi e parlare con calma, ma anche per prendere qualcosa di forte: due bicchieroni di latte caldo e cognac.

– Fiuu! Mi hai fatto cagare addosso quando gli hai dato le due mazzette di 100.000. – si lamentò Daniela – E se se ne fosse accorto? Avremmo fatto una figura di merda colossale e ci avrebbero confiscato le banconote.

– No carina. La figura di merda non l'avremmo fatta, perché avremmo potuto dire che le banconote ce le aveva date la CRV; l'avremmo sicuramente fatta invece, se tu avessi compilato un assegno di 40 milioni, come ti apprestavi a fare, e questo fosse tornato indietro. – rispose Marisa – È vero tuttavia che abbiamo corso un bel rischio, ma contavo sul fatto che non aveva banconote autentiche con cui fare gli accurati raffronti richiesti per individuare i falsi, che non li avrebbe sicuramente fatti con 200 banconote, sennò avrebbe dovuto controllare banconote fino a Natale, che era giovane e magari inesperto… insomma abbiamo rischiato grosso, ma solo di farci confiscare banconote false, nient'altro.

– È molto strano che non abbia fatto passare neppure una banconota attraverso la macchinetta. E se le banconote fossero tanto palesemente autentiche da non richiedere neppure quel tipo di controllo? E se quelle due troiette avessero architettato tutto per fotterci 150 milioni? Se si fossero messe d'accordo con Mario, e costui avesse suggerito loro la storia che le banconote false riescono a fottere le macchinette? Se Mario si fosse inventato di sana pianta la storia delle riunioni presso la CRV per addestrare i cassieri a riconoscere i falsi? Se le fotocopie che Nadia ci ha fatto vedere con su una banconota autentica affiancata ad una falsa coi cerchietti rossi per evidenziare le differenze fosse un abile falso, un fotomontaggio o qualcosa del genere?

Marisa aveva ascoltato gli interrogativi dell'amica sentendo lievitare entro sé una sorda rabbia: non poteva neppure prendere in considerazione l'ipotesi di essere stata gabbata, non tanto dalle nuove "amiche", quanto da quel pirla di Mario. Impugnò il cellulare e chiamò Nadia; quand'ella rispose le disse:

– Ciao Nadia, c'è un grosso problema, dobbiamo vederci… No! Senza Mario per ora… Ci troviamo al Borsa alle 11, vedrò di far venire anche Lory.

Subito dopo fece una telefonata analoga a Lory, ed anche costei assicurò che sarebbe venuta all'appuntamento, ma di aspettarla se avesse tardato, poiché aveva qualche timore a circolare per Vercelli di giorno, ed avrebbe dovuto compiere un largo giro per strade secondarie per aggirare eventuali posti di blocco.

Alle 11 le quattro amiche, o presunte tali, si trovarono al Borsa, davanti a quattro aperitivi, a discutere animatamente.

– Che possa farmi fottere da una troia come te, posso anche accettarlo – esclamò con acredine Marisa rivolta a Nadia – perché saprei come vendicarmi, ma che sia stato un pirla come Mario a fregarmi, non lo posso sopportare; per cui la mia dichiarazione di amicizia proclamata ieri è revocata, almeno fin quando mi convincerete della vostra innocenza, quanto a Mario…

– No ragazze! Non debbono esserci dubbi fra noi – proclamò Lory – Posso assicurarvi che Andreij non aveva alcun motivo per dirmi che le banconote erano false…

– Sì invece! Mi pare che avesse 75 milioni di motivi per farlo – la interruppe Daniela con sarcasmo – e tu per credergli.

– Sentite, per me e per Lory, che le banconote siano vere o false, fa poca differenza, ma capisco il vostro punto di vista e la vostra ira nei nostri confronti, anche se siamo innocenti come angioletti. Io e Lory vogliamo continuare ad essere vostre amiche, ditemi in che modo possiamo convincervi che non abbiamo provato a fregarvi. Daniela e Marisa rimasero in un silenzio colmo di sdegno. Lory provò a suggerire il modo per venire a capo della questione:

– È inutile che stiamo qui a giurare sulla nostra buona fede: procuriamoci delle banconote da 100.000 sicuramente buone e confrontiamole con le nostre false. Se dovessimo riscontrare le differenze che Mario ha detto che ci sono, continueremo ad essere vostre amiche, e se non ci fossero differenze e le nostre banconote dovessero essere buone… beh, non tutti, ma potremmo restituirvi una parte dei 75 milioni.

– Col cazzo! – esclamò Marisa indignata, parlando anche per Daniela – ci restituirete fino all'ultima lira, compreso quanto doveste aver già speso, a costo di far marchette…

– Premesso che anch'io non intendo restituire una beata minchia, soprattutto a due troie come voi – esternò Nadia – vi invito a non mettere il carro davanti ai buoi, e procediamo a verificare se le nostre banconote sono uguali o diverse da quelle autentiche. C'è qualcuno che sappia come procurarci delle banconote da 100.000 sicuramente autentiche, stante il fatto che quelle che avete spacciato sono già finite in varie banche?

– Beh, potreste far cambiare un assegno da 100.000 lire intestato "a me stesso" in un'unica banconota da 100.000; se ripeterete l'operazione in alcune banche di paesini in provincia, le probabilità che vi diano delle banconote false sono ridotte al minimo – disse Lory rivolta a Daniela ed a Marisa.

– Perché guardi noi? – mi pare che di banconote false con cui confrontare quelle buone che ci daranno ne abbiate a iosa anche voi. –
– Perché voi due disponete già di libretti di assegni di due banche diverse, ed avete un conto corrente con su qualcosa, noi no. Poi vi raccomando di cambiare gli assegni in agenzie della stessa banca che vi ha fornito i *carnet* di assegni, così non avranno difficoltà a cambiarveli subito, magari dopo una telefonata nella sede centrale.

Daniela sbuffò forte, ma accennò ad un sì col capo, rammaricandosi di sapere così poco di come funzionassero le cose in banca, poi guardò l'orologio e, visto che erano le 12.15, disse:
– Okay, ma lo faremo nel pomeriggio, adesso andiamo a mangiare qualcosa. Propongo di sotterrare l'ascia di guerra per qualche ora, finché non riusciremo ad esaminare le banconote autentiche.

Tutte le ragazze si dichiararono d'accordo e si trasferirono in un ristorante di Magenta, vicino ad un'agenzia della Cariplo, per essere già sul posto quando avesse riaperto nel pomeriggio, ritenendo che le banconote false in circolazione non potessero aver raggiunto quella città. Nonostante l'aspra discussione, gli insulti e le minacce della mattina, durante il pranzo le ragazze risero e scherzarono fra loro, ritrovandosi amiche come lo erano state il giorno precedente, e, finito il pranzo, pagato da Nadia con un 100.000 falso, Daniela e Marisa entrarono nell'agenzia della Cariplo per cambiare un assegno come suggerito da Lory.

Uscirono dopo mezz'ora con tre banconote da 100.000 e dissero alle amiche che il cassiere, prima di cambiarle l'assegno, glie l'aveva battuta per un quarto d'ora, poi aveva telefonato in sede centrale per aver conferma della loro solvibilità, ed infine voleva darle delle banconote da 50.000, sostenendo che avrebbero avuto meno difficoltà a spenderle, poi aveva fatto un ultimo tentativo di ottenere il loro numero di cellulare, ed infine si era arreso e le aveva accontentate.

In un negozio di ottica Lory comprò una potente lente d'ingrandimento montata su un telaietto metallico, poi le ragazze si trasferirono in un bar ove, in un *séparé* appartato, procedettero al confronto, banconota per banconota autentica con quelle false, ravvisando tutte le minime differenze indicate nella fotocopia fornita da Mario.

Le amiche si guardarono l'un l'altra, due contrite per aver dubitato delle altre, e queste ultime felici di aver sgombrato il campo da sospetti devastanti. Per festeggiare la ritrovata serenità e per cementare un'amicizia mai venuta veramente meno, ordinarono una bottiglia di spumante brut ed una torta alle mandorle, ed il *séparé* si riempì presto di allegria, di strepiti, di gridolini e di grasse risate.

Nonostante le facezie, le ragazze provarono tuttavia a darsi una motivazione per l'accettazione acritica di banconote false da parte dell'impiegato della Cariplo, nonostante il recente avvertimento della Banca d'Italia e nonostante la relativa facilità, sapendo cosa guardare, con cui si potevano riconoscere le banconote false. Quella che si avvicinò di più a capire il perché di tanta faciloneria da parte di un cassiere necessariamente sul "chi vive", fu Lory, che spiegò:

– Ragazze, provate a mettervi nei panni di un direttore di agenzia bancaria, e magari del capo in testa di una banca: le banche di Novara e di Vercelli si sono ritrovate nelle casse banconote false da 100.000, qualcuno se n'è accorto ed ha avvisato la Banca d'Italia, questa ha scoperto che sono falsi perfetti tranne minuscoli particolari non sono ravvisabili dalle solite macchinette ed ha confiscato tutte le banconote false detenute dalle banche. Siccome tali banconote le avete messe in circolazione soprattutto voi due, possiamo quantificare in 50 - 60 milioni il danno procurato direttamente alle banche; ma se esse sono riuscite a bloccare sul nascere il fatto di riempirsi di banconote false, il problema è stato scaricato sui clienti: concessionari d'auto, benzinai, ristoratori, tabaccai, professionisti, ecc. Essi infatti si sono presentati in banca per versare i loro ricavi e si son visti confiscare tutte le banconote false versate, e giustamente si sono incazzati come bestie, perché magari avevano fatto passare i 100.000 falsi attraverso macchinette che ne avevano garantito la autenticità. E cosa fa uno incazzato? Ritira i suoi risparmi da quella banca e li deposita in un'altra, magari straniera, ed in tal caso il danno per le banche diventa 50, 100 volte maggiore. Ma non finisce lì, perché oltre ai depositi, trasferiscono ad altre banche i valori amministrati, tutte le operazioni bancarie e sa la madonna cos'altro, ed in tal caso la perdita, oltre che secca, si dilata sempre più un anno dopo l'altro. Per un direttore di banca che ha già perso 50 milioni perché confiscati dalla Banca d'Italia, 300 o 400 milioni perché trasferiti ad altre banche, e forse uno o due miliardi di valori amministrati e di operazioni bancarie perse ogni anno, se non è la morte, poco ci manca. Ora la domanda è questa: se voi foste quel direttore di banca, che fareste? Se lo fossi io, ordinerei ai miei cassieri di accettare le banconote da 100.000 senza preoccuparsi che siano vere o false; inoltre mi coordinerei con altri direttori di banca affinché anch'essi adottino un provvedimento similare, in modo da non far sorgere sospetti alla Banca d'Italia. Concludendo, per me le cose sono andate così.

– Concordo pienamente con te – disse Nadia – il pelo sullo stomaco per fare una simile bastardata ce l'hanno di certo, ma per noi è tutto grasso che cola, perché potremo continuare a spacciare banconote false in tutta tranquillità e fino al loro esaurimento.

Un'altra bottiglia di spumante brut ed una costata di mirtilli si resero necessarie per festeggiare la spiegazione dell'enigma.

◊

La prima esca telefonica allestita dal capitano Nascimbene era costituita dalla voce calda, melodiosa ed estremamente sensuale dell'operatrice di una *hot-line* espertissima nello stimolare l'immaginazione di frotte di arrapati maschietti di ogni età, troppo timidi od indolenti per rapportarsi *vis-à-vis* con soggetti dell'altro sesso, per la modica somma di 5000 lire + IVA al minuto. La telefonata arrivò a Michele Sorrentino alle 15.30, ora in cui si presumeva avesse appena terminato di pranzare, e si trovasse nella miglior condizione per ricevere ed apprezzare un'offerta del tutto inaspettata:

– Ciao Vincenzo, allora non sei morto, come temevo – disse Michele appena visto chi lo chiamava ed aver accettato di rispondere – come hai fatto ad uscire indenne dalla casa del Lupi, l'hai steso con la tua pistola? E come hai fatto a ritrovare il cellulare? Non l'avevi perso saltando giù dal treno?

– Mi hanno chiamata in tanti modi, caro, ma mai Vincenzo, e sono tutt'altro che morta, ma godo di buona salute, tanto che sono sempre disponibile per una scopata selvaggia, un succoso pompino o una rude sodomizzazione. Io sono Monica, la ex-ragazza di Vincenzo, scaricata in malo modo proprio il giorno in cui ha dimenticato nel mio letto il cellulare. Non l'ha perso saltando giù dal treno... ma guarda che razza di frottole s'è inventato... l'ha perso saltando la cavallina nel mio letto. L'ho trovato solo alcuni giorni dopo e me lo sono tenuto, come risarcimento, perché avevo deciso di tornare a casa, tanto a Vercelli non avevo più motivo di stare. Dici che lo ritenevi morto? Beh, se così fosse effettivamente, gli starebbe solo bene a quel gran bastardo, preferire quella sciacquetta della Rosy a me, che mi sono prestata a soddisfare tutti i suoi desideri, anche quelli più stravaganti e perversi. Ho trovato il tuo nome nella rubrica insieme a quello di Domenico, di sua mamma, della sorella Rosalia ed a quello di quella troia della Rosy. Ho chiamato Domenico ma non era reperibile, alla mamma ed alla sorella non avrei saputo cosa dire, a quella troia della Rosy, più che chiamarla al telefono, gli troncherei il cellulare nel culo; così ho chiamato te, anche se non ti conosco ancora.

Michele aveva ascoltato le prime battute della telefonata con sorpresa, poi con curiosità, poi con interesse, infine con una sorta di approvazione per come la ragazza stava resettando la sua vita... una volta scaricata era tornata al paesello ed aveva telefonato a chi forse poteva darle una mano, o qualcos'altro. Ma voleva por fine a quella proluvie di parole per porre alcune domande che gli avrebbero permesso di farsi un'idea più precisa della situazione, per cui riuscì ad inserirsi a fatica nell'esposizione della ragazza.

– Adagio, Monica, adagio; racconta con calma, non scappo mica. Per prima cosa parlami di te: quanti anni hai, come sei fatta, da quanto tempo stavi con Vincenzo, dove sei adesso che te ne sei andata da Vercelli.

Furono queste le prime parole che la squadra di intercettazione riuscirono a sentire, ed il capitano Nascimbene fu prontamente informato in un primo tempo che il cellulare del Sorrentino si trovava in Campania, e man mano che Michele continuava a parlare si restringeva sempre più la zona da cui poteva telefonare; alla richiesta di dove fosse Monica adesso, il tecnico addetto all'ascolto disse trionfante:

– L'ho cuccato capitano, ha agganciato una cellula di Salerno città. Fra poco saprò essere più preciso.

L'informazione fu prontamente passata alla telefonista che mosse la lenza per far vibrare l'esca.

– Beh, modestamente mi dicono che sono uno schianto di ragazza; ho 24 anni, sono bionda, alta, slanciata, grandi tette sode, culo a mandolino; dicono che sono porca come poche, instancabile, fantasiosa, docile, sottomessa; sono esperta di ogni tipo di pratica sessuale, anche le più estroverse e le bisex, ma non mi piace il sadomaso, né certe perversioni tipo coprofagia e simili, perché fanno venire l'alito cattivo; non voglio parlare di Vincenzo perché è uno stronzo; adesso sono a casa dei miei, a Battipaglia...

– Battipaglia? – la interruppe Michele – ma allora siamo vicini. Hai un'auto?

– Io no, ma posso usare quella dei miei. Perché?

– Perché con le belle ragazze, come dici d'essere, mi piace parlare *vis-à-vis*, non per telefono. Vediamoci fra due ore a Salerno, al bar della stazione ferroviaria, così potremo conoscerci meglio, prendere un aperitivo insieme, potrai dirmi in che modo potrei esserti utile, magari per trovare un lavoro... allora verrai?... sì? Bene!... sarò quello con un panama in testa, e se tu ti sei descritta bene, non avrò difficoltà a trovarti....Ciao Monica.

Il capitano Nascimbene non ritenne necessario fare altre telefonate, e due ore dopo i carabinieri della legione di Salerno fermarono Michele Sorrentino al bar della stazione ferroviaria, avendolo riconosciuto in quanto era l'unico cliente del bar che avesse un panama in testa.

Capitolo XXVII

Sabato, 18 novembre e Domenica, 19 novembre
Carlo Cottafava stava leggendo su La Stampa l'articolo sulla cattura del narcotrafficante Sorrentino avvenuta a Salerno nel tardo pomeriggio del giorno precedente; era particolarmente compiaciuto perché il capitano Oronzo Nascimbene, la cui intervista affiancava l'articolo, lo aveva citato con nome e cognome per ringraziarlo della collaborazione prestata all'Arma nella difficile indagine che aveva portato alla cattura del Sorrentino.

Ma la soddisfazione del giornalista finiva lì: si era imposto di scoprire chi si era impossessato della borsa al passaggio a livello del Torrione, ed era ancora fermo al palo, o quasi. Sapeva di dover interrogare le ragazze che erano sulla BMW, Marisa Giordano e Daniela Donati, secondo quanto gli aveva detto Sebastiano, ma non riusciva a trovarle. Il venerdì precedente si era recato in Municipio a Vercelli per chiedere l'aiuto del dott. Filippo Fasoli, ma costui gli aveva saputo dire solo che non risiedevano più a Vercelli e che si erano trasferite in comune di Vinzaglio, oltre a ricordargli, con la scusa degli auguri, che il Natale si avvicinava. In Municipio di Vinzaglio non avevano avuto difficoltà a dirgli ove risiedevano, ma all'indirizzo indicatogli non c'erano, ed un vicino di casa delle ragazze gli aveva spiegato che erano partite per un lungo viaggio, forse una crociera, già da alcuni giorni. Aveva guardato nella loro cassetta della posta, ma aveva trovato solo *dépliant* di supermercati; era andato in posta per parlare col postino, ma era in giro per distribuire la corrispondenza, e quando finiva il giro sarebbe andato direttamente a casa; no! Non potevano fornire l'indirizzo dei dipendenti, era una questione di *privacy*. Visitò una mezza dozzina di *boutique* di Vercelli, ed alla settima riuscì a parlare con la titolare di quella in cui aveva lavorato Daniela, che si espresse in termini estremamente volgari nei confronti della ex-dipendente, e che no! Daniela non aveva ritirato nessuna buonuscita, spettanza o liquidazione, perché lei si sarebbe fatta tagliare una tetta piuttosto che scucirle una sola lira. Al terzo supermarket visitato, trovò quello in cui aveva lavorato Marisa, ma qui la stigmatizzazione del comportamento dell'ex-commessa fu, se possibile, espresso in termini ancor più volgari, avendo essi lasciato intendere dove doveva infilarsi la liquidazione e le altre eventuali spettanze conseguenti al suo licenziamento; e no! Non avevano idea di dove fosse in quel momento, ma speravano che si trovasse all'inferno.

Dunque il Cottafava era al palo, o quasi. Trascorse la domenica sul Lago Maggiore, per godere degli ultimi tepori del sole novembrino, per farsi una scorpacciata a base di coregone alla mugnaia, per fare un giro sul lago, seduto a poppa di un battello semivuoto ad osservare il panorama ed a pensare alla propria esistenza, molto soddisfatto dei suoi successi professionali, ma molto scontento di quanto essi gli rendevano, e soprattutto scontento di una vita raminga fatta di biancheria da lavare da sé, di sesso mercenario con strafiche esose o di sesso gratuito con ciospe rompiballe. Sentiva di dover imprimere una svolta alla sua vita, ma prima di sterzare voleva trovare la borsa col denaro o con la coca.

Fu forse per questo che alla domenica sera, quando a casa scrisse al computer un articolo in cui faceva il nome delle ragazze quali testimoni di quanto avvenuto al passaggio a livello del Torrione, non spedì l'articolo in redazione per *e-mail,* e si limitò a lasciarlo sul *desktop,* pronto per essere integrato, modificato, inviato o cancellato.

◊

Lory ed Andreij ritennero che il momento migliore per lasciare la villetta di Vercelli e trasferirsi nel nuovo appartamento di Novara, anche se ancora non arredato, fossero le 20 di sabato, fra un turno e l'altro delle pattuglie della polizia, e prima che i carabinieri si appostassero a pettinare gli automobilisti diretti nelle discoteche della zona. Andreij aveva accuratamente riverniciato di nero il Range Rover, Lory l'aveva caricato coi suoi vestiti e con quelli appena acquistati ad Andreij, riempiendo quasi completamente ogni spazio disponibile, tanto che a fatica era riuscita a farci stare anche il proiettore di diapositive, il treppiedi pieghevole e lo schermo avvolgibile. Ogni altra cosa contenuta nella villetta, compresi piatti, stoviglie, pentolame, coperte, lenzuola ed asciugamani, le aveva lasciate a Mario ed a Nadia, che erano venuti ad aiutarla e che si sarebbero insediati lì quella sera stessa, salvo portarci le loro cose nei giorni successivi.

Lory infatti aveva intenzione di cominciare la nuova vita riacquistando tutto *ex-novo* per non aver nulla che le ricordasse la vita precedente; e per alcuni giorni lei ed Andreij sarebbero stati ospiti di Daniela, che li avrebbe sistemati nella camera dell'ex-domestica, ora divenuta provvisoria camera degli ospiti.

Alle 19.55 erano partiti dalla villetta viaggiando di conserva, davanti il Cooper di Lory, pressoché nuda sotto un piumino lungo, ad un centinaio di metri dietro il Rover di Andreij, intabarrato come un eskimese; il piano prevedeva che se Lory fosse incappata nei carabinieri appostati lungo la strada, doveva fermarsi di sua iniziativa e chiedere aiuto per le molestie subite da parte di due marocchini a bordo di una BMW bianca che a fatica era riuscita a distanziare; e se ciò non fosse bastato, avrebbe aperto il piumino e recitato a soggetto.

Ma tante precauzioni si rivelarono inutili, perché arrivarono a Novara in 20 minuti senza aver incontrato né polizia né carabinieri, e 10 minuti dopo parcheggiarono il Rover nel cortiletto del palazzo settecentesco, mentre il Cooper lo lasciarono lì di fronte, neppure in divieto di sosta dato che erano passate le 20.

Lory presentò Andreij col nome di Andrea Sacharov, esule russo naturalizzato italiano; Piero e Gianni si felicitarono con lui per aver scelto l'Occidente e la libertà anziché l'Impero del Male e le sue sorti magnifiche e progressive, Daniela e Marisa baciarono il nuovo arrivato cercando di non scoppiare a ridere. Poi si trasferirono tutti in una trattoria di campagna per far assaggiare al russo le specialità della Bassa novarese: rane fritte, *salam dla d'üja, fidighin*, gorgonzola verde, barbera, al termine della quale Piero e Gianni, molto alticci, vollero cantare in onore del russo, ma con alcune stonature, una canzonaccia della Bassa che sonava così:

Ooh Na-ta-scia hai fatto tu la pi-scia?
Sì Di-mi-tri, ne ho fatti cinque li-tri.
Li ho fat-ti laggiù nella step-pa,
Doo-ve soor-ge il sol dell'avvenir.

Solo il fermo intervento delle ragazze impedì che i cantori continuassero, e chiedessero a Natascia se avesse fatto anche la cacca, e quando Piero, indignato per l'interruzione, ne cominciò un'altra, in cui si raccontava di una biscia strisciare sulle lisce cosce di Natascia ed entrare nel buco della piscia, le ragazze li trascinarono fuori dal locale e li caricarono in auto.

Il giorno successivo, domenica, le tre amiche coi rispettivi partner si recarono a San Pietro perché avevano saputo da Piero che il progetto esecutivo era già stato presentato ed aveva avuto l'approvazione di Gianni, e che i lavori di ristrutturazione del capannone erano già cominciati.

Arrivarono davanti al capannone e quasi non riconobbero più il posto: tre camion erano parcheggiati in fregio alla cancellata che delimitava il lotto, da uno una frotta di marocchini stava scaricando ponteggi che poi montavano alacremente all'esterno del capannone e della *dépendance,* da un altro camion dotato di gru idraulica alcuni operai negri, diretti da un veneto, scaricavano bruciatori e ventilatori enormi, e poi valvole, pompe, tubi di ogni diametro e materiale, quadri elettrici, chilometri di cavi, scatoloni con altri dispositivi; un muletto trasportava all'interno del capannone i macchinari ed i fasci di tubi più pesanti, altri operai ammucchiavano pure all'interno il materiale più leggero disponendolo secondo gli ordini gridati in bergamasco dal capo squadra. Da un lungo camion, pure dotato di gru idraulica, erano stati scaricati un mini scavatore ed una ruspa che avevano già scorticato il terreno attorno al capannone per una profondità di

15 cm ammucchiando il materiale di risulta nello spazio fra il capannone e la *dépendance;* una quadra di albanesi comandati da un altro bergamasco stava imbragando il primo di tre enormi rotoli di prato, un'altra stava disponendo lungo la cancellata un centinaio di sempreverdi da siepe e decine di altri arbusti.

Il cantiere sembrava quello della torre di Babele per quante erano le lingue che si sentivano parlare, ma solo le bestemmie erano ben riconoscibili, seppure gridate in bergamasco. Nessuno aveva l'elmetto ed i guanti da lavoro, nessuno aveva esposto alcun cartello con l'indicazione del direttore dei lavori e delle autorizzazioni del caso, nessuno sembrava essere in regola, forse con l'eccezione dei capisquadra.

In quel mentre arrivò un quarto camion, pure dotato di gru idraulica, che scaricò sul marciapiede tre bancali di autobloccanti, due di mattoni forati da 4 fori ed uno da 6 fori, 50 sacchetti di boiacca e 25 bidoni di vernice, che una squadra di meridionali comandata da un pugliese portò in parte nella *dépendance* ed in parte nel gabbiotto.

Rassicurati sul rapido svolgimento dei lavori, i sei risalirono in auto per recarsi a pranzare sul Lago d'Orta, proprio mentre un quinto camion, questo con cassone ribaltabile, scaricava 15 m³ di sabbia lavata e 50 sacchi di cemento da 50 kg in parte sul marciapiede ed in parte in mezzo alla strada; poi tre nerboruti albanesi si affrettarono a portare al riparo i sacchi di cemento.

◊

Mario aveva ascoltato con incredulità quanto gli aveva raccontato Nadia su ciò che era successo in banca a Daniela ed a Marisa quando avevano presentato ad un cassiere due mazzette di 100.000 falsi.

– Quindi mi stai dicendo che il cassiere della Cariplo di Novara ha ritirato le 200 banconote senza minimamente controllarle; ma è assurdo, solo il giorno prima era stato insegnato ai cassieri come fare a riconoscere i falsi, e quel tizio della Banca d'Italia ha detto che sarebbero state avvertite tutte le banche di Vercelli, di Novara e dei relativi circondari, non è possibile che la Cariplo sia stata tenuta all'oscuro.

– Eppure è proprio così. Lory ha esposto una teoria al riguardo su cosa può essere successo, e si basa su quello che tu mi hai raccontato delle due riunioni in direzione cui hai partecipato. – e raccontò a Mario l'intero ragionamento che Lory le aveva fatto il giorno prima, e concluse dicendo: – Il ragionamento fila e mi ha convinto. Scommetto che quando avete finito la seconda riunione e sono rimasti solo i 5 capisettore, il direttore ha disposto che ordinassero ai cassieri di non controllare più le banconote da 100.000, per non rischiare di scoprire dei falsi e di doverli confiscare. Ed alla Cariplo sarà successa la stessa cosa.

– Incredibile! So che razza di bastardi sono i banchieri, e sono quasi propenso a non dare tutti i torti a Lory, ma non a darle completamente ragione.

– Per essere sicuro di quanto è successo, hai la possibilità di chiedere a qualcuno dei capisettore?

– Figurati! Sono proprio loro i più bastardi di tutti.

– E se io mi dessi un po' da fare con uno di loro? Dimmi solo chi posso circuire; fammelo conoscere, così non ti esporresti neppure.

– No, non voglio darti in pasto a quei viscidi bastardi. Piuttosto sono disposto a credere alla teoria della Lory.

– È solo perché sei geloso e non vuoi che possano toccarmi il culo, ma ti voglio bene per questo. – e baciò Mario con ardore.

Mentre Nadia preparava il pranzo, Mario ristette a pensare alla questione e si convinse che Lory e Nadia avevano ragione: quanto fatto dai direttori di banca era criminale, ma non più di quanto lo era lui per aver accettato di dividere con Nadia i 75 milioni falsi e di volerli spacciare.

◊

Cantalamessa lesse dell'arresto del Sorrentino sull'edizione nazionale de La Stampa, che aveva avuto qualche difficoltà a trovare a Napoli, e lesse del riconoscimento tributato dallo Stronzo Malnato nei confronti dell'odiato giornalista provando una enorme sofferenza. Era colpa del Cottafava se per una settimana era stato oggetto di sarcasmo e di dileggio per mezzo stampa, colpa sua l'aver intralciato le indagini, colpa sua aver celato o manipolato delle prove, colpa sua l'aver disseminato la pista di falsi indizi, ed ora questo obbrobrio: il riconoscimento pubblico di aver collaborato utilmente alle indagini proprio conferito da un capitano dei CC, lo Stronzo Malnato; senza contare quell'ectoplasma di Questore che l'aveva sollevato dalle indagini e l'aveva messo in ferie forzate. Decise che la misura era colma: il Cottafava doveva morire, e con lui lo Stronzo Malnato ed il Questore ameba, o almeno dovevano subire danni permanenti tali da dover smettere di operare. Solo così lui avrebbe ritrovato la serenità perduta.

Si rivolse ad un noto fabbricante abusivo di fuochi artificiali, molto stimato nel quartiere, e gli commissionò tre "Bombe di Maradona", un involucro con la forma e la dimensione di pallone da calcio, pieno di ½ kg di polvere nera e di altre polveri che servivano a colorare differentemente il botto. Per accendere il botto pretese un'accensione a strappo, e per il trasporto optò per scatole rivestite di carta natalizia.

– Mi faccia capire bene, don Vito – si accertò il pirotecnico abusivo – il ricevente scarta il pacco, lo apre e l'innesco a strappo fa esplodere il botto. È così?

– Esatto!

– Non mi ha detto che colori deve fare il botto.

– Bianco, rosso e verde! Siamo patriottici una volta tanto.

– Fanno 180.000 lire, anticipate. Quando viene a ritirare i pacchi?

– Passerà qualcuno della DHL subito prima dell'Immacolata. – assicurò Vito mentre contava le 180.000 lire.

– Allora c'è tutto il tempo per fare un buon lavoro. Bacio le mani, don Vito.

– Statte buono.

Capitolo XXVIII

Lunedì, 20 novembre
Carlo Cottafava cedette il passo ad una graziosissima bionda che,
come lui, stava uscendo dal Municipio di Vercelli. Lui c'era andato per richiedere un certificato di residenza, la graziosissima
bionda, che era poi Nadia Console, per comunicare il cambio di
residenza suo e di Mario Cavallero da quelli attuali a quello della
villetta avuta in affitto da Lory. Entrambi avevano parcheggiato
in divieto di sosta, area di rimozione forzata, ma mentre l'adesivo omaggiato dal capitano Nascimbene aveva protetto adeguatamente la Citroën GS del Cottafava, la Lancia Delta di Nadia/
Mario fu portata via da un carro attrezzi. Nadia si incazzò moltissimo, ed al Cottafava, che cercava di calmarla, gridò irata:
– Io ho parcheggiato vicino alla sua auto perché l'ho ritenuta parcheggiata regolarmente. Perché hanno portato via la mia e la sua
no?
– Perché io ho questo adesivo sul parabrezza, e lei no – rispose il
giornalista con un briciolo di compiaciuta cattiveria, mostrando
l'adesivo con su scritto "Socio sostenitore dell'Arma e della rivista
Il Carabiniere", ed aggiunse: – con questo posso sbattermene di
ogni regola del codice della strada.
Nadia lo lesse e si incazzò ancora di più, si girò verso il Cottafava
e gli disse:
– Ma lei chi è? Un agente segreto? Voglio anch'io un adesivo come
il suo. Come posso fare per averlo?
– Sono un giornalista de La Stampa, Carlo Cottafava, forse avrà
letto qualche mio articolo. Venga, l'accompagno al deposito di au-
tovetture rimosse che è lontano, bisogna andare fino a Borgovercelli per ritirare la sua auto.
– Io sono Nadia Console, e la ringrazio del passaggio. Sì, ho letto
i suoi articoli. Belli! – disse la ragazza dandogli la mano, poi salì

sulla Citroën e partirono per Borgovercelli, distante una mezza dozzina di chilometri.

Più per far vedere alla ragazza che era un uomo dalle mille soluzioni, piuttosto che per battergliela, Carlo le disse:

– Un adesivo come il mio non posso procurargielo, ma può sempre stamparselo da sola.

– Come, come? Si spieghi meglio.

– Semplice, lei lo fotografa e dà la foto a chi fa serigrafie su pellicole di PVC, se ne fa serigrafare un migliaio di copie spendendo 2 o 300.000 lire + 40.000 lire per ogni colore per i *clichet*, un adesivo lo tiene per sé, una decina li regala ai suoi amici, e gli altri li vende. Si rende conto quanto possono valere? Molto più di una banconota da 100.000 lire.

Nadia lo guardò sospettosa, quell'accenno ad una banconota da 100.000 non le era piaciuto, ma poi si disse di non essere paranoica e rivolse al giornalista un sorriso smagliante dicendogli:

– Ma lei è un genio! È il re dei falsari. C'è gente che si arrabatta a voler falsificare banconote tirandosi dietro tutte le grane di questo mondo, e lei trova il modo di guadagnare di più e senza correre nessun rischio. Bravo! Farò così.

Arrivarono a Borgovercelli e trovarono il deposito delle auto rimosse già chiuso, guardarono l'ora e videro che erano le 12.15; il Cottafava propose di mangiare qualcosa insieme, in attesa che il deposito riaprisse, Nadia accettò, ma disse che prima voleva recarsi a Novara per far fotografare l'adesivo da un professionista che conosceva, visto che il parabrezza era molto inclinato e se la foto non fosse stata fatta più che bene, la scritta poteva risultare deformata, svelando che l'adesivo era un falso.

– Quando si falsifica qualcosa – pontificò la ragazza – è necessario farlo per bene; meno differenze ci sono con l'originale, e meglio è.

Arrivarono al palazzo settecentesco del centro di Novara e Nadia disse di aspettare, che sarebbe tornata entro cinque minuti col fotografo, quindi sparì nell'androne. Il giornalista ammirò la facciata del palazzo, poi, volendo guardare l'altro lato, entrò nel portone e raggiunse il cortile interno. Vi erano parcheggiate quattro auto: una Mercedes 300 nera, una Porsche 911 color argento, una Mini Cooper blu e sabbia, ed un Range Rover nero; si avvicinò al Range Rover come ispirato da un sesto senso e vide che era pieno zeppo di bagagli, tra cui erano stati caricati per ultimi un treppiedi pieghevole ed uno schermo avvolgibile. Un sorriso percorse il viso del giornalista, sorriso che permase anche quando Nadia scese accompagnata da un uomo armato di una macchina fotografica professionale, assolutamente identico a quell'Andreij Andropov ricercato per omicidio, e da una graziosa ragazza dai capelli neri ricci, ma col viso simile alla biondina riccia vista col russo assassino.

Nadia li presentò come i suoi amici Andrea Sacharov e Lory Locatelli, che si mostrarono sorpresi e felici di conoscere il giornalista, di cui avevano apprezzato gli articoli apparsi recentemente sulle pagine di Vercelli de La Stampa; poi si trasferirono in strada ove, oltre all'adesivo degli amici dei carabinieri, fotografarono anche quello che permetteva la libera circolazione sulle autostrade.

Lory ed Andrea salutarono e tornarono sopra, ché dovevano recarsi a scegliere i mobili con Daniela e con Marisa, dissero, ed il sorriso del giornalista si fece tanto ampio da sembrare quello di un Aristogatto. Non conoscendo Novara, si fece consigliare da Nadia su dove andare a pranzare.

– Nel migliore ristorante della città – disse la ragazza – e naturalmente offrirò io, perché sono molto in debito con lei: mi ha scarrozzato avanti ed indietro, mi ha insegnato il trucchetto degli adesivi e mi ha permesso di fotografarli. Nessuno mi ha mai regalato tanto.

Intanto erano risaliti in auto ma non erano ripartiti perché il giornalista aveva detto:

– Temo che non te la caverai con un semplice pranzo in un locale elegante. Chiama a raccolta le tue amiche Daniela e Marisa, di' che a scegliere mobili andrete un'altra volta, e fa' venire anche Lory, ma da sola, avrei timore se dovessi parlarvi in presenza di un assassino.

Nadia si girò di scatto verso di lui e lo guardò con gli occhi infocati, quindi disse:

– No! Non è possibile! Come hai fatto ad arrivare fino a loro? Come sei riuscito a farti accompagnare da me?

– Il caso di incontrarti fuori dal Municipio, la fortuna che ti avevano portato via l'auto e che ho voluto esserti d'aiuto, poi la voglia di far colpo su di te con la faccenda degli adesivi; un insieme di circostanze del tutto fortuite; poi, una volta qui, il treppiedi pieghevole e lo schermo avvolgibile sul Range Rover. Erano stati visti dal portiere di giorno del *résidence* "L'Approdo" quando Lory ed Andreij se ne sono andati. Dai, convoca le tue amiche nel ristorante che vuoi, da sole, nel loro interesse.

Nadia telefonò alle tre amiche ed a tutte e tre ripeté lo stesso messaggio:

– Ragazze, c'è un'emergenza, ci vediamo al ristorante Coccia tra 20 minuti. Venite sole.

Raggiunsero il ristorante percorrendo a braccetto le strade acciottolate ed i portici, il giornalista chiacchierando giovialmente, Nadia rispondendogli a monosillabi e mostrando una faccia tirata. Arrivati al ristorante il Cottafava chiese un tavolo da cinque in posizione appartata ed ordinò due aperitivi, Manhattan per lui e gin tonic per lei; poi avvisò che aspettava tre bellissime ragazze, e di accompagnarle al tavolo non appena fossero arrivate.

Arrivarono insieme, gli aperitivi e le tre ragazze, per cui si ordinarono gli aperitivi anche per loro: Alexander per Marisa, Hemingway per Daniela, Vodka Martini per Lory. Nadia presentò il giornalista a chi ancora non lo conosceva, poi disse che era tutta colpa sua se lo aveva portato fino al palazzo ed aveva rivelato che abitavano lì, ma il Cottafava la interruppe e disse di ascoltare, che avrebbe parlato lui, in modo che non avrebbero dovuto inventare frottole sul momento e magari cadere in contraddizione; chiese solo di essere franche e sincere nel rispondere alle sue eventuali domande, se volevano uscire con pochi danni dalla vicenda.

– Innanzi tutto togliamo dal banco l'ipotesi che Nadia possa avervi tradite. L'ho conosciuta stamattina per caso, le ho fatto il favore di accompagnarla a Borgovercelli per recuperare la sua auto portata nel deposito delle auto rimosse, il deposito era chiuso ed abbiamo deciso di pranzare insieme, le ho fatto vedere come mai non hanno portato via la mia auto, in divieto di sosta a fianco della sua, ha voluto anche lei un adesivo simile al mio da applicare sul parabrezza, le ho consigliato di fotografarlo e di farsene fare uno uguale in una serigrafia, ha voluto ricorrere ad un bravo fotografo e mi ha portato davanti al palazzo ove abitate, ho curiosato in cortile ed ho visto il Range Rover col treppiedi pieghevole e lo schermo avvolgibile già notati da un portiere di un *résidence* di Vercelli, poi sono scesi dabbasso Andreij e Lory per fotografare l'adesivo, e li ho subito riconosciuti come l'assassino di Vincenzo Scarenzi e la biondina fuggita con lui. Per cui vi assicuro che Nadia non ha nessuna colpa, e se volete prendervela con qualcuno, prendetevela col destino o la sfortuna.

Arrivarono gli altri tre aperitivi insieme al *maître* per le ordinazioni, e per non essere interrotti chiesero un pranzo completo a base di pesce accompagnato da Vermentino d'Alghero, raccomandando di non aver fretta tra una portata e l'altra. Il giornalista riprese poi a parlare:

– Come sapete, perché immagino che leggiate i miei articoli sulle pagine di Vercelli de La Stampa, sono riuscito a parlare con Sebastiano, che mi ha convinto di non aver preso la borsa col denaro al passaggio a livello del Torrione, e mi ha pure detto che neppure Mario e Marisa possono averla presa, ma non è sicuro dei movimenti di Daniela, tanto che non può escludere che sia stata lei a prendere la borsa. Allora, prima domanda: Daniela, hai preso tu la borsa col denaro?

– Perché dovrei risponderti?

– Perché ho già scritto al computer un articolo che induce a credere che la borsa l'abbia presa tu, con la complicità di Marisa, che vi siate liberate di Sebastiano e di Mario, e che una volta a casa a Vinzaglio vi siate divise il denaro. L'articolo non l'ho ancora inviato in redazione perché prima volevo parlarvi per sentire la vostra versione dei fatti, ma se non mi rispondi, anzi, se non mi rispondete – disse abbracciando anche Marisa con lo sguardo – sono sempre in grado di darlo alle stampe senza la vostra versione. Immagino che sappiate cosa succederà dopo: interrogatorio da parte dei carabinieri, sequestro del denaro e dei beni eventualmente acquistati, una figura di merda coi vostri amori... allora, la borsa l'avete presa voi o no?

Daniela e Marisa si scambiarono una rapida occhiata, poi Marisa si mise a piangere in silenzio, mentre Daniela bevve d'un fiato un bicchiere di Vermentino per farsi coraggio e con un filo di voce disse:

– Sì, l'ho presa io; le cose sono andate come hai detto.

Carlo diede un fazzoletto a Marisa affinché si asciugasse gli occhi, poi preso dalla compassione, le disse:

– Su, coraggio, il più è fatto. Allora vediamo se riusciamo a cancellare dal computer il fatto che il denaro l'avete preso voi. Seconda domanda: quanto denaro c'era nella borsa?

Un silenzio di tomba scese sul tavolo, le ragazze smisero di spilluzzicare le portate e si interrogarono con gli occhi. Carlo le lasciò tutto il tempo che volevano e continuò a mangiare con buon appetito, ma ritenne utile precisare:

– Sarebbe un bel guaio per entrambe se mi direte una cifra e poi dovessi scoprire che è la metà o un terzo di quanto c'era nella borsa; perché sapete benissimo che controllo sempre le informazioni che ricevo prima di divulgarle sul giornale. Allora, da brave, quanto denaro c'era nella borsa?

Dopo un ultimo giro di occhiate, Marisa cedette e con un filo di voce disse:

– Trecento milioni, tutti in biglietti da 100.000 – poi riprese a piangere, mentre le altre si dimenavano sulle sedie; Daniela allontanò da sé il piatto di trote alla mugnaia; Lory, nel prendere il bicchiere,rovesciò il vino sul tavolo.

Carlo fece un fischio che si udì appena, attese che Marisa si asciugasse gli occhi, poi chiese:

– Terza domanda: cosa ne avete fatto del denaro?

Le ragazze risposero subito, perché ormai la diga si era incrinata.

– In gran parte l'abbiamo messo in una cassetta di sicurezza della CRV di Vercelli, dove lavora Mario, in minima parte l'abbiamo speso e col resto abbiamo costituito una società con Piero e con Gianni, cioè col geom. Pittaluga e col dott. Ticozzi, una srl che si chiama "Barbarella" – disse Daniela.

– Urcavé! Una srl! E voi due quanto avete versato per il capitale sociale? Diciamo che questa è la quarta domanda.

– Poco più di 53 milioni, volevamo averne il controllo, anche se l'Amministratore è il dott. Ticozzi – rispose Daniela.

– Cazzarola! Non si può dire che non abbiate voluto fare le cose in grande. E qual'è lo scopo della società? Intendo dire lo scopo effettivo, non quello scritto nell'atto costitutivo, in cui si scrive di tutto e di più. Questa chiamiamola quinta domanda.

– La società ha affittato un capannone con una *dépendance* a San Pietro e vuole trasformarlo in un *night club* alla moda col *privée*. – rispose Marisa, che aveva smesso di piangere.

– Uau! Alcool, tette al vento ed un posto per scopare in tutta tranquillità. Farete soldi a palate. Brave! Allora riepiloghiamo: 300 milioni meno 53 per la società, meno 2 o 3 milioni di sfizi, ristoranti, mutandine e bagole varie… non ditemi che non avete acquistato un'auto nuova…

– Le abbiamo prese a rate – precisò Marisa.

– Allora, invece di 2 o 3 milioni diciamo4 milioni, va bene? Sì? Dunque 300 – 57 milioni fa 243 milioni. È con tanto che siete rimaste? Sesta domanda.

– No! Perché abbiamo diviso i 300 milioni anche con Lory e con Nadia. Per cui ognuna di noi ha ricevuto solo 75 milioni – precisò ancora Marisa.

– Perbacco! E perché tanta generosità? Settima domanda.

– Perché hanno scoperto che avevamo preso la borsa seguendo linee investigative diverse e basandosi anche sui tuoi articoli, per cui ci hanno ricattate; insomma hanno fatto la stessa cosa che stai facendo tu, solo che sono state più brave di te, perché sono arrivate fino a noi senza botte di culo, come è capitato a te, ed arrivando

tre giorni prima di te. – disse con foga Daniela per aver la soddisfazione di tirare una stoccata al giornalista.

– Bravissime anche loro! – ammise il giornalista ammirato per la
sfrontatezza della ragazza – mi dite allora perché non dovreste
dividere per cinque anziché per quattro? Comprate il mio silenzio
con 60 milioni, io cancello l'articolo, e mi dimentico di voi due,
di Lory, di Andreij… beh, Nadia, se vuoi mi posso dimenticare
anche di te, anche se non hai fatto nulla per cui ti possa ricattare. –

– No, carino, è troppo! In fin dei conti sei arrivato ultimo nella
gara, non puoi pretendere lo stesso premio dei primi e dei secondi giunti entrambi *ex-æquo*. – disse Daniela posando un piccolo
registratore sul tavolo – chissà cosa farebbe l'ordine dei giornalisti
se dovesse ascoltare questa registrazione. Per cui l'offerta che ti
facciamo è questa: ciascuna di noi ti darà 5 milioni, per un totale
di 20 milioni, e tu farai tutte le sagge cose che ti proponevi di fare
per 60. La registrazione ovviamente la terremo noi.

Il giornalista era rimasto di stucco, non se lo aspettava proprio
uno scherzo del genere da parte di quattro deliziose ragazze, e
giudicò che per 20 milioni anche Andreij poteva restare latitante,
mentre lui e le ragazze potevano tranquillamente spendere denaro di provenienza illecita, per cui, dopo un travaglio neppure
eccessivamente lungo e doloroso, accettò l'offerta.

Tutti tirarono un sospiro di sollievo, le ragazze ripresero a mangiare ed a bere, ed in poco tempo chiacchiere poco impegnative e
qualche contenuto risolino pervasero la tavolata, tanto che Lory
si avvicinò al giornalista e gli sussurrò:

– Sei in grado di procurare ad Andreij documenti perfetti? Carta
d'identità, passaporto, patente di guida, tesserino sanitario e tesserino fiscale? Sì? Te li pagherò 5 milioni, ma li voglio in fretta.

– Considera di averli già in tasca – rispose il Cottafava alzandosi,
poi rivolto alle altre disse – Beh, il conto ovviamente lo pagate
voi. Quando ci vediamo col denaro della mia parte?

– Domani, ci vedremo qui alle 11.30 per un aperitivo – disse Lory
– ti darò anche le foto ed i dati di Andreij.

◊

Quarantotto ore dopo il suo arresto, e dopo ventiquattro di incalzanti domande degli inquirenti, l'omertà di Michele Sorrentino cedette di schianto, ed al magistrato che lo interrogava esternò l'intenzione di collaborare pienamente con le autorità per smantellare la rete che gestiva il narcotraffico nella provincia di Vercelli e nelle aree limitrofe. Egli si dichiarò pentito dei reati commessi direttamente, e ne confessò una ventina, fra cui 3 omicidi, di cui disse era stato il mandante, ma per quanto riguardava alla sparatoria sul treno avvenuta il 7 novembre a Vercelli, si dichiarò vittima di un tentativo di rapina organizzata da Gaspare Piscitelli, *gangster* emergente della Lomellina e ras indiscusso della città di Mortara. L'ordine di cattura del Piscitelli fu emanato alle 20 di domenica, e neppure ventiquattr'ore dopo, per merito di una provvidenziale soffiata, il *gangster* fu individuato in un *résidence* di Vigevano, e catturato dopo un violento scontro a fuoco in cui perse la vita la puttana che gli aveva allietato le ultime ore di libertà, per essersi il Piscitelli fatto scudo di lei.

Anche il Piscitelli, nei giorni successivi, provò a giocare la carta del pentimento, ma il magistrato che lo interrogava non abboccò, non interessandogli le ammissioni di colpevolezza fatte fino a quel momento, né interessandogli catturare pedine soprannominate 'o Scarafone, 'o Sfigato e 'o Malmostoso, e, circa all'elemento di maggior spicco della sua banda, Andreij Andropov, avendogli saputo dire solo che era in ospedale a Vercelli coperto di puntini rossi contagiosissimi.

Il Piscitelli sparì dalla circolazione entrando nel circuito penitenziario italiano prima come detenuto in attesa di giudizio, e poi come condannato in via definitiva.

Lo Scarafone se la cavò perché era stato lui ad effettuare la soffiata, non si riuscì a rintracciare lo Sfigato e neppure a dargli un nome, mentre 'o Malmostoso schivò il carcere per raggiunti limiti d'età.

◊

Nadia e le sue amiche, dopo il pranzo col Cottafava, si ritrovarono a casa di Marisa (in realtà era l'appartamento di Gianni, ma Marisa la considerava ormai casa sua) per discutere di quanto appena successo.

– Ragazze, vi prego, non odiatemi, non è stata colpa mia se l'ho portato qui, l'ha detto anche il Cottafava. – implorò Nadia – Sono disposta ad accollarmi completamente i 20 milioni da dare a quel bastardo, ma voglio che continuiamo ad essere amiche.

– Non ci pensare neppure – la consolò Marisa – avevamo deciso di dividere in parti uguali oneri ed onori, e così faremo. Piuttosto dobbiamo ringraziare Daniela per aver avuto la genialata di registrare la conversazione al ristorante. Come hai fatto, Dany, a sapere che ci avrebbe ricattate?

– Quando, dopo la telefonata di Nadia che ci convocava dicendo che era per un'emergenza, Lory mi ha detto che aveva appena parlato col Cottafava, ho capito di cosa poteva trattarsi, allora sono entrata nell'ufficio di Piero e gli ho preso il registratore che usa per dettare le lettere alla segretaria, e l'ho portato con me, ma non sapevo farlo funzionare... sentite – premette un tasto e dal registratore si sentì la voce del Pittaluga che diceva:

– *Poi scrivi a quel culattone di arredatore che il suo ultimo preventivo se lo può infilare su per il culo... anzi no, che magari gli piace... gli scrivi che se divide per due il totale del preventivo, bene, sennò può andare a dar via...*

Daniela pigiò un altro tasto e la voce del Pittaluga si zittì. Le amiche la guardarono sbigottite, poi scoppiarono in una irrefrenabile risata.

– Sapete ragazze, va bene che il Cottafava ci ha fottuto 20 milioni, ma con la storia degli adesivi da applicare ai parabrezza, mi ha suggerito un'attività che può rendere ancor più di quanto ci ha fregato, e voglio condividerla con voi, anche per farmi perdonare – quindi spiegò alle amiche cosa si sarebbe potuto fare.

– Hai fatto fotografare da Andreij solo l'adesivo che permette di fregarsene del codice della strada, o anche quello che permette di scorrazzare in autostrada gratis? – chiese Marisa.

– La seconda – rispose Lory per Nadia – Dovrebbe valere ancor di più.

– A quanto dite che potremmo venderli? – chiese Daniela.

– Allora, io prendo in media tre multe al giorno fra divieti di sosta, superamento dei limiti di velocità, ZTL e divieti di sorpasso – cercò di stabilire Nadia – ma per il resto: sensi vietati, limiti di peso, uso degli abbaglianti e del claxon, sono molto coscienziosa, per cui dovrei spendere 100.000 lire al giorno, per 365 giorni fanno 36.500.000; facciamo 35.000.000 per tener conto dei giorni di malattia e di quando sono in vacanza. Se ogni adesivo lo facessimo pagare un milione, dovremmo venderli come fossero dei salatini.

– Okay, ma dobbiamo stare attente a non saturare il mercato, sennò sono capaci di cambiare adesivo. – avvisò Lory – Propongo di limitare a mille gli adesivi da vendere a un milione, mentre per quelli da usare in autostrada, penso che ne potremmo stampare 30.000 e vendere a 100.000 lire l'uno.

– Perché così tanti a così poco, rispetto ai 1000 da vendere a 1.000.000? – chiese Daniela.

– Per essere delle persone responsabili e per scaricarci la coscienza – rispose Lory – gli adesivi per le autostrade danneggeranno solo, ed in minima parte, le società che le hanno in gestione, ma quelli che permettono di bypassare il codice della strada sarebbero delle specie di licenze di uccidere nelle mani di certi pirati della strada.

– Sono d'accordo con Lory – disse Nadia, cui si accodarono anche Daniela e Marisa.

– Quindi possiamo prevedere di incassare complessivamente 4 miliardi nell'arco di alcuni anni. – disse Marisa – Come dividiamo le spese ed i guadagni?

– Ovvio, in parti uguali – risposero tutte le altre.

Capitolo XXIX

Martedì, 21 novembre – Sabato, 2 dicembre
Lory arrivò al ristorante Coccia poco prima dell'ora dell'appuntamento col Cottafava, e lo trovò già seduto al tavolino intento a sorbirsi un Manhattan. Si sedette al suo tavolino ed ordinò un Vodka Martini, poi fece scivolare due buste verso il giornalista, che le ritirò in una tasca interna della giacca. In una v'erano 20 milioni in banconote da 100.000 lire, raccolti dalle quattro le ragazze in ragione di 5 milioni ognuna, nell'altra v'erano 8 foto tessera di Andreij, ed un foglio con il nome che avrebbe assunto sui nuovi documenti, alcune note come il colore dei capelli e degli occhi, la statura ed il peso, i segni particolari, la data e la località di nascita, il nome dei genitori.
– Non li conta neppure, dottore? – chiese ironica la ragazza.
– Non ce n'è alcun bisogno. Mi fido ciecamente di innocenti e splendide ragazze come voi – rispose il giornalista con altrettanta ironia, poi continuò – per i nuovi documenti di Andreij occorreranno una quindicina di giorni, le telefonerò io quando saranno pronti, lei intanto prepari i 5 milioni.
– Sono già pronti, ma guardi che dovranno essere a prova di bomba, altrimenti nisba. – avvisò Lory nel dargli il numero di cellulare.
– Si tranquillizzi, i documenti saranno addirittura autentici, tranne che per il contenuto ovviamente. Passaporti, carta d'identità, patente di guida, e tesserini vari, tutti originali intonsi. Non tratto falsi io.
Lory lo guardò cercando di capire se il Cottafava, con quella battuta, intendesse sottintendere qualcosa, ma decise di no, che si trattava di un semplice *pour parler,* quindi finì l'aperitivo ed accennò ad alzarsi per andarsene, non prima di dirgli con una vena di sarcasmo:

– Tocca a lei pagare il conto questa volta, dottore. Ne ha i mezzi a iosa. – quindi uscì dal ristorante.

◊

Nadia si mise subito al lavoro per far stampare gli adesivi. Gianni la indirizzò in una serigrafia che per un prezzo irrisorio, ma con una grossa mancia per tenere la bocca chiusa, stamparono in pochi giorni 1000 adesivi battezzati sfacciatamente "anticodex" e 10.000 denominati beffardamente "free autoway", assolutamente identici a quelli che il capitano Nascimbene aveva regalato al Cottafava.

Subito ne regalò alcuni alle amiche ed ai loro compagni, ma Gianni gliene comprò una ventina dei due tipi a metà prezzo, che ci avrebbe pensato lui, disse, a rivenderli per il doppio; Piero lo volle imitare, e Mario fu incaricato di venderli presso colleghi e clienti della CRV, ovviamente a prezzo pieno.

– Tanto cosa possono dirti quelli della direzione – gli disse Nadia – loro spacciano banconote da 100.000 false, e tu non dovresti vendere degli innocenti adesivi di PVC? Ma mi facciano il piacere!

Infatti Mario riuscì a venderne parecchi a clienti della banca, ad alcuni membri della direzione, e persino al Direttore Generale, quando costui fu informato da una spia dell'illegale commercio imbastito da un suo impiegato.

Alla fine di novembre, fra Mario e le ragazze, solo di adesivi avevano tirato su 40 milioni, 40 volte quanto avevano investito nell'affare. Esse si divisero la somma in quattro parti uguali durante una sontuosa cena tenuta in un ristorante sul Lago d'Orta per festeggiare la buona riuscita dell'impresa.

Nadia ricevette i complimenti di tutti per aver avuto l'idea ed averla voluta condividere con le amiche; ella si augurò che anche il *night* di Daniela e di Marisa, che sarebbe stato inaugurato di lì a qualche giorno, potesse avere un analogo successo, ed a questo brindò alzando un calice di spumante.

◊

Nella settimana successiva all'incontro di Lory col Cottafava, arrivarono i mobili per arredare le tre camere che Andreij e Lory volevano riservare per sé come abitazione, e le quattro in cui avevano deciso di allestire una sala massaggi ed un salone di bellezza. Avevano rinunciato al *fumoir* per la cannabis, sostituendolo con docce agli UV, con mini-saune, coll'armamentario da parrucchiera, con una palestra con *tapis-roulant, cyclette,* vogatori, spalliera e pesi, ma non avevano rinunciato a due lettini per massaggi ed un lettone ad acqua per scopate selvagge. Avevano ingaggiato, dopo accurata selezione, un parrucchiere finocchio e due ragazze esperte sciampiste e nella decorazione delle unghie, una ex pallavolista che avrebbe assistito Andreij in palestra, due negri nerboruti come massaggiatori, e due troiette tuttofare, dalla distribuzione degli asciugamani e degli occhialini anti UV, ai pompini ed alle altre prestazioni eventualmente richieste. Erano costoro le "sorelline" che tanto avevano destato l'interesse di Piero, ma Daniela non permise mai al compagno di salire al piano superiore. Lory aveva riservato per sé la cassa, le prenotazioni, e la cura che i clienti non friggessero nelle docce UV.

La *beauty farm* cittadina ed in miniatura era stata chiamata molto banalmente "Lory & Andrea", ed era stata molto poco pubblicizzata inviando un elegante cartoncino di invito ad un nucleo selezionatissimo di novaresi, sulla base di un elenco fornito da Gianni.

Le tariffe per i vari servizi offerti non erano eccessivamente salate ed era possibile acquistare pacchetti onnicomprensivi fortemente scontati, pompini a parte. Era anche possibile sottoscrivere abbonamenti annui, piuttosto cari, anche perché prevedevano di ricevere in omaggio un adesivo che consentiva la libera circolazione autostradale.

La *beauty farm* venne inaugurata il 28 novembre. Oltre che i titolari ed i dipendenti, erano presenti le tre amiche ed i rispettivi compagni, ed una trentina di esponenti della *crème* della società novarese. In quell'occasione furono distribuiti a metà prezzo 10 adesivi "anticodex" e 20 "free autoway" per un incasso di 6 milioni e raccolto prenotazioni per altrettanti adesivi a prezzo pieno.

◊

Venerdì 1° dicembre, nel pomeriggio, Marisa, Daniela, Gianni e Piero si trovavano nel capannone ristrutturato dall'ingegner Berlinghieri su progetto dell'archistar Victor Baldacci-Ford e con arredamenti curati da Michele Porta, omosessuale dichiarato e dal gusto squisito.
Da mezz'ora Daniela e Marisa si aggiravano per il vasto ambiente esaminandolo da varie angolature, sia sedute nei *séparé*, che in piedi sotto il palo della *lap dance*, sia simulando di entrare nel *night*, che fingendo di indugiare al guardaroba, sia appollaiate sui trespoli al banco del bar, che fingendo di rifarsi il trucco nel bagno unisex. Avevano osservato il salone dal soppalco realizzato a ridosso di una parete, si erano guardate attorno da vari punti della pista da ballo, avevano percorso in lungo ed in largo le aree verdi soffermandosi nelle alcove realizzate con sempreverdi lungo il tunnel dell'amore. Avevano visitato la *dépendance* entrando in ogni stanza ed in ogni bagno, avevano simulato di avere un orgasmo per scoprire cosa si sentiva dalla camera limitrofa, avevano accennato ad un passo di danza per vedere se ci fosse spazio per fare una piroetta. Solo lo sgabuzzino e il gabbiotto presso l'ingresso non li avevano ritenuti valevoli di interesse.
Per tutto il tempo Gianni e Piero avevano osservato compiaciuti la cura profusa dai loro amori nell'ispezionare il posto, e si trattennero al centro della pista da ballo a fumare e ad attendere di conoscere il responso delle ragazze, che venne, appunto, dopo mezz'ora.
– Per quello che mi riguarda, questo *night club* è una cagata pazzesca. – Disse Daniela parafrasando Fantozzi dopo che aveva visto "La corazzata Potëmkin".

– Mi spiace per te, Gianni, ma sono costretta a darle ragione. Se un ragazzo dovesse portarmi in un posto del genere, piuttosto che dargliela me la cucirei. – le diede man forte Marisa.

– Ma perché? Cos'ha che non va? Dimmelo che lo faccio cambiare. – provò a medicare Gianni.

– Cosa non va? Tutto non va! – esplose Daniela – L'impressione che se ne ha entrando è quello di avvicinarsi alla bocca a becco di un calamaro gigante, con tutti quei tubi d'alluminio zigrinato a fare da enormi tentacoli; tutti gli specchi alle pareti sono deformanti, e trasformano i magri in ciccioni e i ciccioni in spilungoni, così uno si ferma davanti ad uno specchio a fare il buffone e non consuma e non guarda né culi né tette; il soppalco ha creato uno spazio supplementare, è vero, ma sembra fatto apposta per fare scherzi a quelli che stanno sotto, andrà a finire come la battaglia delle arance di Ivrea.

– Tutto qua? Bastano due o tre ritocchi… – provò a medicare anche Piero.

– Avevo solo preso fiato. I tavolini appesi al soffitto come stalattiti sono una cagata, anche se così è più comodo pulire il pavimento; il guardaroba coi cappotti che fanno il carosello per arrivare nella posizione giusta mi sembra ispirato ad una lavanderia a secco; i trespoli del bar sono instabili, e se solo uno accavalla le gambe fa un volo della madonna; la gabbia in cui dovrebbe ballare nuda la cubista assomiglia a quella di un gorilla, e poi è appesa al soffitto con delle catene, di modo che ballandoci dentro non starebbe ferma; il palo della *lap dance* è troppo grosso, sembra la colonna di uno stilita; continua tu, Marisa, che mi è venuta sete.

– Parliamo dei cessi, sono unisex, e non mi stupisco avendoli progettati un culattone – intervenne Marisa per dare il cambio all'amica – una va in bagno per imbellettarsi il naso, sente il partner scoreggiare rumorosamente e gli passa tutta la poesia, non parliamo poi del contrario, gli si affloscerebbe l'uccello; il *privée* non è male, forse perché è stato ristrutturato da Piero – disse per non far rimaner male il geometra – ma le camere adiacenti sono troppo piccole ed hanno il cesso in comune, ti rendi conto? Una va al cesso per sciaquarsela e trova uno che sta cagando. Non mi piace il *murales* dipinto sul fianco del capannone, mi ricorda Guernica di Picasso. Le luci in giardino illuminano le persone dal basso e le facce diventano come quella di Nosferatu. E il tunnel dell'amore? Cosa servono le alcove fra i sempreverdi? Sei mai andato in camporella d'estate nella Bassa? Non sai che girano certe zanzare vampiro che ti raccomando? Uno si cala i calzoni e quelle zac! Ti ritrovi con tre bungigoni sulle chiappe.

– Ma basta mettere quelle lampade che le attirano e le fulminano. – obbiettò Piero.

– Ha ha! Senti se ti piace questa scena: "Cara, orsù lascia... scick... che ti tolga le mutande" scick "Non ancora, prima... scick... ti faccio un pompino" scick. No! Le alcove sono una cagata, e fanno concorrenza alle camere del *privée*. Il tunnel dell'amore fatto di sempreverdi mi ricorda il labirinto di Shining, uno lo percorre ed alla prima persona che incontra si caga addosso. E se te la devo dire tutta, mi sai dire perché un *night club* aperto solo di sera e di notte, lo dice il nome stesso, deve avere un giardino fruibile solo di giorno?

– Ma perché non hai fatto queste giuste obbiezioni quando abbiamo discusso il progetto di massima? – chiese Gianni, già prevedendo come sarebbe finita la storia – cambiare il progetto ora non si può, verrebbe a costare uno sproposito, e poi l'archistar non ci metterebbe la sua firma.

– Quale discussione? C'eri anche tu quel giorno, con quell'invasato a disquisire sui massimi sistemi, quel culattone che svolazzava da uno all'altro coi suoi cataloghi, con tre panini microscopici con su chissà quale schifezza, e tutti che volevamo andarcene a mangiare. – disse Marisa – Guarda che io questo posto non lo voglio e qua dentro non intendo entrarci. E se dovesse costare troppo fare le modifiche che ti abbiamo detto, ebbene allora vendilo, magari ai cinesi, loro hanno il gusto per l'orrido, hanno la cultura dei draghi e non temono le zanzare, sono piccoli e staranno da Dio nei cubicoli realizzati da Piero.

– E non intendo pagare all'archistar ed al culattone neanche una lira per questa schifezza. – disse Daniela – L'ingegner Berlinghieri sì, ma quei due archiculattoni non devono vedere neanche una lira. E anch'io sono per venderlo al più presto.

– Ma non posso non pagarli, andrebbero dal loro Ordine professionale a farsi apporre un timbro su una fattura e varrebbe come se l'importo fosse stato deciso dal tribunale; non puoi giudicare l'opera di un architetto secondo i tuoi gusti e dire che non lo paghi perché l'opera non ti piace.

– Allora vendi subito questa schifezza con la clausola che l'acquirente si farà carico di pagare il culattone e l'architetto. – gli ordinò Marisa – E vedi di venderla alla svelta, perché sappi che finché non sarà venduta con profitto, non sarò nello spirito di dartela e di fare tutti quei giochini che ti piacciono tanto.

– La stessa cosa vale anche per te, Pittaluga, niente più pompini, niente più scopate selvagge finché non avrai venduto proficuamente questa cagata.

– Ma domani abbiamo l'inaugurazione, abbiamo inondato la Bassa novarese di manifesti, abbiamo assoldato una ventina di strafiche fra spogliarelliste e pornocameriere...

Marisa e Daniela si guardarono e trovarono la soluzione in un batter d'occhio:

– Domani sera ci saremo noi a dirigere le spogliarelliste e le cameriere, ci piazzeremo nel gabbiotto e venderemo biglietti di ingresso al *privée*, dicendo che non è pervenuta l'autorizzazione dei vigili del fuoco ad utilizzare il capannone. – disse Marisa – A chi venisse in coppia offriremo uno sconto sugli adesivi, diciamo il 30%, e li rimanderemo a casa, ai maschietti che dovessero presentarsi soli offriremo l'ingresso scontato del 30% al *privée*, e le strafiche che volessero prestarsi potranno tenersi l'intero importo della prestazione fornita. Non sarà consentito l'ingresso alle donne sole per mancanza di servizi igienici per loro; ma tanto esse saranno una infima minoranza di chi si presenterà.

– E dopodomani ci metterai un bel cartello con su scritto "vendesi". O vuoi che ci occupiamo anche di questo, perché guarda che non ci mettiamo niente a darla via fino a trovare l'acquirente giusto. – minacciò Daniela.

Di fronte alla prospettiva di andare in bianco per settimane, e forse mesi, Carlo e Piero cedettero, e promisero di attivarsi per vendere la proprietà quanto prima, o per lo meno di affittarla.

La sera successiva, sabato 2 dicembre, Daniela, Marisa, sei spogliarelliste e tre cameriere si misero a presidiare l'ingresso del *night* dalle 22 alle 03 del giorno dopo. Alle 20 coppie che si presentarono furono venduti adesivi per 2.700.000 lire, ai 40 maschietti che si presentarono soli furono affittate le stanze del *privée* per 1.200.000 lire, le spogliarelliste e le cameriere tirarono su per sé 2.000.000 lire, nessuna donna si presentò da sola.

Contrariamente ai timori di Piero e di Gianni, o forse a causa della minaccia delle loro compagne di farli andare in bianco a tempo indeterminato, la società trovò rapidamente da vendere l'intero lotto capannone ristrutturato uso *night club* + *dépendance* uso *privée* per 650 milioni di lire ad un cinese che pagò in contanti. Il giorno prima quello della vendita, Piero, essendo dotato di procura della proprietà, aveva acquistato l'intero lotto per 300 milioni, poi l'aveva subito venduto alla "Barbarella srl" per 330 milioni. La "Barbarella srl" aveva pagato la fattura della ditta Habitat (120 milioni) quella dell'arredatore finocchio (70 milioni) e quella dell'architar (50 milioni) realizzando un guadagno di 80 milioni, che Gianni e Piero si affrettarono a mostrare trionfalmente a Marisa ed a Daniela affinché cessassero lo sciopero del sesso che stavano attuando.

◊

Giovedì 7 dicembre un furgone della DHL si fermò dal noto pirotecnico napoletano per ritirare tre pacchi regalo perfettamente incartati con carta natalizia.

All'ufficio della DHL il Cantalamessa aveva mandato un finto cieco trovato davanti ad una chiesa a chiedere l'elemosina, l'aveva scelto perché era vestito con abiti dimessi ma puliti e non aveva l'aria di incutere timore o sospetto; gli aveva detto che gli avrebbe dato 50.000 lire se gli avesse fatto una commissione, l'aveva istruito su cosa doveva fare e gli aveva consegnato tre biglietti d'auguri da allegare ai pacchi da spedire; poi gli aveva dato del denaro per pagare la spedizione e gli aveva detto che le 50.000 promesse gliele avrebbe date quando gli avesse consegnato le ricevute della DHL.

Il finto cieco aveva eseguito quanto spiegatogli dal Cantamessa, aveva fornito all'impiegato della DHL addetto alla ricezione dei pacchi da spedire le proprie generalità quale mittente della spedizione, inventandosi un indirizzo fittizio quale mittente, aveva compilato l'indirizzo dei destinatari leggendo da un foglietto fornitogli dal misterioso personaggio che gli aveva affidato un incarico così facile facile, gli aveva consegnato i biglietti d'auguri raccomandandosi di abbinarli col pacco giusto quando li avesse prelevati dal pirotecnico, gli aveva fornito l'indirizzo dello stesso ed aveva pagato la spedizione. L'impiegato assicurò che i pacchi sarebbero stati prelevati il giorno stesso e consegnati nella giornata di lunedì 11 dicembre, essendo festivi i giorni di venerdì 8 e di domenica 10, e non potendo garantire la consegna entro la giornata di sabato 9; quindi rilasciò tre ricevute di spedizione e salutò lo strano cliente che evidentemente regalava fuochi d'artificio per Natale.

Il finto cieco tornò al luogo dove aveva lasciato il generoso ma indolente personaggio che l'aveva ingaggiato, gli consegnò le tre ricevute della DHL e ricevette le 50.000 lire promesse, quindi gli augurò buone feste e se ne andò a spenderle in fretta, come se esse potessero svanire da un momento all'altro.

La prima "bomba di Maradona" scoppiò alle 1o.30 di lunedì 11 dicembre in faccia al segretario del Questore, incaricato da costui di smistare i regali di Natale ricevuti, per tenere quelli più pregiati e per riciclare quelli di minor valore o più pacchiani. Il segretario aveva scartato con attenzione il pacco ricevuto, per poter riciclarne per uso personale la carta da regali, come raccomandatogli dalla moglie; poi aveva aperto la scatola di forma cubica, con lato di 40 cm circa, sollevandone il coperchio, e la scatola era esplosa con un lampo abbacinante di colore bianco ed un botto fortissimo. Il povero segretario morì sul colpo, col viso, col busto e con le braccia devastate e ustionate in profondità dallo scoppio, l'intera stanza della segreteria fu messa a soqquadro dallo spostamento d'aria, gli spezzoni di magnesio che avevano colorato di bianco l'esplosione appiccarono incendi ovunque trovassero materiale combustibile: faldoni di pratiche, scartafacci impilati disordinatamente sugli scaffali, libri trattanti gli argomenti più svariati, risme di carta per fotocopie; i doppi vetri della finestra della stanza andarono in mille pezzi e caddero sui passanti della via sottostante, ferendone alcuni, le porte della segreteria, quella d'ingresso e quella che dava nella stanza del Questore, si scardinarono e presero fuoco unitamente ai rispettivi telai.

La seconda "bomba di Maradona" fu recapitata alla caserma dei CC di Vercelli alle 10.40. Siccome il destinatario, capitano Oronzo Nascimbene, saputo dell'attentato in Questura, si era precipitato sul posto per dirigere le indagini e per farsi intervistare dai primi giornalisti sopraggiunti, il pacco venne ritirato dal maresciallo Demaria, lasciato a presidiare la caserma. Costui valutò che se si fosse impossessato del pacco destinato al superiore, non se ne sarebbe accorto nessuno, stante il fatto che nessuno aveva assistito alla sua consegna, per cui portò il pacco nella sua auto.

Quand'ebbe terminato il turno di lavoro (si fa per dire) alle 17.30, salì in auto e tornò a casa, ma volendo fare una sorpresa alla moglie Lucia e presentarsi a lei con un oggetto acquistato appositamente per il suo onomastico, che sarebbe stato da lì a due giorni, rimosse il biglietto d'auguri destinato al superiore, ma stracciando così una parte della carta regalo. Indispettito per la sua sbadataggine, scartò completamente il pacco, ma non resistette alla tentazione di dare un'occhiata al suo contenuto, anche per non aver sorprese quando, di lì a poco, l'avrebbe regalato alla moglie. Sollevò dunque il coperchio della scatola, ed una terribile esplosione di colore verde lo fece a pezzi e devastò l'interno dell'auto, che prese fuoco carbonizzando il corpo del Demaria prima che i pompieri potessero spegnere l'incendio.

Il terzo pacco della DHL fu recapitato a casa del Cottafava alle 10.55, ma siccome il giornalista, saputo dell'attentato in Questura, era accorso sul posto, fu ritirato da una vicina di casa che aveva assicurato all'autista che aveva fatto la consegna, che lei ritirava abitualmente pacchi e raccomandate destinate al Cottafava. Costui tornò a casa alle 16.50, e si accingeva a scrivere al computer un articolo relativo alla bomba scoppiata in Questura, quando la vicina suonò alla sua porta e gli consegnò il pacco.

– La ringrazio, signora Agnese, lei è fin troppo gentile a prendersi tanto disturbo per ritirare la posta che mi arriva. Giuro che se mi hanno mandato le solite forme di caciocavallo ed i soliti salami calabresi, glieli regalo più che volentieri – aveva promesso alla vicina, omettendo di dirle che glieli avrebbe regalati perché il salame calabrese gli faceva bruciare il culo quando cagava.

Poi il Cottafava portò il pacco in casa e lo mise sul tavolo, strappò dall'involucro il biglietto d'auguri e gli diede un'occhiata, chiedendosi di chi fosse la firma illeggibile che gli augurava un buon Natale ed un felice anno nuovo; quindi scartò il pacco e scoperchiò la scatola. L'esplosione, di colore rosso carminio, fu devastante ed il botto fu udito in tutto il quartiere. Il Cottafava morì sul colpo, orrendamente ustionato dalla vita in su, l'appartamento fu completamente distrutto dall'esplosione e dal conseguente incendio, anche gli appartamenti vicini furono danneggiati dall'incendio sviluppatosi, perché i pompieri, occupati altrove, tardarono ad intervenire. La signora Agnese purtroppo morì d'infarto per lo spavento che il fortissimo botto le aveva procurato.

Capitolo XXX

Epilogo

Le indagini svolte dal col. Nascimbene (promosso in seguito alla brillante operazione che aveva condotto alla cattura del Sorrentino ed allo smantellamento di una vasta rete di narcotrafficanti) dopo un avvio confuso, presero presto a seguire le vie giuste.

Se in un primissimo tempo si era seguita la pista anarco-insurrezionalista, le quasi contemporanee esplosioni che avevano causato la morte del Demaria e del Cottafava avevano fatto abbandonare tale pista, perché né il primo, noto assenteista oggetto di alcuni provvedimenti disciplinari, né il secondo, sempre indulgente nei confronti di ogni tipo di sedizione, poteva essere stato l'obbiettivo di quei fanatici.

Che l'obbiettivo del primo attentato fosse il Questore era risultato chiaro fin da subito, ma fu solo il rinvenimento della carta regalo ripiegata accuratamente e scampata all'incendio, con attaccato il documento di viaggio della DHL, che evidentemente il segretario voleva staccare con tutta calma per evitare di rovinare l'involucro, che impresse una prima svolta alle indagini: il pacco bomba era stato spedito dalla DHL di Napoli il giorno 7 dicembre.

Indagini condotte dai CC di Napoli condussero facilmente al finto cieco che aveva spedito tre pacchi identici a tre persone di Vercelli, anche per essere stato ripreso da una videocamera all'interno del capannone della DHL. Non fu possibile rintracciare il finto cieco perché ve ne erano troppi che si confondevano coi ciechi effettivi, mentre fu agevole rintracciare l'autista che aveva prelevato i pacchi da spedire da un noto pirotecnico abusivo, che vi aveva applicato tre biglietti d'auguri ed il documento di viaggio e che li aveva riportati nel capannone della DHL per essere caricati su un camion diretto a Nord.

Il pirotecnico abusivo fu rintracciato con qualche difficoltà in più, e solo dopo averlo minacciato di arrestarlo per strage, ritenne più conveniente dichiararsi pentito e collaborare coi CC, tuttavia fu solo dopo una lunga trattativa col magistrato che saltò fuori il nome di chi gli aveva commissionato le re "bombe di Maradona" in confezione regalo: don Vito, ma solo quello, perché il pirotecnico non ne conosceva il cognome.

Quando seppe del risultato delle indagini condotte dai colleghi napoletani, e specificatamente che era lui, e non il Demaria, il destinatario delle bombe, il colonnello Nascimbene accese un cero alla Madonna, e stilò una nota di elogio, per la dedizione ed il senso del dovere sempre mostrato dal maresciallo, da inserire fra le note personali del carteggio che riguardava il Demaria. Poi, alcuni giorni dopo, allorché venne a sapere che il pirotecnico pentito aveva indicato in un certo "don Vito" quale committente delle bombe, al colonnello fischiarono le orecchie, ma ritenne tuttavia impossibile che l'unico "don Vito" che conosceva, il commissario Cantalamessa, potesse essersi macchiato di un crimine così orrendo. Ma il dubbio svanì quando il ROS riuscì ad attribuire al Cantalamessa l'impronta di un pollice all'interno della busta del biglietto d'auguri destinato al Questore, ancora attaccata alla carta da regalo messa da parte dal suo segretario.

Venerdì 15 dicembre fu spiccato un mandato d'arresto a carico di Vito Cantalamessa, indiziato per strage ed altri reati minori. Il Cantalamessa fu catturato il giorno successivo mentre prendeva un aperitivo da Gambrino, ed al maresciallo dei CC che lo aveva fermato non seppe dire altro che "Lei non sa chi sono io!"

Grandissimo rilievo ebbe a Vercelli la clamorosa notizia dell'arresto del commissario Cantalamessa, che seguiva quella dell'attentato al Questore, al comandante dei carabinieri ed a un giornalista molto conosciuto e stimato, che giunse in città in concomitanza dei funerali solenni celebrati in Duomo il 16 dicembre.

Ad onorare le tre bare (la morte della signora Agnese fu imputata a cause naturali) c'era quasi tutta la città: le istituzioni erano presenti al gran completo ed occupavano dieci file di banchi alla sinistra della navata,a destra di essa cinque file di banchi erano occupate da graduati dei CC, e cinque dai giornalisti di tutte le testate piemontesi e non. Le bare erano quasi coperte da corone di fiori; le insegne della Provincia, del Comune, dell'Arma dei CC, dell'Ordine dei giornalisti erano sorrette da personale gallonato fornito dal Municipio;telecronisti di reti televisive locali e nazionali disturbavano la solennità dell'evento, molti fotografi si affannavano a scattare il maggior numero di fotografie, attendendo però cortesemente che i soggetti fotografati assumessero un'espressione rattristata di circostanza. Il resto della chiesa era strapiena di gente, che in qualche modo aveva conosciuto i defunti o che voleva onorare le salme, fra questi anche Nadia,Marisa, Daniela e Lory, quest'ultima con una sciarpa di lana e degli occhiali scuri che le coprivano gran parte del viso.

Quando la lunga funzione funebre ebbe termine e la gente cominciò a sciamare fuori dalla chiesa, le quattro amiche furono fra le prime ad uscire, per raggiungere in fretta l'auto di Marisa parcheggiata distante dal Duomo (Nadia aveva invece parcheggiato la Delta sul marciapiedi che circondava la chiesa, ma volle restare con le amiche).

– Che palle! – si lamentò Daniela – Cosa mai mi è venuto in mente di partecipare ad un funerale solenne; di uno stronzo poi che ci ha fottuto 20 milioni!

– Non essere troppo severa con lui. – lo difese Nadia – ci ha consentito di arricchirci con gli adesivi, fino ad oggi ne abbiamo venduti per una cinquantina di milioni in tre settimane. Inoltre senza i suoi articoli non sarei riuscita a risalire fino a voi. Ha! Ha!

– Almeno non ridere, troia – finse di rimproverarla Marisa – se il Cantalamessa si fosse mosso un po' prima, avremmo risparmiato 20 milioni.

– Ma così il Cottafava non avrebbe avuto il tempo per consegnarmi i nuovi documenti di Andreij. – disse Lory – Me li ha dati mercoledì 6, una settimana prima di saltare per aria, li ho pagati 5 milioni, ma sono fantastici. Non so come sia riuscito ad avere tanti documenti autentici in bianco.

Raggiunta la Passat si diressero verso il miglior ristorante di Vercelli, e qui Marisa parcheggiò in divieto di sosta, poi scese e disse alle amiche:

– Con quell'adesivo però non c'è più gusto. Viene a mancare il fascino del proibito.

Pranzarono benissimo e bevvero meglio, chiacchierarono del *night club* di Daniela e di Marisa andato in vacca e della *beauty farm* cittadina di Lory che invece viaggiava alla grande.

– Ragazze, io voglio fare qualcosa con voi – proclamò Nadia – Lory si è già sistemata, a voi due hanno affondato una grande idea ed immagino che non abbiate voglia di riprovare con qualcosa di analogo, non a Novara quanto meno. Perché non rispolverate la vostra idea di rilevare un bar, magari un bar ristorante. Poi potreste farmi entrare nella vostra società e così lo gestiremmo insieme.

– Per me va bene, a patto di non farcelo riarredare da un arredatore culattone su progetto di un archistar finocchio – disse Daniela – ma vorresti trovarlo a Novara o a Vercelli?

– A Novara. – rispose decisa Nadia – Ho chiesto a Mario se c'era qualche occasione da cogliere a Vercelli, e mi ha sconsigliato di investir denaro in quella città: gli unici a passarsela bene pare siano solo i risicoltori; mi ha detto che invece Novara è la quarta piazza finanziaria d'Italia, anche se non so cosa mi ha voluto dire con ciò.

– Appena torneremo a casa chiederò a Gianni; ed anch'io sarei felicissima se entrassi in società anche tu, almeno così 27 milioni torneranno nell'ovile.

A sera Gianni, interpellato sulle nuove intenzioni di Marisa & amiche, disse che la proprietà del bar ristorante Borsa cercava un nuovo gestore, che era una buona occasione perché quando c'era mercato, due giorni alla settimana, era strapieno di gente fin dal mattino, e con pochi ritocchi…

– Ah no! Nessun ritocco! – esplose Marisa – va benissimo così com'è. Basta archistar ed arredatori finocchi. Contatta la proprietà e senti quanto vuole; e prepara l'ingresso di Nadia nella "Barbarella srl" con una quota uguale alle nostre. – poi telefonò a Nadia per avvisarla di quanto aveva saputo.

◊

La mattina della vigilia di Natale il colonnello Nascimbene si trovava pressoché solo in caserma a mettere ordine fra le carte che aveva sulla scrivania, quando entrò un appuntato per dirgli che quelli del RIS avevano portato in caserma alcuni oggetti asportati durante le indagini dalle stanze in cui erano avvenute le esplosioni, perché ritenuti utili alle indagini, per essere consegnati agli eredi delle vittime, ora che ne era stata costatata l'irrilevanza. Il colonnello si fece portare quegli oggetti e poco dopo l'appuntato tornò lasciandogli uno scatolone su un tavolo di servizio.

Curioso come una scimmia il colonnello si avvicinò e cominciò a rovistare nello scatolone; vi trovò gli oggetti più disparati, per lo più in pessimo stato, alcuni bruciacchiati, altri rotti, ognuno con un *post-it* indicante dove era stato rinvenuto. Uno scatolino di plastica trovato nello studio del Cottafava e contenente alcuni *floppy-disk* attrasse la sua attenzione; prese un *floppy-disk* e lo infilò nell'apposita sede del computer che aveva presso la scrivania. Sullo schermo vide che conteneva gli articoli scritti dal giornalista dall'inizio di aprile a tutto il mese di settembre; tolse il *floppy-disk* e cercò quello più recente, lo infilò nella sede del computer e apparvero gli articoli scritti a partire dal mese di ottobre. Anche se li aveva già letti volle rileggerli, non fosse altro per gustare i pitali di merda che il giornalista nei suoi articoli riversava sulla testa del commissario Cantalamessa.

Un articolo però non l'aveva letto, quello in cui diceva dell'intervista fatta al signor Lupi, della ragionevole certezza che costui non poteva aver preso il denaro nella borsa trovata al passaggio a livello del Torrione, di chi fossero gli altri passeggeri della BMW: il signor Mario Cavallero, che al pari del Lupi difficilmente poteva essersi impossessato della borsa, e le signorine Daniela Donati e Marisa Giordano, che invece erano le maggior indiziate di averlo fatto.

Notò anche che, nonostante fosse uno *scoop*, l'articolo non era stato trasmesso in redazione: mancava la data in cui si sarebbe dovuto trasmettere e quella in cui era stato pubblicato. Il colonnello si chiese perché mai il Cottafava, così bravo a sfoggiare la sua abilità investigativa, avesse tenuto per sé una così ghiotta notizia; poi passò agli articoli successivi, tutti trasmessi in redazione e pubblicati, fino a quello che stava scrivendo l'11 dicembre, quand'era scoppiata la bomba a porre fine alla sua vita.

Il colonnello tolse il *floppy-disk* e se lo mise in tasca, senza un motivo preciso, forse avendo intenzione di riprendere le indagini là dove le aveva interrotte il Cottafava, rintracciare le ragazze maggiormente indiziate di aver raccolto la borsa, interrogarle, e scoprire la fine fatta da una rilevante somma di denaro frutto di una transazione illecita, al fine di confiscarla. Al colonnello brillavano gli occhi, la fortuna gli aveva distribuito delle ottime carte, e se la cattura del Sorrentino gli aveva procurato i gradi di colonnello, chissà cosa gli sarebbe venuto dal recupero a favore dell'Erario di una ingente somma di denaro… i gradi di generale no! La sua promozione era troppo recente perché ciò potesse accadere… ma ricevere un encomio solenne, una medaglia, magari l'offerta di un incarico al Ministero della Difesa, quello sì, perdio, che poteva capitargli.

Ma allora perché il Cottafava non aveva trasmesso l'articolo? Perché non aveva proseguito nelle indagini? Perché, dopo avergli dato il cellulare dello Scarenzi, aveva solo scritto un articolo sulla cattura del Sorrentino e poi basta. Non era logico mollare l'osso che stava spolpando quando c'era ancora tanta ciccia attaccata. A meno che… un dubbio si insinuò nella mente del colonnello… a meno che non avesse trovato le ragazze e diviso con loro il malloppo.

Quasi per caso cercò sul menù del disco fisso del computer qualcosa che potesse aiutarlo a dissipare il dubbio, non trovò nulla sotto la voce "Utente", ma fra i "Documenti" trovò alcune sigle alfanumeriche:

BCMT 43245 \ PNCL 2468 \ CBNL 330164 \CSFT 97531

Nascimbene guardò perplesso le sigle, poi un largo sorriso si dipinse sul suo volto, e disse tra sé e sé:

– Cottafava, sei un emerito coglione, tanto valeva scrivere come ti ha insegnato la maestra – quindi lesse Bancomat, PIN Cellulare, Conto corrente BNL, Cassaforte.

I primi tre codici non lo interessarono, ma quello della cassaforte sì, e decise di recarsi nell'abitazione del Cottafava per trovarla. In dieci minuti fu davanti alla porta d'ingresso del suo appartamento, rimosse i sigilli senza usare alcuna precauzione, come preso dalla frenesia di trovare il tesoro dei pirati, entrò nell'appartamento rovinato dall'incendio ed ancor più dai mezzi usati per spegnerlo, e si aggirò per le stanze scavalcando oggetti rotti e tappeti fradici d'acqua. Non trovò casseforti nello studio, e neppure in soggiorno, la trovò nella camera da letto, per fortuna risparmiata dalle fiamme e dai pompieri.

Era una semplice cassaforte a muro di 25 x 15 cm, con combinazione a tastierino ed una semplice maniglia per aprirla e chiuderla; compose il numero tanto semplice da ricordare da non esserselo neppure appuntato: 97531 piegò la maniglia e tirò a sé. Dentro c'era una cartella di documenti e, ben impilate, 250 banconote da 100.000. Bingo!

Potevano essere i sudati risparmi di un giornalista? Difficile, Perché tenere i risparmi ad ammuffire in cassaforte e perdere il 10% o più all'anno per l'inflazione? Non potevano che essere il frutto di un accordo fra il giornalista e chi aveva preso la borsa col denaro. Con le due ragazze, certamente, e forse con quel tal Mario Cavallero.

Certo è che il Cottafava aveva quasi escluso che costui avesse potuto impossessarsi della borsa, ma se era presente quando le ragazze se ne erano impossessate, poteva essersi messo d'accordo con loro ed aver diviso per tre il malloppo, in cambio del suo silenzio. Era più che ragionevole che le cose fossero andate così.

Poi c'era la questione del Sebastiano Lupi: il Cottafava l'aveva intervistato e si era convinto che non avesse preso la borsa, ma su che base? Che prove aveva addotto per escluderlo dal novero dei sospetti? Nessuna! Inoltre valeva anche per il Lupi quanto detto per il Cavallero. Sulla BMW c'erano quattro persone, le ragazze hanno preso la borsa ed i ragazzi le hanno viste e le hanno ricattate, quindi è stato giocoforza dividere per quattro il malloppo. Le prove? Il Lupi, senza più un lavoro ed inseguito dagli uomini del Sorrentino, si è cagato sotto ed è fuggito, prima al paesello, e poi chissà dove; perché mai avrebbe dovuto fuggire se avesse avuto la coscienza pulita? S'è trovato per le mani una barcata di soldi ed è fuggito.

Il Lupi prima o poi si sarebbe fatto prendere; uno non riesce a latitare a lungo, e finiti i soldi si farà prendere, ma gli altri tre dove sono? Quel furbacchione del Cottafava, che è stato così abile nello scovare il Lupi, avrà impiegato ancor meno tempo a rintracciare il Cavallero e le ragazze, sarà andato in Municipio e gli avranno dato l'indirizzo esatto di tutti e tre, lui li ha contattati e s'è fatto dare 25 milioni per stare zitto. Solo così si poteva giustificare il mancato *scoop* giornalistico e la presenza di 25 milioni nella cassaforte del Cottafava.

Ma se le ragazze avessero negato di aver preso la borsa col denaro? Se il Cavallero avesse avvallato le loro dichiarazioni? Come poteva dimostrare che i 25 milioni il Cottafava li aveva ottenuti ricattando le ragazze e non che li avesse vinti giocando a rubamazzo coi colleghi in sala stampa, o che li avesse vinti al casinò di Campione, o in cento altri modi diversi, tutti leciti e ben difficilmente contestabili. Se li avesse accusati senza uno straccio di prova, quei tre lo avrebbero denunciato per diffamazione; e se avesse sequestrato il denaro del Cottafava ritenendolo frutto di un ricatto, gli eredi gli avrebbero fatto causa per aver diffamato un morto che, già stimato da un'intera città, era diventato, con quella morte così spettacolare, un eroe della categoria. Era facilissimo rimetterci le penne, e dall'altare finire nella polvere.

Nascimbene non poteva correre il rischio di un insuccesso clamoroso dopo aver toccato il cielo con un dito. Tanto più che avrebbe potuto fruire di un premio di consolazione tutt'altro che modesto: 25 milioni che, comunque se li fosse guadagnati, il Cottafava non poteva più spendere. Passare dal pensiero all'azione fu questione di pochi istanti: prese le due mazzette di banconote e se le infilò nelle tasche della divisa, delle 50 banconote sciolte ne fece un rotolo che infilò nella tasca dei calzoni, rinchiuse la cassaforte e pulì sommariamente ciò che aveva toccato, dandosi del pirla per non aver messo i guanti, poi uscì dall'appartamento, scese dabbasso ed uscì in istrada; si guardò attorno ma nessuno sembrava far caso a lui.

Tornò a casa, salutò distrattamente la moglie e si fiondò in camera da letto con la scusa di cambiarsi e mettersi qualcosa di più comodo della divisa, ma in realtà per nascondere il suo tesoretto in una scatola di scarpe, nascondiglio certamente insicuro, ma che fin dopo le feste sarebbe bastato.

Non si sentiva affatto un criminale come la gran parte delle persone con cui aveva avuto a che fare negli ultimi due mesi, riteneva di aver agito correttamente nel non aver inquisito le ragazze e quel Cavallero, nel non aver sputtanato il Cottafava, nell'aver coperto quel lavativo del Demaria. Criminale era la gente come il Sorrentino, che anche se pentito rimaneva tale, era lo Scalise, ancora all'ospedale di Grenoble in attesa di estradizione, era quel Piscitelli che si era fatto scudo con una puttana, erano quelli morti nella sparatoria sul treno, era un criminale quell'Andropov ancora latitante, erano quelli che avevano facilitato la sua fuga e lo tenevano nascosto. Ma lui no! Non poteva essere un criminale perché non c'erano prove che lo incastrassero, né lui, né il Cavallero, né la Donati, né la Giordano e, perché no, neppure il Lupi.

E se qualcuno avesse osato sostenere che tutti costoro, lui compreso, erano criminali, ebbene lo erano a loro insaputa.

FINE

© Ruggero Pesce - Agosto 2019
© Mnamon - Agosto 2019
ISBN 9788869491023

www.ingramcontent.com/pod-product-compliance
Lightning Source LLC
Chambersburg PA
CBHW022248020726
47496CB00004B/1117